앨리 스미스 Ali Smith

앨리 스미스는 스코틀랜드 인버네스에서 태어나 현재 잉글랜드의 케임브리지에 살고 있다. 스미스는 18권의 책을 썼으며, 이 작품들은 40개 언어로 번역 출간되었다. 스미스의 소설들은 맨부커상과 베일리스 여성 문학상 최종 후보에 각각 네 차례와 두 차례 올랐으며, 2015년에 『둘 다 되는 법(How to be both)』이 베일리스 여성 문학상을 수상했다. 이 소설은 골드스미스상과 코스타상을 수상하기도 했다. 계절 4부작 중 마지막 작품인 『여름』으로 2021년 가장 뛰어난 정치 소설에 수여하는 오웰상을 수상했다. 2022년 앨리 스미스는 오스트리아에서 수여하는 유럽 문학상을 수상했다.

겨울

겨울

앨리 스미스

이예원 옮김

민음사

사나운 겨울의 맹위도.

— 윌리엄 셰익스피어

풍경은 자기 이미지를 직접 연출해요.

— 바버라 헵워스

하지만 스스로를 세계 시민으로 여기는 사람은 실상 어디에도 속하지 못한 사람입니다.

— 테리사 메이, 2016년 10월 5일

우리는 신화의 영역에 진입했다.

— 뮤리얼 스파크

어둠은 값싸다.

— 찰스 디킨스

차례

일러두기

이 책의 1쇄 뒷표지와 본문 13쪽 둘째 줄의 문장 "낭만도 죽었다. 기사
도도 역시……."가 번역가의 원문과 다르게 바뀌었습니다. 2쇄부터는 원
문대로 "낭만도 죽었다. 기사도도 죽었다."로 바로잡습니다.

1

신은 죽었다. 여기서부터 시작하자.

낭만도 죽었다. 기사도도 죽었다. 시, 소설, 회화 모두 죽었고, 예술도 죽었다. 연극과 영화 둘 다 죽었다. 문학, 죽었다. 책, 죽었다. 모더니즘, 포스트모더니즘, 사실주의와 초현실주의 모두 죽었다. 재즈는 죽었고 팝 음악과 디스코, 랩, 클래식 음악도 죽었다. 문화, 죽었다. 예절, 사회, 가족적 가치, 죽었다. 과거는 죽었다. 역사는 죽었다. 복지 제도는 죽었다. 정치는 죽었다. 민주주의는 죽었다. 공산주의, 파시즘, 신자유주의, 자본주의 모두 죽었고, 마르크시즘은 죽었고, 페미니즘 또한 죽었다. 정치적 올바름, 죽었다. 인종 차별, 죽었다. 종교는 죽었다. 사고는 죽었다. 희망은 죽었다. 사실과 허구 양쪽 다 죽었다. 언론은 죽었다. 인터넷은 죽었다. 트위터, 인스타그램, 페이스북, 구글, 죽었다.

사랑은 죽었다.

죽음은 죽었다.

실로 많은 것이 죽었다.

하지만 죽지 않은 것이, 적어도 아직은 죽지 않은 것이 몇몇 남아 있긴 했다.

삶은 아직 죽지 않았다. 혁명은 죽지 않았다. 인종 평등은 죽지 않았다. 혐오는 죽지 않았다.

그럼 컴퓨터는? 죽었다. TV? 죽었다. 라디오? 죽었다. 핸드폰은 죽었다. 배터리는 죽었다. 결혼은 죽었고, 성생활은 죽었고, 대화는 죽었다. 낙엽은 죽었다. 꽃도 죽었다, 물병에 꽂힌 채로.

이 많은 죽은 것의 혼에 씐다고 상상해 보라. 한 송이 꽃의 혼에 쫓긴다고. 아니, 꽃의 유령(유령이 상상 속의 존재가 아니라 실재한다면)에 씐다고(유령에 씌는 일이 신경

증이나 정신 질환에 지나지 않고 실제로 일어나는 일이라면) 상상해 보라.

정작 유령은, 엄밀히 말해, 죽지 않았다. 대신 이런 질문이 떴다.

유령은 죽었나

유령은 죽었나 살았나

유령은 죽음을 부르나

하지만 어찌 됐건 유령은 잊길. 마음에서 싹 지워 버리길. 이건 유령 이야기가 아니니까. 비록 만물이 죽은 듯한 한겨울에 벌어진 이야기요, 새천년의 지구 온난화 와중에 맞이한 어느 밝고 화창한 크리스마스 전날 아침(크리스마스 또한 죽었다.) 이야기이자 실세계에서 실제 사람들에게 실시간으로, 그리고 이 지구상에서(암, 지구도 죽었다.) 실제로 벌어지는 사실적인 일들에 관한 이야기이기는 하더라도 말이다.

굿모닝. 소피아 클리브스가 말했다. 행복한 크리스마스 전날.

소피아는 몸통으로부터 분리된 머리에게 말을 건네고 있었다.

딸린 몸 없이 허공에 홀로 뜬 어린아이의 머리에게.

머리는 끈질겼다. 소피아의 집에 들어온 지도 벌써 나흘째였다. 오늘 아침 소피아가 눈을 떴을 때 여전히 방에 남아 세면대 위 거울을 들여다보고 있었다. 소피아가 말을 걸자 얼굴을 돌려 소피아를 바라보고는 목도 어깨도 없이 머리만 남은 경우라 고개를 끄덕였다고 말할 수 있을지는 모르겠고 여하간 갸우뚱 기울이는 동작을 취했다. 두 눈을 정중히 내리깔고서 앞으로 비스듬히 기울였다가 이내 명랑하고도 공손히 원위치로 돌아왔으니 그렇다면 이건 고개인사려나, 절인사려나? 더욱이 여자 머리라고 해야 할까, 남자 머리라고 해야 할까? 어쨌든 품행 바르고 깍듯하고 버릇 있고 착한 어린아이 머리임에는 의심할 여지가 없었고(게다가 말이 없이 조용한 것으로 보아 아직은 언어 발달기 이전인 듯했다.), 그사이 크기가 멜론만 해져 있었다.(어린애들보다 멜론이 더 상대하기 편하다면 이걸 아이러니로 봐야 할까, 결점이라고 봐야 할까? 다행히도 소피아가 어린애같이 굴지 않는 아이들을 선호한다는 걸 아서는 진작 눈치챘다.) 그러나 크기가 닮았을 뿐 이 머리엔 얼굴이란 게 있고 귀밑 5센티미터는 되는 머리카락마저 달렸으니 당연히 멜론이라고 볼 수는 없고, 더군다나 그 모발이 숱이 많고 부스스하며 짙은 빛깔을 띤 반곱슬 반직모여서 머리의 성별이 남성이라면 말 탄 기사의 축소판이기라도 한 듯 꽤나 낭만적인 면모를 지녔다고 말할 수 있고, 여성이라면 파리 도심의 공원을 배경으로 머리에 나뭇잎을 꽂고 카메라에 등을 보인 채 20세기 프랑스의 사진작가 에두아르 부바에게 포착된 여자아이 (「소녀와 낙엽, 파리 뤽상부르 공원」, 1946)의 오래된 흑백 엽서 속 모습과 닮았다고 할 법했다. 소피아가 오늘 아침 눈을 떴을 때는 머리가 마침 뒤통수를 보이고 있던 터라 갈색 머리칼이 중앙난방에 힘입어 덥혀진 기류를 타고 매력적으로 나풀대는 모습을 관찰할 수가 있었는데, 모발이 전체적으로 들썽였던 건 아니고 난방기 위로 늘어진 가닥만 온기에 나부꼈다. 지금 이 순간에도 미세하게 동요하며 허공에 떠 있는 머리보다 반의반 박자 정도 늦게 머리카락이 하늘거리고, 그 모습이 연초점 슬로 모션으로 촬영한 샴푸 광고 모델의 머리채를 연상케 했다. 그래, 그거야. 샴푸 광고에 유령이니 악귀가 나오지는 않잖아? 그러니 겁낼 거 없어.

　(하기야 샴푸 광고가, 아니, 어쩌면 광고란 광고 모두가 실은 산송장을 내세운 공포스러운 환영인 게 맞고, 다만 우리가 그런 광고들에 워낙 익숙해져 어느새 충격조차 받지 않게 된 걸 수도 있지만 말이야.)

　여튼 겁먹을 필요가 전혀 없다는 말이다. 오히려 앙

증맞고 깍듯이 예의를 차리는 게 심지어 수줍어 보일 정
도였는데, 죽은 것치고 앙증맞다느니 깍듯하다느니 하는
단어로 묘사할 만한 게 있을 리 없잖아. 그게 어디 죽은
몸에, 그리고 죽은 몸에서 떨어져 나와 약탈하러 쏘다닌
다는 넋이라는 개념에 갖다 붙일 단어라고. 게다가 도무
지 죽은 걸론 안 보였다. 섬뜩한 기운이 아주 없지는 않
아서 아랫부분에, 그러니까 한때 목이 붙어 있었을 자리
둘레로 너덜너덜한 내장과 육질의 흔적이 희미하게 엿
보이긴 해도.

그렇다고 그 흔적이 아주 역력한 건 아니고 머리카
락과 턱으로 웬만큼 가려지기는 해서 첫눈에 확 띈다거
나 뭐 그럴 정도는 아니었다. 오히려 그런 처참한 기운보
다도 활달함과 얼굴에 깃든 따스한 표정이 더 깊은 첫인
상을 남겼다. 소피아가 세수하고 이를 닦는 동안 잔잔한
수면에 뜬 작은 녹색 부표처럼 그 옆에 떠서 유쾌하게 끄
덕일 때도, 소피아보다 앞서 계단을 내려가며 먼지 뒤덮
인 죽은 난초 화분 사이를 초소형 우주를 도는 작은 행성
처럼 누빌 때도 머리는 그때껏 소피아가 마주쳐 온 여느
불상의 머리보다, 여느 큐피드요 크리스마스 철이면 여

기저기 솟아나는 얼빠진 아기 천사의 물감 입힌 머리보다 온화하고 인자해 보였다.

소피아는 부엌에 들어가 에스프레소 주전자에 물을 붓고 커피를 담았다. 위아래로 나뉜 작은 주전자의 몸체를 돌려 닫고 가스 불을 켰다. 치솟는 불길에 곁에서 지켜보던 머리가 부리나케 도망쳤다. 눈가 가득 웃음기를 머금은 채로. 이어 혼자 배짱 싸움이라도 하듯 장난스레 불길에 다가갔다 내빼기를 반복했다.

그러다 머리에 불붙는다. 소피아가 말했다.

머리가 고개를 좌우로 흔들었다. 소피아는 웃었다. 유쾌해라.

이 머리가 크리스마스를 알려나. 크리스마스이브는?

어린애치고 크리스마스이브를 모를 애가 어딨다고.

오늘은 배차 간격이 어떠려나. 런던에 한번 데려가면 좋아하지 않을까. 햄리스 장난감 가게에 들러도 좋을 텐데. 크리스마스 불빛도 볼 겸.

동물원에 가도 되겠다. 동물원에 가 본 적이 있으려나. 애들은 동물원을 워낙 좋아하잖아. 하기야 성탄절이 코앞이라 뭐나 열었을지 모르겠네. 동물원이 닫았으면 아예 다른 구경을 가지 뭐. 예를 들어, 글쎄, 근위병을 보러 간다든가. 크리스마스 기간에도 어김없이 검은 털모자와 붉은 제복 차림으로 나와 있을 테니까. 얼마나 근사해. 아니면 과학 박물관에 가 보거나, 손뼈를 투시해 보는 기계니 뭐니 볼 게 수두룩하잖아.

(아차.

머리는 손이 없지.)

그럼 내가 대신 단추를 눌러 주지, 뭐, 인터랙티브 코너 같은 게 있으면 말이야. 자기가 못 하면 내가 대신 해 주면 되지. 아니면 빅토리아 앨버트 박물관에 갈 수도 있어. 나이 불문하고 누구나 다 좋아할 온갖 아름다운 물건으로 가득 찬 곳이니까. 자연사 박물관도 있지. 외투 속에 숨겨 입장하는 거야. 커다란 종이봉투를 가져가거나. 봉투 한쪽에 눈 구멍을 뚫으면 되겠다. 바닥엔 스카프를 접어 깔거나 스웨터같이 보들보들한 걸 넣어 주고.

머리가 창틀로 올라가 소피아가 슈퍼에서 사 온 타임 화분에 코를 박고 숨을 한껏 들이쉬더니 눈을 감았다. 기분이 좋은 모양이었다. 이어 자그마한 허브 잎에 이마를 문질러 댔다. 타임 향기가 주방에 퍼지는가 싶더니 화분이 개수대로 떨어졌다.

기왕 개수대에 떨어진 거 물이나 주자 싶어 소피아는 수도꼭지를 틀었다.

소피아가 커피를 챙겨 식탁에 앉자 머리는 과일 그릇 옆에 자리를 잡았다. 사과와 레몬 옆에. 덕분에 소피아의 식탁이 돌연 재치 넘치는 예술 작품 속 한 장면이 되었다. 예컨대 '이것은 머리가 아니다'라는 제목이 붙은 마그리트의 설치 미술이나 회화 작품이라든가, 아니, 마그리트보다는 달리나 데 키리코의 두상과 더 닮았을지 모르지만 그보다는 좀 더 웃기다고 해야 하려나. 모나리자의 얼굴에 수염을 붙인 뒤샹의 작품처럼. 어쩌면 세잔의 식탁 위 정물화를 닮았는지도 모르겠어. 소피아는 세잔의 그림을 볼 때면 마음이 동요하는 한편 그 참신함에 감탄할 수밖에 없었는데 이건 세잔이라는 화가가 좀처럼 믿기 어려운 사실을, 즉 사과와 오렌지 안에 누군들 상상이나 했을까 싶은 푸른빛과 보랏빛 같은 빛깔이 깃들어 있었음을 드러내 보인 까닭이었다.

소피아가 얼마 전 신문 지면에서 본 사진에는 루브르 박물관의 「모나리자」, 아니, 엄밀히 말하자면 「모나리자」가 걸린 박물관 벽 앞에 또 하나의 벽을 이루고 선 한 무리의 사람들이 담겨 있었다. 「모나리자」라면 소피아도 실제로 본 적이 있는데, 아직 아서를 갖기 전이었으니 벌써 삼십 년도 더 된 일이지만, 하기야 그때도 그림을 제대로 보기 어려울 정도로 엄청난 인파가 그 앞에 몰려 사진을 찍어 댔다. 게다가 명화라는 그림의 실물은 놀랄 만치 작았다. 그리도 유명한 작품치고는 소피아가 예상했던 것보다 한참 작았다. 앞에 붐비던 사람들 때문에 더 작아 보였는지는 몰라도.

어쨌든 그때와 다른 점은 요즘은 그림 앞에 밀려든 사람들이 굳이 그림을 마주 보고 서지도 않는다는 데 있었다. 아예 등을 돌리고 서는 사람이 대다수였다. 명작 앞에서 사진을 찍겠다고. 그 덕에 오래된 명화 속 여인은 명성 자자한 그 자만하는 미소를 휴대 전화를 허공에 쳐들고 있는 관람객의 등짝에나 대고 짓기 마련이었다. 경례라도 하듯 팔을 치켜든 사람들 등짝에 대고. 그런데 뭐에 경례하는 거람?

정작 그림에는 눈길도 주지 않으면서 자기네가 떼지어 서 있는 액자 앞 공간에?

저희 자신에게?

식탁 위에서 머리가 소피아를 보며 한쪽 눈썹을 치켜올렸다. 소피아의 생각이 훤히 다 보인다는 듯 모나리자 뺨칠 미소를 지어 보이며.

웃기기는. 그래, 너 똘똘하다.

내셔널 갤러리? 내셔널 갤러리에 데려가면 좋아할까? 테이트 모던이나?

하지만 오늘은 어디든 설사 문을 연대도 정오면 닫을 게 뻔한 데다가 기차를 타려 해도 크리스마스이브잖아.

그러니. 런던은 됐고.

그럼? 절벽 위로 산책이라도 갈까?

그랬다가 머리가 바다로 휩쓸리기라도 하면?

이 생각에 소피아의 가슴 안쪽으로 통증이 스쳤다.

오늘은 날 따라 외출해도 좋아, 뭘 할지는 아직 안 정했지만. 소피아가 머리에게 말했다. 그 대신 말썽 부리는 일 없이 잠자코 있어야 돼.

굳이 덧붙일 필요도 없는 얘기지만. 소피아는 속으로 생각했다. 이 정도로 민폐 안 끼치는 손님도 드물지.

네가 이 집에 찾아와 좋구나. 소피아가 말했다. 아주
대환영이야.

머리도 이 말을 확실히 기뻐하는 눈치였다.

닷새 전.

앞 방 사무실로 건너간 소피아가 작업용 컴퓨터를
켜고 빨간 ! 표가 달린 이메일 여러 통을 애써 외면하며
곧장 구글에 들어가 다음 단어들을 입력한다.

눈 안에 청록색 점

이어서 좀 더 정확한 단어의 조합으로

시야 측면에 청록색 점이 보이면서 점점

커질 때.

'홍채에 점이 생겼다면? 이걸 의심해 볼 것! —'

'점, 그림자, 부유물. 내 눈 속에 뭐가 들었나 보기'

'눈만 감으면…… 울긋불긋한 점이 보여요 — 애스
크사이언스'

'사물이 번져 보이고 눈앞에 점이나 실오라기 같은
이물질이 떠다닐 때, 빛에 유독 민감하거나 밝은색 점이
보일 때 — 시력과 안구 질환 게시판 — e헬스포럼'

'망막 편두통의 다섯 가지 증상 — 두통과 편두통 뉴스'

'내시 현상 — 위키피디아'

소피아는 이 중 두어 개 사이트를 들어가 본다. 백내장. 빛 투과 문제. 유리체 박리. 각막 찰과상. 황반변성. 비문증. 편두통. 망막 바리일 가능성도. 눈 안의 점이나 여타 부유물이 지속적으로 보이는 등 우려가 되는 경우에는 최대한 빠른 시일 내 의료 전문가에게 상담받을 것.

소피아는 구글 검색창에 단어들을 입력한다.

시야 측면에 작은 청록색 공 모양이 보일 때

나타난 검색 결과는 '보기의 기술: 제3의 눈과 지각 영안', 심령술에 관한 오만 가지 글, 그리고 '눈을 감았을 때 섬광이 보인다면 천사가 보낸 교신일 수도|도린 버추 — 공식 사이트'였다.

어처구니없어서, 원.

소피아는 시내에 있는 체인형 안경원에 연락해 이틀 뒤 눈 검사를 받기로 한다.

금발의 젊은 안경사가 뒤쪽 방에서 걸어 나와 화면을 확인한 후 소피아를 본다.

안녕하세요, 소피아, 저는 샌디라고 해요. 안경사가 말한다.

반가워요, 샌디. 그런데 내 호칭은 클리브스 부인으로 해 주면 좋겠는데요. 소피아가 말한다.

네, 그럼요. 절 따라오시죠, 소프…… 으음. 안경사가 말한다.

안경사는 상점 뒤쪽에 난 계단을 오른다. 치과에서 볼 법한 높이를 조절할 수 있는 의자가 가운데 놓이고, 그 주위로 각종 기기가 마련된 방으로 안내한다. 안경사가 소피아를 향해 의자에 앉으라고 손짓한다. 책상 뒤에 서서 뭔가 적고 있다. 안경사는 소피…… 음, 클리브스 부인이 마지막으로 안경원을 방문한 게 언제였는지 묻는다.

이번이 처음이에요. 소피아가 말한다.

그럼 오늘은 눈에 이상이 있어 오신 거고요. 안경사가 말한다.

그야 봐야 알겠죠. 소피아가 말한다.

하하! 젊은 안경사는 소피아가 재치 있는 농담이라도 했다는 듯이 웃지만 소피아는 진지하다.

안경사는 원거리 시력 검사와 근거리 시력 검사, 눈을 한쪽씩 가리고 하는 검사, 눈에 바람을 쏘는 검사, 빛을 쪼이며 눈을 들여다보는 검사를 진행하고 — 이에 소피아는 빛줄기에 비친 눈 속 혈관 다발을 보며 (예기치 못한 감동과 더불어) 놀라움을 금치 못한다 — 마지막으로 화면을 바라보다가 점이 움직일 때마다, 혹은 움직이는 점이 보일 때마다 버튼을 누르는 검사를 한다.

안경사가 소피아의 생년월일을 다시 묻는다.

세상에. 전 제가 잘못 기입했나 했어요. 안경사가 말한다. 눈 상태가 워낙 좋으셔서요. 돋보기도 필요 없으실 정도예요.

그런가요. 소피아가 말한다.

그렇고말고요. 안경사가 말한다. 연세를 생각하면 더더욱 시력이 좋으신 편에 속하고요. 정말 운이 좋으시네요.

운에 달린 건가요? 소피아가 말한다.

글쎄, 이렇게 한번 생각해 보세요. 안경사가 말한다. 제가 자동차 기술자라 누가 자동차 서비스를 받겠다고 차를 끌고 절 찾아왔는데 그 차가 1940년대에 제조된 차라고 말예요. 그런데 막상 보닛을 열어 보니 엔진 상태가 공장에서 나온 날과 별반 차이가 없게 말끔한 거예요(여기서 안경사는 소피아가 작성한 서류를 확인한다.), 생산 연도인 1946년 상태 그대로요. 대단하죠, 인간 승리인 셈이에요, 말 그대로 트라이엄프.

지금 날 옛날 트라이엄프에 비교하는 건가요. 소피아가 말한다.

아니요, 지금 상태가 그러시다고요. (보아하니 예전에 트라이엄프라는 자동차 모델이 있었다는 사실을 까맣게 모르는) 안경사가 말한다. 눈을 사용하시긴 한 건가 싶을 정도예요. 비결을 도무지 모르겠네요.

내가 평생 눈을 감고 살았거나 눈을 뜬 것만 못하게 썼다는 말이에요? 소피아가 말한다.

하, 네, 맞아요. 안경사가 서류를 훑어본 후 스테이플러로 이 종이 저 종이를 이어 붙이며 말한다. 눈을 제대로 쓰지 않은 죄로 당장 안과 경찰에 신고해야겠는데요.

그제서야 안경사는 소피아의 얼굴 표정을 본다.

아. 그가 말한다. 음.

내 눈 말예요, 검사하면서 걱정되는 부분이 있던가

요? 소피아가 말한다.

특별히 걱정되는 게 있으세요, 클리브스 부인? 안경사가 말한다. 저에게 말하지 않으셨거나 우려가 되는 부분이요? 혹시 다른 증세나 병인이 있다면…….

소피아가 매서운(그리고 최상의 상태인) 두 눈으로 여직원의 말문을 막는다

내가 알고 싶은 건요, 내가 유일하게 알았으면 하는 건요, 다시 한번 분명히 말하지만 오늘 검사 결과예요. 이 기기들이 내 눈의 어디어디에 이상 조짐이 보인다는 신호를 전했는지나 알려 주겠어요. 소피아가 말한다.

안경사가 입을 연다. 이내 말없이 입을 다물더니 생각 끝에 다시 연다.

아니요. 안경사가 말한다.

그렇다면. 소피아가 말한다. 검사비는 얼마고 누구한테 지불하면 되죠?

비용은 없습니다. 안경사가 말한다. 60세가 넘으셨기 때문에 검사비가…….

아, 그렇구나. 소피아가 말한다. 그래서 내 생년월일을 다시 확인했군요.

그게 무슨 말씀이시죠? 안경사가 말한다.

내가 혹시나 나이를 속였을까 싶었던 거죠. 당신네 체인 매장에서 무료로 눈 검사를 받을 심산으로. 소피아가 말한다.

에. 젊은 안경사가 말한다.

미간에 주름이 잡힌다. 그는 시선을 아래로 떨구더니 단박에 체인 매장의 천박한 크리스마스 장식들 한가운데에 표류한 비극적인 인물로 분한다. 그는 더 이상 아무 말도 하지 않는다. 인쇄물과 접수 서류와 앞서 수기한 메모를 작은 서류철에 챙겨 넣고 가슴에 끌어안는다. 소피아에게 내려가자는 듯이 손짓한다.

아니, 샌디 씨 먼저요. 소피아가 말한다.

계단을 내려가는 동안 안경사의 금발 말총머리가 위아래로 흔들리다 1층에 다다르기가 바쁘게 아까 처음 등장했던 문 뒤편으로 인사말 한마디 없이 사라져 버린다.

무례하기는 카운터 뒤에 앉은 여자애도 마찬가지여서 메인 데스크에 놓인 컴퓨터 화면에서 얼굴을 들 생각도 않고 소피아에게 오늘 저희 매장을 방문한 후기를 트위터나 페이스북에 글로 남기거나 트립어드바이저에 리

뷰를 올려 주면 좋겠다고, 고객 평가가 실제로 큰 도움이 된다고 말한다.

소피아는 직접 매장 문을 연다.

어느새 밖에는 세찬 빗줄기가 내리치고 있고, 이 정도 안경원이라면 체인점 이름이 적힌 골프 우산을 마련해 뒀을 법한데, 그래, 저기 봐, 저쪽 데스크 근처 우산꽂이에 우산이 여러 개 들었잖아. 하지만 여직원은 여전히 화면만 바라보며 소피아 방향으론 끝내 고개를 돌리는 시늉조차 해 보이지 않는다.

소피아는 비에 홀딱 젖어 차에 오른다. 주차장에서 차 안에 앉아 젖은 코트와 자동차 시트의 불쾌하지만은 않은 냄새를 맡으며 차 지붕에 떨어지는 빗소리를 듣는다. 빗물이 머리를 타고 흐른다. 해방감이 든다. 비가 자동차 앞 유리를 타고 흐르며 소피아의 눈앞에 흥건히 번진 풍경을 펼친다. 가로등이 켜지자 누군가 앞 유리에 작은 페인트 미사일이라도 잇따라 쏘아 댄 듯 흐릿한 풍경이 색깔도 모양도 제각각인 꼼지락대는 얼룩들로 채워진다. 구청에서 주차장 가장자리에 둘러놓은 알록달록한 크리스마스 전구들 때문이다.

밤이 내리고 있다.

그래도 예쁘지 않아? 소피아가 말하고

이로써 처음으로 소리 내어 말을 건 셈이다. ── 찰과상, 변성, 박리, 비문증, 아직까진 크기가 제법 작은 편인 점 모양의 부유물에게, 머리라는 걸 미처 파악하지 못할 만큼 작아서 아직은 눈앞을 하루살이처럼 이리저리 날아다니는 조막만 한 스푸트니크 위성에 불과할 뿐인 점에게 소피아가 이로써 이렇게 처음으로 말을 건네자 점이 갑자기 핀볼 머신 옆구리에 붙은 쇠막대에 한 대 맞고 튕겨 나온 공처럼 차 안을 갈지자로 휘젓기 시작한다.

한 해 중 해가 가장 짧은 날이요 오후 4시경의 겨울 어스름밤 가운데, 점이 희열한다.

어둑발이 내리는 틈에 열쇠를 돌려 시동을 켜고 집으로 차를 몰기에 앞서 소피아는 유리를 물들이며 쏟아져 드는 색색가지 빛깔 아래 앉아 머리가 아이스 링크 위를 움직이듯 대시보드의 플라스틱 위를 유유히 가로지르고, 앞 좌석 헤드레스트에 몸을 튕기고, 핸들의 곡선을 따라 한 바퀴 빙그르 돌더니 다시 그리고 또다시, 처음에는 제 실력을 시험해 보듯이 조심스럽게, 이윽고 실력을 뽐내듯 의기양양한 태도로 회전을 반복하는 모습을 바라본다.

그리고 지금 소피아는 부엌 식탁에 앉아 있었다. 그새 저 뭐라고 불러야 좋을지 모를 물체도 진짜 어린아이의 진짜 머리만 해졌다. 초록빛으로 먼지가 묻고 얼룩진 아이, 풀잎 자국을 잔뜩 묻히고 집에 돌아온 아이, 겨울빛 속 여름 아이의 머리처럼.

아이로 남아 있을까 아니면 성인 머리 크기까지 자라려나? 일종의 성장 단계를 거쳐 성숙한 인간 어른의 (부유하는) 머리로 크게 될까. 아니면 그보다 더 커지려나. 작은 자전거 바퀴, 접이식 자전거에 달린 바퀴만 해질까? 그다음에는 일반 자전거 바퀴만큼? 옛날 비치볼 크기만큼? 채플린이 히틀러로 분장하고 나와 공중에 달린 고무 지구본에 방망이를 휘둘러 마침내 터뜨리고 마는 저 옛날 영화 「위대한 독재자」의 지구본 풍선만큼? 어젯밤에 머리는 현관에 깔린 기름한 카펫 위를 볼링공처럼 데구루루 굴러 찬장에 몸을 부딪혀 가며 고드프리가 수집해 놓은 18세기 잉글랜드산 골동품 도자기 조각상을 한 번에 몇 개나 쓰러뜨릴 수 있는지 보려는 심산인 양 혼자 장난을 치며 놀았는데, 그 모습을 가만히 지켜보다가 문득, 그제야 처음으로, 그 모습이 정말이지 칼에 베인, 잘려 나간, 단두된, 그리하여 땅에 떨어져 데구루루 굴러가는 진짜…… 진짜 머리처럼 보여…….

이 시점에서 소피아는 머리를 집 밖으로 몰아내고 문을 잠가 버리고 말았는데, 머리가 워낙에 사람을 잘 믿는 성격인지라 집에서 내쫓느라고 굳이 진땀 흘리거나 할 것도 없었다. 그저 문을 열고 어두워진 정원으로 설렁설렁 걸어 나갔다가 그걸 본 머리가 순순히 뒤따라 나와 동네 장터에서 산 헬륨 풍선처럼 소피아 주변을 둥실둥실 맴돌다 어느 순간 소피아를 (머리 하나) 앞질러 관목 수풀로 향해서는 관목 수풀에 뭐 볼 게 있다고, 아무튼 저 혼자 랠란디나무 사이를 기웃거리는 동안 잽싸게 몸을 돌려 집으로 돌아와서는 머리가 따라 들어오지 못하게 문을 닫고 집 앞쪽으로 서둘러 가로질러 가서 앞방의 1인용 소파 뒤에 몸을 숨기고 창밖에서 누가(혹은 뭔가가) 안을 기웃거리고 있다 한들 그 눈에 띄지 않도록 등받이 아래로 머리를 한껏 낮추기만 하면 그만인 일이었다.

아무 기척도 없었다. 삼십 초가 지나도록, 일 분이
지나도록.

좋았어.

그 순간 누군가 창을 슬며시 두드리는 소리. 똑똑똑.

소피아는 한층 더 수그리며 좁은 탁자의 리모컨을
눌러 텔레비전을 켜고 음량을 높였다.

히스테리와 흥분에 젖은 뉴스 방송의 익숙한 음성
이 터져 나오자 안도감이 들었다.

하지만 곧 다시 똑똑똑, 창 두드리는 소리.

소피아는 급기야 부엌으로 건너가 라디오를 틀었
고, 그러자 벌써 수십 년째 방송을 이어 가고 있는 인기
라디오 연속극 「디 아처스」가 흘러나오면서 누군가 냉장
고에 칠면조 고기를 둘 공간이 없다고 한참 수선을 떠는
소리가 들렸으나 그런 라디오 음성 너머로도 여전히 똑
똑똑, 어두운 정원으로 연결되는 미닫이문의 유리 두드
리는 소리.

이어 뒷문에 달린 작은 쪽창에서도 똑똑똑.

그래서 소피아는 암흑 속에 위층으로 향했고, 거기

서 계단을 한 층 더 올라 꼭대기 층에 다다라서는 천장의 구멍문을 열어 사다리를 타고 다락으로 올라갔고, 이어 다락방을 가로질러 방 한편에 딸린 화장실의 낮은 문으로 들어가 맨 구석 세면대 밑에 몸을 숨겼다.

아무 소리도 들리지 않았다.

바람에 나뭇가지가 흔들리는 겨울 소리뿐.

그때 지붕창에 빛이 아른거렸다. 어둠을 무서워하는 어린애들 머리맡에 켜 두는 야간 조명을 연상시키는 은은한 불빛이었다.

똑똑똑.

도심의 불 켜진 시계 문자판처럼, 크리스마스카드에 그려진 겨울 달처럼 지붕창 위로 둥근 머리가 두둥실 떠올랐다.

소피아가 세면대 아래에서 기어 나와 지붕창을 열어 주자 머리가 안으로 들어왔다.

머리는 소피아의 눈높이로 떠올랐다가 어린아이 키만치 높이를 낮추더니 상처 입은 동그란 눈으로 소피아를 올려다봤다. 하지만 그것도 잠시, 소피아가 불쌍한 척 굴거나 동정심에 호소하는 계산된 행동을 질색한다는 걸 알기라도 하듯 다시 소피아와 눈높이를 맞췄다.

입에는 한 줄기, 저게 뭐지, 호랑가시나무 가지를 물고 있나? 그걸 장미 한 송이라도 건네듯 소피아에게 내밀었다. 소피아는 가지를 받아 들었다. 그러자 이번엔 공기를 슬쩍 떠밀듯 미세하게 움직이며 소피아에게 뜻있는 눈빛을 던졌다.

그 눈빛에 뭐가 담겨 있었기에 소피아는 그길로 이 오래된 저택을 관통하는 수많은 계단을 층층이 디디며 또다시 1층까지 내려와 현관문을 열고 중앙에 있는 문 두드리는 고리에 홀리 가지를 엮고 만 걸까?

어쨌든 이로써 올해의 크리스마스 화환이 완성된 셈이었다.

1961년 두 번째 달의 어느 화요일이었던 그날 열네 살의 소피아가 아침 식사를 하러 내려와 보니 웬일로 쉬는 날에 침대에서 기어 나올 생각을 다 했는지 진작에 일어난 아이리스가 벌써 주방에서 토스트를 만들며 버터에 재를 묻혔다고 엄마한테 잔소리를 듣고 있었는데, 그걸로 모자라 오전 8시 15분에 심지어 산책이 하

고 싶다며 학교까지 같이 가 주겠다고 소피아를 따라나
서더니 교문 앞에서 헤어지기 전에 갑자기 어이 필로, 너
오전 쉬는 시간이 몇 시지? 하고 묻는다. 11시 10분. 소
피아가 말한다. 좋아. 아이리스가 말한다. 그럼 너네 반
애들 중에서 건강 염려증이 제일 심한 애를 하나 골라서
걔한테 오늘 몸이 영 이상하다고, 속이 막 메슥거린다고
말하고 쨰고 나와, 내가 20분에 저기서 기다리고 있을
테니까. 아이리스는 길 건너편을 가리킨다. 그러고는 이
따 봐! 외치더니 소피아가 뭐라고 물을 겨를도 안 주고
손을 번쩍 들어 보이며 어느새 저만치 걸어가고, 그 모
습에 교문으로 향하던 4학년 남자애 둘이 발길을 멈추는
데, 그중 하나가 입을 헤벌리고 아이리스를 눈으로 좇는
동안 다른 하나가 저 사람이 진짜 누나 언니야? 하고 묻
는다.

　수학 시간. 소피아는 바버라에게 바싹 다가간다.

　나 오늘 속이 너무 이상해. 막 울렁거려.

　이크. 바버라가 멀찌감치 떨어져 앉으며 말한다.

　아이리스는 천재다.

　아이리스는 문제다. 소피아는 아니다. 소피아는

결코 문제를 일으키는 일이 없고, 절대 결코 실수하는 적도 잘못하는 적도 없이 어디까지나 무구하고, 올바르고, 어느 모로 보나 딱 여학생 회장감인 여자애다.(뿐인가, 여자가 장이니 두목이니 우두머리는커녕 다른 사람보다 한 발이라도 앞서서는 안 된다는 게 통념이던 시절에 과장, 팀장을 거쳐 결국 동료들보다 흰 발, 이니 흰 머리 빨리 자기 사업을 차려 여자로서 사장직에까지 오를 터였고, 그런 이유로 사장이 되면서 평생 처음 문제적인 인물이라는 지적을 받고 마는 건 물론, 본인 스스로도 자신의 소위 문제적인 행동을 자책하게 만드는 합당한, 아니, 부당한 죄책감을 물려받게 될 터였다.) 그런 소피아가 이렇게 대놓고 거짓말을 했고, 정작 거짓말을 했다는 자괴감에 시달리다 못해 속이 정말로 메슥거리기 시작했으니 어쨌든 결과적으로 거짓말이 거짓말이 아닌 게 된 셈이긴 한데, 게다가 거기서 끝이 아니라 이제 그보다 더 규칙에서 어긋나며 해서는 안 될 잘못을 저지르고 말 참이란 생각에, 그게 정확히 뭐가 될지는 아직 모르지만 소피아의 심장이 로그 함수 수업 내내 어찌나 격렬하게 절구질을 해 대기 시작했는지 온몸이 심장 박동에 맞춰 눈에 훤히 보이게 뛰고 있을 것만 같았고,

어느 때고 선생님, 소피아 클리브스가 혼자서 진동하고 있어요 하고 누군가가 일러바칠 것만 같지만 쉬는 시간 종이 울릴 때까지 아무도 아무 말 하지 않고 소피아는 여자 탈의실에 슬쩍 들어가 고리에서 외투를 챙겨 나와 어깨에 걸치고는 추운 데라도 나갈 참인지 단추를 하나씩 채우는데 사실 오늘은 날이 아주 따뜻하단 말이지.

여자 교문 근처에서 아이리스가 길을 가다 말고 갑자기 무슨 생각이 떠오른 척 시늉하며 서성거리더니 멜브네 가게 앞에서 멈춰 선다. 담벼락에 붙은 녹슨 콜먼스 머스터드 간판이랑 아이리스가 걸친 노란 코트의 색깔이 아이리스가 미리 짐작이라도 했다는 듯이, 또는 그러길 바랐던 듯이 딱 맞아떨어진다.

보는 사람이 아무도 없다. 소피아는 길을 건넌다.

혹시라도 길에서 소피아를 봤다고 엄마한테 일러바칠지 모르는 가정주부 유형이 지나갈 것에 대비해 아이리스가 가게 앞에서 망을 보며 방패 노릇을 하는 사이, 소피아는 아이리스가 시킨 대로 교복 타이를 풀어 주머니에 말아 넣는다. 아이리스가 밝은 노란색 코트를 벗는다. 외투를 벗자 푸줏간 소년 스타일의 가죽 재킷이 드러난다. 아이리스는 가죽 재킷마저 벗어 소피아에게 건넨다.

오늘 자정까지는 입어도 좋다고 허락할게. 아이리스가 말한다. 그 대신 자정을 넘기고도 안 돌려주면 재와 먼지 더미로 변해 버릴 줄 알라고. 성 밸런타인 축일인 기념으로 특별히 빌려주는 거야. 뭐, 미리 받는 크리스마스 선물 셈 치든가. 입어 봐. 얼른. 그래. 와, 소프, 대따 근사한데. 자, 네 코트는 이리 주고.

아이리스는 소피아의 교복 외투를 들고 멜브네 가게로 들어간다. 잠시 후 빈손이 되어 다시 걸어 나온다. 멜브가 내일까지 가게 뒤쪽에 보관해 주기로 했어. 아이리스가 말한다. 그 대신 내일은 아침 일찍 집에서 나와야 돼, 코트 없이 학교 가는 걸 엄마한테 안 들키려면. 혹시 모르니 적당히 둘러댈 핑계도 생각해 두고.

뭐라고 핑계를 대지? 소피아가 말한다. 난 언니처럼 거짓말 못 하잖아.

뭣이? 너 지금 나보고 거짓말쟁이라는 거야? 아이리스가 말한다. 그냥 학교에 두고 왔다고 해. 너무 더웠다고. 뭐! 사실이잖아.

사실이긴 하다. ──2월이면 아직 한창 겨울이어야 할 판에 벌써 날이 따뜻하지 않나, 오늘은 아예 충격적으로 날이 더운 게 봄날도 아니고 아주 여름날에 맞먹을 정도다. 그래도 소피아는 목적지까지 가는 내내 재킷을 벗지 않고 심지어 지하철에서도 벗지 않는다. 아이리스는 소피아를 커피 바에 데려갔다가 스튜와 감자를 먹자며 스톡 포트라는 식당에 데려가고, 거기서 나와 조금 걷자며 또 어디론가 데려간다. 길모퉁이를 돌자 오디언 영화관이 나온다. 영화관 입구엔 「G. I. 블루스」 포스터가 붙어 있다. 정말?

소피아의 얼굴을 보고 아이리스가 폭소한다.

표정 예술이다, 소프.

아이리스는 핵무장 반대자다. '수소 폭탄 반대.' '핵무기는 자살 행위.' '두려움 조장은 그만, 이성을 되찾자.' '당신이라면 수소 폭탄을 떨어뜨리겠어요.' 아이리스는 시가행진 때 입겠다고 굳이 더플코트까지 따로 사서 그 코트 때문에 시작된 말다툼이 그때껏 본 적 없는 어마어마한 분쟁으로 번지고 말아 아빠는 화가 머리 꼭대기까지 나기에 이르고, 엄마는 아이리스가 저녁 초대를 받아 찾아온 손님들 앞에서 충격적인 논쟁을 벌이자 부끄러워 몸 둘 바를 모를 지경이 되었으며, 여자애가 논쟁을 벌이는 것도 문제지만 하필 공기 중의 유독 가스니 우리가 먹는 음식에까지 그 유해 먼지가 다 배어 있다는 이야기를 식사 자리에서 늘어놓질 않나, 거기에서 한술 더 떠 아빠 직장 사람들이 집에 왔을 때는 우리 이름을 명목 삼아 죽음을 선고받은 20만 명의 사람들 운운했고, 결국 그게 화근이 돼 나중에 아이리스가 앞방에서 아빠한테 살해하지 말지어다라고 소리쳤을 때 손찌검이라곤 일절 하지 않던 아빠가 아이리스를 때리는 초유의 사태를 초래하기도 했다. 더욱이 지난 몇 달간은 엘비스가 군인으로 등장하는 영화를 제 돈 주고 보는 일은 절대 없을 거라고 몇 번이나 선언해 온 터였다. 그런데 오늘 엘비스가 나오는 영화 표를, 심지어 화면에서 제일 가까운 발코니 특석으로 두 장이나 구해 놓았다.

영화에서 엘비스는 독일에 주둔하던 중 휴가를 내고 무용수와 하루를 보내는 미군 병사(G. I.) 털사 역을 맡았다. 무용수는 진짜 독일 사람이다. 독일인을 사람답게 그린 영화를 두 딸이 보러 간 걸 아빠가 알면 예전에 그 많던 꽃들은 다 어디로 갔냐고 묻는 독일 노래가 실렸단 이유로 더 스프링필즈 음반을 밟아 산산조각 내고는 쓰레기통에 처박았을 때만큼이나 노발대발할 터였다. 엘비스와 독일인 무용수가 라인강에서 페리선에 올라타는 장면이 나오자 소피아는 라인강은 저만의 고유한 측량 단위를 지닌 아주 특별한 강이라고 아이리스에게 귓속말을 한다. (아이리스는 한숨을 내쉬며 눈을 굴린다. 엘비스가 바구니 속 아기에게 너도 이미 작은 군인이나 다름없다고 노래하는 장면에서도 아이리스는 한숨을 쉬고, 엘비스가 영화 초반에 기다랗게 뻗은 미사일 발사기가 달린 탱크를 타고 나타나 나무 헛간에 미사일을 발사해 폭파시키는 장면에서는 아예 대놓고 폭소를 하는데──상영관에 앉은 사람들 중 이 장면에서 웃는 사람은 아이리스뿐이다──소피아로서는 이 장면이 어째서 또는 어떻게 웃긴지 통 납득이 안 가고, 영화가 끝나 런던 거리로 나서면서도 아이리스는 고개를 흔들며 혼자 픽픽 웃더니 난데없이 녹아내린 초가 따로 없지, 남자가 아니라 녹아내린 초라니까 하고 중얼거린다. 그게 무슨 소리야, 엘비스가 초라고? 소피아가 묻는다. 아이리스는 다시 소리 내어 웃으며 소피아의 어깨에 팔을 두른다. 가자, 꼬맹이. 우리 커피

숍에 들렀다가 집에 갈까?)

「G. I. 블루스」에는 노래가 정말 많이 나와서 엘비스가 노래를 부르지 않는 장면이 거의 없을 정도다. 그중에도 제일 좋은 노래를 꼽자면 엘비스와 독일인이 공원에 갔다가 보게 된 펀치와 주디식 손 인형극에서 아빠 인형과 군인 인형과 여자 인형이 어린이 관객을 대상으로 펼쳐 보이는 장면의 노래가 단연 으뜸이다. 여자 인형은 군인 인형을 사랑하고 군인 인형도 마찬가지인데 아빠 인형이 독일어로 꿈 깨라 뭐 그런 비슷한 말을 한다. 그러자 군인 인형이 몽둥이를 들고 아빠 인형에게 달려들어 아주 뭉개 버린다. 군인 인형은 여자 인형을 향해 독일어로 노래를 부르기 시작한다. 그런데 인형 극장을 운영하는 할아버지의 축음기가 음악을 불안정하게 재생한 탓에 곡이 너무 빨랐다 너무 느렸다 한다. 그래서 엘비스가 아무래도 내가 좀 거들어 줘야겠는걸 하고 말한다.

그 말이 떨어지는 순간 인형극 무대가 소피아가 여태 본 가장 널찍한 화면, 집 근처 동네 상영관에 있는 화면들과 비교도 안 되게 넓어서 세상 참 불공평하다는 생각이 절로 들 만큼 큰 화면을 가득 메우고, 그 앞에 엘비스가 머리와 목과 어깨까지만 드러낸 채 서 있는 장면이 펼쳐진다. 다른 세계에서 여행 온 거인의 모습으로 무대 앞에 버티고 선 엘비스 옆에는 작디작은 여자 인형이 전신을 드러내고 서 있는데, 여자 인형이 작은 만큼 엘비스는 더더욱 거대해져 거의 신적으로 여겨질 정도다. 엘비스가 여자 인형을 향해 노래를 부르기 시작하고, 이 장면은 소피아에게 더없이 강렬하고 아름다운 장면으로 각인된다. 이 순간의 엘비스는 영화 초반에 다른 군인들과 샤워장에 서서 웃통을 벗고 몸에 비누칠을 할 때보다 훨씬 더 아름답고 경이롭다.

특히 나중에 머릿속으로 돌이켜 재생해 볼, 일 초도 안 될 짧은 순간 하나가 소피아의 인상에 남는데, 그러면서도 소피아는 매번 자기가 이 장면을 멋대로 상상해 낸 건 아닐지 영 확신이 서지 않을 것이다. 상상이라니 설마 그럴 리가. 그리도 폐부를 찌르는 순간이었는걸.

그 순간이란 엘비스가 여자 인형을 설득하기에 이르러 여자 인형이, 어쨌거나 인형일 뿐이지만 그렇대도 어쩐지 굉장히 웃기고 깜찍한 인형이 급기야 엘비스의 회유에 넘어가 그의 어깨와 가슴에 잠시 몸을 기대는 장면의 와중이다. 여자 인형이 기대는 순간 엘비스가 인파 속에서 지켜보고 있는 연인에게 엄청 미세해서 눈 깜빡하면 놓치기 십상인 아주 작은 눈길을 던지는데 ─ 그와 동시에 독일인 연인 말고도 인형극을 보러 모인 관중은 물론이고 이 영화를 보고 있는 관객과 그 관객 중 한 사람인 소피아에게까지 동일한 시선을 보내는 셈이고 말이다 ─ 그 눈에 띌 듯 말 듯한 더없이 아름다운 고갯짓과 시선이 마치, 음, 글쎄, 실로 많은 것을 담았다고 볼 수 있겠지만 수많은 의미 중에서도 그러니까 이런 맥락의 말을 건네는 셈인 거다. 와, 보고 있어요 지금? 나랑 이 인형? 누군들 상상이나 했겠어요? 그런데 봐요, 이게 믿어져요?

크리스마스이브 아침 10시, 몸통에서 분리된 머리가 졸고 있었다. 레이스를 연상시키는 초록색 움이 돋아 머리의 콧구멍과 윗입술 주위로 작디작은 이파리와 양치잎을 뻗었다. 콧물이 아니라 풀물이 마르면서 흔적을 남긴 듯이. 그뿐 아니라 숨을 들이쉬고 내쉬는 소리가 어찌나 생생한지 방문 밖에서 들으면 누구든 진짜 어린아

이가, 심한 감기에 걸렸을지 몰라도 몸은 온전한 아이가
방 안에서 낮잠을 자나 보다 하고도 남을 정도였다.

그 뭐냐, 칼폴인가 하는 시럽 해열제라도 한 병 사
오면 도움이 되려나?

그런데 보아하니 초록색 기운이 귀에서도 움트고
있는 듯했다.

잠깐, 숨은 대체 어떻게 쉬는 거지? 딸린 호흡 기관
이랄 게 전무한데?

허파는 어디로 사라졌을까?

다른 신체 부위들은?

설마 지금 어린아이의 몸통이, 팔이, 한쪽 다리가 하
늘에서 뚝 떨어진 듯 어느 날 갑자기 나타나 뒤를 졸졸
따라다니기 시작한 탓에 소피아만큼이나 당혹스러워하
는 사람이 또 있는 건 아닐까? 혹은 몸통만 덩그러니 떨
어져 나와 슈퍼마켓 통로를 어슬렁거리고 있다거나? 아
니면 공원 벤치에 걸터앉아 있거나 누군가의 부엌 난방
기 옆에 앉아 있다면? 옛날 그 노래 가사처럼. 소피아는
그새 잠이 든 머리를 깨우지 않으려고 나지막한 목소리
로 노랫말을 흥얼거려 본다. 아임 노바디스 차일드. 난

누구의 딸린 자식도 아니야. 아임 노 바디스 차일드. 난 딸린 몸이 없는 아이. 들판의 저 꽃처럼. 야생에서 자라는 아이.

어쩌다 저 지경에 이른 걸까?

사연이야 어떻든 많이 아프고 고통스러웠을까?

생각만으로도 마음이 아팠다. 마음이 아프다는 사실에 소피아는 깜짝 놀랐다. 너무나 오랫동안 세상사에 아무런 감응을 느끼지 못하고 지내 왔다. 바다에 빠진 난민들. 구급차에 실려 가는 아이들. 피 흘리며 병원으로 뛰어가는 사내들. 피범벅이 된 아이들을 끌어안고 불타는 병원에서 뛰쳐나온 남자들. 먼지를 뒤집어쓴 채 길가에 죽어 있는 사람들. 온갖 잔학 행위들. 감옥에서 두들겨 맞고 고문당한 사람들.

아무 느낌이 없었다.

그런 경우가 아니더라도, 그저 매일같이 접하는 일상적인 끔찍함일지라도 별반 다르지 않았다. 예컨대 소피아가 자란 이 나라의 길거리에서 마주치는 보통 사람들. 어쩌나 피폐해 보이는지 디킨스 소설 속 인물들이 절로 연상되어 150년 전에 살아 돌아다니던 가난한 사람들의 유령을 보는 착각마저 드는 그런 이들과 맞닥뜨린다 한들.

아무 느낌이 없었다.

그런데 크리스마스이브를 맞아 부엌 식탁에 앉아 있는 지금 난데없는 마음의 통증이 온몸을 휘감듯이 훑기 시작한 것이었다. 몸이 악기가 되어 섬세한 음조의 현악곡으로 탈바꿈한 감정을 연주하기 시작한 듯 말이다.

몸의 온갖 부위를 저리도 많이 잃었는데, 자기를 구성하던 부분을 저렇게나 많이 잃은 이상 고통을 안 느끼는 게 더 이상하지.

내가 뭘 해 줄 수 있을까? 줄 수 있는 게 있을까? 가진 것 하나 없는 나라도?

아. 맞다. 그러고 보니 생각나는 게 있었다.

소피아는 레인지에 달린 시계를 확인했다.

크리스마스 기간이라고 은행도 일찍 문을 닫을 테지.

은행.

그래. 그럼 정해졌고

(돈이 정했어, 결판내는 건 언제나 결국 돈이지.)

그리하여 이날 아침에 일어난 일을 이제 다른 방식

으로 서술해 보자면, 소피아가 소설 속 등장인물인 양, 소설에 등장하는 인물 중에서도 소피아 본인이 되고 싶고 닮고 싶은 인물이 되었다고 가정하고, 이때 이 소설을 구성하는 이야기란 좀 더 고전적인 종류이자 반들반들하게 연마되어 독자에게 위안을 주는 이야기일 터, 대교향곡에 견줄 이 계절 겨울이 얼마나 장엄하고 또한 찬란한지, 서리가 내린 풍경이란 어느 정도로 황홀하며 그로 인해 풀이파리 하나하나가 어찌나 도드라지고 개개의 은빛 아름다움으로 반짝이는지, 또 추운 날씨가 어지간히 이어지다 보면 심지어 차도의 칙칙한 타맥 포장과 발밑의 포석조차 은은히 빛나기 시작하듯 그간 차갑게 얼어붙었던 우리 가슴 깊은 곳도, 싸늘하게 식은 우리 존재의 심장마저도 땅 위에는 평화, 사람 가운데는 호의가 깃든다는 이맘때 접어들어 어느새 스르륵 녹아내리고 마는지를 역설하는 이야기요, 몸통으로부터 분리된 머리라고는 비집고 들어올 틈이 없는 이야기, 그리고 그 이야기 속 등장인물인 소피아는 반들반들하게 연마된 인물로서 소교향곡에 견줄 겸허와 서사에 대한 예의를 겸비하여 이야기를 적절히 보완하고, 어느 모로 보아도 튀지 않고 연륜과 경험에서 얻은 조용하고 은근한 지혜를 갖춘 나이 지긋한 여성 신분으로 이야기 전반에 사려와 위엄을 보태는 그런 이야기, 그 구조에서도 천만다행히 관습을 따르는 이야기이자 풍경을 서서히 가로질러 이동하는 눈의 모습이 자비로울뿐더러 침묵으로 무마할 줄 아는, 곧 서사에 대한 도리를 아는 또 하나의 요소로서 존재하는 그런 종류의 고급 문학 소설, 눈이 풍경을 하얗게, 보드랍게, 흐릿하게 덮으며 더욱 아름다운 설정으로 끌어올릴 따름이지 풍경 어디에고 몸에서 분리된 머리가 허공에 혹은 다른 어디에서건 부유하는 모습이라곤 찾아볼 수 없는 그런 이야기일지니, 이때 그 머리가 새로운 머리, 그러니까 최근에 벌어진 잔학 행위나 살인이나 테러리즘이 낳은 머리이건 오래된 머리, 즉 과거의 역사적인 잔학 행위나 살인이나 테러리즘이 미래 세대에게 남긴 머리이건 달라질 건 전혀 없는데 그런데 미래 세대에게 남겼다고 하니 마치 잔류하는 머리, 아니, 프랑스 혁명 시대로부터 낡은 바구니에 담겨 대대로 물려 내려온 머리 같다고 해야 하나, 눌어붙은 피로 검게 변한 고리버들 바구니에 담겨 오늘날의 중앙난방이 되고 인터랙티

브한 가정집 문간에 놓인 경우를 떠올리게 되는데 게다가 바구니 손잡이에 메모까지 붙어서 뭐라고 적었나 보니 부디 이 머리를 돌봐 주시기 바랍니다 감사합니다,

아, 아니요,

고맙지만,

고맙지만 사양할게요,

그래서 이 방식대로라면, 때는 크리스마스이브 아침이었다. 분주한 하루가 될 터였다. 크리스마스 연휴 동안 지내러 올 사람들이 있었다. 아서가 반려자와 함께 오기로 돼 있었다. 그 전에 정리할 것들이 있었다.

아침 식사를 마치고 소피아는 시내로 차를 몰았다. 오늘은 정오까지만 영업한다고 홈페이지에 공지해 놓은 은행을 찾았다.

소피아는 그간의 손실을 감안하고도 여전히 은행이 지정한 소위 '코린트 계좌 소유자', 곧 우수 고객으로 분류됐고, 그렇기에 소피아의 은행 카드 상단에는 일반 계좌를 가진 고객에게 발급되는 그래픽 없는 카드와 달리 기둥머리에 나뭇잎 장식이 화려하게 새겨진 코린트식

기둥 그림이 들어가 있었으며, 또한 코린트 계좌 소유자로서 은행에서 '고객별 개인 상담사'를 통한 별도 면담과 각별한 관리를 받을 권리가 있었다. 이 권리를 누리고자 소피아는 매년 500파운드 이상을 지불했다. 그리고 그에 대한 보상으로 고객별 개인 상담사는 소피아가 문의 사항이나 다른 필요가 있을 시에 소피아와 마주 앉아 소피아가 같은 방에 앉아 기다릴 동안 그를 대신해 은행 콜센터에 전화를 넣어 주는 서비스를 제공했다. 즉 소피아가 직접 콜센터에 전화를 걸 필요가 없다는 건데, 그럼에도 고객별 개인 상담사들이 때때로 은행 용지에 전화번호만 떡하니 적어 고객에게 건네며 집에서 직접 전화를 거는 편이 더 편리하지 않겠냐고 귀띔하는 경우도 발생하긴 했고, 이런 노골적인 퇴짜라면 소피아도 제법 최근에 겪은 적이 있었다. 소피아는 적어도 자신이 파악하기로는 여전히 세계적인 비즈니스우먼이요 국제 무대에서 한창 활약하다가 은퇴하여 이곳으로 내려온 한때 잘나가던 사업가로서 이 지역 은행에 익히 알려진, 적어도 어지간히는 알려진 고객일 텐데 말이다.

왕년의 은행 매니저들은 다 어디로 간 걸까? 양복

정장과 확신에 찬 보장과 자신 있게 건네던 금융 팁과 온갖 약속들, 재치와 정중함을 겸비한 말발, 일일이 서명을 해 보내던 고급스러운 크리스마스 연하장은 다 어디로 갔지? 오늘 아침에 배정된 고객별 개인 상담사만 해도 학교를 갓 졸업한 나이대로밖에 안 보이는 젊은이였는데 벌써 삼십오 분째 소피아 맞은편에 컴퓨터 한 대를 두고 앉아서는 은행 콜센터가 전화를 끊지 않고 담당자와 연결해 주기를 기다리는 동시에 오늘 은행이 정오에 문을 닫는데 과연 그 안에 클리브스 부인께서 주신 문의에 답변이 나올지 모르겠다고 말하고 있었다. 클리브스 부인께서 크리스마스 연휴 뒤에 상담 예약을 다시 잡으시는 편이 나을지도 모르겠다고 했다.

　고객별 개인 상담사는 전화를 끊고 컴퓨터로 시선을 돌려 1월 첫 주로 개별 상담 예약을 잡아 주었다. 은행에서 상담 예약을 확인하는 이메일이 갈 것이며, 예약일 하루 전에 다시 문자 메시지가 갈 것이라고 소피아에게 설명했다. 그러더니 — 화면에 뜬 지시를 따르고 있는 게 엄연했는데 — 클리브스 부인께서 보험에 가입하실 생각은 없는지 물었다.

고맙지만 사양하죠. 소피아가 말했다.

주택, 건물, 자동차, 재산, 건강, 여행 중 아무 보험에도 드실 생각이 없으세요? 상담사가 화면을 읽으며 말했다.

소피아는 필요한 보험은 이미 다 가입했다고 말했다.

고객별 개인 상담사는 화면에서 눈도 안 떼고 은행 최우수 고객에게만 특별히 제공하는 요율과 보험 결합 상품에 대해 구체적인 정보를 읊기 시작했다. 그러더니 소피아의 코린트 계좌 정보를 확인하며 소피아가 코린트 카드 소유주로서 이미 어떤 보험에 가입해 있으며 코린트 계정으로도 자동 가입이 되지 않는 보험은 어느 어느 것인지 설명했다.

소피아는 기왕 은행에 들른 김에 출금을 했으면 한다는 말을 반복했다.

그러자 고객별 개인 상담사는 현찰에 대해 이야기하기 시작했다. 지폐는 이제 사람 손이 아닌 기계에 맞춰 발행되고 있다고 말했다. 조만간 10파운드 지폐도 5파운드권처럼 새로 발행될 텐데, 5파운드권과 비슷한 재질을 쓴다니 기계로 돈을 세기는 더 쉬워지는 반면에 은행에서 일하는 사람 손으로 돈을 세기는 훨씬 어려워질 거라고 했다. 머잖아 은행에서 사람 직원을 찾기도 어려워질 거라고 그는 말했다.

소피아는 상담사의 목이 귓기를 따라 붉게 상기돼 있는 걸 알아차렸다. 광대뼈 주위도 발그레했다. 크리스마스 기분을 낸답시고 전 직원이 일찌감치서부터 음주를 시자한 건 테지. 이 젊은이는 아직 음주가 가능한 나이도 안 돼 보이기는 하다만. 술은커녕 당장 울음이라도 터뜨릴 얼굴인걸. 한심하긴. 제 고민이니 관심사 따위 소피아한테 아무런 의미도 없다는 걸 모르나? 그게 소피아에게 어째서 의미가 있겠냐고.

그러나 은행 사람들과 원만한 관계를 유지하는 것이 얼마나 유용한지 소피아는 경험상 잘 알고 있어서 고객별 개인 상담사가 실은 자기부터도 슈퍼마켓에서 그새 구식으로 전락해 버린 사람 계산원이 지키는 계산대를 피해 사람 없이 기계로만 모든 걸 처리하는 인터랙티브 자율 계산대를 점차 이용하게 됐다고 장광설을 늘어놓을 동안 답답한 내색이나 앙칼진 말은 삼가기로 작정했다.

처음에는 자기도 분개했다고 상담사는 말했다. 매

일같이 점심을 사러 가는 슈퍼에서 계산대 인력을 일부 해고하고 셀프서비스 계산대로 대체한 사실을 알게 된 후로는 그에 항의하는 차원에서 기계 대신 사람한테 돈을 지불하는 걸 원칙으로 삼으려 했다고. 그런데 계산대를 지키는 사람이 한 명밖에 없다 보니 기계 대신 사람을 상대하기 위해서는 한참 줄을 서야 하는 반면, 자율 계산대는 여러 개여서 그중 한 대 정도는 대개 비어 있기 마련이었고, 설사 줄을 선대도 기존 계산대를 이용할 때보다 훨씬 빨리 차례가 돌아와서 결국은 자기부터가 점심을 사러 갈 때면 차츰 기계 계산대를 이용하게 됐고 요즘은 아예 곧장 기계로 향하고 마는데, 실은 기계 계산대를 이용하면서 다른 사람과 별 의미 없는 잡담이니 가벼운 인삿말조차 나누지 않아도 된다는 데 묘한 안도감이 들기도 한다고, 아무리 가벼운 몇 마디래도 상대방이 나를 재고 있다는 느낌이 들거나 괜히 수줍은 마음이 들거나 그도 아니면 내가 혹시 바보 같은 말을 하거나 실언을 하는 건 아닐지 노심초사하느라 그조차 때에 따라선 부담이 되기 마련이지 않느냐고.

인간관계의 불가피한 난관이죠. 소피아가 말했다.

상담사가 앞의 화면 대신 소피아를 바라봤다. 상담사가 바라보는 걸 소피아도 봤다.

하지만 아는 사이도 아니고 관심이 가지도 않는 나이 든 여자일 뿐이었다.

그는 다시 화면으로 눈길을 돌렸다. 소피아는 상담사가 자신의 예금 정보를 조회하고 있음을 눈치챘다. 지난해 거래 내역은 거기 포함되지 않을 터였다. 작년 내역은 아무 의미가 없었다. 의미 없기는 그 전해 내역도 마찬가지고 그 전전해도 마찬가지며, 그렇게 끝없이 거슬러 올라갈 수 있었다.

왕년의 은행 예금 거래 내역은 다 어디로 간 걸까?

사실이에요. 소피아가 말했다. 아무리 얕은 관계나 일시적인 교류라도 극도로 복잡하기 마련이죠. 그건 그렇고 다시 말하지만 오늘 내가 은행에 온 건 현금 인출을 위해서예요.

네. 앞쪽 카운터로 가시면 제 동료 직원들이 현금 인출을 도와 드릴 겁니다. 상담사가 말했다.

그러더니 화면을 확인하고서 덧붙였다. 아 이런. 아니요, 오늘은 도와 드리지 못하겠네요.

왜요? 소피아가 말했다.

안타깝게도 이제 영업시간이 지났습니다. 상담사가 말했다.

소피아는 그의 등 뒤에 붙은 시계를 봤다. 정오로부터 이십삼 초 지났다.

그래도 내가 오늘 일부러 은행까지 찾아와 인출하려던 금액은 준비해 줄 수 있을 테죠. 소피아가 말했다.

아쉽게도 영업 종료 시에 은행 금고도 잠겨서요. 고객별 개인 상담사가 말했다.

내 고객 등급을 확인해 봐 주겠어요. 소피아가 말했다.

확인이야 얼마든 할 수 있습니다만 그런다고 달리 손을 쓸 수 있는 상황은 아닐 텐데요. 상담사가 말했다.

그러니까 지금, 내가 오늘 은행까지 굳이 찾아와 내 계좌에서 인출하려던 금액을 실제로 인출할 방법이 전혀 없다는 말인가요? 소피아가 말했다.

물론 은행 앞 현금 지급기를 통해 고객님 계좌 한도 내에서 원하시는 금액만큼 인출이 가능하십니다. 상담사가 말했다.

고객별 개인 상담사는 자리에서 일어섰다. 고객 등급 조회는 하지도 않았다. 이 사무실로 잡힌 상담 예약에 따라 두 사람에게 할당된 시간이 모두 지났으므로 할 일도 이제 끝났다는 듯 닫혀 있던 사무실 문을 열 따름이었다.

지점 매니저와 상의를 했으면 하는데 가능할까요? 소피아가 말했다.

제가 이 지점 매니저입니다, 클리브스 부인. 고객별 개인 상담사가 말했다.

두 사람은 크리스마스 인사를 나눴다. 소피아는 그대로 은행을 나섰다. 고객별 개인 상담사가 등 뒤에서 은행 문을 잠그는 소리가 들렸다.

소피아는 은행 밖 현금 지급기로 향했다. 기계 고장으로 사용이 일시 중단되었다는 메시지가 화면에 떠 있었다.

이어 소피아는 사방에서 꾸역꾸역 밀려드는 교통 정체 한가운데 갇히고 말았다. 시내 한복판에 있는, 공원이라고 부르기도 민망한 잔디밭 근처에서 오도 가도 못했다. 오래전이지만 한때는 나무 둘레에 맞춰 짠 흰 목재

벤치가 설치된 잔디밭이었건만 지금은 주위에 아무것도 없었다. 소피아는 이대로 차에서 내려 잔디밭으로 건너가 정체가 풀릴 때까지 나무 아래에 앉아 기다려 볼까 잠시 고민했다. 차야 길 한복판에 내버려 두면 되잖아. 다른 사람들이야 알아서 차를 돌려 지나갈 테고. 그저 건너가 나무 발치에 앉으면 그만.

소피아는 건너편의 크고 오래된 나무를 바라보았다.

공원 매각을 알리는 글과 '럭셔리 주상 복합 아파트, 최고급 사무실 및 상가 점포 설계' 계획에 대한 공지를 봤다. 럭셔리. 최고급. 녹지와 마주한 길 건너편의 철물점 겸 가정 및 정원 집기 상점으로부터 천상을 울리는 종소리가 들려왔다. 창문에는 폐점 세일이라고 큼직하게 적힌 현수막이 걸린 와중에 글로-오-오-오-오-오-리아.

크리스마스 음악이 흥미로운 이유로는 그 실질적인 무력함이랄까, 사실상 요만큼의 효과도 없다는 점을 들 수가 있는데요. 소피아는 크리스마스 음악에 관한 BBC 라디오 4 특집 방송에 출연한 양 박학다식하지만 재수 없지는 않은 목소리를 흉내 내며 속으로 생각했다. 크리스마스 시즌 말고는 연중 어느 때에도 어울리지 않는 음악일뿐더러 애초 어울릴 수가 없는 음악이지요. 그런데 이 암담한 한겨울 동안만은 어째서 그리도 폐부를 파고 들며 우리를 감동시키는가 하면, 외로움과 공동체성에 대해 더없이 집요하게 노래하고 있기 때문이에요. 소피 아가 청취 중이지 않은 수백만 청취자를 향해 말했다. 우리 영혼의 가장 관대한 정신을 표현하는 동시에 우리 정신이 가장 덜 움츠러든 때에 한층 더 풍요로운 기운에 젖어 보라고 부추기지요. 크리스마스 캐럴은 본질적으로 재방문을 뜻합니다. 재고의 기회라고도 할 수 있지요. 다시 말해 경과하는 시간의 리듬을 의미하고, 동시에, 어쩌면 그보다 더 유의미하게는 우리를 위로하는 시간의 저한없는 순환, 그 영원한 주기 가운데에 이 특별한 절기가 어김없이 또 돌아왔음을, 어둠과 추위에도 아랑곳 않고 우리가 환대와 친절을 아울러 모으고 또 베푸는 시기이자 환대와 친절에 적대적이기 십상인 세계에서 우리가 일말의 호사를 누리는 계절이 돌아왔음을 뜻하거든요.

어둠에 잠긴 고요한 밤 거룩한 밤이 꿈조차 방해 않는 네 깊은 잠 위에 펼쳐지니 너 낙담할 일 하나 없어라. 소피아는 한숨을 내쉬며 좌석 등받이에 몸을 기댔다. 크리스마스 캐럴이라면 모르는 곡이 없는 소피아여서 노래마다 가사를 단어 하나 빼먹지 않고 줄줄이 외우는 건 물론, 심지어 데스캔트 성부까지 다 꿰고 있었다. 애초에 이러라고 가톨릭 교육을 받아야 했던 걸까? 그러고 보니 캐럴 시즌이라고 여기저기 방문해 노래를 부르러 다닐 때마다 늘 앞장서던 교장 선생님이 떠오른다, 웨일스 출신의 할아버지 선생님이었지, 그래, 새 교장이 오기 전에 교장으로 계셨던 그 선생님, 참 자상했는데, 유별날 정도로 말이야, 노래 중간중간 옛날 무대 배우처럼 두 팔을 좌우로 활짝 벌리고 손을 펼쳐 보이며 수업을 중단시키고 재밌는 이야기들을 들려주곤 했어, 뭘 가르치려 들었던 게 아니라. 되게 느긋하고 활달한 할아버지 선생님이었고 늘 특유의 냄새를 풍겼는데, 뭐랄까 약국 냄새 같기도 하지만 그렇다고 불쾌한 냄새는 아니었고, 사실 학생들 입장에선 워낙 옛날 사람으로 여겨져서 그 교장 선생님이 해 주는 이야기라면 반 아이들 모두 신의 입에서 나온 이야기인 듯, 하늘에서 곧바로 내려온 이야기인 듯 엄청 진지하게 받아들이곤 했지.

예를 들어 어느 날인가 황제가 유명한 화가에게 사

자를 보내 세상에서 가장 완벽한 그림을 그려 바치라는 엄명을 내렸는데 그 말을 전해 들은 화가가 목탄 조각을 집어 들더니 캔버스에 동그라미 하나를 달랑 그려 건넸다는 이야기라든가. 이걸 가져가 황제에게 전하시오.

한동안 학교의 수장이요 머리였던 할아버지 선생님이 해 준 이야기로 또 뭐가 있었더라?

이런 이야기.

한 남자가 돌이 널린 밭 한복판에서 다른 남자를 살해했습니다. 무엇 때문이었는지 몰라도 아무튼 서로 의견이 달라 실랑이를 벌인 끝에 둘 중 하나가 커다란 돌멩이를 집어 다른 사람 머리를 그이 머리만큼이나 크고 둥근 돌멩이로 내리쳤습니다. 돌에 맞은 남자는 그 자리에서 죽고 말았습니다. 돌로 다른 남자를 살해한 남자는 혹시 이 장면을 목격한 사람이 있을까 싶어 주변을 샅샅이 살폈지만 근방에는 아무도 없었습니다. 남자는 집에 가 삽을 들고 돌아왔습니다. 밭에 커다란 구덩이를 파 죽은 남자를 안으로 밀어 넣고 무거운 돌멩이를 용케 다리 난간 너머로 밀쳐 강물 깊이 빠뜨렸습니다. 그러고는 강가로 내려가 몸을 씻고 옷을 훌훌 털었답니다.

하지만 죽은 남자의 깨진 머리통이 계속 그를 괴롭혔습

니다. 아무리 생각을 떨치려 해도 떨칠 수 없고 어딜 가나 늘 머리가 뒤를 따라다녔습니다.

남자는 교회를 찾아갔습니다. 용서하세요, 신부님, 제가 죄를 지었습니다. 하느님께서 사해 주실 수 있는 죄가 아닌 것 같습니다.

남자의 고해 성사를 들은 신부는 남자와 마찬가지로 젊었기에 죄를 고백하고 진정으로 보속을 행하면 신께서 당연히 용서해 주실 거라며 남자를 안심시켰습니다.

제가 사람을 죽였어요. 그러고는 곡물밭에 묻었어요. 남자가 말했습니다. 돌멩이로 머리를 쳤는데 그 자리에서 죽었어요. 돌멩이는 강물에 버렸어요.

신부가 구멍이 숭숭 뚫린 창살 너머의 어둑한 자리에서 고개를 주억거렸습니다. 그는 남자에게 보속을 내리고 사죄경을 읊었습니다. 그리하여 남자는 고해소에서 나와 교회에 앉아 보속 기도를 올렸고 그렇게 용서를 받게 되었습니다.

세월이 흘러 수십 년이 지나자 죽은 남자의 행방을 염려하거나 걱정하는 사람도 남지 않게 되었습니다. 마음을 쓰던 사람들은 모두 죽고 다른 사람들은 그의 존재를 잊었지요.

어느 날 한 노인이 마을로 향하던 길에 노신부와 우연히 마주치게 되었고, 신부를 알아본 그는 신부님, 저와 악수 한번 하시죠 하고 말을 건넸습니다. 저를 기억하시려나 모르겠네요.

노인과 노신부는 함께 마을로 걸음을 옮기며 가족과 세상살이에 대해, 그사이 달라진 것들과 달라지지 않고 그대로 남아 있는 것들에 대해 이런저런 이야기를 나누었습니다.

그렇게 마을에 거의 다다랐을 때 노인이 신부님, 오래전 그때 절 도와주셔서 감사하단 말씀을 드리고 싶습니다 하고 말했습니다. 제가 무슨 일을 저질렀는지 아무에게도 누설하지 않아 주셔서 감사합니다.

무슨 일을 저질렀지요? 노신부가 물었습니다.

그때 제가 사람을 돌로 쳐 살해했을 때 말입니다. 노인이 대답했습니다. 그러고는 밭에 묻어 버린 일 말입니다.

노인은 호주머니에서 플라스크를 꺼내 노신부에게 권했습니다. 신부는 남자와 건배하며 술을 마셨습니다. 이윽고 장터에 이르러 두 사람은 고개를 끄덕이며 서로 잘 가라고 인사를 나누었습니다.

노인은 그길로 집으로 돌아갔습니다. 노신부는 그길로 경찰을 찾아갔습니다.

경찰은 곡물밭으로 향했고 밭에서 사람 뼈가 발견되자

노인을 찾아가 체포했습니다.

노인은 재판을 받았고 유죄로 판정돼 감옥에서 교수형에
처해졌습니다.

천사들이 깃들면서 가게들도 하나둘 문을 닫고 있
었다. 날빛은 점차 스러졌다.

소피아는 집으로 차를 몰았다. 집에 도착해서는 잠
긴 현관문을 열고 곧장 부엌으로 걸어 들어갔다.

소피아는 식탁 앞에 앉았다.

두 손으로 머리를 감쌌다.

1981년 늦여름의 어느 날 젊은 여자 두 명이 잉글랜드 남부 마을 중심가에 위치한 전형적인 철물점 앞에 서 있다. 점포 입구 위쪽에 걸린 열쇠 모양 간판에는 열쇠 복사 제작이라고 새겨져 있다. 가게에선 방부제로 쓰이는 크레오소트 냄새가 짙게 풍기고 기름, 등유, 잔디 관리 약품 냄새도 났을 터다. 자루 달린 비와 자루 안 달린 비, 비가 딸리지 않은 자루만도 따로 떼어 판매하고 있었을 터다. 그 외에 또 뭐가 있었을까? 갈퀴, 삽, 쇠스랑, 정원용 롤러, 벽 한쪽을 가득 메운 접이식 사다리, 양철 욕조에 봉지째 쌓인 퇴비. 가정용 액화 가스, 소스 냄비, 프라이팬, 대걸레, 숯, 접이식 나무 의자, 플라스틱 양동이 한가득 든 변기 플런저, 차곡히 쌓인 사포 더미, 손수레에 든 모래주머니, 금속 현관 매트, 도끼, 망치, 캠핑용 버너 두어 개, 삼베 깔개, 커튼 부속, 커튼레일 부속, 커튼레일을 벽에 박기 위해 필요한 부속이며 창틀 덮개, 펜치, 드라이버, 전구, 등, 플라스틱 통, 빨래집게, 빨래 바구니. 크고 작은 톱. 가정용품 일체.

하지만 나중에 가게 이야기를 털어놓는 두 여자의 기억에 가장 선연히 떠오르는 건 정작 가게에서 본 꽃일 것이다. 로벨리아와 알리숨, 층층이 꽂힌 울긋불긋한 씨앗 봉지들.

두 사람은 계산대 뒤의 남자에게 인사를 건넨다. 그들은 너비가 각기 다른 사슬이 둘둘 말린 벽면 옆에 서 있다. 미터당 가격을 비교한다. 셈을 해 본다. 둘 중 한 명이 제법 가느다란 사슬 끝을 잡아당기자 쟁그렁거리며 쇠사슬이 풀린다. 한 명이 그 앞에 서서 다른 물건을 살피는 척하는 사이 다른 한 명이 사슬을 골반에 빙 둘러 길이를 가늠한다.

두 사람은 서로를 보고 어깨를 으쓱인다. 얼마나 길거나 짧아야 하는지 통 짐작이 안 된다.

차선책으로 가진 돈을 다시 세 본다. 10파운드가 좀 못 된다. 두 사람은 자물쇠를 살피러 간다. 자물쇠는 네 개가 필요하다. 작고 좀 더 저렴한 자물쇠를 고르면 남은 돈으로 대충 3미터 되는 사슬을 살 수 있다.

철물상이 사슬을 길이에 맞춰 잘라 준다. 둘은 돈을 낸다. 가게 문에 달린 작은 종이 머리 위에서 짤랑거렸을 것이다. 그길로 두 사람은 여름 기운이 나른하게 묻어나는 잉글랜드 특유의 긴 그늘이 드리운 속에서 마을로 다시 나섰을 것이다.

아무도 그들에게 눈길을 주지 않는다. 아무도 노곤한 해가 내리쬐는 길거리를 지나는 그들을 유심히 바라보지 않는다. 그들은 길모퉁이에 선다. 마을의 중심가를 이루는 이 도로가 이때 유난히 넓어 보인다. 혹은 가게에 들어서기 전이나 지금이나 똑같이 넓은데 다만 아까는 미처 눈치챌 경황이 없었을 뿐이려나?

마을을 벗어나 몇 킬로미터 떨어진 곳에서 기다리고 있을 친구들에게 데려다줄 도로가 나오기까지 그들은 차마 웃을 엄두를 못 내다가 도로로 접어드는 순간 웃기 시작한다. 그제서야 자지러지게.

두 사람이 나란히 팔짱을 끼고 더위 속을 걸어가는 모습을 상상해 보라. 하나가 사슬이 든 봉투를 앞뒤로 흔들어 젱그렁 소리를 내며 다른 하나를 웃기기 위해 종소리 울려라 종소리 울려 하고 노래할 동안 다른 한 명은 작은 열쇠가 하나씩 꽂힌 자물쇠를 주머니에 간직한 채 걸어가고, 그렇게 둘이 걸어가는 길 가장자리를 따라 노란 여름빛으로 푸새가 펼쳐지고, 그 사이사이 잡초와 들꽃이 피어오른다.

겨울. 동지다. 아트는 런던 시내에 자리한 한때 도서관 참고 문헌실이었으나 이제 입구 상단에 "아이디어 스토어에 오신 걸 환영합니다."라고 쓰인 간판이 걸린 방에서 손때 탄 공용 PC를 사용하는 중이다. 아무 단어나 생각나는 대로 구글 검색창에 입력해 가며 자주 찾는 검색어 기능이 그 단어에 대해 죽었다고 하는지 살펴보고 있다. 대부분 죽었다고 하고, 단어를 입력하자마자 죽었다고 하지 않는 경우엔 단어 뒤에 는 또는 은을 덧붙이거나 는/은에 더해 ㅈ과 간혹 ㅜ까지 입력하면 열에 여덟아

홉은 죽었다고 한다.

검색창에 아트에 이어 는을 입력하자 두둥, 상위 검색어 중에서도 최상위로 뜨는 답을 보며 아트는 정체 모를 일말의 전율 — 글쎄 어쩌면 마조히즘일지도 — 을 경험한다.

아트는 죽었다

다음으로 마조히즘을 입력해 본다.

마조히즘은 죽었다고 나오지 않는다.

반면에 사랑은 확실히 죽었다.

지금 그가 있는 장소는 죽었다의 반대에 해당하는 곳이다. 아주 북적거린다. 이런저런 일을 하는 사람들로 들끓는다. 구식 PC 중 한 대를 차지하느라고 상당히 진을 뺐건만 아트처럼 그나마 작동하는 다섯 대 중 한 대를 쓰겠다고 기다리는 사람들이 그새 또 길게 줄을 서 있다. 줄 선 사람들 중에는 서둘러 뭔가 해야만 하는지 상당히 급한 표정인 사람도 있다. 아예 발을 동동 구르는 사람도 두어 명 보인다. 칸막이를 친 PC 코너에 앉은 사람들 뒤를 안절부절못하며 오간다. 아트는 개의치 않는다. 오늘 그는 아무것도 개의치 않기로 작정했다. 온화하기로 유명한 아트, 사려 깊고 관대하고 서정적이고 감수성 풍부하다는 아트지만 오늘은 다른 사람의 필요에 양보하지 않고 급조된 이곳 PC 코너의 이 자리를 원껏, 마음껏 독차지할 작정이다.

(온화함, 사려 깊음, 관대함, 서정성, 감수성 중에서 서정성만이 유일하게 죽었다고 뜬다.)

아트는 할 일이 많다.

동지가 지나기 전에 동지에 관한 글을 써서 블로그에 게시도 해야 하고 말이지.

그는 블로그, 그리고 는을 입력한다.

두둥. 죽었다.

그는 자연은을 입력한다.

추가로 ㅈ을 입력해야 하는 단어인 모양이다. 그리하자 몇 가지 추천 검색어가 뜬다.

자연은 재앙이다

자연은 적막하다

자연은 적자생존

자연은 죽었다

자연 생태 작가는 그러나 죽었다고 나오지 않는다.

이 단어를 검색어로 입력하면 작은 섬네일 사진이 주르륵 뜨면서 과거와 현재의 위인들을 혈색 좋은 얼굴을 한 모습으로 눈앞에 가지런히 모아 보여 준다. 아트는 골똘한 표정을 지은 그 얼굴들, 온라인상의 작디작은 네모 칸 안에 한 줄로 반듯이 정렬한 채 갇혀 있는 저 세계-이해자들의 면면을 바라보며 골수까지 파고드는 지독한 서글픔을 느낀다.

자연적 기질이, 천성이 바뀌나?

아트는 천성이 워낙 무책임해서 말이지.

아트는 자기밖에 모르는 사기꾼이다.

진짜 자연 생태 작가들치고 자연에 대해 글을 써서 해결하거나 해소하지 못할 정도로 삶이 꼬이는 경우 봤어? 그런데 아트를 봐.

샬럿 말이 맞다. 아트는 진짜가 아니다.

샬럿.

사흘 후 콘월에 내려갈 때 샬럿과 같이 가는 걸로 어머니는 알고 계신데.

아트는 주머니에서 전화기를 꺼낸다. 화면을 확인한다. 샬럿이 아이디 @rtinnature로 허위 트윗을 전송하기 시작했다. 어제는 아트를 사칭하며 3451명에 달하는 그의 팔로어들에게 신년 주기 들어 첫 멧노랑나비를 봤노라고 공개적으로 선언했다. 멧노랑나비를 평소보다 3계월 일찍 목격! 팔로어들에게 아트가 멍청하고 칠칠치 못한 사람이라는 인상을 주려고 일부러 맞춤법까지 틀려가면서 말이다. 글쎄, 3계라니, 어쩌면 숨은 암호를 이용해 아트의 피드에 변태들을 끌어모으려는 꿍꿍이인지도 모르겠다. 그러고는 보나마나 인터넷에서 내려받았을 나뭇잎 위에 앉아 있는 암컷 멧노랑나비 사진을 올렸다. 그러자 트위터가 발칵 뒤집혔다. 트위터 폭풍치곤 소규모였지만 어쨌건 그길로 폭풍 리트윗이 시작되더니 급기야 @rtinnature가 실시간 트렌드로 반짝 뜨기까지 했다. ─ 1000명이 넘는 흥분했거나 분개한 자연 애호가들이 가벼운 폭언까지 퍼부으며 신생 나비와 동면에서 깬 나비도 구분 못 하느냐고 일제히 그를 매도하고 나선 것이다.

오늘의 트윗 타래는 대략 삼십 분 전에 시작됐고, 역시 그의 트위터 아이디로 역시나 백주에 거짓말을 나불대고 있다. 눈 폭풍이 휩쓸고 지나간 유스턴 로드 사진을 어디선가 용케 찾아내서는 사실인 양 둘러대며 뜬소문을 퍼뜨리는 중이다.

눈이 웬 말. 섭씨 11도에 햇살이 내리쬐는 날씬데.

벌써 온갖 댓글이 서툴게 따른 라거 맥주처럼 거품을 물고 끓어오르는 중이다. 분노와 야유와 증오와 혐오와 조소를 담은, 심지어 네가 여자였으면 목숨이 위험했어라고 대놓고 말하는 댓글들. 이런 댓글을 포스트모던한 농담으로 받아들여야 하는지 어쩐지 아트로선 영 분간이 안 된다. 그보다 심각한 건 오스트레일리아와 미국의 언론 매체 두 곳에서 이 트윗을, 그것도 아트의 트위터 ID가 빤히 보이도록 놔둔 채로 방송에 내보냈다. "런던 한복판을 강타한 눈폭탄 최초 공개"라는 헤드라인과 함께.

아트의 손에 들린 전화기에 불이 들어온다. 조카 안녕.

아이리스 이모다.

아이리스는 멧노랑나비를 이르는 브림스톤이란 단어가 사용되는 또 다른 맥락에 대해 어제도 그에게 문자를 보냈던 참이다. 조카 안녕, 혹시나 이 나라의 발사 후 망각 기능, 이른바 '브림스톤'에 대해서도 들어/알아 봤는지? 공중 발사 지상 공격 미사일 브림스톤 말이야. 나비랑은 차원이

다르지! 미사일 브림스톤이 날개를 한 번 흔들면 이루 말할 수 없이 끔찍한 나비 효과를 불러올 테니 x 아이어

오늘은 의외로 위안이 된다. 조카 안녕, 트윗 내용이 아무래도 평소 너답지 않은데 :-$. 그래 너라면 직접 겪어 알 법하니 어디 한번 물어보자. 우리 운명이 기술의 손에 달린 거냐 기술의 운명이 우리 손에 달린 거냐? x 아이어

하, 대단한데. 칠십 대 후반의 나이 지긋한 이모마저 상황을 간파하다니. 조카를 잘 아는 것도 아닌데 말이야. 걱정할 것 없겠네. 아트가 다른 사람의 농간에 놀아나고 있다는 걸 이모마저 간파했는데 그의 진정한 팔로어들이 상황 파악을 못 할까.

트잉여 여러분 런던은 지금 눈이 무릎 높이까지 쌓였어요!

저따위에 말려들지 않겠어.

수준 맞춰 봤자 자기만 손해지.

샬럿에게 맞대결의 즐거움을 주지 않겠어.

그 수준까지 떨어질 수는 없지.

샬럿이나 자기가 얼마나 한심한지 뽀록 내라고 해.

(샬럿이 이리도 필사적으로 그와 연락을 유지하려 드는 게 흥미롭기는 했다.)

아트는 도서관에 모인 사람들을 둘러본다. 봐, 보라니까. 이 방에 있는 사람들 중에 아트의 이름과 프로필 사진을 걸고 온라인에서 자행되는 일에 관심을 갖기는커녕 그런 일이 벌어진다는 걸 알기나 하는 사람이 어디 한 명이라도 있는지. 아무도 없지. 그렇게 치면 실제로 일어나는 일도 아닌 것 같단 말이지.

그럼에도 실제로 벌어지고 있다는 게 문제지.

그렇다면 어느 쪽이 진짜일까? 이 도서관은 세계가 아닌 걸까? 저기가 세계라 봐야 하나, 화면에 뜬 저곳이 진짜 세계고 여기 이렇게 온갖 사람들에게 둘러싸인 가운데 아트가 몸소 앉아 있는 이곳은 세계가 아니고? 아트는 네모난 구식 PC 화면에서 고개를 들어 창밖을 바라본다. 차량이 지나가고 사람들이 이리저리 오가는 와중에 길 건너편 버스 정류장에서 누군가가 벤치에 앉아 뭔가를 읽고 있는데, 그렇다고 저 여자애도 지금 무엇이 진짜고 무엇이 가짜인지 잔뜩 혼란스러워하는 것으로 보이느냐 하면……

아니지.

그러니 아트라고 혼란스러워할 필요가 없다.

그렇긴 한데

트잉여 여러분

샬럿이 지금 그를 욕보이는 동시에 그가 자기 팔로 어들을 욕보이는 양 꾸며 대고 있단 말이지. 한두 가지로 속을 긁는 게 아니군. 그것도 뻔히 다 알면서 말이야. 눈이 내렸느니 어쨌니 트윗하고 있는 것도 다 고의적인 속셈에서다. 그가 오래전부터 계획해 온 걸 샬럿도 아니까. 실제로 눈이 올 때에 대비해, 과연 눈이 다시 내리기나 한다면 말이지만, 아무튼 제대로 눈이 내리는 날에 대비해 '아트 인 네이처' 블로그에 올릴 글을 한동안 구상해 왔다는 걸 알고 일부러 그러는 거다. 눈에 찍힌 발자국과 알파벳 문자를 주제로 글을 쓸 계획인데 — 계획이었는데 — 말이지. 디지털로건 종이 위의 잉크로건 흔적을 남기는 문자는 그 낱낱의 글자 또한 동물이 남긴 자취이자 족적에 다름 아니다, 이 문장을 공책에 메모해 둔 지만도 어언일 년 육 개월인걸. 지난겨울이 워낙 따뜻했던 탓에 결국해를 넘겨 가면서까지 기다려야 했다는 건 샬럿도 빤히아는 사실이다. 그사이 그가 모아 둔 단어들만 해도 얼마나 근사한지. 자취, 지르밟다, 살포시…… 마법의 단어들. 그간 그는 눈의 종류와 형태를 지칭하는 예사롭지 않은 단어들도 꾸준히 기록해 두었다. 자국눈. 포슬눈. 잣눈. 풋눈. 게다가 제법 정치적인 논지마저 담아 얼핏 보기엔 불화하는 듯하나 사실상 조화로이 공존하고 분열된 듯하지만 맞물린 자연에 관해, 눈과 풍향이 서로 관계 맺는 우아한 방식에서 드러나는 단결에 대해, 그리고 사방팔방 제멋대로 뻗은 나뭇가지라도 그 위에 소복이 쌓인 눈만은 한 방향을 향하기 마련임을 글에서 논할 계획이건만 — 계획이었건만.(샬럿은 구상 참 한심하다며 네가 지금 논점에서 얼마나 빗나가고 있는지 아느냐고 장황하게 설교를 늘어놓았는데, 그 요지인즉 자연 생태 작가들이란 개중에서 손에 꼽게 탁월한 재능을 가지고 정치적 의식이 깬 소수를 제외하고는 대개 자기만족적 습성에 절어 있기 마련일뿐더러 요즘같이 어수선하고 시급한 문제가 도처에 만연한 때 눈앞의 상황을 직시할 생각은커녕 손수 눈 가리고 자기네 정체성에나 골몰하며 자위하는 족속이다, 그리고 눈송이란 단어도 요즘 눈송이 세대니 뭐니 해서 아예 다른 의미로 쓰이지 않느냐고, 그러니 글을 쓰려거든 차라리 그걸 주제로 쓰라는 것이었다.) 아트는 물 분자의 주고받기식 상호 작용에 대해서도 그간 메모를 해 왔고, '너그러운 물'이란 부제까지 이미 다 생각해 뒀다. 또 바람이 거의 불지 않는 추운 날에는 왜 수분이 얼음으로 변하면서 연기처럼 보이는 물질을 생산하는지에 대해, 그리고 눈과 얼음의 혼합물이자 워낙에 굳건해서 건물재로도 쓸 수 있다는 스나이스에 대해 메모를 해 왔으며, 얼음이 어떤 표면에 형성되느냐에 따라 깃털 같은 양치류 무늬를 띠거나 띠지 않는 점에 대해, 눈송이마다 모양이 제각각이라 서로 닮은 눈송이가 없다는 말이 명백한 사실에 기반한다는 점과 눈송이와 눈 결정의 차이 및 눈송이의 공동체적 성향 — 이것도 상당히 정치적인 논지라 할 수 있는데 — 에 대해서는 물론이고 하늘에서 내리는 눈송이가 실은 저희만의 자연적 알파벳을 구성하고 있으며, 그렇기에 매번 저희만의 독창적인 문법을 형성한다는 점에 대해서도 메모를 해 온 터였다.

눈에 관한 이토록 상세한 메모가 담긴 아트의 공책을 샬럿이 갈가리 찢어 아파트 창밖으로 내던져 버렸다.

아트는 나무 우듬지와 풀숲과 주차된 차들의 앞 유리와 지붕 위로 흩뜨려지고 인도 여기저기 날리는 공책의 흔적을 창가에 서서 망연히 내다볼 수밖에 없었다.

니가 자연 생태 작가라고. 샬럿이 말했다. 작작 웃겨라. 들판이니 운하로 산책 좀 다녔다고, 그러고는 아무 말이나 지어내 온라인에 올렸다고 자연 생태 작가가 되는 줄 알아? 자연 좋아하네. 넌 기껏해야 풀은커녕 끄나풀이라고. 다른 사람들 일러바치고 월급이나 타는 끄나풀. 보잘것없는 풀 뭉텅이 파렴치한밖에 안 되는 주제에 어디서 사람들을 속이려 들어. 하기야 자기부터 착각에 빠졌으니. 자기기만부터 좀 버려.

사태가 이렇게 된 건 아트가 샬럿 소유인 책 귀퉁이로 손톱 때를 긁어내다가 샬럿에게 들켜서 한 소리를 들은 게 발단으로, 아트가 기분이 상한 나머지 넌 허구한 날 세상이 왜 이 모양이냐며 불평만 늘어놓지 않느냐 샬럿을 힐난하기 시작했고 여기서부터 싸움이 걷잡을 수 없게 번지고 만 것이었다.

자기들이 선택한 거잖아. 샬럿이 유럽 연합에서 왔거나 유럽 연합에서 온 사람과 결혼한 사람들이 이 나라에 계속 머무를 수 있을지 여부를 알기 위해 마냥 기다려야만 하는 상황에 대해, 여기서 자녀를 낳고도 이 나라에서 계속 살지 못할 수도 있는 처지가 되고 만 사람들의 상황 등등에 대해 다시금 불평을 늘어놓았을 때 아트는 그렇게 말했다. 여기 와서 살기로 결정한 건 그 사람들이잖아. 애초 저희가 그 위험 부담을 진 거지. 우리 책임이 아니라고.

선택? 샬럿이 말했다.

그래. 아트가 말했다.

저번이랑 같은 소리를 하려는 거야? 전쟁으로부터 도망치느라고 바다를 건너다 익사한 사람들, 집이 불타고 폭파당하는 와중에 도망친 것도 그 사람들 선택이고 침몰할 배에 탄 것도 그 사람들 선택이니까 우리가 그에 대해 책임감을 느낄 필요 없다고 했던 때처럼? 샬럿이 말했다.

샬럿은 근래 들어 부쩍 이딴 소리나 늘어놓았다.

어쨌거나 우린 괜찮잖아. 아트가 말했다. 그러니 걱정 마. 가진 돈도 충분하겠다, 둘 다 안정적인 직장을 가졌겠다. 우린 괜찮아.

니 그 걸핏하면 자기 생각만 하는 이기주의는 괜찮지 않거든. 샬럿은 말했다.

그러더니 사십 년에 걸친 정치적 이기주의의 결과 어쩌고 하며 노발대발하기 시작했다. 기껏 이십구 년밖에 안 산 사람이(샬럿의 경우) 사십 년에 걸친 정치의 효과에 대해 할 말이 뭐 있다고. 정말 부질없는 짓, 아니, 정확히 말하자면 자학의 한 형태라고 봐야 한다. 샬럿이 꾼다는 꿈만 해도 그렇다. 닭을 잡을 때 쓰는 뼈 가위로 자기 몸을 가슴뼈에서부터 배까지 들쭉날쭉하게 자르고 국거리로라도 쓰려는 듯 다시 사등분하는 그런 꿈을 반복해 꾼다고 주구장창 얘기하는 걸 보라고.

내 몸이 우리가 사는 이 왕국처럼 사분되는 거 있지. 샬럿은 관심을 끌고 싶을 때마다 이렇게 운을 뗀다. 우리나라의 분열된 상황이 내 몸으로 꿈에 나타나는 거야.

꿈 좀 깨시지.

지난번 선거 뒤로 이 나라 사람들 모두가 서로에게 분개하고 있어, 샬럿은 말했다. 이 정부는 그걸 달랠 생각은커녕 사람들이 느끼는 분노를 정치적 방편으로 써먹고나 있지. 딱 저 낡고 닳은 파시스트 수법 아니냐고. 무시무시하게 위험한 게임이기도 하고. 그뿐인가? 지금 미국에서 벌어지는 일도 이와 직결된 데다가 보나마나 금융 경제적으로도 연관돼 있겠지.

아트는 큰 소리로 웃었다. 샬럿은 잔뜩 화가 난 얼굴이었다.

무시무시한 상황이라고. 샬럿이 말했다.

아니거든. 아트가 말했다.

자기기만이야. 샬럿이 말했다.

지금 세계 질서가 변하고 있는데 그나마 새로운 점이라면 이번만은 여기는 물론이고 저기에서도 권력을 쥔 작자들이 역사에 대해선 쥐뿔도 모르는 데다가 역사적 책임감이 뭔지조차 모르는, 자기 잇속만 챙기는 위인들이라는 사실이라고 샬럿은 말했다.

그게 뭐가 새로워. 아트가 말했다.

새로운 인간종이나 마찬가지라니까, 샬럿이 말했다. 실제의 역사적 시간, 그리고 사람으로부터 비롯된 존재가 아니라 꼭, 꼭······.

아트는 샬럿이 한 손을 쇄골에 얹고 침대 가장자리에 앉아 다른 한 손을 허공에 휘저으며 적당한 비유를 찾으려 애쓰는 모습을 바라봤다.

꼭 뭐? 아트가 말했다.

꼭 비닐봉지 같아. 샬럿이 말했다.

엥? 아트가 말했다.

그 정도로 역사성이 없고 그 정도로 비인간적이야. 그 정도로 머릿속이 비었고. 자기가 발명되기 이전까지 인류가 수 세기에 걸쳐 어떤 다양한 방식으로 물건을 담아 운반해 왔는지에 대해 아는 것도 하나 없고 말이야. 비닐봉지만큼이나 유해한 건 물론이고. 제 용도를 다하고도 수십 수백 년에 걸쳐 환경을 훼손할 정도로. 몇 세대에 걸쳐서 겪어야 할 피해를 말야.

세상은. 언제나. 그리. 아트가 말했다.

그러고는 잠시 뜸들인 후 덧붙였다. 굴러왔는걸.

어쩜 그렇게 나이브할 수 있어? 샬럿이 말했다.

방금 지나치게 단순화한 반자본주의적인 직유를 든 게 누군데 나보고 나이브하다는 거야? 아트가 말했다.

사전에 모의해 짜 맞춘 연극이 정치를 대체하고, 우리 모두가 더 자주 쇼크 상태에 빠지도록 부추기는 상황이잖아. 샬럿이 말했다. 다음 충격이 뭐고 어디서 오건 그저 들이닥칠 순간만을 숨 참아 가며 기다리도록 우리를 훈련하고 말이야. 스물네 시간 뉴스 피드를 통해 다음 충격적인 사건 다음 실언 다음 스캔들을 전해 가며 우리를 젖먹이로 만들었잖아. 엄마 젖을 빨다 잠들고 빨다 잠드는 게 인생의 전부인 갓난아기처럼…….

가끔 젖 좀 물려 줘 나쁠 것 없잖아. 아트가 말했다.

(샬럿은 이 말을 못 들은 척했다.)

……충격에서 충격으로, 그리고 혼돈에서 혼돈으로, 이런 것들이 우리에게 영양분을 공급하기라도 하는 듯이, 우리 식량이라도 되는 듯이 말이야. 식량은 개뿔. 그 반대지. 가짜 엄마 노릇이라고. 가짜 아빠 노릇이고.

우릴 쇼크 상태에서 다음 쇼크 상태로 부추길 이유가 뭐가 있다고? 아트가 말했다. 그렇게 해서 뭘 얻는다고?

주의를 흩트리잖아. 샬럿이 말했다.

뭐로부터? 아트가 말했다.

증권 시장을 취약하게 만들려는 속셈이지. 샬럿이 말했다. 통화 가치를 흔들어 놓으려고.

음모 이론이 유행한 지가 언젠데. 아트가 말했다. 작년이었나. 아니, 십 년 전. 아니, 삼십 년은 됐겠다. 태양 아래 새로운 거 없다니까.

세상이 얼마나 달라졌는데. 샬럿이 말했다. 기후 변

화만 해도 그렇지만 그보다도 아예 계절 자체가 달라지고 있잖아. 하여간 온갖 잡음이며 소란스러운 과대 선전통에 사실 하나를 파악하려도 눈보라를 뚫고 지나는 심정으로 매달려야 한다니까.

나도 계절에 대해 종일 수다나 떨고 싶지만 이만 일하러 가야 해서. 아트가 말했다.

그는 노트북을 열었다. 특정 브랜드의 스틱형 데오도런트 제품 잔고를 구매할 수 있을 법한 사이트를 검색하기 시작했다. 몇 년째 써 온 제품의 생산이 최근 들어 중단된 터였다. 샬럿이 방을 성큼 가로질러 오더니 손등으로 노트북 화면을 쳤다. 샬럿은 아트의 노트북을 질투했다.

블로그에 동지에 관한 글을 올려야 하거든. 아트가 말했다.

그래, 동지가 딱 맞네. 샬럿이 말했다. 인류 역사상 최고로 어두운 시절이야. 전례가 없는 때라고.

없기는 왜 없어. 아트가 말했다. 동지와 하지는 매년 주기적으로 반복되는 현상인데.

무슨 이유에선지 샬럿은 이 말에 진짜로 폭발해 버

렸다. 애당초 아트의 블로그를 질색했던 건지도 모른다. 이어진 말다툼에서 샬럿은 아트의 블로그가 아무짝에도 쓸모없는 수구 반동 탈정치 블로그라고 선언했다.

나날이 고갈되는 세계 자원에 대해 블로그에서 언급이나 해 봤어? 샬럿은 따졌다. 수자원 분쟁에 대해서는? 남극 대륙에서 언제 붕괴할지 모를 웨일스만 한 빙붕에 대해서는?

뭔 붕? 아트가 말했다.

바닷속 플라스틱은? 샬럿이 말했다. 바닷새들 배 속에 든 플라스틱은? 바다에 사는 대부분의 물고기며 해양 생명체의 내장에서 발견되는 플라스틱은? 훼손되고 오염되지 않은 물이 이 세상에 남아 있기나 한가?

이 말을 하면서 샬럿은 두 팔을 번쩍 들어 제 머리를 감싸 안았다.

글쎄 난 정치꾼이 아니라니까. 아트가 말했다. 내가 하는 일은 애초에 정치적 성격의 일이 아닌걸. 정치는 한시적이지. 내가 하는 일은 한시성의 정반대고. 들판에서 한 해 동안 일어나는 변화의 과정을 살피는 게 내 일이고 산울타리의 구조를 관찰하는 게 내 일이야. 산울타리는 다만 산울타리일 뿐이잖아. 본래 정치적이질 않다고.

샬럿이 아트의 면전에 대고 웃었다. 그러더니 산울타리가 얼마나 지극히 정치적인지 아느냐고 소리를 질렀다. 이어서 격앙된 감정과 나르시시스트란 단어를 여러 차례 아트에게 퍼부었다.

아트 인 네이처 좋아하시네. 샬럿이 말했다.

이 시점에서 아트는 방에서 벗어나 아파트를 박차고 나가 버렸다.

그렇게 얼마간 복도에서 서성였다.

샬럿은 뒤따라 나오지 않았다.

별수 없이 눈 공책을 일부라도 건질 수 있으려나 싶어 아래층으로 내려가 봤다.

다시 집으로 올라가 현관문을 들어서자 열린 벽장문과 그 안에 들었던 물건이 모조리 바닥에 널브러진 가운데 샬럿이 활짝 펼쳐진 드릴 가방을 뒤져 드릴 비트를 고르고 있는 모습이 그를 맞이했다. 노트북은 어느새 의자 두 개에 걸쳐 납작 엎어져 있었다. 샬럿이 드릴을 치켜들며 스위치를 눌렀다. 드릴 날이 위잉거리며 공중에서 회전했다.

시트콤 방청객의 녹음된 웃음소리 큐.

시발 지금 뭐 하는 거야? 드릴 소리 위로 그가 외쳤다. 그러다 감전돼.

샬럿이 크고 납작하고 검은 물체를 들어 보였다.

죽었어. 샬럿이 말했다. 네 정치적 영혼처럼 말이야.

그러고는 프리스비를 던지듯 손에 든 물건을 아트에게 내던졌다. 와, 저거 설마 노트북 건전진가? 서둘러 몸을 숙이며 아트는 생각했다. 요즘 노트북 건전지들 굉장하네.

건전지는 TV 화면에 가서 쿵 부딪쳤다. 용케 피했기에 망정이지 보아하니 각도에 따라서는 목을 절단하고도 남게 생긴 물건이었다.

(에밀리 브레이에게 쓰기 시작한 이메일 초안을 샬럿이 발견했는지도 모르겠다는 생각이 머리를 스친 건 바로 이 순간이었다. 매주 수요일 4시에서 6시 사이에 만나면 어떻겠냐고 제안하는 내용을 담은 이메일로, 에밀리와 섹스하던 게 부쩍 그립던 터라 에밀리도 자기와 하던 섹스가 그립지는 않은지, 만일 그렇다면 서로 적당한 기회를 마련해 볼 수 있지 않을지 묻는 이메일이었다.

결국은 보내지 않았지만.

정말 보낼 생각이나 있었는지조차 확신하기 어려웠다.

여하간 에밀리한테는 메시지를 새로 작성해야겠다. 새 노트북을 장만하면.)

정치적.

영혼.

정치야 벌써 입력해 봤는데 죽었다고 떴다.

영혼은 ㅈ

죽어 간다란 단어가 뜬다.

그럼 희망은 있는 거네. 아직 안 죽었으니까.

노트북은 ㅈ

역시 죽었다.

실제로도 아트의 노트북은 운명을 다하고 말았다. 화면은 불규칙한 보도블록을 닮은 모자이크로 변했고, 샬럿도 샬럿의 짐 가방도 어디론가 사라져 집에 없었다. 아트가 지금 여기 이 공용 PC 앞에 앉아 제 손놀림이 미흡한 건 아닌지 의심하게 만드는 키보드에 단어를 입력하고 있는 것도 그 때문이다. 그런 의미에서 딱히 떠올리고 싶지 않은 성경험마저 연상시키는 키보드인데 심지어 @ 키조차 찾아볼 수가 없다.

기왕 이렇게 된 거 에밀리 브레이에게 연락해 크리스마스 때 어머니 집에 같이 가지 않겠냐고 물어보면 어떨까, 올해는 샬럿이랑 꼭 같이 가겠다고 하도 큰소리를 쳐 온 터라 이제 와서 혼자만 달랑 나타나자니 너무 한심하고 쪽팔리는 일이다 싶은 나머지 아트는 잠시나마 이 방안을 진지하게 고민해 본다.

하지만 에밀리와 연락한 지 벌써 삼 년도 더 됐는걸.

샬럿 이후로는 연락을 안 했지.

아트는 전화기를 꺼내 연락처에 저장된 이름들을 하나씩 훑어본다. 아니. 아니. 아니.

그러다 이게 얼마나 어처구니없고 멍청한 발상인지 깨닫곤 소리 내어 웃는다.

아이리스 이모가 보낸 문자 메시지를 다시 읽는다.

우리 운명이 기술의 손에 달렸냐고.

아니.

정신 차려.

이쯤은 극복할 수 있어. 그러고는 ── 옳거니 ── 극복해 낸 과정을 글로 쓰는 거야. 사기가 판치는 세상에서 생존하는 법을 담은 명문을 아트 인 네이처 블로그에 올리는 거지. 단순히 생존하는 법뿐만 아니라 그 모두를 이겨 냄으로써 어떻게 진실을 확보하는 단계에까지 이를 수 있는지 알려 주자. 양파 껍질처럼 알싸하고 겹겹이 존재하는 사기(오, 괜찮은 표현인데, 어서 메모해 둬 아트.)에 현혹되지 않고 내 가장 가깝고 소중하다는 사람들이 나에 대해 퍼뜨리는 거짓과 낭설은 물론 나 스스로가 나 자신은 물론 다른 사람들에 대해 자각도 못 하고 퍼뜨리는 거짓말에 사로잡히지 않고 의연히 떨쳐 냄으로써 진실에 도달하는 법에 대해 쓰자. 서슬 푸른 필치로 허위 서사를 단칼에 무효화하겠어. 신랄한 글이 될 테지. 솔직하고. 어느 누구도 빼앗지 못할 본연의 가치에 대한 글이 될 거야. 이름하여 Truth Will Out. 진실은 기어이 밝혀지는 법이니까. 줄여서 TWO라고 부르자.

TWO는 또한 둘을 뜻하기에 아트는 다시 샬럿을 떠올린다.

심장이 무너진다.

그때 손에 든 전화기가 웅웅대며 울기 시작한다.

샬럿일지도 몰라!

아니, 모르는 번호다.

아트는 수신 거부를 누른다.

그러자 또 다른 모르는 번호로부터 전화가 온다. 그 뒤를 이어 또 한 통이 걸려 오고.

아트는 트위터를 확인한다.

역시나 샬럿이 그새 새로운 트윗을 올렸다. 아트의 눈은 트윗보다도 링크된 주소를 먼저 향한다. 그 위로 이런 말이 적혀 있다.

궁금하셨을 분들에게 알려 드리자면 스노잡에 보통 건당 10파운드 받지만 팔로어 여러분에겐 지인 할인을 적용해 5파운드만 받겠습니다

아트는 아래에 링크된 주소를 클릭한다. 그러자 작년 태국 휴가 때 샬럿과 찍은 사진이 뜬다. 사진 속에서 아트는 카메라를 향해 와인 잔을 들어 보이고, 사진 밑에는 번호가 적혀 있다.

아트의 실제 전화번호다.

오, 신이여.

아트는 전화기 전원을 끈다.

혹시 쳐다보는 사람은 없는지 주변을 두리번거린다.

PC를 쓰려고 줄을 서 기다리는 사람들 중에 그를 주시하는 사람이 몇몇 있기는 하지만 그가 화면에서 몸을 돌린 걸 보고 곧 일어서려나 싶어 기대에 찬 눈으로 바라보는 것뿐이다.

하지만 지금 내 세상은 붕괴하기 일보 직전이라고!

아트는 목덜미에 손을 대 본다. 땀에 젖었다.

스노잡이 뭐지? 무슨 섹스 용언가?

스노잡을 한다는 건 서로 뭘 한다는 뜻인 거지?

그는 검색을 해 본다. 공용 화면에 바로 정의가 뜨는 걸로 봐서는 그리 노골적인 행위는 아닌 모양이다.

잘은 몰라도 G. I. 조와 관련된 건가 보다.

흐음.

아트는 전원을 끈 전화기를 주머니에 챙겨 넣고는 의자를 밀치고 일어나 남자 화장실로 향한다.

남자 화장실에서 유일하게 문이 잠기는 칸에 들어가 변기에 앉아 바닥을 본다. 하지만 이 안은 정말이지 끔찍해서 냄새가 지독한 건 말할 것도 없고 볼거리도 당연히 없다. 이런 게 프라이버시라면 그로 인한 효과는 빵이라고 결론 내릴 수밖에.

아트는 몸을 일으키고 문을 연다.

칸막이 밖으로 나와 보니 남자 화장실 안에 웬 여자가 서 있다. 꽤 어린 편으로 이십 대쯤 돼 보이고 남미 사람인지 머리 색이 짙은데 어쩌면 스페인이나 이탈리아 사람인지도 모르겠다. 여자는 가슴을 덥히는 중이다. 손 건조기의 분사구를 옆으로 비스듬히 돌려 분사구에서 뿜어져 나오는 온풍에 노출된 가슴 윗부분을 들이대고 있다. 12월에 입기엔 가슴이 좀 많이 파인 윗옷을 입었다. 여자가 제 상의와 건조기를 번갈아 가리킨다.

추워요. 따뜻해요. 용서하세요. 여자가 건조기의 소음 너머로 말한다. 여자 화장실 건조기가 고장 나서요.

용서할게요. 아트가 말한다.

여자는 미소를 지어 보이고는 따뜻한 바람을 향해 돌아선다. 화장실을 나서면서 아트는 다른 사람을 봤다는 사실만으로도, 다른 사람과 짧게나마 소통하고 누군가가 저리도 보기 좋고 자연스럽고 보기에 훈훈하고 실제로도 훈훈해지는 행동을 하는 것을 봤다는 것만으로도 마음이 조금이나마 가벼워지는 걸 느낀다.

용서라는 말을 소리 내어 말하는 것만으로도. 이토

록 강력한 말인 줄은 몰랐는데. 어느새 얼굴엔 미소가 떠 있다. 그가 웃고 있다는 사실만으로 계단에서 그를 지나치는 사람들이 이상한 사람 보듯 바라본다. 아무도 덩달아 웃어 보이지 않는다. 아트는 개의치 않는다. 층계참에서 아이디어 스토어 쪽으로 발길을 돌리다 말고 그는 여자한테 물어볼걸, 따뜻한 가슴을 가진 저 미소 짓는 여자애한테 자기 가족과 함께 크리스마스를 쇠지 않겠냐고 물어볼걸 하고 뒤늦게 생각한다.

하하. 상상이나 돼.

어라, 아트가 앉아 있던 자리를 그새 만면이 주름으로 파인 남자가 차지하고 앉아서는 세상모르고 키보드를 두드리는 중이고 그 옆에서는 한 여자가 아주 어린 아이들을 셋이나 팔다리에 매단 채로 아트의 외투를 단정히 접어 칸막이 바깥쪽 바닥에 놓아둔 공책과 서류 가방 위에 마저 올려놓는 참이다.

그럴 수 있지. 아트는 여자를 보며 고개를 한 번 끄덕인다. 아이디어 스토어의 노골적이고 적나라한 막대 형광등 불빛 탓인지 몰라도 이렇게까지 피곤해 보이는 사람은 처음 보는 것 같다고 생각하며.

고마워요. 아트가 말한다.

외투를 접어 줘서 고맙다는 뜻이었다. 그러자 여자가 그를 뚫어져라 쳐다본다. 동행인 남자가 자리를 차지했다고 아트가 빈정거리나 싶어 그런 건지도 모르겠는데, 이제 보니 아예 욕설을 내뱉거나 따지고 들 태세라서 아트는 소지품을 챙겨 출입구로 향한다. 그러다가 안내 데스크에서 발길을 멈추고 그 뒤에 앉은 여자에게 끈에 달린 볼펜을 빌려 손등에 노골적인과 적나라한 두 단어를 적는다.

소실되는 것은 없다. 낭비되는 것도 없다. 거봐, 아트. 긍정적인 사고만 해도 반은 간다니까. 물병의 물이 반이나 남았다니까.

반밖에 못 가지.(샬럿의 목소리가 귓가에 맴돈다.)

아트는 옆문을 통해 건물 바깥으로 향한다. 오랜 역사를 자랑하는 도서관 정문은 이제 건물의 나머지 공간을 차지한 럭셔리 아파트 입주자들의 전용 출입문이 되었다. 그렇다고 화낼 일인가, 바꾸지 못할 것에 화내 봤자 아까운 기력 소모밖에 더 돼, 샬럿이야 주구장창 그런 데 열을 내지만. 그렇게 치자면 샬럿을 생각하는 것도 기력 소모밖에 안 되니 그만 떨쳐 버리자, 자유로워지자. 그래, 샬럿으로부터 자유로워지기 위해 이제 이 도시 한 가운데로, 도시의 길거리로 나가 어디서건 흙 한 줌을 찾아보자고. 흙, 토양, 땅, 지구

(는 자전하지 않는다

는 정말 둥글까요?

는 지옥이다

는 죽는다

는 죽었다)

표면을 이루는 흙 한 줌을 의례라도 치르듯 손에 쥐어 보기 위해서, 온갖 분노와 부패에도 아랑곳 않고 온전히 제 모습을 유지하며 저만의 속도로 느리게 숨 쉬는 흙, 사색에 잠긴 듯이 호흡하는 흙, 토양, 지구 그 자체를, 기온이 떨어지면 단단하게 얼어붙어 정지했다가도 오르는 기온과 함께 다시 나긋나긋한 상태로 녹는 것이 흙임을 기억하기 위해서 말이야. 그게 결국 겨울이니까. 겨울은 고요히 잦아들었다가 다시 나긋나긋하게 소생하는 법을 기억하는 훈련이다. 겨울이 초래하는 상태가 동결이건 용해건 그에 적응하는 법을 배우는 훈련. 고로 온

화한 아트는 문자 그대로 흙을 찾아 나설 것이다. 도시의 토양을. 도시의 가로수들이 인도와 만나는 지점에서부터 찾아볼 것이다. 간혹 그런 나무둥치 주위로 흙이 둘린 경우가 있으니까. 탱탱한 고무와 같은 플라스틱 물질로 채워 넣은 경우가 아니라면. 자연은 적응성이 강하다. 자연은 쉼 없이 변화한다.

큰길에 나서자 여자애가 보인다. 무려 세 시간 전에 창밖으로 봤던 여자애다. 여태 버스 정류장에 앉아 있다. 아까 그 자리 그대로 지키고 앉아 역시나 뭔가를 읽고 있다. 뭔지는 몰라도 아주 정성껏 읽고 있다.

아트는 버스 한 대가 정류장 앞에 정차했다가 승객 몇 사람을 태우고는 다시 깜빡이를 켜고 떠나는 모습을 지켜본다.

이어서 다른 버스 한 대가 역시나 깜빡이를 켜며 정류장에 멈췄다가 다시 떠나는 모습을 본다. 그동안에도 여자애는 여전히 저 자리에, 여전히 앉아, 여전히 읽고 있다.

얼추 열아홉 살쯤 됐을까. 꽤 예쁘장하다. 안색이 좀 창백하다. 조금 거칠어 보이기도 한다. 무엇보다도 집중

하고 있는 것으로 보인다.

버스 정류장에 앉아 저 정도 집중력을 보이는 사람이 어디 있어.

아트는 흙에 대해선 까맣게 잊고 만다.

길을 건너 버스 정류장에서 몇 발자국 떨어진 지점에 선다. 여기서는 여자애가 뭘 읽는지 확인이 가능하다. 테이크아웃 메뉴가 인쇄된 전단지다. 아트는 종이에 적힌 단어를 알아볼 수 있을 만한 거리로 다가가 본다. '무료', '배달', '버라이어티', '버킷'이란 단어가 보인다.

여자애는 치킨 코티지라는 패스트푸드 매장의 메뉴를 읽고 있다.

여자애는 먼저 전단지 앞면을 찬찬히 읽는다. 이어 전단지를 펼친다. 한쪽 면 좌측 상단에서부터 다른 면 우측 하단까지 읽어 내려간다. 이어 전단지를 접고 몰입성 강한 책에 쏟아부을 법한 집중력으로 뒷면을 읽는다.

다 읽고 나서는 전단지를 돌려 앞면부터 다시 읽기 시작한다.

그로부터 사흘 후인 크리스마스이브 아침이다.

만나기로 약속한 시간에서 벌써 이십 분도 더 지났다.

여자애가 보이지 않는다.

아트가 만날 장소로 제안한 열차 착발 정보를 알리는 화면 앞쪽으로 줄지어 있는 의자들 근처에서도 그 주변 어디에서도 어리거나 젊은 여자의 모습을 찾아볼 수가 없다.

안 온 모양인데.

안 나타날 셈인가 본데.

좋아. 오히려 다행이다.

애초에 멍청하기 짝이 없는 생각이었다고 안 그래도 후회하던 참이었다.

1000파운드도 아끼게 생겼고 말이야. 그 정도면 적잖은 액수인데 기껏해야 실험에 불과한 일에 낭비하지 않게 됐으니 나로서도 좋다고.

어머니야 도착해서 생각하자. 가서 부대껴 봐야지. 아니면 핑계를 지어내거나. 불쌍한 샬럿, 아주 골골하더라고요. 그렇게 아픈 건 처음 봤어요. (그럼 왜, 아니 어떻게 혼자 두고 올 수 있니?) 아 그게 아니라 크리스마스라고 어머니 댁에 갔어요. 아니, 그보다는 이게 낫겠다. 샬럿 어머니가 병간호한다고 일부러 런던까지 오셨어요, 그래야 저도 크리스마스 때 어머니랑 같이 시간을 보낼 수 있지 않겠냐고 하시면서요.

아트는 커피를 한 잔 사 들고는 의자들이 있는 곳으로 돌아가 주위에 기다리고 선 사람들을 죽 살핀다. 그리고 두어 바퀴를 돌며 혹시나 싶어 재차 주변을 확인한다.

사실 걔가 어떻게 생겼는지 얼굴이 정확히 기억나는 건 아니다. 기껏해야 샌드위치 하나 먹을 시간 동안만큼 알고 지낸 사이인걸.

전화기가 없댔으니 전화를 걸지도 못하는 노릇이고.

전화기도 없는 부류의 사람과 관계를 맺을 생각을 한 것부터가 좋은 아이디어는 아니었다고 봐야겠지.

아트는 차분히 마음을 가라앉힌다.

외부에서 바라보고 있다는 걸 의식하고 평소와 다르게 행동할 때 들기 마련인 기분이 사라진다.

그런데 그때 멀찍이 그 여자애가 분명하다 못해 결코 다른 사람일 리 없어 한 대 맞은 듯 얼떨떨한 기분마저 드는 사람의 모습이 눈에 들어온다.

여자애는 나타났다가 다시 사라진다. 히스로 공항

철도 승강장으로 향하는 경사로를 짐 가방이며 기다란 선물 포장지가 든 비닐봉지를 들고 분주히 오르내리는 사람들 가운데에 홀로 징지해 있는 부동의 점. 여자애는 동요하는 인파 한가운데서 역사 천장을 올려다보고 있다.

아트는 서둘러 매표기로 가서 줄을 선다. 여자애 앞에서 표를 끊는 무례를 예방하기 위해서다. 표를 끊고 나자 시간이 얼마 남지 않았다. 아트는 정해진 약속 장소인 의자들이 있는 곳으로 간다. 그런데 여자애가 보이질 않는다.

그는 홀 건너편으로 다시 눈길을 돌린다. 여자애는 여전히 경사로에 서 있다. 아트는 여자애를 데리러 가서야(기차 출발 시간까지 십오 분도 채 안 남아) 그가 그리도 골몰해 있던 것이 역사 창문 둘레를 장식한 오래된 금속의 나선 문양이었음을 알아차린다.

아트는 경사로 앞에 가서 선다. 커피 컵을 이 손에서 저 손으로 옮겨 쥔다. 그래도 여자애는 그를 보지 못한다.

아트는 내려오는 사람들 사이를 헤집으며 경사로를 오른다.

어, 안녕하세요. 여자애가 말한다.

오늘이 짐 없이 여행하는 날이던가요? 아트가 말한다. 당신 빼곤 공지를 받은 사람이 아무도 없는 것 같은데요. 짐은 어쨌어요?

아, 저, 커피를 하나 더 사야 할지 망설이긴 했는데. 그가 말한다. 어떻게 마실지 몰라서.

앉아요. 열차에 탑승한 뒤에 그가 말한다. 난 서 있는 게 좋아요. 바닥에 앉으면 되니까 걱정 말아요. 여기 바닥에 앉을게요.

아, 난 SA4A 엔터에서 일해요. 그가 말한다. SA4A의 엔터테인먼트 계열사예요. SA4A요. 왜 있잖아요, SA4A. 못 들어 봤어요? 어마어마한 회사라 사방에서 볼수 있는데. 난 저작권 콘솔리데이터예요. 온라인과 오프라인, 영화, 시각 자료, 출판물, 사운드트랙 등등 온갖 종류의 미디어를 확인해 저작권 침해는 없는지, 불법적이거나 출처와 저작권자를 밝히지 않은 인용 혹은 사용은 없는지 살펴서 이상하다 싶은 부분을 발견하거나 저작권자를 명시하지 않은 경우가 있으면 SA4A 엔터에 보고 하죠. 회사에서 공정한 저작권 사용료를 요구하거나 필요시에는 법적 절차를 밟을 수 있도록요. SA4A를 저작권자로 표시한 경우에는 표기가 일사불란하게 됐는지 확인하고요. 네? 불안이라뇨? 아. 하하. 아니, 일사불란은 그러니까 뭐냐, 정식으로 승인을 받았다, 법적 절차를 따랐다는 뜻이에요. 지루할 틈이 없어요, 게다가 내가 사장이나 마찬가지니까 근무 시간도 내가 정하고 한밤중에도 일할 수 있고 뭐든 내가 정하기 마련이고, 그래서 이 일을 하는 거기도 해요. 온갖 콘텐츠를 볼 수 있는 것도 장점이죠. 일이 아니었으면 100만 년이 지나도 안 봤을 것까지 다 보니까요.

땅콩을? 그가 말한다. 그럼 위생 복장 같은 걸 입어야 하나요, 아니면 예를 들어 열차라도 탈 일이 있을 때 옆 사람한테 내가 이러이러한 일을 하는 사람이니 견과류 알레르기가 있으면 피해 가라고 매번 알려야 한다거나요? 아. 그거. 그거 환경에 정말 안 좋잖아요. 난 정말 안 좋아하는데. 원칙적으로는요. 그러니까 환경을 생각하는 사람으로서 그렇다는 말이에요. 흠. 글쎄, 뭐 그렇다면 이런 거 물어도 실례가 안 된다면 말인데요. 그가 말한다. 나이가 어떻게 돼요?

역시 실례가 안 된다면 말인데요. 그가 말한다. 고루하다는 건 나도 인정한다만 거기 그, 음, 피어싱은 왜 그리 많이 했어요? 아니, 왜 하는지는 알겠는데 그게 좀 많아야지요.

미리 좀 밝혀야 할 게 있는데 어머니가 좀 유별나요. 그가 말한다. 깔끔하고 정돈된 걸 지나치게, 어쩌면 결벽에 가까울 정도로 좋아해요. 날 비교적 늦게 가져서 예상보다 연세도 좀 있고, 현관에 신발을 벗어 놓고 들어가게 만드는 그런 사람이에요. 물건도 말끔하고 가지런해야지, 사람도 말끔하고 가지런해야지, 뭐 나라고 깔끔하고 가지런한 걸 안 좋아하는 건 아니지만 내 어머니는 뭐랄까, 극단적인 경우라서요.

짐이 있어야 해요? 여자애가 말한다.

굳이 거절은 안 하죠. 그가 말한다. 당신이 사 준 커피를 마시기 애매할 이유가 있나요? 아, 설탕 우유 말이구나! 하하! 난 그냥 네이키드로 마시는데요. 그쪽 방금 얼굴 빨개진 거 알아요? 좋아요, 다음번을 위해 밝혀 두자면 난 아무것도 안 타고 마셔요. 어쨌든 당장 커피 생각은 없지만 고마워요.

풋값 낸 사람이 앉아야죠. 그가 말한다. 아니에요, 내가 피고용인인데 내가 바닥에 앉아야죠. 아니 괜찮아요. 괜찮다니까요! 정말이에요. 뭐 둘 다 괜찮다면 아예 같이 바닥에 앉을까요? 저기 통로 쪽에 짐칸 옆으로 자리가 있어요. 어때요. 괜찮죠?

그게 뭔데요? 그가 말한다. 뭐요? 불안하게 됐는지요? 아. 일사불란. 하하!

난 DTY에서 일해요. 그가 말한다. 배송 상자에 땅콩 채우는 데 반나절, 바닥에 떨어진 땅콩을 주워 대야에 도로 담는 데 또 반나절을 보내죠. 쇼핑센터에서 하루 열두 시간씩 가판대에 서서 아무도 안 찾는 비누를 판매하는 일보다야 훨씬 낫지만요. 아니, 아니, 그런 땅콩이 아니라…… 포장재 말이에요, 포장재를 그렇게 불러요, 땅콩이라고, 어쨌든 우리 사이에선 그렇게 부르죠. 그 왜 초록색 흰색 폴리스티렌으로 된 포장재요. 아니, 잘못 아셨어요, 재활용 다 되는걸요. 환경에 나쁘다는 그 뭐냐,

아무튼 그건 전혀 안 들었거든요. 생각만큼 나쁘지 않아요. 난 땅콩 좋아하는데. 정말이에요! 아니, 재밌잖아요, 엄청 가벼운 것도 그렇고. 집을 때마다 가벼워서 놀라요. 매일같이 집는데도 매번 실제보다 무게가 더 나갈 거라 예상하게 돼요. 아니라고 의식하고 있다가도, 가볍다는 걸 알고도, 혹은 이미 알고 있다고 생각하다가도 하나 손에 쥐는 순간 어김없이 와, 엄청 가볍네 하고 또 감탄하죠. 가벼움 자체를 손에 쥔 기분이에요. 뭐랄까 내 손의 무게가 그 순간 한결 가벼워지는 느낌? 새 뼈만큼이나 가벼운 그런 가벼움을요. 여러 개를 동시에 손에 쥐어도 손에 분명 뭔가 잔뜩 들리긴 했는데 여전히 아무것도 없는 느낌이라서 눈이 막 혼란스러워요. 눈으로 보기엔 뭔가 잔뜩 쌓였는데 느낌은 안 나니까.

와, 진짜 고루하시네. 그가 말한다. 스물한 살이에요. 특별한 날이라고 죄다 끼고 나왔죠. 친구 중에 피어싱한 사람 없어요?

알았어요, 걱정 마요. 도착하면 다 뺄 테니까.

그건 그렇고. 그가 말한다. 내가 누구 노릇을 해야 하는 거며 그 사람이 어떤 사람인지 다시 말해 줄래요.

이름이 뭐랬죠?

아트는 한 시간 삼십 분이 지날 동안 한 번도 그를 떠올리지 않았다는 걸 깨닫는다.

샬럿을.

이름은 샬럿이에요. 아트가 말한다.

그러고는 혼자서 웃는다.

뭐가 웃겨요? 여자애가 말한다.

이렇게까지 일을 벌였는데 정작 당신 이름이 뭔지 모른다는 게 웃겨서요. 아트가 말한다. 당신도 내 이름을 모르고요.

이름은 필요 없는지도요. 여자애가 말한다. 어쨌거나 이제부터 난 샬럿이니까.

그래요. 아트가 말한다. 하지만 진짜로. 난 아트예요.

에, 정말요? 여자애가 말한다. 예술 할 때의 그 아트?

아, 그보다 아서의 약칭이에요. 아트가 말한다. 그왜 왕 이름처럼요.

그게 어느 왕이었죠? 여자애가 말한다.

농담이겠죠 설마. 아트가 말한다.

어째서요? 여자애가 말한다.

아서왕이 누군지 모를 리 없잖아요. 아트가 말한다.

과연 그럴까요? 여자애가 말한다. 어쨌거나. 진짜로, 난 럭스예요.

뭐라고요? 아트가 말한다.

엘, 그리고 유, 그리고 엑스, 럭스요. 여자애가 말한다.

럭스. 아트가 말한다. 정말이에요?

빌럭스의 약칭이에요. 여자애가 말한다. 그 왜 창문 상표처럼요.

지금 막 지어냈겠죠. 아트가 말한다.

과연 그럴까요? 여자애가 말한다. 어쨌든. 어서 내가 샬럿을 지어내게 도와줘 봐요. 샬럿 수업이 시급해요.

어머니는 아직 샬럿을 만나 본 적이 없다고 아트는 설명한다. 그러니까 샬럿은 누구라도 될 수 있다고.

심지어 나 같은 사람도 샬럿이 될 수 있고요. 여자애가 말한다.

그런 뜻이 아니에요. 아트가 말한다.

아트가 얼굴을 붉히는 모습을 여자애는 놓치지 않는다.

민감한 편인가요, 그쪽, 아니 당신 애인 샬럿은? 여자애가 말한다. 좀 예민해요?

내 인생의 가시밭이죠. 아트가 말한다.

그런데 왜 집에 데려가려 했어요? 여자애가 말한다. 차라리 식구들한테 사실대로 이야기하지 그래요, 가지밭 같은 사람이라고……

가시밭. 아트가 말한다.

……그래서 데려오고 싶지 않았고 그래서 결국 혼자 왔다고요? 여자애가 말한다.

이 일이 내키기 않아 그런 거라면 말이죠, 에, 럭스. 아트가 운을 뗀다.(이름을 말하기 전에 잠깐 머뭇댄 건 이게 이 여자애의 실명이 맞는지 아니면 그 자리에서 떠오르는 대로 지어낸 이름인지 자문하느라였다.) 아니, 그러니까 혹시나 그사이 마음이 변했대도 괜찮다, 이 얘기예요. 앞으로 십오 분 정도 후면 기차가 다음 역에 설 거예요. 런던으로 돌아가는 차비는 내가 기꺼이 부담하죠. 우리가 합의한 내용이 아무래도 내키지 않는다면요.

여자애는 잠시 당황하는 눈치다.

아니, 아니요. 여자애가 말한다. 합의했잖아요. 사

흘 꽉 채워서 1000파운드라고. 기왕 말 나온 김에 말인
데요, 계산해 보니 그 금액이면 사실상 시간당 14파운드
에 조금 못 미치는 셈이던데 혹시라도 당신이 화요일에
가서 정산할 때 나한테 딱 8파운드만 더 얹어 주면 어떨
까요. 27일에 나한테 정확히 8파운드만 더해 총 1008파
운드를 지급하면 시간당 14파운드로 딱 맞아떨어지거든
요. 그편이 시간당 계산한 금액으로 훨씬 깔끔하게 떨어
지잖아요.

아트는 아무 말도 하지 않는다.

애초에 합의한 대로 1000파운드만 줘도 물론 좋고
요. 여자애가 말한다.

미안한 생각이 들어서 그래요. 아트가 말한다. 나 때
문에 가족과 크리스마스도 못 보내는 건 아닌지, 내가 민
폐를 끼쳤나 싶어서요.

여자애는 아트가 아주 재밌는 말이라도 했다는 듯
이 소리 내어 웃는다.

우리 가족은 다 해외에 있어요. 여자애가 말한다. 미
안해하지 마요. 그냥 내가, 음, 글쎄 뭐랄까, 호텔 업계서
일하는 사람이라고 생각해요. 크리스마스가 지나고 크리

스마스를 보내는 사람이라고요. 당신네 크리스마스가 다 지난 뒤에도 난 여전히 내 크리스마스를 만끽할 수 있는 데다가 연휴 동안 일했다고 당신이 지급할 보수까지 챙겨 쓸 수 있는걸요.

돈이 걸려 있어서 왠지 꺼림칙해요. 아트가 말한다.

여자애가 방긋 웃어 보인다

합의한 거예요 그럼. 여자애가 말한다. 공명정대하게. 나도 좋고 당신도 좋고. 게다가 당신 어머니께서 샬럿을 만난 적이 한 번도 없다니 딱히 어려울 것도 없죠. 물론 팁은 좀 있어야겠지만요. 예를 들어 당신의 샬럿은 똑똑한지 멍청한지, 마음씨가 따뜻한지 안 따뜻한지. 동물은 좋아하는지. 뭐 그런 것들 말예요.

당신의 샬럿이라니.

샬럿, 똑똑하다.

샬럿, 멍청하다.

샬럿, 마음씨가 따뜻하다.

아트는 옆에 앉은 여자애를, 샬럿의 이름을 입에 올리고 있는 이 낯선 사람을 바라본다.

샬럿, 아름답다. 그 누구보다 아름답다. 아트가 아

는 어느 누구보다도 감수성과 이해심이 풍부하다. 샬럿의 등, 침대에 누워 있을 때 그 아름다운 맨등, 아트를 향해 돌아누운 등뼈가 그리는 곡선. 샬럿, 고혹적이다. 또어떤 단어들로 설명할 수 있을까? 음악적이다. 사려 깊다. 상대를 곁눈질하는 속 깊은 헤아림으로 언제나 아트를 간파하고 만다. 상대가 하는 말의 이면에 귀 기울일줄 알고 상대가 미처 깨닫지도 못한 행간을, 또는 상대가전하려다 실패한 말을 간파해 그에 응답할 줄 아는 사람. 자의식이 전혀 없는 사람. 우스울 만큼 진지한 태도로 길버트 오설리번의 노랫말을 다룬 샬럿의 학위 논문. 「'우우 와카 두우 와카 데이': 1970년대 주류 엔터테인먼트에 나타난 언어, 기호학, 그리고 존재」. 샬럿의 필체. 향수. 앙금처럼 남은 목걸이와 팔찌들. 침대 머리맡 장에든 볼록한 화장품 가방. 샬럿의 열렬함, 세상 온갖 것에대한 그 열정. 세상을 지극히 개인적으로 받아들이는 점. 세상의 슬픔에 끝없이 상처 받고 분개하며 그러한 슬픔이 사적인 문제인 양, 자기 개인을 향해 있는 양, 자기 스스로에 대한 모욕인 양 받아들이는 점. 샬럿의 그 끝 모를 감수성. 세상만사에 대한 끝 모를 감수성. 아트를 제외한 세상만사에 대한 끝 모를 감수성. 샬럿, 사람 지치게 하는. 샬럿, 사람 미치게 하는. 사람을 미치게 만드는 버릇 중에서도 거리에서 고양이만 마주쳤다 하면 당장 멈춰 서서 말을 거는 그 버릇, 어느 길거리건 상관 없이, 여기서도 저기서도 심지어 그리스에 휴가를 가서도 망할 놈이 고양이만 봤다 하면 그대로 길바닥에 쭈그려 앉아서 아트는 거들떠도 안 보고 손을 내밀지, 아트가 옆에 없는 듯이, 설사 아트가 그 자리에 있대도 고양이가 그와는 말을 하고 싶어 할 리 없다는 듯이, 온 세계가 샬럿 자신과 웬 알지도 못하는 고양이 한 마리로 이루어지기라도 한 듯이, 이 세상을 통틀어 동물적 매력을 가진 사람이라곤 자기 하나뿐이라는 듯이.

아트가 찾게 되리라는 걸 알고 일부러 그 특별한 드라이버를 챙겨 떠난 샬럿. 그 덕에 아트는 노트북을 재조립해 안에 건질 게 남기나 했는지 확인하기에 앞서 드라이버를 다시 사러 나가야 했지.

아트는 뒤쪽에 놓인 누구 건지도 모를 배낭에 등을 기댄다.

샬럿을 어찌 설명해야 좋을까요. 아트가 말한다.

굳이 설명하려 애쓸 필요도 없다. 그사이 여자애, 여자, 럭스는 모르는 사람의 짐 가방에 기댄 채 팔베개를 하고 잠이 들어 버렸으니.

아트는 럭스의 신뢰에 감격한다. 웬만한 신뢰 없이는 모르는 사람 옆에서 잠들 수 없는 법이니까.

이어 아트는 자신이 감격했다는 사실에 감격한다.

나르시시스트. 너한테 얼마나 관심이 없으면 잠이 들었겠니.(귓가에 맴도는 샬럿의 목소리.)

아트는 이 여자애와 이러다 같이 자게 되는 건 아닐까 궁금해지는데

나르시시……

여자애는 야무지게 말랐다. 본인이 밝힌 나이보다 어려 보이는 몸이다. 머리는 아무래도 좀 큰 편이다. 손목은 이제 막 어린애 티를 벗은 사람 손목답게 가늘고 부츠 위로 보이는 발목도 가는 데다가 맨살이 그대로 드러난 모습에 다시 가슴이 뭉클해지는데 이번에는 감격보다 심란함에 가깝다. 금속 장신구가 번쩍거리는 얼굴에는 억센 기운이 덧입혀져 실제보다 나이가 더 들어 보인다. 옷은 깨끗하지만 해졌고 머리는 깨끗하지만 푸석

푸석하다. 잠들고 나니 이제야 피로에 지친 게 보인다. 한동안 제대로 먹지도 못하고 지낸 것처럼 보인다. 잠이 이 아이 이른의 복부에 난데없이 주먹을 날려 잠에 녹다 운된 몸을 저 높은 상공으로부터 이 열차간 안에 툭 떨어뜨려 놓고 간 것만 같다.

길 건너 따뜻한 도서관을 두고 왜 추운 데 나와 앉았느냐고 그날 아트는 여자애에게 물었다. 여자애는 아이디어 스토어의 데스크 직원과 의견 차가 있어 조율을 시도했다가 실패했다고 말했다. 뭐에 대해서? 아트는 물었다. 그야 나와 그 사람 간의 일이죠. 치킨 코티지 메뉴 중 하나를 사 줘도 되겠냐고 아트는 그 자리에서 제안했다. 내가 상상 속에서 완벽한 경지로 끌어올려 둔 요리를 현실로 망치려고요? 그게 럭스가 한 대답이었다.

아트는 오늘 입은 터틀넥 상의가 자기에게 잘 어울리는지 문득 궁금해진다.

전화기를 거울삼아 비춰 보면 되겠지만 그러려면 전원을 다시 켜야 한다는 게 문제다.

나르시시스트.

아트는 고개를 젓는다. 지금 내가 뭘 하는 건지. 날

개 부러진 새를 데려다가.

세인트 어스? 두어 시간 후 열차가 역에 진입할 때 여자애가 표지판을 보고 말할 것이다. 철자를 틀렸네요! 어스가 아니라 얼스일 텐데.*

또 이렇게 말할 것이다. 벽은 언제 보러 가요?

무슨 벽이요? 아트가 되물을 것이다.

옥수수 벽이요. 콘월이잖아요. 여자애는 말할 것이다.

그리고 기차가 해안을 따라 달리는 동안은 이렇게 말할 것이다. 여기 꼭 옛날 엽서 속 풍경 같아요. 색이 다 바랜 옛날 엽서들 있죠. 저건 성이에요? 이런 데가 어떻게 실제로 있지? 어릴 때 여기서 자란 거예요? 아니요 하고 아트는 대답할 것이다. 난 런던에서 자랐는데 어머니가 이 년 전 이곳에 집을 샀어요. 실은 나도 못 본 집이지만 아무튼 내 어머니의 언니 되는 분이 예전에 이 부근에 살았다는 모양이에요. 그래서 내가 어릴 때 책 선물이니 뭐니 보내 주기도 했던 것 같아요. 여태 잠자는 거인이라든가 뭐 그런 이 지역 풍경에 얽힌 전설이 기억

---

* 세인트어스(St Erth)는 영국 서쪽 최남단에 위치한 콘월주의 작은 마을이다. 지구를 뜻하는 영어 단어 Earth와 철자가 유사하다.

나는 걸 보면요. 이 지역엔 이 지역만의 말이 있죠, 알고 보면 굉장히 오래된 고언어고 그런데도 사라질 위험은 절대 없다고들 해요. 사라져 가나 싶다가도 다시 돌아오고 다시 돌아오고, 워낙에 저항력이 센 언어라 말살하려야 할 수가 없대요. 왜, 특수한 지역어라고 하죠. 개인어. 이디올렉트.

지금 날 뭐라고 불렀어요? 여자애가 받아칠 것이다.

그러고는 자기를 과소평가하다 딱 걸렸다는 듯이 한쪽 눈썹을 추어올릴 것이다. 아트의 입에서는 어느새 웃음이 흘러나오고, 기차가 역으로 들어설 동안 스스로의 선입견에 웃고 있는 자신을 발견할 것이다.

버스 운행이 영구적으로 중단됐다는 공지가 붙었다.

택시를 잡는 데만 한 시간 삼십 분이 걸린다. 그러고도 크리스마스 시즌의 도로 상황 탓에 용케 잡아탄 택시가 주변이 어두워진 가운데 그들을 대문 앞에 내려 주기까지 또 한 시간 삼십 분이 걸린다.

그동안 여자애는 막대 모양 귀 피어싱과 코와 입술의 고리와 스터드 장식, 콧구멍과 입술을 잇는 자그마한 사슬을 하나하나 빼낸다.

대문에 붙은 팻말에 체 브레스(CHEI BRES)라는 글자가 적혀 있다.

저게 무슨 뜻이에요? 여자애가 말한다.

난들 아나. 아트가 말한다.

난들 아나라니, 집 이름치고는 묘하네요. 여자애가 말한다.

정문에서 집 앞까지는 예상외로 거리가 멀고 폭풍이 휩쓸고 간 뒤라 길은 진창이다. 아트는 길을 밝히려고 전화기를 켠다. 전원이 들어오자마자 트위터 알림으로 전화기가 진동하기 시작한다. 망할. 신호가 안 잡히기를 기대했건만. 아트는 쏟아져 들어오는 알림들이 그에게 무엇을 알리려는 건지 걱정하다가 곧 부츠에 집착하는 방향으로 걱정을 돌리고, 현관에 도착하자마자 부츠를 벗으라고 여자애에게도 다시 한번 말해야겠다고 조바심을 내던 차에 마침 울타리 뒤로 불 밝힌 현관이 보인다.

모퉁이를 돌고 나서 두 사람은 그 불빛이 집 앞 조명이 아닌 자동차 불빛임을 깨닫는다. 자동차가 내동댕이쳐진 듯이 길 한가운데에 버티고 있고, 운전자석 쪽 문이 부속 건물의 활짝 열린 문과 짝을 이루듯 활짝 젖혀져 있다.

여기예요? 여자애가 말한다.

음. 아트가 말한다.

그는 건물 안쪽 벽을 더듬어 본다. 기다란 형광등이 몇 차례 깜빡대며 불을 밝히자 널찍하고 일반 차고라고 하기에는 꽤나 깊은 내부와 공간 여기저기를 가득 메운 상자와 상자에 가득 담긴 물건들이 눈에 들어온다.

재고 창고네. 아트가 말한다. 어머니네 매장 창고.

무슨 매장요? 여자애가 말한다.

여자애는 손끝으로 한쪽 벽에 세워진 고드프리의 오래된 실물 크기 등신대를 가리킨다. 한 손을 골반에 얹고 다른 손으로는 머리 위쪽에 붙은 무지개 아치의 문구를 과장된 태도로 가리키고 있다. 고드프리 게이블이 말하건대 어머! 그러지 마세요!

아. 아트가 말한다. 내 아버지예요.

여자애는 고드프리를 전혀 못 알아보는 눈치다. 하기야 어떻게 알겠어. 그러기엔 너무 어린걸. 고드프리가 아버지만 아녔대도 아트 역시 그를 못 알아봤을지 모른다.

(샬럿은 고드프리가 누군지 알았던 건 물론이고 턴테이블도 없으면서 심지어 라디오 방송을 녹음한 LP 음반까지 갖고 있었다. 둘이 처음 만났을 땐 샬럿이 아트보다 고드프리에 대해 훤했다.)

짱이다. 여자애가 말한다.

사연이 좀 길어요. 아트가 말한다. 아버지라곤 모르고 살았네.

당신 참 엉뚱한 말을 잘하는 것 같아요. 여자애가 말한다.

딱 두 번 만났어요. 아트가 말한다. 이젠 돌아가셨고.

예상대로 이 말은 효력을 나타낸다. 여자애가 엉뚱하다는 말을 하다 말고 아트를 돌아보게 만든다. 그것도 옳거니 싶은 슬픈 표정을 하고.

헛간 조명을 끄고서 아트는 자동차 운전자석에 올라타 헤드라이트 스위치를 찾는다. 스위치를 끈다. 사위가 어둠에 잠긴다.

이 건물에 이 땅, 게다가 집으로 쓰는 건물까지 따로 있다는 말이에요? 여자애가 말하는 중이다.

그들은 길을 따라 집이 있는 곳으로 향한다. 어둠

본연의 칠흑 속에서 저택이 모습을 드러낸다. 현관문이 활짝 열리고 현관문 너머의 안쪽 문마저 열려 있다.

신발을 벗고 들어가야 해요. 아트가 말한다.

부츠를 벗는 동안 집 앞 포치에 불이 들어오더니 현관 불이 켜진다. 아트는 양말 신은 발로 바닥에 쌓인 크리스마스 카드 더미를 가로질러 안으로 들어간다. 앞장서 들어간 여자애가 조명 스위치를 찾고 있다. 현관 공간과 연결된 거실 하나가 환해진다. 그 안에 들어서니 열기가 훅 끼친다. 이번에는 응접실 방 하나에 불이 켜진다. 그 안은 심지어 덥다.

아트는 가까이 있는 문을 연다. 변기와 세면대가 있는 작은 방이 등장한다. 그는 세면대로 가 손을 씻는다.

다시 현관을 가로질러 값을 매기지도 못할 귀한 도자기가 가득 찬 장을 지난다. 고드프리가 손수 수집한 도자기다. 다들 조금은 배스듬하고 아예 깨진 것도 더러 있으며 떨어지는 운석이라도 맞은 듯 대부분이 널브러지거나 엎어진 채 서로 뒤엉켜 있다.

아트는 으리으리한 부엌으로 향한다. 그새 여자애가 용케 부엌까지 찾아 들어가 아트 어머니와 얼굴을 마주하고 식탁에 앉아 있다. 아가 오븐이 무지막지한 열기를 내뿜고 있다. 식탁으로 다가가면서 라디에이터를 살짝 만져 보았다가 아트는 화상을 입을 뻔한다. 그런데도 어머니는 외투 단추를 끝까지 채워 입고 목도리에다 양가죽 장갑을 끼고 머리에는 두툼한 털모자까지 썼다. 털이 어쩌나 두툼한지 동물 머리래도 믿겠다.

어머니는 털모자 쓴 머리를 돌리지도 않고 앞만 주시하고 있다. 부엌에 자기 말곤 아무도 없다는 듯이.

이분이 어머니세요? 여자애가 묻는다.

아트는 고개를 끄덕인다.

그러고는 보일러든 온도계든 찾으려 두리번거린다. 영 보이질 않는다. 냉장고를 연다. 거의 비었다. 반밖에 안 남은 머스터드, 달걀 한 알, 개봉하지도 않아 봉지째 검고 질퍽하게 변해 버린 샐러드 야채가 다다. 커다란 찬장 안을 들여다본다. 커피 두어 팩. 유기농 육수 원액 한 통. 뜯지 않은 호두알 한 봉지.

아트는 다시 식탁으로 돌아온다. 우묵한 그릇에 사과 두 개와 레몬 하나가 담겼다. 그는 자리에 앉는다.

원래 이러세요? 여자애가 묻는다.

아트는 고개를 좌우로 젓는다.

여자애는 손톱을 잘근거린다.

어디 추운 데라도 나가 보시려고요? 여자애가 어머니에게 묻는다.

어머니가 그딴 답답하고 어처구니없고 빈정 사 마땅한 소릴랑 말라는 뜻으로 흥 하고 콧소리를 낸다.

의사를 부를게요. 아트가 말한다.

어머니가 경고하듯 장갑 낀 손을 든다.

아서 네가 의사를 부르는 꼴은 내가 죽기 전엔 못 본다. 어머니가 말한다.

여자애가 의자에서 일어선다. 아트 어머니의 머리에서 모자를 벗겨 식탁에 올려놓는다.

너무 더우셔서 그래요. 아트 어머니에게 말한다.

그러면서 스카프를 풀어 벗기고는 차근히 접어 어머니가 앉은 자리 앞에 모자와 함께 나란히 내려놓는다. 거기서 그치지 않고 몸을 굽혀 어머니가 입은 외투의 단추를 풀더니 외투의 양 어깨를 잡고 흔들어 팔 아래쪽으로 벗기기 시작한다. 그래 봤자 장갑을 벗기기 전에는 외투를 완전히 벗길 길이 없고, 더군다나 어머니는 그새 양가

죽 장갑을 낀 거대한 두 손을 굳게 맞잡아 깍지를 꼈다.

장갑도 벗으시겠어요? 여자애가 말한다.

아니, 됐어요. 어머니가 말한다. 하지만 정말 고마워요.

그러지 말고 벗어요, 소피아. 아트가 말한다. 이쪽은 내 반려자예요. 샬럿이요.

이렇게 만나 뵙게 돼 기뻐요. 여자애가 말한다.

너무 추워요. 어머니는 이렇게 말할 뿐이다.

그러고는 반쯤 벗겨진 외투가 목을 다시 덮도록 외투 밑으로 어깨를 들썩인다.

네 알겠어요. 여자애가 말한다. 추우시다면 뭐.

여자애는 찬장을 이리저리 열어 물잔을 찾더니 수돗물을 한 잔 받아 온다.

알려나 모르겠는데. 어머니가 양가죽을 두른 두 손으로 물잔을 받아 들며 말한다. 당신 얼굴 여기저기에 작은 구멍이 뚫렸어요.

알고 있어요. 여자애가 말한다.

두 사람이 여기에서 얼마나 환영받지 못하는지 그것도 알려나 모르겠네요. 어머니가 말한다. 내가 이번 크리스마스따라 유난히 바빠서 손님 맞고 그럴 시간이 없어요.

아니요, 그건 지금까지 몰랐어요. 여자애가 말한다. 하지만 이제 알게 됐네요.

올해 어찌나 정신없이 분주한지 두 사람은 헛간에서 자야 할지도 몰라요. 어머니가 말한다.

어디든 괜찮아요. 여자애가 말한다.

괜찮긴 뭐가 괜찮아. 아트가 말한다. 그건 안 돼요, 소피아. 우린 그렇게 못 해요. 헛간에서 자라니.

어머니는 아트를 무시한다.

내 아들이 언젠가 지나가는 말로 당신 바이올린 솜씨가 명연주자에 버금간다고 한 적이 있어요.

아. 여자애가 말한다.

그러니 기왕 온 거 시간 봐서 연주나 한번 해 주면 좋겠네요. 어머니가 말한다. 난 예술을 각별히 생각해요. 쟤가 그런 얘기를 했나 모르겠는데.

아, 어머니 앞에서는 부끄러워서 연주 못 해요. 여자애가 말한다.

자기 비하는 거의 예외 없이 밉상스러운 법이에요.

어머니가 말한다.

아니요, 솔직하게 말씀드려서 제 바이올린 연주가 어머니가 상상하시는 수준에 전혀 못 미치리라는 것만은 사실이거든요. 여자애가 말한다.

그렇다면 아가씨에 대해선 당장은 더 알고 싶은 게 없네요. 어머니가 말한다.

감사합니다. 여자애가 말한다.

언제든 환영이에요. 어머니가 말한다.

처음부터 환영하지 않으셨으면서. 여자애가 말한다.

하! 어머니가 말한다.

심지어 미소에 가까운 표정마저 짓는다.

그러나 이내 얼굴을 다시 걸어 잠그곤 외출 채비를 마친 채 식탁에 앉은 자세 그대로 아무것도 없는 눈앞의 빈자리를 응시하기 시작한다. 여자애는 공손하게 뒤로 물러서더니 복도로 나간다. 그러고는 문간에서 아트를 손짓해 부르지만 아트는 속이 왠지 얼어붙은 느낌이다. 눈앞에서 진행 중인 연극을 무대 옆에 서서 지켜보는 것 말고 달리 아무것도 할 수가 없다. 안의 내용물이 죄다 밖으로 새어 나가고 머릿속이 텅 빈 느낌이다. 구멍 뚫린 양동이 어쩌고 하는 옛날 노래처럼 사랑하는 라이자, 내 안에 든 거라곤 구녁뿐이야. 그럼 구멍을 때워야지, 사랑하는 헨리. 어떻게 짚으로 구녁을 때우라는 건지? 아트는 이 노래가 도무지 납득되지 않는다. 구녁이 아주아주 작은 게 아니고서야 어떻게. 지금 그의 머리 구석패기에 난 구녁은 짚으로 때우기엔 너무 큰 데다 이 순간 다시 떠오른 희극조 사투리로 구사한 이 노랫말이 그를 어머니의 인생 무대 위 단역으로 만들어 버렸다. 또다시.

아트는 식탁 위 화병에 꽂힌 죽은 지 한참 된 꽃을 바라본다. 저 꽃이 이 방에서 나는 냄새의 원인인지도 모르겠다. 꽃을 보고 있자니 오늘따라 과거에 선보였던 모든 연기를 능가하는 열연을 펼치고 있는 어머니를 향한 분노가 한층 깊어진다. 아주 기록을 갱신할 작정인 모양이군.

아트는 어머니 집 한복판에 서 있는 낯선 여자애에게로 눈을 돌린다. 누구든 데려온 자신이 멍청했고, 그래, 아예 오는 게 아니었다, 자기부터가, 멍청하게.

아니, 멍청이가 아니라 이디올렉트다. 이디엇이 아니라 이디올렉트. 그래, 개인어랑 다름없지, 세상을 통

틀어 자기 말고는 다른 어느 살아 있는 사람도 사용하지 않는 언어와. 아트는 자기라는 언어를 구사하는 유일한 존재다. 너무 희희낙락했던 탓이야, 기차를 타고 오는 내내, 아니 그보다도 오늘 온종일 까맣게 망각하고 있었던 게 잘못이지. 자신이 실은 세상에서 자취를 감춘 문법만큼이나 죽은 신세라는 걸, 묘지에 뿌려진 음소와 형태소에 불과하다는 사실을 망각했다.

아트는 간신히 힘을 짜낸다. 방을 가로질러 문간에 서 있는 여자애에게로 향한다. 여자애가 그의 팔을 붙든다.

부를 만한 사람 없어요? 여자애가 말한다.

아트 어머니의 귀에는 들리지 않도록 나직한 목소리로. 친절을 베풀고 있다. 여자애의 친절이 어머니의 싸늘함만큼이나 아트를 움찔하게 만든다.

아까 그 택시를 다시 부를게요. 아트가 말한다. 다른 차를 부르든가. 여기 말고 어디든 데려가 달라 그럴게요, 당장은 생각나는 데가 없지만. 시내에 가면 호텔이 몇 군데 있으니까 방이 있는지 전화해 보면 되겠네요. 아니면 런던까지 데려다줄 차를 불러볼 수 있겠지만 글쎄 아무래도 크리스마스이브다 보니, 게다가 시간이 이렇게 늦었고, 아마도 당장은 어렵지 않을까······.

재수 없게 굴지 말아요. 여자애가 말한다.

재수 없다니······. 아트가 대꾸하려는데 여자애는 아랑곳없이 손을 들어 올린다.

언니가 있잖아요. 여자애가 말한다.

뭐라고요? 아트가 말한다.

언니분이 있다고 했잖아요. 이 근처에 사세요?

아트는 크고 투박한 손으로 여자애를 복도로 몇 발자국 더 잡아당긴다.

언니분을 불러야 돼요. 여자애가 말한다.

안 돼요. 아트가 말한다.

왜 안 돼요? 여자애가 말한다.

서로 말도 안 하는걸요. 아트가 말한다. 둘이 삼십 년 가까이 말도 안 하고 살았어요.

여자애가 고개를 끄덕인다.

전화해요. 여자애가 말한다.

1월.

늦겨울치고 푸근해서 기온이 영상 9도나 되는 날이자 500만 명에 달하는 대다수가 여자인 인파가 세계 전역에서 권력자들의 여성 혐오에 항의하는 가두 행진에 가세한 지 이틀 만인 어느 월요일.

한 남자가 한 여자를 향해 짖는다.

말 그대로 여자를 향해 개 짖는 소리를 낸다. 컹컹.

하원에서 벌어진 일이다.

여자는 무슨 말인가 하고 있다. 질문하는 중이다. 뭔

가에 대해 한참 질문을 하는데 그 와중에 남자가 여자를 향해 개처럼 짖기 시작한다.

이 상황을 조금 더 상세하게 설명하자면 야당 소속 의회 의원이 하원에서 외무성 장관에게 질문하고 있다.

야당 의원은 영국의 모 총리가 미국의 모 대통령에게 보인 우호적인 태도를 비롯해 특별한 관계라고 반복해 선언한 사실을 문제 삼고 있다. 여기서 언급한 미국 대통령은 여성을 개에 비유하는 습관을 가진 대통령일뿐더러 달력마다 홀로코스트 기념일이라고 명백히 기입돼 있는 그날에 미국에 입국하고자 하는 사람들 중 상당수를 그들의 신앙과 민족성에 기반해 아예 입국 금지 조치할 계획이라고 막 선언한 참이다.

의원은 계속해서 말을 이으며 이러한 예정된 판결이 난민 사태에 미칠 영향과 시리아 내전으로 인해 강제 추방된 사람들에게 미칠 영향을 논하는 한편, 이곳은 물론 미국에서 리더십이 어떤 의미를 갖는지에 대한 진지한 질문을 제시하는 참인데, 그런 와중에 여당 원로 의원 한 사람이 발언 중인 이 의원을 향해 짖기 시작한 것이다.

컹컹컹.

여기서 기본 상식 한 가지만 짚고 넘어가자면 하원은 영국 의회를 이루는 상하 양원 중 하나로 상원과 더불어 최고 주권을 행사하는 입법 기관이다.

두 의원 중 여성인 의회 의원은 법학 학위 소지자이자 공교롭게도 파키스탄에서 어느 정도 이름이 알려진 과거 TV 스타로, 영국 하원 의원이 되기 전에는 그 나라에서 방영된 인기 드라마 시리즈에 몇 년간 출연했다고 한다.

두 의원 중 남성인 의회 의원은 과거 증권 브로커였으며 윈스턴 처칠의 손자다.

이후 여성 의원이 그의 처신에 대해 항의를 하자 남성 의원은 결국 사과한다. 가벼운 말장난일 뿐이었다는 듯 굴면서.

여성 의원은 남성 의원의 사과를 받아들인다.

두 사람 모두 기품 있게 행동한다.

때는 아직 겨울. 눈은 내리지 않는다. 겨우내 눈이 거의 내리지 않았다. 기록에 남을 만큼 따뜻한 겨울이 될 것이다, 또다시.

그래도 다른 곳에 비해 추운 곳들은 있다.

오늘 아침에는 밭갈이를 마친 들판의 골을 따라 서리가 맺혀 있었다. 햇빛이 비슷이 내리쬤는지 한쪽만 녹아내린 서리가.

아트 인 네이처.

2

이제 크리스마스 날 새벽, 해도 뜨지 않은 이 어두운 시간만큼 길을 잃고 눈 속을 헤매는 아이에 대한 오래된 노래가 가장 잘 어울리는 때도 없지.

(그런데 노래 속 그 아이는 누구예요? 어디로 가고 있었던 거죠? 눈도 오는데 뭐 하러 밖에 나왔을까요? 정말 춥긴 추웠던 걸까요? 계절이 여름이거나 봄이거나 가을이었어도 과연 길을 잃고 헤맸을까요, 아니면 겨울이라서 더 헤맬 수밖에 없었던 거예요?)

나야 모르지.

디킨스는 『크리스마스 캐럴』에서 그리하여 마침내 그들은 타이니 팀이 부르는 노래를 듣기에 이르렀는데 길을 잃고 눈 속을 방랑하는 아이에 대한 이 곡을 타이니 팀은 특유의 작고 구슬픈 목소리로 퍽 잘 소화해 냈다고만 말하고 있거든.

그러니까 내가 좀 더 입증 가능한 종류의 것들 얘기를 해 주는 게 어때……

(입증 가능한 게 뭐예요?)

입증 가능하단 건 그에 관한 사실이 세상에 존재하기 때문에 진실임을 증명할 수 있단 뜻이지……

(아하)

……예컨대 내가 매우 입증 가능한 사실 한두 가지를 언급한다 치자………

(하하, 매우 가능하다라니!)

……예컨대 시간과 조화에 대해 연구했으며 진실과 시간은 친족 간이라고 믿었던 케플러 씨에 대한 팩트를……

(친족 간이 뭐예요?)

한 가족 같은 사이란 말이야, 그러니까 이 케플러 씨란 사람이 보기에 진실과 시간은 서로 연결된 일종의 친척 관계에 있었다는 거지.

(아.)

케플러 씨는 핼리 혜성을 가장 먼저 알아본 사람 중 하나이자 인류가 수 세기 동안 믿어 온 바와 달리 매번 서로 다른 혜성이 하늘에 나타나는 게 아니라 하나의 혜성이 반복해 우리를 방문하고 있음을 최초로 깨달은 몇 사람 중 하나이기도 했어. 먼 거리에 있는 것에만 관심을 두지 않고 가까이 있는 것에도 주의를 기울였던 사람이고. 어느 날 이 케플러 씨의 외투 깃에 눈송이가 앉았는데 그걸 계기로 케플러 씨는 역사상 처음으로 눈 한 송이의 면의 개수를 세고 눈 결정체의 반복적인 패턴에 대해 글을 쓴 사람이 되었지.

(눈 결정체랑 눈송이랑 같은 거예요?)

같을 수도 있어. 하지만 눈송이는 눈 결정체가 두 개 이상 모여 한 구조를 이루면서 떨어지는 현상을 이르는 말이기도 하지. 여하간 케플러 씨는 그러한 결정체의 모양이 대칭을 이룬다는 걸 발견했고……

(대칭이 뭐였죠?)

그야, 아이고 신이여……

(대칭이 신을 뜻해요?)

아니, 하하, 신은 아니고. 하지만 신을 그렇게 이해해도 좋긴 하겠네. 신이 그런 뜻이었다면 얼마나 좋아. 대칭은 무언가가 서로 아주 유사한 모양을 가졌거나 균형 잡힌 방식으로 서로를 반영하거나 서로 짝을 이루는 경우, 혹은 조화로운 방식으로 그러는 경우를 뜻하고, 조화 자체를 의미하기도 해. 네 귀처럼. 양쪽 귀가 대칭을 이룬다고 할 수 있고 그건 눈과 손도 마찬가지지. 그런데 케플러 씨가 궁금해했던 건 이거야. 하나하나의 눈 결정체가 다른 모든 눈 결정체와 공통된 부분을 갖는 한편 자기만의 고유한 특징을 갖는다 치면, 그러니까 다른 결정체와 차별되는 고유한 결정체이기도 하다면 왜 신이 눈을 굳이 그렇게 만들었느냐 그 이유가 알고 싶었던 거지. 왜냐면 이때만 해도 사람들이 이런 걸 형이상학적인 이유로 중요하게 생각하던 때라서……

(형이상…….)

아이고 신이여. 그래. 그러니까. 형이상학의 이상, 그러니까 메타피지컬의 메타는 무언가가 변화하거나 자기 자신을 넘어선다는 뜻이고 형은 물리적 형체, 그러니까 피지컬이란 말 그대로지, 아무튼 케플러 씨는 적어도 눈 속에서 길을 잃거나 얼어 죽지 않았던 반면에 프랑스 철학자이자 역시 눈을 사랑하던 데카르트 씨는 눈에 워낙 관심이 많아 급기야 눈 내리는 나라에 가서 살기까지 했어. 노르웨이였나 덴마크였나, 아니, 핀란드였나 스웨덴이었나, 암튼 그 근방 어딘가로 살러 갔고, 거기서 혹독한 추위 가운데에 얼마나 밖을 쏘다녔던지 결국 폐렴에 걸려 도착하기가 바쁘게 목숨을 잃고 말았지.

(아니 근데 형이상……)

……그리고 또 그 이름이 기억나지 않는 농부도 있어, 그로부터 수백 년 뒤 아메리카에 살았던 농부인데 눈송이를 어지간히 좋아해 아예 내부에 망원경이 장착된 사진기를 발명하고 말았다니 상상이나……

(와……)

……눈 결정체 하나하나를 클로즈업해 촬영하겠다고 그렇게까지 한 거야. 그런데 어느 날인가 눈보라가 몰아치는 와중에 나다니다가 마찬가지로 죽고 말았어……

(아 이런……)

그러니까. 그래서 그 길 잃은 아이는 어찌 됐느냐?

눈발이 어쩌나 거센지 눈이 수북이 내려앉은 나뭇가지
가 머리 위로 무겁게 늘어지고 그나마 군데군데 덜 쌓인
자리가 용케 비집고 들어온 달빛 아래 반짝거리다 보니
이건 뭐, 눈이 숲 한끝에서 다른 한끝까지 싸늘하긴 해도
달빛 머금은 등딱지를 보호막처럼 형성해 버린 셈이었
고, 이게 지하 세계로 들어서는 문과 곧장 연결돼 있었던
거야.

(등딱지가 뭐예요?)

등에 붙은 딱지.

(정말요?)

하하! 그 말을 믿냐! 아니, 농담 아니고, 뭐랄까, 일
종의 껍데기야. 게나 거북이 등에 붙은 단단한 껍데기처
럼 여린 속살을 외부로부터 보호하는 노릇을 하는 걸 이
르는 말이지. 갑각이나 개갑이라고도 부르는데 개갑은
몸을 모두 덮어 보호해 주는 것을 의미하기도 했어.

(갑옷처럼요?)

정확해. 그리고 지하 세계로 말하자면, 지하 세계가
뭔지는 알지?

(네.)

뭔데?

(세계 밑에 있는 세계요.)

그게 사람들은 대개 시하 세계를 천국의 반대, 그러니까 지옥의 다른 말로 여기는 편이라서 뜨거운 유황이 들끓는 곳이라거나 바위가 녹고 서로 뒤섞여 역사적으로 폼페이나 헤르쿨라네움 같은 이탈리아 도시들을 뒤덮고 그 결과 수 세기가 지나도록 보존했던 그런 물질이 화산으로부터 폭발해 나오는 곳이라고 생각하지. 하지만 천만에. 지하 세계는 뜨거움과 반대거든. 겨울이 여름의 반대이듯이. 지하 세계는 모든 사물과 생물과 사람이 싸늘하고 어둡게 죽어 있는 곳이야, 비유를 하자면 뭐랄까, 그래, 이렇게 상상해 봐, 까마귀가 들쑤셔 눈알이 뽑힌 텅 빈 눈구멍 속에 들어간 느낌이라고⋯⋯

(으엑)

⋯⋯대신 눈구멍 크기가 거대한 지하 동굴만 해서 심지어 런던 내 어느 기차역보다 훨씬 더 크고 넓지⋯⋯

(와, 그 정도로)

⋯⋯그런데 흥미로운 건, 마침 더위와 추위의 양극단 얘기가 나와서 말인데, 더위도 추위도 실은 각기 다

른 방식으로 해를 끼치는 한편 보존에도 한몫한다는 사실이지. 예를 들어 위대한 철학자 베이컨 씨가, 베이컨 씨도 실은 추위 때문에 죽었는데 이 경우는 고기를 냉동 상태로 유지하는 방식으로 인간들이 육류를 장기 보관 하는 게 가능한지 알아보겠다고 살을 엘 듯 추운 날씨에 죽은 닭의 몸통에 눈을 채워 넣다가 한기가 들어 죽었어. 암튼. 어디까지 얘기했더라?

(등딱지요.)

그래. 아이는 눈으로 만들어진 등딱지 밑을 지나 숲의 한끝에서 다른 한끝까지 통과하기에 이르고 그렇게 지하 세계 입구에 도달하지. 거기엔 거대한 얼음 문이 버티고 섰는데 어찌나 높은지 아이가 고개를 들어 문이 어디까지 이어지나 확인해 보려 애를 써도 도무지 끝이 안 보여. 그렇지만 아이는 한겨울 눈밭에서 길을 잃었대도 누군가가 도움을, 온기를, 안락함을 제공하리라 기대하는 어린아이의 넘치는 자신감으로 문을 두드리는데, 아이가 이리할 수 있는 것도 실은, 듣고 있는 거야?……

(네……)

아이가 자신 있게 문을 두드릴 수 있는 이유는 마침

때가 한겨울이어서야, 한겨울은 어린아이들과 신들이 만나게 돼 있는 절기이자 어린아이가 신들에게 말을 걸면 신들이 그 말에 귀를 기울이도록 되어 있는 때요, 아이들과 신들이 서로 근친이라는 사실과 관련된 계절이니까.

(가족처럼요.)

아이는 문을 두드려. 문이 어찌나 냉랭하게 얼어붙었는지 주먹으로 내려칠 때마다 손이 표면에 들러붙을 지경이고, 그러면 아이는 살갗이 찢어질 걸 감수하며 있는 힘껏 손을 뜯어내야 하는데 그러고도 과연 두드리는 소리가 문 뒤에 있는 누군가의 귀까지 가닿기나 하는지 좀처럼 판단하기가 어려운 게, 얼음이다 보니 아무리 두드려 봤자 소리가 그대로 사라지고 말잖아.

그런데 그때 불현듯 귀가 찢어질 듯 요란한 소리가 사방에 울려. 아이가 고개를 들어 보니 얼음으로 깎은 거대한 열쇠 뭉치가 저 위에서 쩌렁쩌렁 흔들리고 있지 뭐야.

갈 길 가거라. 얼어붙은 음성이 아이에게 말해.

이곳의 주인 또는 주인마님에게 제가 눈 속에서 길을 잃고 한참을 헤매고 있는 신세라고 좀 말씀해 주시겠어요. 아이가 말해.

죽거든 그때 돌아오너라. 얼음으로 된 목소리가 말해.

제가 잠깐 쉬어 갈 따뜻한 구석 하나 내어 주실 수는 없는지, 위치 파악이 될 때까지만이라도 한숨 돌리고 먹고 마실 걸 좀 찾아 주실 수는 없는지도요? 아이가 말해.

얼음 문은 허리케인처럼 무지막지한 한숨을 내쉬어. 그때 무언가가 아이를 허공에 들어 올려 외투 어깨를 잡고 빙그르 휘두르자 얼음장 같은 손가락 끝에 촘촘히 돋은 상어 이빨처럼 뾰족한 이들이 외투 원단을 뚫고 들어와 아이의 목 언저리를 따갑게 스쳐, 피부가 화끈거릴 정도로. 그러고는 그 정체 모를 손이 아이를 꽁꽁 얼어붙은 암흑의 미궁 속으로, 죽음의 속력으로 끌고 내려가.

(헉.)

하지만 걱정할 필요 없어. 아이는 지하 세계를 뜨겁게 끓는 피처럼 말끔히 통과하고 마니까. 어른이 되면서 어느새 눈 속에 길을 잃은 처지가 된, 싸늘하게 죽어 있는 사람들 하나하나의 혈관을 뜨거운 피처럼 순식간에 통과하는데 거기 있는 사람의 수가 수백 수천만 명에 이르거든? 아이는 달아오른 혈액처럼 그 사람들을 일제히 지나고 그럴 동안 아이의 눈에 비친 게 있었으니 바로 색깔 그 자체, 초록빛, 크리스마스 초록, 가장 밝은 초록이야, 초록색도 알고 보면 여름 색깔이기만 한 건 아니거든, 암, 초록색은 진정한 겨울 색깔이기도 하지.

(그래요?)

토양도 초록으로 빚어져 있는걸. 이끼, 조류, 지의류, 곰팡이. 초록, 꽃이 있기 전에 만물이 띠었던 색깔이자 최초로 생겨난 나무들의 빛깔이었지, 나뭇잎도 없고 바늘만 달린 나무, 냉기와 온기가 교차하는 와중에 첫 번째 휴지기에 자란 나무……

(휴지기가 뭐예요?)

휴지기는 잠깐 쉬어 가는 시기를 뜻해. 크리스마스 트리도 결국 최초의 초록 나무들과 친척 관계라고 봐야 해. 나무의 원조 격인 그 나무들은 이 세상이 초록 이외의 다른 색상을 발명하기도 전에 자랐지. 홀리라고도 부르는 호랑가시나무 잎의 초록빛이 열매의 붉은빛을 만든 셈이야.

(나무한테도 가족이 있어요?)

있지. 그리고 이 이야기에 나오는 아이가 어디서 이

런 잡다한 상식까지 주워들었는지 모르겠다만 너도 알다시피 초록색이 사진이나 영상에서 가장 지우기 쉬운 색깔 중 하나인 건 입증 가능한 사실이잖아. 파란색이나 초록색 배경 위에 이미지를 두면 그 둘레를 윤곽을 따라 오리거나 보정해서 하늘을 나는 양탄자 위에 올라타거나, 아니면 우주에 떠 있는 우주 비행사처럼 보이기가 훨씬 쉽지.

(네.)

아이가 이런 생각에 골몰해 있는데 얼음 손이 갑자기 어깨를 놓아서 아이는 푸줏간 상판처럼 차디찬 바닥으로 곤두박질치고 말아……

(푸줏간 상판이 뭐예요?)

나중에 말해 줄게. 이따 다시 물어봐. 암튼 당장은 이 아이를 머릿속에 떠올려 봐. 아이가 지하 세계를 다스리는 신 앞에 풀 이파리처럼 홀쭉한 모습으로 서 있고, 그런 아이를 어마어마한 높이의 얼음 왕좌에서 굽어보는 신을, 매장 진열대에 놓인 자동화된 접칼의 초대형 버전처럼 생긴 신의 두 손을 말야.

(와.)

아이는 일어나서 외투를 툭툭 털다가 초대형 얼음 이빨이 겉감에 일렬로 남겨 놓은 구멍을 만져 보며 언짢은지 허를 차.

그때 신이 마침내 입을 열지.

아직 살아 있는가? 신이 말해.

아이가 코로 숨을 뿜어 차가운 공기 속에 자기 호흡을 드러내 보여. 그러고는 봤죠? 하는 듯한 표정을 신에게 지어 보이지.

오호, 이것 봐라. 신이 말해. 생존자로군.

여긴 너무 추워요. 아이가 말하지.

이게 춥다니! 신이 말해. 난 추위의 신이다. 이 정도는 아무것도 아니야. 진짜 추위를 보여 주마. 그런데 그것 좀 그만두지 못할까.

뭘요? 아이가 말해.

신은 아이의 발을 가리켜.

아이는 고개를 숙여 발을 바라봐. 발이 사라지고 없어. 발목까지 물에 잠긴 거야. 땅 밑으로 녹아든 거지.

일 초 일 초마다 아이 주변으로 땅이 점차 녹아 가.

그만 멈추라고 내가 말하지 않았니. 신이 말해.

아이는 어깨를 으쓱여 보여.

어떻게 멈추는데요? 아이가 말해.

신은 당황하기 시작해. 녹아 미끌거리는 왕좌를 붙든 손도 놓치고 말지. 얼음으로 이루어진 거대한 궁궐의 머리 부분에 놓인 왕좌 위에서 팔을 이리저리 휘저으며 소리쳐.

당장 멈추지 못해.

한밤중에 마을 교회 종이 자정을 알렸다.

또?

자정은 이미 한참 전에 지난 줄 알았는데 아니었나?

소피아는 자리에서 일어났다. 아래층으로 내려갔다.

아서가 데려온 젊은 여자가 부엌 식탁에 앉아 있었다. 스크램블드에그가 담긴 접시를 반쯤 비운 상태였다.

좀 드실래요? 여자가 물었다.

누구를 깨울까 싶어 조심하는 나지막한 목소리였다. 부엌 가까이에서 자고 있을 사람이 어딨다고.

소피아는 대꾸하지 않았다. 문간에 서서 설거지가 안 된 채 개수대 옆에 놓인 프라이팬을 봤다.

젊은 여자가 소피아의 시선을 좇아 고개를 돌리더니 황급히 일어섰다.

바로 씻을게요. 여자가 말했다.

그러고는 말한 대로 프라이팬을 역시 조심스럽고 조용한 태도로 씻었다. 다 부신 팬을 소피아가 일러 주지 않았는데도 알아서 제자리에 돌려놓았다.

소피아는 고개를 끄덕였다.

문간에서 발을 돌려 침실로 향했다.

침대 이불 속에 몸을 뉘었다.

머리가 소피아의 어깨에 다시 자리를 잡았다.

아까 크리스마스이브가 크리스마스로 접어들 때 소피아는 창가에 서서 마을의 교회 종이 멀리서 자정을 알리는 소리에 귀를 기울이고 있었다. 고요하고 제법 따뜻한 밤이었고 마침 풍향까지 맞아떨어져 종소리가 여기까지 닿았다. 폭풍이 지나간 뒤인 만큼 크리스마스 아침은 포근하게 시작할 터였고, 서리와 추위가 비껴간 겨울 풍경에서는 겨울의 위엄을 찾아볼 수 없었다. 종소리가 지극히 예사롭게 들리는 것도 이 밤에 어울리는 춥고 건조한 겨울밤이 아니어설 테지. 죽었다. 죽었다. 죽었다 하고 종이 울었다. 혹은 머리는, 머리는, 미리는 하고 울었는지도. 마을 교회에 종이 하나뿐이라 곡조를 기대할 수는 없었다. 다만 이건 기억 끄트머리에서 누군가 도끼로 바위를 내리치는 것 같은 소리잖아. 소피아는 생각했다. 그런들 날만 버릴 텐데.

하지만 그 와중에도 머리는 열린 창 문턱에 좋다고 기대서 차근히 울리는 종소리에 맞춰 혼자 명랑하게 안쪽/바깥쪽 놀이를 하고 있었다.

머리는 어제오늘 사이 머리카락이 현저히 줄어 있었다. 아무래도 구중중해 보였다. 그런데도 아랑곳 않고 체서 고양이처럼 침착하게 미소를 흘리며 바깥 공기와 방의 온기가 교차하는 지점에 기대어 흡족한 듯 눈을 지그시 감고서 시계추처럼 좌우로 몸을 흔들었고, 바람이 불자 풍향에 맞서 꼿꼿이 곧추섰다가 소피아가 창을 닫는 걸 보고는 고분고분한 맹금처럼 소피아의 팔로 날아와 앉았고, 소피아가 옆자리 베개 위에 내려놓아도 순순히 허락했다.

머리를 재우려고 소피아는 성탄절 이야기를 해 주었다.

천사가 여자를 찾아와. 이어 여자는 출산을 앞두게 되지. 여자가 낳을 아이의 아버지는 아니지만 사람 좋고, 더군다나 가족이란 단위의 불가결한 요소로 일컬어지는 부성적 존재인 남자가 당나귀 등에 올라탄 여자를 데리고 수 킬로미터를 걷고 걸어 인구 조사를 하라는 지배자의 명령에 인파가 잔뜩 몰린 어느 마을에 도착해. 방 없어요. 방 없어요. 여관마다 방이 없대고 아이는 언제 나올지 모르지.

한 여관 주인이 가축을 두는 곳에서 아이를 낳아도 좋다고 허락해 줘. 아차, 별, 별 얘기를 깜박했다. 별 덕에 사람들이 마구간까지 찾아올 수 있었어, 마리아의 갓난아기에게 인사하러 찾아온 사람들이 있었거든. 그리고 마리아가 아이에게 뭐냐 그 노래를 불러 주기 시작했는데 마리아가 부르기엔 음이 너무 높아서 결국 작은 당나귀 노래를 불러 줬어.

이어서 소피아는 당나귀 노래를 처음 부른 니나와 프레데리크 이야기를 머리에게 해 준다. 니나와 프레데리크는 외국인 듀오로 꽤나 근사했어. 둘 중 하나가 오스트리아인가 스칸디나비아인가, 암튼 그쪽 귀족 출신이었나는 것 같아. 당시 인기 가요 순위에 오를 만큼 퍽 히트 쳤던 노래야.

머리는 탄생 이야기와 당나귀 이야기와 외국인 팝스타 듀오의 이름 모두에 한결같이 진지하고 골똘한 표정으로 귀를 기울였다. 소피아가 종을 칠 때마다 베들레헴 하고 외치던 종에 대한 노래를 부를 동안은 베개에서 앞뒤로 흔들흔들 박자를 맞췄다.

그러고는 소피아에게 고맙다는 뜻으로 유례없이 각별한 눈빛을 건넸고, 마술이라도 부린 듯 얼굴에서 표정이라 할 법한 기운을 말끔히 덜어 내더니 이윽고 텅 빈 눈의 로마 시대 석상처럼 빛바랜 무색 조각으로 변해 버렸다.

그새 베개에는 우수수 떨어진 머리카락이 한 움큼 쌓여 머리 주위에 반원을 그리고 있었다. 소피아는 머리카락을 모아 몇 번에 걸쳐 좁은 탁자로 옮겼다. 그때껏 머리카락에 가려졌다가 이제 겉으로 드러난 머리 맨 꼭대기는 많이 해쓱했고 어린아이의 숫구멍만큼 취약해 보였다. 소피아는 손수건 서랍을 열어 뒤쪽에 있던 커다란 손수건을 찾아왔다. 헐벗은 부위가 추울 수도 있을 듯해 손수건을 정수리에 감아 주었다. 그러고는 다시 이불속에 들어가 탁자 등을 껐다. 완연한 대머리로 변한 머리가 소피아를 향해 미소 지으며 손수건 터번을 두른 채로 어둠 속에서 빛을 뿜었다. 렘브란트가 조명이라도 담당한 것 같았다. 렘브란트가 어린 시몬 드 보부아르의 초상을 그린다면 이런 모습이었겠지 싶었다.

그게 아까였고, 지금 소피아는 잠든 머리의 무게를 느끼며 침대에 누워 스크램블드에그처럼 느끼한 음식을 다시 입에 댔다가는, 더욱이 그 여자처럼 버터를 쓴 스크램블드에그라면 그 자리에서 속을 게울지도 모르겠다고 생각하는 중이다.

하기야 속을 게우는 기분을 다시 경험해 보기 위해서라면 감수해 볼 만한 일인지도. 소피아가 기억하기에 구토로부터 오는 특정한 쾌감이 있었던 듯도 하니 말이다. 모든 질서를 와해하는 배출과 정화의 힘, 몸이 힘들어 이대로 사느니 죽는 게 낫겠다 싶은 예사로운 통각을 넘어서 나의 살고 죽는 문제를 두고 초월적인 존재와 협상을 하기에 이르는 한계의 순간, 경계를 오가는 강력한 경험 중 하나로 기억에 남아 있었다.

　머리를 팔로 보듬어 안은 채 선잠을 자다 깨기를 반복하면서 소피아는 얕은 잠에 빠졌다. 꿈결에 머리가 잘려 나간 목, 돌로 된 몸통, 머리 없는 마리아상, 머리가 없거나 목만 남았거나 머리가 절반만 남은 아기 예수상을 보았다. 이어서 여기저기 깨지고 머리통마저 잘려 나간 성인들의 부상조며 성수반 따위에 새겨진 조각들, 팔다리도 머리도 몸도 다 빼앗기고 목만 남은 복제품들, 종교 개혁이란 명분 아래 독선에 빠진 적개심과 그때그때 다른 편협한 이념으로 교회를 쑥대밭으로 만든 역사가 남긴 잔해들을 보았다. 세상에는 언제나 역사상의 시간과 장소를 불문하고 극렬한 편협함과 옹졸함이 작동한다고, 그 표적이 되는 건 언제나 머리 아니면 얼굴이라고 소피아는 생각했다. 소피아는 수백 군데에 이르는 교회 제단 앞에 놓인 나무 칸막이와 칸막이에 그려진 중세 시대 성인들의 불에 훼손되거나 긁힌 얼굴들을 생각했고, 개중에는 올해도 어김없이 들판 저편에서 크리스마스를 맞이하는 종소리를

죽었다,

머리는,

울려 대는 교회도 포함됐는데 그 수백 수천 곳의 교회, 손상되고 파괴되었기에 더 아름답다고 주장할 수 있을지도 모를 성상들, 붓꽃 모양의 플뢰르 드 리 문장을 담은 배경막의 흐드러지는 붉은빛과 금빛, 머리나 얼굴이 있어야 할 곳 아래로 찰찰 흘러내리는 역시나 화려하게 도색된 옷감, 성상이 어느 성인 또는 사도를 나타내는지 알아볼 단서가 되기도 하는 각각의 손에 들린 ── 성상을 훼손하려는 치들은 절대 손에 들린 이런 물건이나 심장을 겨냥하는 법이 없었기에 ── 생생히 묘사된 성물(성배, 십자가, 또 다른 모양의 십자가, 책, 단검, 장검, 열쇠)을 떠올렸다. 황금빛 후광 아래 얼굴이 있어야 할 곳에는 검게 타 버린 나무만이 가면처럼, 그리고 역설적이게도 모든 가면을 떨쳐 낸 듯한 모습으로 남아 있었다.

여기엔 경고가 담겨 있었다. 이게 너희가 성인으로 일컫는 자들의 진면이다. 모든 상징적인 것은 결국 거짓으로 탄로 나리라고, 시간이 당대에 휘두르는 곤봉이 어떤 형태와 형상을 띠든 그와 만나는 즉시 너희가 숭앙하는 모든 것은 한낱 불에 탄 물질이요 깨진 돌 조각뿐임이 명백히 드러나리라고 현현하는 전갈.

그러나 이와 반대의 효과도 있다고 봐야 했다. 이리 파손된 성상들은 파괴보다 생존을 반증하는 선언에 더 가까워 보였다. 새로운 견딜성의 상태를 입증하는, 머리 없고 얼굴 없고 이름 없는 수수께끼 같은 단서들이었다.

소피아의 어깨를 베고 잠든 머리가 한층 묵직해졌다.

소피아는 어깨에 기댄 자기만의 크리스마스 아기를 내려다봤다. 머리카락이 사라지니 시간을 거슬러 유아기로 되돌아가는 듯 점점 갓난아이 모습을 닮아 갔다. 잠든 모습도 갓난아이 같았다.(아서는 갓난아이일 때도 이런 모습으로 잠든 적이 없었지만 말이다. 고래고래 울부짖으며 영혼을 송두리째 시험하는 검디검은 악몽과도 같은 한밤을 선사한 게 아서였다. 소피아의 아이가 이 머리를 좀 더 닮았더라면 소피아도 조금은 다른 사람이 됐을지 모를 일인데. 어쩌면 아서도 그랬을 테고.) 속눈썹 한 올이 머리의 뺨 위로 소리 없이 떨어지더니 이어 한 올이 또 떨어졌다. 작디작은 올이 하나, 그리고 둘 떨어지는 짧디짧은 시간 속에 이 갓 난 행성의 무게는 현저하게 더 무거워졌고, 어깨뼈를 내리

누르는 그 무게에 통증마저 느껴질 정도였지만 그렇다고 아주 짓눌릴 만큼 무겁지 않았던지 소피아는 난데없이 몸을 일으켜 앉더니(머리는 여전히 깊이 잠든 채 단단하게 삶은 부활절 달걀처럼 소피아의 팔과 옆구리를 타고 도르륵 굴러 내려가 허벅지 옆으로 침대가 살짝 꺼져 있는 틈에 자리를 잡았다.) 스스로에게 다음과 같이 물었다.

아서가 데려온 저 젊은 여자는 달걀이 어디서 난 거지?

냉장고에 달걀이라곤 없는데.

버터도 없는데.

아니, 달걀이 한 알 있긴 했다. 원래 여섯 알을 샀는데 그게 벌써 두 달도 더 된 일이다.

혹시라도 그 달걀을 먹은 거라면 여자는 식중독으로, 그것도 고통스럽게, 그것도 조만간에 죽고 말 터다.

식중독으로 의식을 잃고 쓰러질 수도 있나?

혹시라도 여자가 지금 부엌 바닥 가득 토사물을 토해 내고는 그 한복판에 의식을 잃고 쓰러져 있기라도 하면?

마을 교회 종이 자정을 알렸다.

또?

기가 찰 노릇이지.

소피아는 몸을 일으켰다. 아래층으로 내려갔다.

부엌에 있는 여자는 죽지도 의식을 잃지도 않았다. 아주 멀쩡했다. 소피아가 문을 열자 고개를 들고 쳐다봤다.

어, 안녕하세요. 여자가 말했다.

혹시 몸이 안 좋지는 않아요? 소피아가 말했다.

몸이요? 여자가 말했다. 아니요, 괜찮은데요. 오히려 평소보다 쌩쌩한 기분이에요.

내가 부엌에 내려온 게 이번으로 두 번짼가요 아님 처음인가요? 소피아가 말했다.

두 번째예요. 여자가 말했다.

당신은 샬럿이고요. 소피아가 말했다.

네, 크리스마스 주말을 맞아 내려온 샬럿이에요. 여자가 말했다.

이름은 샬럿이고, 성은 뭐죠? 소피아가 말했다.

음. 여자가 말했다.

그러고는 잠시 소피아를 멍하니 바라보더니 베인이

요라고 말했다.

스코틀랜드 이름이네. 소피아가 말했다.

그렇다고 하신다면요. 샬럿 베인이 말했다.

당신 스코틀랜드 사람이 아니잖아요. 고향이 어디
에요? 소피아가 말했다.

샬럿 베인이 나지막하게 웃었다.

맞혀 보세요. 샬럿 베인이 말했다. 정답을 맞히시면
제가…… 내기를 하려면 제대로 해야죠. 제가 1000파운
드 드릴게요.

난 도박은 안 해요. 소피아가 말했다.

현명하시네요. 샬럿 베인이 말했다.

잉글랜드 사람이 아니라는 것쯤은 알아요, 그야 말
하는 걸 들으면 알 수 있으니까. 소피아가 말했다. 내 아
버지만 해도 특정 나라에서 온 사람이라면 두고두고 질
색을 하셨어, 전쟁을 겪으면서 물려받은 유산이랄까.

어느 전쟁 말씀이세요? 샬럿 베인이 말했다.

미련한 척은. 소피아가 말했다. 전쟁 중의 전쟁 말
예요. 2차 세계 대전. 그게 아버지 인생의 악센트가 됐어
요. 텔레비전이나 라디오에 누구든 다른 나라 말 혹은 특

정한 억양이 밴 영어를 하는 사람이 나온다거나, 당신이 그리도 혐오하는 곳에서 온 사람이 방에 발이라도 들이면 그길로 박차고 나가 버렸죠. 독일인이라면 특히 질색했어요. 프랑스인은 독일과 야합했다 싫어했고. 심지어 특정 가수가 노래만 불러도 노발대발했어요. 전쟁이 끝나고는 금융계에서 일하며 새 삶을 사셨는데, 그 덕에 특정 인종이니 민족에 대해 한층 더 광범위하고 비논리적이지만 자발머리없기는 마찬가지인 혐오감을 배우셨죠. 하지만 난 좀 더 개방적인 마인드를 지닌 세대에 속하는 만큼 당신을, 게다가 아서의 생활 동반자이기도 하니까 나와 다를 바 없는 잉글랜드 사람으로 인정해 줄게요.

감사해요. 샬럿 베인이 말했다. 하지만 아닌걸요. 잉글랜드 사람이요.

나한텐 잉글랜드 사람이나 같아요. 소피아가 말했다. (그러고는 더 이상 항변은 말라는 뜻에서 손을 들어 보였다.) 그래서. 말해 봐요. 내 아들하곤 어떻게 만났죠?

그 얘기라면야 아드님이 지루할 정도로 자세히 얘기해 드렸을 것 같은데요. 샬럿 베인이 말했다.

당신 입으로 지루할 정도로 자세히 얘기하는 걸 들

고 싶다고요. 소피아가 말했다.

아. 그렇다면. 흠. 알겠어요. 버스 정류장에서 만났어요. 샬럿 베인이 말했다. 쉬는 날에 버스 정류장에 앉아 있는데 아드님이 와서 말을 걸었어요. 같이 커피를 마시러 갔죠. 아서가 먹을 것도 사 줬고요.

서로 안 지는 얼마나 됐다 그랬죠? 소피아가 말했다.

저희 이제 막 시작한 사이 같아요, 아직도. 샬럿 베인이 말했다. 이틀밖에 안 된 기분이에요.

한참 잘 시간에 여기 부엌에 앉아 있는 이유가 설마 내가 헛간에서 자라고 해서는 아니겠죠? 소피아가 말했다. 만약 그렇다면 앞서 내린 명령을 취소하지요. 여기서 자도 좋아요.

그런 거 아니에요. 샬럿 베인이 말했다. 별로 피곤하지 않아요, 오는 길에 기차에서 한숨 잤거든요. 그리고 언니분이 오시면 문을 열어 드려야 해서 저희가 안 자고 기다리며 이부자리를 좀 준비했거든요. 위층 복도 벽장에서 찾은 시트랑 베갯잇을 썼는데 괜찮은지 모르겠네요. 그러고는 뭘 좀 먹어야겠다 싶어서 여기 내려왔는데 막상 먹고 나니 잠도 안 오더라고요, 잠들 타이밍을 놓치면 그러기 십상이거든요. 레인지가 커서 부엌이 워낙 포근하고 안락해야지 말이죠, 새소리도 들리고요, 저기 저 창문 사이로요. 그래서 그냥 여기 앉아 새소리를 듣다가 그만 깜빡했어요.

뭘 어쨌다고요? 누가 어째? 소피아가 말했다.

잠자는 걸요. 잠자는 걸 깜빡했다고요. 샬럿 베인이 말했다.

누가 오길 기다렸다 문을 열어 줬다고요? 소피아가 말했다.

언니분이요. 샬럿 베인이 말했다.

이 집에 와 있다고? 소피아가 말했다.

네. 샬럿 베인이 말했다.

여기? 지금? 소피아가 말했다.

많이 피곤해하시더라고요. 샬럿 베인이 말했다. 3시가 다 돼 도착하셨어요, 어디였다더라, 아무튼 아주 먼 길을 운전해 오셔서 바로 주무시러 가셨고, 그래서 저희가 물건을 정리해 넣었어요. 그러고서 아드님도 자러 갔고요.

물건을. 소피아가 말했다.

샬럿 베인이 주방을 가로질러 냉장고 문을 열었다.

다른 집 냉장고라든가 TV 광고 또는 이상적인 가족의 일상을 담은 영화 속 장면에서나 볼 법한 냉장고처럼 음식이 한가득 들어 있었다. 그 밝고 싱싱하고 빼곡한 정도가 충격으로 다가왔다.

맙소사. 소피아가 말했다. 악몽이 따로 없네.

머리를 옆에 두고 다시 침대에 누운 소피아의 귓가에 12시를 알리는 교회 종소리가 들려왔다.

또다시.

소피아는 한숨을 지었다.

그사이 오늘이 다른 해의 크리스마스 날로 둔갑한 게 아니고서야. 그런데 사실 그랬다. 정확히는 1977년의 크리스마스 날이자 일요일이다. 콘월에 있는 이 무너질 듯한 낡은 대저택에 모인 사람들은 크리스마스 날을 평소와 달리 여기는 것 같지 않지만, 여하간 현재 소피아의 언니 아이리스가 이 집에 음, 살고 있다고는 할 수 없는 게 아이리스를 위시해 여기서 지내는 외국인과 떠돌이 무리 중 어느 누구도 집세랄 걸 일체 지불하지 않고 있으므로 그래, 무단 점거 중이었고, 무단 점거 말고 달리 표현할 적당한 말도 없고 학생처럼 살고 있다고 하기에는 소피아의 언니 아이리스는 이미 나이가 많아도 너무 많아 삼 년 후면 마흔이었다.

소피아의 언니 아이리스는 삶을 탕진하는 중이다. 소피아는 엄마가 예전 언젠가 딸들 안부를 물어 오는 사람들에게 아이리스가 석유 회사에 취직했고 거기서 중직을 맡고 있다고 이야기했던 걸 떠올린다. 당시 아이리스는 주유소에서 일했다.

게다가 크리스마스치곤 크리스마스 느낌이 전혀 안 난다. 엄마라면 이것도 질색했을 거다. 여느 일요일, 여느 예사로운 일요일이나 다를 바 없는 느낌이라. 아니, 실은 일요일 특유의 유다른 기운조차 없다. 주중의 여느 날에 불과한 느낌, 월요일 화요일 수요일 중 어느 요일만 같다.

아니. 그런 기운조차 느껴지지 않는다. 그저 무요일만 같다.

그나마 크리스마스 당일인 걸 눈치챌 만한 낌새랄까, 예사롭지만은 않은 날임을 알 유일한 단서라고는, 예컨대 다른 행성에 외계인이 실재한다 가정하고 그를 전제로 당신이 이곳 (외진) 시골 한가운데에 위치한 (놀라울 정도로 광대한) 사유지가 딸린 이 (한때 아주 그럴듯했을 거대한 건물로 추정컨대 오래된 부자 가문이 대대로 소유해 왔을) 저택 근방에 우주선을 타고 착륙한 외계인이라 치면, TV가 켜져 있고 BBC 방송 화면에 평소보다 몇 배 더 크리스마스스러워 보이는 자전하는 지구의 모습이 비친다는 점, 그리고 점심시간이 다 돼 가는데 여전히 1940년대 영화인 「녹원의 천사」를 방영하고 있다는 사실 정도가 다일 터다.

그렇다고 이 집에서 크리스마스 식탁을 흉내라도 낸 점심 식사가 차려질 기미라고는 눈을 씻고 찾아볼 수 없지만 말이다. 그러기엔 크리스마스는 너무 부르주아적이겠지. 게다가 아이리스와 동거 중인 중퇴생들(도대체 몇 명이나 되는지 좀체 파악도 안 되고 한 쉰 명은 되는 것 같지만 실제론 열댓 명이 좀 더 사실에 가까운 숫자일 테지.) 중 두 명이 여기 곯아떨어진 상황이기도 하고 말이다. 낡은 소파를 하나씩 차지했는데 어쩌면 지난밤부터 죽 여기 있었는지도, 밤새 침실에 갈 생각은커녕 옷을 갈아입고 침대에서 잠을 자는 정상적인 사람들이 하는 행동은 하나도 따르지 않고 저기 저렇게 앉은 대로 잠이 들어서는 여태 일어나지 않고 있는지도 모른다.

그러니 소피아가 설사 거실에 자리를 잡고 앉아 지금 나오는 저 오래된 고전 영화처럼 위안이 되는 영화를 보며 편히 크리스마스 날 아침을 보내려 했대도, 그것도 다른 때도 아니고 하필 아빠는 빌어먹을 뉴질랜드에 가 있고 엄마는 빌어먹을 죽고 없는 크리스마스 날이라 그런 위안이나마 바랐더래도 마땅히 앉을 자리가 이 딱딱하고 다리 길이마저 짝짝이인 의자밖에 없단 말이지.

코뮌 생활 공동체.

무단 점거지. 저것 봐, 저기 바닥에, 쥐똥이잖아.

윤리적이고 대안적인 아나키스트 생활.

무책임한 생활에 대한 한심한 변명밖에 더 되나. 히피 숙취자와 사이비 낭만주의자들의 불법적이고 더러운 무단 점거. 그래도 개중에 발전기를 고칠 머리가 있는 사람이 하나는 있었던 덕에 전기를 쓸 수 있게 되었으니 살려 줘 고맙네(『햄릿』 대사다.), 지독히 춥고 마음마저 병든 참이었거든. 그나저나 이 집에서 지내는 남자들 중에 아주 독특한 중국풍의 줄무늬 진 누빈 면 재킷을 가진 사람이 있었는데, 아마도 이름이 폴이었던 것 같다. 어제 집에 딸린 노후한 온실 한구석에 쌓인 외투 더미에서 소피아가 그 재킷을 집어 들고 솔기에 라벨이 붙었는지 확인하려 옷을 뒤집는 걸(라벨은 없었다.) 하우스메이트들 사이에서 아이어(분노!)라는 별명으로 불리는 아이리스가 목격했다.

폴, 네 덕에 내 천재 동생이 내년 시장에 선보일 아이디어를 얻은 것 같은데. 아이리스가 소피아의 어깨에 팔을 두르며 말했다.

얘가 소프야. 소피아가 이 집에 도착했을 때 담배 연기 자욱한 방을 가득 채운 사람들에게 소피아를 소개한답시고 아이리스가 한 말은 고작 그 한 마디였다. 소프 넌 어느 방 쓸래?

이 집엔 방이 열여섯 개나 되는데 개중에는 천장에 구멍이 난 방도 더러 있고, 지붕 타일에 난 구멍 틈새로 기어든 새들이 보금자리 삼아 겨우내 지내는 방도 하나 있으며, 엄밀히 말하자면 여기 지내는 동안 각기 지정된 방을 쓰는 건 아니고 그날마다 기분 내키는 대로 잠잘

방을 고른다고 했다.

지붕에 구멍이 난 방이라면 사양할게. 소피아가 말하자 방 안에 있던 사람들이 모두 허허대며 웃었다. 주방에 사람들이 가득 들어차 있었다. 소피아도 대화에 낄 수 있도록 식탁 장의자에 앉아 있던 사람 하나가 옆으로 당겨 앉으며 자리를 만들어 줬다.

대화 내용은 이탈리아 어딘가에 사는 농부와 그 고양이에 대한 얘기로 농부가 어느 날인가 마당에 나가 일을 하다가 고양이가 이렇다 할 이유 없이 바닥으로 픽 쓰러지는 걸 목격했다고 했다. 쟤가 왜 저러나 싶어 가까이 가 보니 죽어 있더란다. 농부는 고양이를 집어 들었다. 그러자 꼬리가 떨어졌다.

소피아는 웃음을 터뜨렸다. 무작정 터진 웃음이었다. 고양이 꽁무니에서 꼬리가 떨어진 모습을 상상한 이상 어떻게 웃음이 안 터져 나올 수 있겠어.

그런데 소피아 말고 아무도 웃지 않았다. 일제히 고개를 돌려 소피아의 얼굴을 빤히 바라볼 뿐. 소피아는 웃음을 거뒀다.

고양이가 죽은 건 그 전해에 농장 근처 공장에서 밸

브 폭발 사고가 발생해 공장에서 제조하는 화학 물질이 자욱한 구름 형태로 누출됐기 때문이라고, 그 지역이 가구 제조로 이름난 곳이니만큼 수개월이 지난 지금까지 혹여나 목재에 유해 성분이 깃들었을까 하여 그 지역에서 생산된 가구를 사려는 곳이 세계 어디에도 없고 그 결과 재난이 종결된 게 아니라 여전히 진행 중이라고 봐야 한다고 했다. 사실 그 지역 사람들은 부근의 나무가 죄다 나뭇잎을 잃은 탓에 7월이 됐는데도 한겨울처럼 스산하고 죽은 모습을 한 숲과 하늘에서 죽은 채 떨어지는 새와 고양이니 토끼니 그 외 작은 동물들이 아무런 이유 없이 픽픽 쓰러져 죽는 것을 목격하기 전까지 누출 사고가 일어난 것조차 몰랐다. 그러다 근방에 사는 사람들이 애들을 데리고 자꾸 병원을 들락거리게 됐고, 애들 얼굴에 발진과 부스럼이 생기기 시작했다. 그런데도 공장주들은 여전히 누출 사실을 당국에 보고조차 하지 않았다. 결국 공기 중에 독성 물질이 퍼진 시점으로부터 몇 주가 지나서야 당국에서 상황을 파악하고는 사고로 영향을 받은 지역 중 한 마을에 군대를 파견해 주민들을 대피시키기 시작했고, 마을 주민들은 그길로 집과 전 재산을 버린 채 내쫓기듯 떠나야만 했으니 그것도 그들에겐 정말 끔찍한 일이었을 거라고, 왜냐하면 대피 직후 주민들이 살던 집들이 모조리 불도지에 밀리고 어마어마한 흙더미 아래 매장되고 말았으니까, 그리고 그 지역에서 생산된 채소며 과일은 절대 섭취하지 말라는 금지령까지 내려졌다. 이젠 그 지역에 사는 사람들 중 어느 누구도 자기가 병든 건지 아닌지 가늠할 수 없는 상황일뿐더러 대다수 농장 자산이 파괴되었고, 당국에서는 아예 아이를 갖지 말라고 지역 주민들에게 이르고 있는 실정이었다.

소피아는 딴생각에 빠졌다.

낙후하긴 했어도 여전히 우아한 부엌 공간이었다. 천장 돌림띠에는 이 집에 들어와 사는 사람들이 난센스 단어 만들기 게임이라도 한판 벌였는지 손으로 그려 넣은 자음과 모음의 묘한 조합이 길게 이어져 있었다. i s o p r o p y l m e t h y l p h o s p h o f l u o r i d a t e w i t h d e a t h.

다시 보니 단어를 이루는 글자들을, 혹은 단어의 단편적 조각들을 한데 길게 이어 붙인 조합이었다.

I. So. Prop. Me. Meth. 여기까진 다 아는 단어고.

Ethyl. 사람 이름 에설을 말하는 것 같은데 그건 보통 Ethel이라고 적지 않나? 그다음 단어는 fluoride랑 거의 같고. 그 뒤의 두 단어는 date와 with, 맨 마지막 단어는 명백히 death였다.

그사이 식탁에 둘러앉은 사람들은 친구의 친구가 재난 사고가 발생한 그 지역에서 온 사람을 안다는 개중 한 명의 이야기에 귀 기울이고 있었는데, 이 사람이 전한 일화에 따르면 그 친구의 친구가 안다는 사람이 이탈리아 타 지역으로 휴가를 갔더니 그곳 호텔 주인장이 말하길 다른 투숙객들이 당신이 어디에서 왔는지 알면 혼비백산해 당장 호텔을 떠날지 모르니 어디 사람인지 언급하지 말라더라는 이야기를 들은 적이 있다고 했다.

소피아 옆에 앉은 여자가 사진이 실린 구겨진 종잇조각을 두어 장 건넸다. 고양이 두 마리가 풀숲에 잠든 듯한 모습으로 비스듬히 누워 있었다. 죽은 것처럼 보이기커녕 지극히 정상으로 보였다. 바닥에 옆구리를 대고 몸을 길게 뻗은 몸을 자세히 살펴볼 때나 늘어진 모양이나 눈을 질끈 감고 있는 게 이상하다 싶은 정도였다. 두 번째 사진은 물집투성이에 사포처럼 꺼칠해 보이는 아이 얼굴을 담고 있었다. 카메라 앞이라고 아이는 미소를 지어 보였다.

다른 나라에선 끔찍한 일이 참 많이도 일어나는 것 같아요. 소피아의 말에 식탁에 둘러앉은 사람들이 배꼽 잡을 농담이라도 들은 듯 일제히 요란한 웃음을 터뜨렸다.

그러더니 한 길 건너 있는 동네처럼 들리기도 하고 보드빌 극장이나 디킨스 소설에 등장하는 인물의 이름처럼 들리기도 하는 곳 이야기를 해 줬다. 그곳에 CBW를 만드는 비밀 공장이 있다고 했다. 어찌 된 게 이 사람들은 입만 열었다 하면 약어였다. 여자들은 틈만 나면 남자들 몸에 팔을 두르거나 몸을 기대고, 남자들은 대문자 약자로 된 단어밖에 모르는 듯했다. 그 공장에서 CBW를 만든다. OP를 만든다. 그리고 TCP처럼 들리는 것을 만든다.*

사실 TCP는 아주 유용해요. 소피아가 말했다. 어디든 활용이 가능하거든요.

---

* CBW는 생화학 무기를 뜻하며 OP는 살충제로 쓰는 유기 인산 화합물을, TCP는 인산 트리클레실로도 불리는 공업용 화합물을 뜻하는 약어다.

웃음소리. 딱 한 사람, 마크라는 남자였다. 다른 누군가가, 한때 멋졌겠지만 지금은 옆구리 올이 풀린 모직 스웨터를 입은 여자가 식탁 너머로 몸을 뻗어 담배를 권하더니 소피아에게 하는 일이 뭐냐고 물었다.

내 동생은 자기 사업에 성공한 여자야. 아이리스가 뒤에 서서 어린아이 다루듯 소피아의 머리를 헝클어뜨리며 말했다. 고등학교를 졸업하곤 대학에 진학하자마자 무역업을 시작했지, 그것도 무려 1학년 때. 아프간 가죽 코트로 떼돈을 벌었어. 너희 중에도 내 천재 동생이 들여온 코트를 산 사람이 적잖이 있을걸? 요즘은 뭐가 잘 나가, 소프?

마크라메. 소피아가 말했다. 가방, 비키니, 옷, 안 가리고요. 그리스 시장이 지난 두어 해 사이 많이 개방됐거든요. 젤라바도 여전히 잘 나가고, 요즘 최신 트렌드로는 신종 폴리에스테르 섬유를 꼽아요. 값싸지만 내구력이 아주 좋고 초창기에 비해 많이 자연스러워졌거든요. 정말이에요. 사정 밝은 사람들은 치즈클로스 무명천을 대체할 소재라고 장담하고 있어요.

테이블 주위로 침묵이 흐른다.

브로드리 앙글레즈도 여전한 인기 아이템이긴 해요. 소피아가 말했다. 어느 시대고 꾸준히 사랑받는 소재다 보니까요. 고전적이어서 사랑받지만 의외로 펑크스타일과 매칭해 입어도 잘 어울리고요.

또다시 침묵.

잠시 후 아이리스이 현재 연애 상대인 게 기의 확실해 보이는 밥이란 이름의 남자가 자기네 지역에 사는 군 복무 이력을 가진 사람들 가운데 이제 와서 질병에 걸려 투병 중인 경우가 있다는 이야기를 시작하자 소피아를 향해 말없이 재단하는 눈초리를 보내던 사람들이 다시금 세계정세에 적극적인 관심을 나타내는 얼굴로 돌아갔다.

텔레비전이 있는 이 방 벽지는 아무래도 원래 벽지 그대로인 것 같다. 스타일로 봐 20세기 초쯤? 실제로 사람이 사는 집이라면 아주 아름다운 집이 될 수도 있을 텐데. 딱딱한 의자에 앉아 크리스마스 때나 통하는 유난히 화사한 테크니컬러 화면, 이런 흑백텔레비전을 통해 봐도 테크니컬러로 찍은 영상인 게 확연히 드러나는 화면에서 엘리자베스 테일러가 선로를 따라 걸어가는 모습을 바라보며 소피아는 아이리스가 예컨대 차라두 한

잔 우리려 부엌을 들락거릴 때마다 부엌 돌림띠에 적힌 death라는 단어와 마주하고 어떤 심정이 될지 상상해 본다. 아이리스는 장례식 때 집에 오지 않았다. 감당할 수 없어서? 허락을 못 받아서? 그도 아니면 귀찮아서?

집에서 아이리스의 이름은 꺼내지도 못한다.

어젯밤 식탁 주위에 둘러앉았던 사람 중 하나가 그때껏 잡담을 나눈 게 아니라 진지한 회의라도 진행했다는 듯 꽤나 공식적으로 대화를 마무리 짓더니 부엌에 모인 사람들 앞에서 봄에 관한 고전에 해당하는 글이라면서 책을 들고 큰 소리로 낭독하기 시작했다. 게일이라고 불리는 그 여자가 읽은 내용은 마치 크리스마스 이야기인 양 시작했는데 알고 보니 전혀 아니었다. 처마 밑 물받이와 지붕널 틈새로 하얗게 알갱이 진 가루가 여전히 드문드문 모습을 비쳤다. 몇 주 앞서 지붕과 잔디밭, 들판과 개울 위로 눈처럼 소복이 내려앉았던 가루다. 재해가 강타한 이 세상을 침묵으로 감싸며 새 삶의 재탄생마저 말살한 것은 마녀의 주술도 적군의 무력 행위도 아니다. 그곳 사람들이 자행한 일이었다.*

---

* 레이첼 카슨의 1962년 작 『Silent Spring』. 국내 번역본으로 김은령 옮김, 홍욱희 감수의 『침묵의 봄』(에코리브르, 2011)이 있다.

어찌나 상징으로 가득하고 무거운 내용이던지.

모임이 파한 후 소피아는 맨 꼭대기 층의 얼어붙을 듯이 추운 방으로 올라갔다. 따뜻한 아래층에 비하면 이 방은 북극권이었다. 외투를 덮고 몸을 조금이라도 덥혀 보려던 차에 문 두드리는 소리가 나더니 아이리스가 전기난로를 들고 나타났다

추위할 거 같아서. 아이리스가 말했다.

그리고 코드를 꽂았다. 소피아는 외투 자락을 당겨 《라디오 타임스》를 숨겼다. 집에서 아직 크리스마스를 쇠던 시절 소피아가 가장 좋아하던 일 중 하나가 부모님 이 구독하는 《라디오 타임스》의 크리스마스 특집호를 확 인하며 시간 때우기 목적으로 보고 싶은 프로그램 옆에 펜으로 작은 십자 표시를 하는 것이었다. 어쨌든 아이리 스가 크리스마스 때 집에 오지 않기 시작한 이래로는 그 랬다. 이번에 챙겨 온 잡지를 조금 전까지 거의 눈물을 흘리며 읽고 있던 참이었다. 한때 하인들이 썼을 이 다 허물어져 가는 꼭대기 층의 낡고 닳은 카펫과 카펫도 리 놀륨도 장판지도 없이 헐벗은 바닥에는 페인트 얼룩이 진 거친 나무판자만 깔린 방의 문을 아이리스가 두드리

기 전까지만 해도. 올해《라디오 타임스》특집호 표지에
는 연말 분위기를 물씬 풍기는 크리스마스트리 사진이
실렸는데 자세히 들여다보면 크리스마스트리가 전형적
인 잉글랜드 마을의 예쁜 설경으로 변하면서 마을 한복
판을 가로지르는 오솔길과 쪽문을 내다보는 개 한 마리
와 우편함이 눈에 들어왔고, 아이리스가 봉투가 찢어져
우체국 테이프로 덕지덕지 감긴 채 배달된 우편물을 보
여 준다고 소피아의 낡은 매트리스 끝에 걸터앉았을 때
소피아가 외투로 감추려 한 것도 이 표지였다. 개봉 또는
파손 상태로 도착해 우체국 직권으로 봉인함. 무슨 이유에선
지 아이리스는 테이프를 보고 배꼽을 잡았다. 소피아의
정수리에 입을 한 번 맞추고서 아이리스는 아래층 친구
들에게로 돌아갔다.

엄마는 언급하지 않았다. 아직 엄마에 대해서 소피
아에게 한마디도 하지 않았다.

지금 소피아는 크리스마스 날인 줄도 모르고 잠들어
있는 두 사람 옆에서 엄하긴 해도 딸을 진심으로 사랑하
는 벨벳 브라운의 어머니가 딸이 그랜드 내셔널 경마 시
합에 출전할 수 있게 뒷바라지하는 장면을 보고 있다.

《라디오 타임스》 표지의 빨간 우편함…… 그게 왜 이리 뜻깊은 동시에 무의미하게 다가오는 걸까? 우편함이 예전처럼 의미를 띠었으면 좋겠다. 의미가 아직 의미를 띠던 시절의 의미를. 그러고 보니 예전 한때 의미를 지녔고 여전히 그 의미를 계속해서 지니는 이날, 예나 지금이나 그리 많은 사람이 그리 뜻깊게 여기는 이날이 왜 지금 이곳에 있는 소피아에게는 더 이상 예전과 같은 뜻을 지니지 않는 건데? 한 주를 이루는 여러 날 중 하루일 뿐인 날에 붙는 이름이 의미를 지녀야 한다는 생각이 그 자체만으로 소피아를 지치게 만드는데 이 피로는 지금 껏 알던 피로와 수준이 다른, 피로가 아우르는 범주에 속한다고 상상치도 못하던 피로다.

의미가 이렇게 또 최저치를 경신하네.

안 되겠다, 숨을 깊게 들이쉬어 봐, 소피아.

좀 있으면 「빌리 스마트의 서커스」가 시작하잖아. 오후 시간대 특선 영화는 「오즈의 마법사」고.

음, 「오즈의 마법사」는 부분적으로 흑백 영화잖아.

올해 BBC 크리스마스 영화 편성의 하이라이트는 엘비스 영화 특집이다. 엘비스도 이제 죽었으니까.

아이리스가 냄새로 보아 홍차나 커피는 아니고 무언가 농장을 연상케 하는 뜨거운 음료가 든 머그잔을 들고 TV방에 들어섰을 때 소피아가 대뜸 묻는다.

언니가 나 수업 땡땡이치게 만들고 같이 「G. I. 블루스」 보러 런던에 갔던 거 기억나?

아이리스는 아직 잠이 덜 깬 눈치다. 머리가 한쪽으로 삐죽 뻗쳐 빗질을 하거나 감아야 하게 생겼다. 아이리스에게선 이 집에서보다도 이 집 냄새가 강하게 난다. 퀴퀴한 냄새, 섹스 냄새다. 이 집 사람들은 죄다 이 냄새가 난다. 그랜드 내셔널 경마 시합 운영자들이 의식을 잃은 어린 엘리자베스 테일러의 옷에 달린 단추를 끄를 동안 아이리스는 낡은 소파 등받이에 몸을 기대고서 입을 가리지도 않고 하품을 한다.

아니. 아이리스가 말한다.

아이리스는 두 손으로 얼굴을 문지른다.

죽은 걸 기리기 위해 이번 크리스마스 내내 특집으로 다 방영한대, 엘비스 영화를 몽땅 다. 소피아가 말한다.

때론 죽음을 통해서만이 우리 모두 좀 더 살아나기 마련이지. 아이리스가 말한다.

상투적인 말, 진부해. 소피아는 생각한다. 주눅 든 어린애라도 된 기분이다. 여기 도착한 뒤로 나날이 더 어린애가 되어 가고 주눅이 드는 느낌이다. 그러거나 말거나, 소피아는 포기하지 않는다.

어제 아침에 BBC에서 틀어 줬어. 「G. I. 블루스」.

어 그래. 아이리스가 말한다.

언니 재킷도 입게 해 줬잖아. 커피 마시러도 갔고. 투 아이스 커피숍에 데려갔잖아. 소피아가 말한다.

아이리스는 소파 등받이에서 몸을 일으키며 다시 하품을 한다.

해가 서쪽에서 떴다 한들 엘비스가 멍청한 전쟁 게임이나 벌이는 영화를 이 몸이 보러 갔을 리는 없다고. 문으로 향하며 아이리스가 말한다.

방을 나서면서 아이리스는 고개를 돌려 소피아에게 한 눈을 찡긋해 보인다.

죽었다.

머리는.

머리는.

죽었다.

12시.

맙소사 어떻게 또 자정이야. 교회 종이 그날 밤 들어 다섯 번째로 자정을 알렸다. 소피아는 부아가 치밀어 소리를 냈다. 침대에서 돌아누웠다.

옆자리엔 머리가 누워 있었다. 미동도 하지 않았다. 바위처럼 붙박여 있었다.

장난일 테지, 그렇지 않아, 마을에 사는 반항아가 장난삼아 종탑 밧줄에 매달려 근방에 사는 사람들 모두 제정신을 의심할 지경에 이르도록 수시로 종을 울려 대는 게 아니고서야.

어느새 여름이 눈앞에 펼쳐지고 집 저쪽에서 열 살 남짓한 아서가 서재로 소피아를 찾아 걸어 들어오는데 아서가 방학을 맞아 집에 온 뒤로 소피아는 계속 이곳 서재에 틀어박혀 일을 하고 있던 차였다. 물론 선택은 아니었고 일을 해야만 했으니까.

아서가 열 살이라면 이 기억의 배경은 대략 1990년대 중반일 테지.

엄마, 뉴스에 누가 나왔는데 어디서 많이 본 사람

같아. 아서가 말한다.

엄마 일하고 있잖니. 소피아가 말한다.

정말로 아는 사람 같은데 누군지 생각이 안 나. 아서가 말한다.

그래서? 소피아가 말한다.

엄마가 보면 누군지 알 것 같아서. 아서가 말한다.

너 지금 엄마랑 같이 TV 보겠다고 장난치는 거니? 소피아가 말한다.

아니야 그런 거. 한 번만 와서 봐 봐. 아서가 말한다. 얼굴만 봐 줘. 일 분만. 일 분도 안 걸려. 몇 초. 길어 봤자 십 초. 그 대신 빨리 와야 돼, 화면에서 사라지기 전에.

소피아는 한숨을 내쉰다. 메모를 하고 스프레드시트의 어느 지점에 있었는지 외운 뒤 화면에 뜬 숫자 옆에 커서가 깜박이게 두고 컴퓨터 앞을 떠난다.

앞방으로 건너가니 TV 화면에 아이리스가 있다. 한참 장황하게 떠드는 중이다. 양 떼 목장에서 양을 목욕시킬 때 쓰는 약물에 대해.

식수로 흘러든다고 아이리스는 말한다. 농약 살포가 어쩌고. 농약과 신경가스가 어떻게 연결되며. 신경가스와 나치당의 관계는.

그사이 많이 늙었다. 체중도 늘었고. 흰머리 관리도
전혀 안 한 모양이다.

여러모로 썩 곱게 늙고 있지는 않다. 우울증, 불안
증, 혼란이 어쩌고. 그 결과 정신 병원으로 보내지고 마
는데 의료 체계 내 무지에서 기인하는 오진에 따른 당연
한 결과다. 광범위한 증상을 인정하지 않는다. 언어 구사
에서의 어려움. 환각. 두통. 관절통.

햇살이 환히 비추는 들판을 배경으로 카메라에 잡
힌 아이리스 뒤쪽에는 탈색된 잔디와 정수리가 무성하
고 여름 기운을 자욱이 뒤집어쓴 나무가 멀찌감치 바람
에 흔들리고 있다.

2차 세계 대전이 낳은 결과, 달리 말해 그 자식뻘 되
는 산업이라고 아이리스가 말한다.

카메라가 잠시 고개를 끄덕이는 기자의 얼굴을 비
추더니 다시 아이리스의 얼굴로 돌아간다. 그 얼굴 너머,
화면 너머, 뉴스 영상이 나오는 TV 뒤, 파티오 문 너머
로 보이는 햄스테드 가장자리에 위치한 이곳에도 이른
저녁의 풍경이 더없이 아름답게 펼쳐지며 다시는 없을

것만 같은 햇살이 내리쬐는 가운데 옆집 사람들이 뒷마당에 나와 바비큐를 하는 모습과 그 아이들이 행복한 비명을 지르면서 유아용 물놀이터에 몸을 던지며 들락거리는 장면을 비추고 있다. 방송 프로그램이 뉴스 스튜디오로 돌아간다. 스튜디오에 앉은 전문가가 뉴스 아나운서에게 아이리스가 한 모든 말이 터무니없으며 사실무근이라고 이야기한다.

그 방식과 시간은 다 제각각이어도 우리는 모두 결국 스스로를 채굴하고 훼손해 급기야 파괴하고 마는 법이라고 소피아는 생각한다.

이렇게 날이 좋은데 뭐 하러 TV나 보고 앉았니? 소피아가 말한다. 밖에 가 볼 만한 데나 다른 재밌는 일도 없니?

TV 앞에 무릎을 꿇고 있던 아서가 고개를 돌린다. 억장이 무너진 얼굴이다. 소피아는 아들이 취약함을 드러내 보일 때마다 그 낱낱의 약점에 가슴 아리는 통증을 느끼지 않기 위해 실로 진력을 다해야 한다. 진력을 다해야 할 정도로 엄청나게 힘든 일이다.

아는 사람인 줄 알았어. 아서가 말한다. 우리가 아는

사람 아니야?

아니야. 소피아가 말한다. 우린 저런 사람 몰라.

소피아는 서재에 돌아가 메모해 둔 숫자를 손으로 짚어 본다.

그러고는 화면에 뜬 숫자를 다시 확인한다.

그래, 맞아. 좋아.

다시 자정이었다.

소피아는 종소리를 따라 세 보았다.

오늘 밤 들어서만 벌써 몇 번째 울리는 거라니. 소피아가 머리에게 말했다. 머리는 전혀 개의치 않는 눈치였다. 흔히들 무덤에 비유하기 마련인 침묵에 잠겨 있었다.

소피아는 이불 위에 머리를 굴려 두 손으로 보듬고는 번쩍 들었다.

무거웠다. 지금껏 중 가장 무게가 많이 나갔다.

머리는 이제 눈조차 없었다.

입도 없었다.

뭐, 오히려 잘되었는지도 모르지. 오히려 잘된 일이라고 생각하자.

하지만 얼굴이 있거나 없는 경우는 다른 문제지. 둘 중 어느 쪽도 단순히 잘된 일이라고만 볼 수는 없으니까. 예를 들어 11월 어느 날 밤(지금 몇 년도지? 소피아가 입은 옷으로 보건대 1980년대 초반이 아니려나 싶은데.) 소피아는 균형을 잃고 그만, 혹은 인상으로 봐선 원만하니 사람 좋게 생긴 처음 보는 사내가 등을 밀친 탓에 그만, 당시 실던 아파트 건물(소피아는 3층에 살았다.)의 층과 층 사이 계단의 절반을 와당탕 구르고 만다.

이 일이 있기 며칠 전에 이런 다른 일도 일어난다. 지붕을 열어젖히기에 적당한 날씨가 아닌데도 굳이 지붕을 연 컨버터블 차를 몰고 나타난 역시나 처음 보는 남자가 소피아가 소매업자와 만나려고 매장에서 멀지 않은 주차장에 차를 세우고 문을 잠그고 있을 때 다짜고짜 긴급하게 상의할 문제가 있으니 잠깐 자기 차에 좀 타지 않겠냐고 말을 건넨다.

소피아는 그대로 걸음을 옮긴다. 남자를 거들떠보지도 않는다.

그런데 남자가 난데없이 또 불쑥 나타나 차를 느리게 몰며 이제는 길거리에서 대놓고 소피아를 따라오는

거다. 그새 약한 빗줄기에 차 지붕은 닫혔지만 조수석 창
문을 활짝 열고서 그 너머로 소피아를 향해 정말 중요한
일이라고, 목숨이 달린 일이라 꼭 이야기해야 한다고 큰
소리로 외치더니 잠깐만 차에 타 조용히 얘기 좀 나누지
않겠느냐고 또다시 묻는다.

소피아는 남자를 없는 사람 취급하고 계속 걸음을
옮긴다. 정면만 바라보며. 그러다 마침 지나치던 백화점
건물 문을 열고 안으로 들어간다.

입구를 지나자마자 문 뒤에 몸을 숨긴다.

바로 옆이 향수 매장이라 향수 냄새가 공기 중에 짙
게 뒤엉킨 가운데 소피아는 몸을 숨긴 채로 간혹 고개를
돌려 등 뒤와 주변을 살피거나 문을 주시하며 한참을 기
다린다.

사무실에 도착하자마자 소피아는 경찰에 전화를 걸
어 남자를 신고하고 그가 몰던 MG의 등록 번호를 알려
준다.

그게 며칠 전이었다. 오늘 밤 소피아가 아파트에 돌
아와 보니 현관문이 활짝 열려 있었다.

아침에 소피아가 현관문을 저리 활짝 열어 두고 나

갔을 리는 당연히 없고.

소피아가 모르는 남자가 소피아의 집 안에 있다. 열린 현관문 너머로 모습이 보인다. 식당 테이블 앞에 앉아 있다. 남자가 친구라도 되는 듯 미소를 지어 보이며 소피아를 향해 손을 흔든다. 하지만 둘은 친구 사이가 아니다.

당신 대체 누구야? 소피아가 문간에서 말한다.

어서 와요. 들어오세요. 남자가 말한다.

여긴 어떻게 들어왔지? 소피아가 말한다.

남자는 항복한다는 뜻으로 두 손을 펼쳐 번쩍 든다. 그러더니 옆에 놓인 의자를 톡톡 친다.

소피아는 열린 현관문 옆에서 움직이지 않는다. 남자가 다시 한번 의자를 가리킨다.

기왕이면 앉는 게 나을 텐데요. 남자가 말한다. 시간을 많이 잡아먹을 생각은 없습니다. 정말이지 몇 분이면 됩니다. 이걸 보여 드리는 데 소요되는 시간밖에는 안 걸릴 테니까요.

소피아는 식당으로 걸어 들어가 테이블에서 멀찌감치 떨어져 선다. 식탁 위에 사진이며 복사지가 가득이었다. 아직 목숨이 붙어 있긴 하지만 총에 맞았거나 달리

부상을 입은 사람들 모습을 담고 있는 듯하다. 한 남자는 두 다리가 피로 흥건하다. 또 한 남자는 한때 얼굴이 있던 자리에 총을 맞았다.

남자가 사진을 건넨다. 동굴처럼 어두운 방. 소피아는 사진의 전경에서 팔도 몸통도 없이 장갑짝처럼 홀로 바닥에 떨어진 사람 손을 본다. 그리고 잠시 후 식탁 아래, 역시나 혼자 외떨어진 채 바닥에 놓인, 두상으로 추정되는 모양의 윤곽을 본다.

솔직히 말씀드리죠. 선생님의 도움이 필요합니다. 남자가 말한다. 선생님이 사회적으로 어떤 위치에 있는 분인지 저희도 이미 알고 있습니다. 저희는 물론이고 이 나라와 세계 전역에 있는 다른 많은 사람들이 선생님의 식견과 상식에 힘입어 혜택을 받았으면 합니다.

요주의 인물을 모니터링하는 신뢰할 만한 감시 체계야말로 이 사진들에 담긴 참사를 피하는 방안이 될 수 있다고 남자는 소피아에게 말한다.

요주의 뭐요? 소피아가 말한다. 감시라니요?

남자는 일반적으로 모니터링은 만사를 깔끔하고 정연하게 유지하는 데 도움이 되기 마련이라고 소피아에게 말한다.

또 진실이란 게 존재한다는 걸 소피아가 알고 있음을 본인도 알고 있다고 암시하면서, 우리와 가까운 사람들을 적당한 선에서 모니터링하는 것은 그 사람들이 요주의 인물부터 극단적인 활동가까지 이르는 제법 넓은 범위 중 어디에 해당하느냐 또는 해당하지 않느냐와 무관하게 그 자체로 특정 상황에 그들이 연루되지 않았음을 입증하는 데 결정적으로 작용할 수도 있기 마련이라고 말한다.

달리 말하자면 경우에 따라서는 그로써 한 사람을 구원할 수도 있어요. 남자가 말한다.

구원한다. 소피아가 말한다.

참 좋은 말이지요. 남자가 말한다.

내가 로마 가톨릭 신자로 지내지 않은 지도 제법 됐다는 걸 알지 않나요? 소피아가 말한다.

남자는 서글서글한 미소를 지으며 소피아가 지금껏 해 온 모든 일을 긍정하는 기세로 고개를 끄덕인다.

정말이지 좋은 사람처럼 보인다.

당신이 누군지 몰라도 당장 내 집에서 나가 줘요.

소피아가 말한다.

공동 주택에서겠죠. 남자가 말한다. 여긴 엄밀히 말해 당신 혼자 살거나 소유한 단독 주택이 아니니까요. 바다 건너에서는 이런 건물 형태를 아파트라고도 부르죠. 어쨌든 좋긴 해요. 아늑하고.

남자는 사진과 용지를 주워 모으고 호주머니에서 명함처럼 보이는 종이를 꺼낸다.

그리고 식탁 위에 내려놓는다.

연락할 필요가 생길 때에 대비해서요. 남자가 말한다. 바스 씨를 찾으세요. 잘 생각해 보시고요. 복잡할 것 없어요. 간단한 사실 정보만 알아내면 돼요. 언제 어디서 누구와. 더없이 결백한 일이죠. 왜냐면 결국. 인생이 던지는 수수께끼들에 대한 답이니.

뭐가요? 소피아가 말한다.

네? 남자가 말한다.

당신이 생각하는 삶의 수수께끼에 대한 답이 뭐죠? 소피아가 말한다.

답은 질문이죠. 초대받지 않은 소피아의 식탁 앞에 앉아 남자가 말한다. 바로 이 질문이요. 우리는 과연 누구의 신화를 믿을 것인가?

제가 이제 건물 밖까지 배웅해 드리도록 하죠, 바스 씨. 소피아가 말한다.

아니, 난 바스 씨가 아니에요. 남자가 말한다.

MG에 타고 있던 사람이 바스 씨인가요 그럼? 소피아가 말한다.

그에 대해서라면 전혀 모르겠는데요. 남자가 말한다.

그 사람도 당신과 연관이 있는 사람이에요? 소피아가 말한다.

그에 대해서는 뭐라 말씀드릴 수가 없는데요. 남자가 말한다.

남자는 의자를 뒤로 밀치고 자리에서 일어난다. 소피아는 열린 현관문 밖으로 길을 안내하며 2층을 향해 계단을 앞서 내려간다. 남자가 소피아를 밀쳤을 때, 또는 소피아 스스로 몸을 앞으로 내밀다가 균형을 잃었을 때, 또는 두 가지가 동시에 일어났을 때 아래 계단참까지 아직 예닐곱 계단이 남았다. 계단참으로 떨어지면서 소피아는 한쪽 팔에 제법 심각한 부상을 입는다.

오 이런. 남자가 말한다. 조심하셔야죠,

계단참에 널브러진 소피아를 남자가 일으켜 세운다. 남자는 소피아의 부상당해 아픈 팔에 꾸준한 압력을 가한다. 그가 소피아의 눈을 바라본다.

큰일 날 뻔했어요. 그가 말한다. 괜찮으셔야 할 텐데요. 이런 일이 있나.

그러는 당신이야말로 개자식이야. 소피아가 말한다. 다시 내 근처에 얼씬했다가는 콱 그냥.

그러셔야죠, 암. 남자가 말한다.

그러더니 소피아가 나중에 머릿속에서 몇 번을 되감아 봐도 지적이라고밖에 할 수 없는 미소를, 소피아가 얼마나 똑똑한지 이해하고 있는 미소를 짓는다.

소피아가 자기 집, 아니 공동 주택으로 돌아와 보니 남자가 식탁 매트 밑에 남겨둔 전화번호가 박힌 명함이 보인다.

맙소사.

소피아는 닫힌 현관문으로 돌아가 사슬고리를 건다.

이어 방 네 개의 커튼을 모조리 친다. 작은 부엌의 블라인드 밖으로 보이는 건 벽돌 외벽뿐이지만 그조차 내린다.

그러다 블라인드를 내리는 제 손을 보고 콧방귀를 뀐다.

손을 놓자 블라인드가 철컥하고 되감겨 올라간다.

욕실로 향하는 길에 현관문에 건 사슬고리를 푼다.

들어오려거든 들어오라고 해.

소피아는 명함을 챙겨 벽난로 선반에 놓인 작은 괘종시계 뒤편으로 밀어 넣는다.

그러고는 목욕물을 받는다.

창밖 도시인지 마을인지 읍내인지 지금 소피아가 있는 곳이 어디든 그곳의 교회 종소리가 울려 퍼지며 또 자정을 알리고 있었다. 이번엔 또 어디람? 시간을 멈출 수는 없나? 시간이 이 몸을 통해 연주하는 걸 멈출 수는 없는 건가? 아니, 이미 늦었다. 삼십 년도 더 전에 받은 목욕물 속에 앉아 뻐근한 팔에 비누칠을 하며 그로부터 이십 년 전 아이리스와 자기가 각자 침대에 누워 있던 어느 날 밤을 떠올리는 소피아가 여기 나타났으니, 아이리스가 소피아의 기분을 맞춰 준다고 함께 노래를 불렀던 밤, 식료품 가게의 잭이 어느 날 홀연히 사라져 돌아

오지 않았다는 그 노래를 아이리스는 고음부를, 소피아
는 저음부를 나눠 부르며 화음을 연습했던 밤이었다. 그
다음에 아이리스와 소프는 저희끼리 고안해 낸 화음에
맞춰 소피아가 좋아하는 엘비스 노래를 부르는데 아빠
한테 발각될 가능성이 없으면 둘은 독일어 가사로 부르
고 아빠 귀에 노랫소리가 들리겠다 싶으면 소피아가 학
교 도서관의 사전을 참고해 번역한 영어 가사로 노래를
부른다.

　　가야만 하나요

　　나 정녕

　　이곳을 떠나야 하나요

　　떠나야만 하나요

　　당신이 있는 이곳을?

　　아이리스. 아이리스가 어떤 사람이냐면 예를 들어
방 안에 셰퍼드 계통의 개가 있다고 쳐, 아이리스는 그
방에 처음 발을 들인 거나 마찬가지인 입장이고 심지어
그 집에도 처음 발을 들인 낯선 사람으로 개와는 생판
남인데, 그런데도 개가 아랑곳 않고 아이리스 앞으로 순
순히 다가와 두 앞발을 뻗으며 넙죽 절을 하는 건 물론

이고 아이리스가 앉는 곳마다 졸졸 따라가 그 발치에 자리를 잡고 두 앞발에 코를 파묻고 밤이 다 되도록 일어날 생각도 없이 자리를 지키는, 그런 사람이다.

이제 소피아가 대학교에 다니던 시절 주말을 맞아 집에 돌아온 날이 펼쳐지고, 그날 소피아는 버스를 타는 대신 역에서 집까지 걸어갈 생각으로 천천히 길을 걷다가 어느 순간 모퉁이를 돌았는데 저 앞에 자기 집이 보이고 무슨 일인 벌어졌는지 그 앞에 적잖은 사람들이 모여 아이리스를 바라보고 있다. 아빠는 굳게 닫힌 대문을 지키고 서서 허리춤까지 닿는 문 꼭대기를 붙들었고 엄마는 현관 문간 너머로 밖을 슬쩍 내다본다. 아이리스의 발 옆에는 소피아의 여행 가방이 놓였다. 인도 위에 펼쳐져 있다. 가방에는 옷 몇 점이 들었고 그 주위로 아이리스의 방에 있던 이런저런 잡동사니들이 널브러져서 아이리스가 길 한복판에서 짐 가방을 꾸리고 있는 것처럼 보인다.

무슨 일이야? 소피아가 말한다.

언제나 똑같지 뭐. 아이리스가 말한다. 네 가방 좀 빌려도 되지?

그러고는 인도에 놓인 물건들을 챙겨 여행 가방에 넣고 양 날개를 모아 힘껏 닫는다. 잠금장치를 딸깍 닫고 가방끈을 맨 뒤 무게를 가늠하기 위해 금속 손잡이를 잡고 가방을 흔들어 본다.

어디 간대요? 소피아가 아빠한테 묻는다.

소피아. 아빠가 말한다.

괜히 끼어들 생각 말라고 경고하는 목소리다.

또 봐, 필로. 아이리스가 말한다. 편지할게.

아이리스는…… 아직도 결혼을 안 했다고 부모님이 입버릇처럼 말하는 아이리스는 잉글랜드 어딘가에 있는 가스 공장인지 뭔지를 언급한 라디오 방송을 들은 뒤로 밤사이 일인 시위대로 둔갑해 각종 신문사에 편지를 써 보내고 한밤중에 마을 광장에 포스터를 붙이러 다니기 시작했고, 이 근방은커녕 아주 멀리멀리 떨어진 어딘지도 모를 해변에서 죽은 채로 발견된 물개에 대해 알리는 문구를 건물에 붙은 광고 게시판에 붉은 페인트로 덧그리다가 ― 게다가 걔들 눈이 말야, 소프, 아예 타들어 가 있었어, 몸에는 온갖 부르트고 화상 입은 자국이 나 있고, 상상이나 되니 ― 혹은 역시나 멀리 떨어진 어딘가에 있는 공장서 만드는 무기 운운하는 문구를 쓰다가 걸려 경찰이 집까지 찾아오게 만들질 않나, 매일 밤 거실에서 아빠가 아주 진노해 백열할 때까지 난리를 피워 가며 파리에서 시위하던 학생들 눈에 가해진 손상이며 북아일랜드 사람들한테도 같은 걸 쏘아 댔다는 얘기를 끊임없이 했다. ── 유해하지 않기는요, 독성 물질인데. 그걸 지들 사이에선 뭐라고 부르는지 알아요? 무력화 도구라고 불러요. 그러면서 TV와 신문에 나온 사람이나 의회에서 질문하는 사람 앞에서는 연기의 일종일 뿐이라고 둘러대죠. 연기의 일종이라니. 사실 전쟁 때 참호에서 사용했던 것과 연관이 있는데. 그게 그냥 연기였어요? 수용소에서 썼던 건요? 그것도 그냥 연기였어요?

그중에 여기서 벌어지는 일이라곤 하나도 없다. 아이리스가 언급한 모든 일은 저 멀찍이, 여기가 아닌 다른 곳에서 일어나고 있다.

하지만 여기서 벌어지는 거나 다름없죠. 여기가 결국 무슨 뜻인데요? 난 그게 더 궁금해요. 결국은 모든 곳이 다 여기 아니에요?

아이리스는 골칫거리다. 빌어먹을 문제아. 인생을

낭비하고. 재차 주의를 주고 경고했는데도. 평판. 당국에 이름이 알려지다니. 범죄 경력. 저녁을 먹다 말고 소리 없이 우는 아빠. 여느 때처럼 눈을 내리깔고 묵묵히 아무 것도 쥐지 않은 손을 내려다보는 엄마.

편지할게. 학교로 전화할게.

여행 가방을 들고 길을 따라 걸어가는 아이리스. 그 뒤를 바라보는 이웃 사람들. 그 뒤를 바라보는 소피아. 그 뒤를 바라보는 아빠와 엄마.

아이리스가 모퉁이를 돌아 모습을 감추고 나서야 각자 집으로 돌아가는 이웃 사람들.

소피아는 욕조에 앉아 있다. 조금 전에 어떤 낯선 남자가 소피아를 계단에서 밀치고는 밀치지 않은 척 굴었다.

소피아가 아는 한 그날 이후로 아이리스는 집을 찾지 않았다. 어머니를 다시는 보지 않았으며 아버지도 본 적이 없다. 소피아로서는 아이리스가 집을 떠난 그날 낙타의 등을 급기야 부러뜨리고 만 마지막 지푸라기가, 아이리스를 결국 떠나게 만든 결정적인 원인이 정확히 무엇이었는지 알지 못하고 아마도 평생 알지 못할 것이다.

지푸라기. 그리도 가벼운데. 연기일 뿐이다.

낙타, 부러진 등.

상투적인 건 둘째 치고 어찌나 폭력적인 표현인지.

팔이 아프다. 팔부터 허벅지까지 난간에 부딪친 몸 오른쪽을 따라서, 그리고 마지막 계단 모서리에 찧은 엉덩이까지 죄다 멍이 들 테지. 아주 높은 곳에서 추락해야만 심한 부상을 입는 건 아니다.

소피아는 목욕물이 빠져나갈 동안 욕조 옆에 앉아질 좋은 두툼한 수건으로 몸을 말린다.

어린 시절 집에서 쓰던 얇은 수건들과는 차원이 다르다. 아직도 집에 가면 볼 수 있고, 아버지가 매일같이 사용하는 수건과는.

날 소중하게 여기고

내게 진심과 성의를 다해 주세요,

난 목각 인형이 아니고

내 심장도 나무로 빚은 게 아니거든요.

크리스마스 날 아침이었다.

천만다행이지.

하늘에, 아니 살아 있는 날빛에 감사할 일이지.

소피아는 자정이 또 한 차례 술래잡기를 벌이러 올 엄두를 내려나 지켜본다고 상태 좋은 두 눈을 크게 뜨고 침대에 걸터앉아 있었다. 오 자정이여, 어디 한번 뎅그렁 뎅그렁 종소리를 울려 보시지. 자정은 엄두를 내지 않았다. 그대로 빛이 밝았다. 믿어도 좋은 만년의 빛. 믿어도 좋은 새날의 빛.

사실 오늘 이 빛은 어제에 비해 미세하게 일찍 밝은 편이었다. 어제의 빛은 그 전날의 빛보다 아주 조금 더 일찍 밝았고. 일 년 중 가장 짧은 날로부터 고작 나흘 지났을 뿐인데도 벌써 빛에서 질적인 변화를 감지할 수가 있었다. 어둠이 서서히 증가하는 시점에서 빛이 서서히 증가하는 시점으로의 이동이, 그 역전이 한겨울의 심장부가 이지러지는 빛 못지않게 되돌아오는 빛에 의해 빚어진다는 사실을 알려 주었다.

이 집 어딘가에 지금 소피아의 언니 아이리스가 잠들어 있을 터였다.

소피아는 머리를 두 팔로 보듬어 안고 화장대 앞에 앉았다.

머리는 더 이상 머리가 아니었다. 얼굴도 남아 있지 않았다. 머리카락도 남아 있지 않았다. 머리는 바위처럼 무거웠다. 온통 반질반질했다. 얼굴이 있던 곳에 이제 연마한 돌 같은, 가공한 대리석 같은 표면만이 남았다.

이제는 어디가 위라든가 어느 쪽으로 둬야 맞다고 말하기조차 어려웠다. 아직 머리 모양을 띠었을 동안은 더없이 명백했던 것이 더 이상 명백하지 않았다.

이제 얘도 명백함으로부터 자유로워진 것이다.

이제 일종의 자기 대칭을 띠게 되었다.

이제 얘를, 이것을 뭐라 일컬어야 좋을지 감이 오지 않았다. 머리? 바위? 이건 죽지도 않았고 머리도 아니었다. 허공을 부유하거나 서커스 묘기 부리듯이 빙글빙글 공중제비를 돌기에는 너무 무겁고 너무 견고했다.

소피아는 그것을 화장대에 내려놓았다. 가만 바라보았다. 그러고는 고개를 한 번 끄덕였다.

하지만 영 마음이 쓰였다. 추위라도 탈까 걱정이 됐다.

다시 집어 옷자락 밑으로 복부의 살갗과 맞닿도록 밀어 넣고는 가만히 보듬었다.

작은 머리통 크기만 한 둥근 돌은 그 자리에 그렇게 아무 동작도 취하지 않은 채 그저 있었다. 그저 그렇게 있는 그 방식이 몹시 내밀하게 다가왔다.

어쩜 이리도 복잡하지 않을 수 있지?

그런 동시에 이리도 수수께끼만 같고?

봐. 그저 돌일 뿐이야.

안도할 일이었다.

안도라는 개념이 열망하는 바이자 애초에 뜻하고자 뜻한 바가 곧 이것이었다.

이제 나와 함께 1981년 9월의 해가 쨍하니 내리쬐는 이른 토요일 아침으로 돌아가 보자, 미국 군대가 영국 군대와 맺은 협정 아래 방벽을 쳐 놓은 잉글랜드의 공유지로, 지금 이 순간 승용차 한 대가 달려와 방벽 중앙에 난 출입문 앞에 정차하고 있는 곳으로.

여자가 내린다.

차에서 내린 즉시 여자는 새소리가 저 높은 곳에서부터 베일을 드리우고 여름 꿀벌들이 윙윙대는 가운데 공군 기지 출입문을 지키고 선 남자 경찰관에게로 향한다. 숲이 지척에 있다.

여자는 종이를 꺼내 펼쳐 들고 거기에 쓰인 글을 소리 내어 읽기 시작한다. 그사이 다른 여자 몇 명이, 그중에는 나이가 제법 지긋한 여자도 하나 눈에 띄는데 반듯하게 잘린 잔디 위를 가로질러 철책을 향해 뛰어간다.

이게 BBC 시트콤의 한 장면이었다면 지금쯤 관객석에서 웃음판이 벌어졌을 것이다.

오늘은 일찍 왔네요. 경찰관이 여자한테 말한다.

여자가 글을 읽다 만다. 여자는 경찰관을 가만 응시한다. 그러더니 손에 든 종이로 눈을 돌려 글을 첫 문장부터 다시 읽기 시작한다. 경찰관이 손목시계를 확인한다.

원래 8시에 오기로 돼 있잖아요. 경찰관이 말한다.

여자가 다시 읽기를 중단한다. 철책 앞에 선 네 명의 여자를 손끝으로 가리킨다. 저 네 사람은 항의 행동차원에서 방벽에 몸을 묶었으며 자신은 그와 관련해 이 공개 선언문을 당신에게 읽어 주기 위해 왔다고 말한다.

경찰관은 당황해 어쩔 줄을 모른다.

청소 업체에서 온 게 아닙니까 그럼?

건너편을 바라본다.

아니, 뭐 하러 몸을 묶어요? 경찰관이 말한다.

청소 업체에서 나온 사람들이 아닌 것을 확인하고 그는 무전기로 공군 기지에 상황을 보고한다.

이 방벽은 철망과 수백만 개의 작은 다이아몬드 철조망 위쪽에 철조선이 세 줄로 덧붙어 있으며, 중간중간 콘크리트 기둥의 지지를 받아 가며 15킬로미터에 걸쳐 둥글게 원을 긋고 있다. 네 여자는 각기 쇠사슬과 작은 자물쇠를 이용해 출입문 부근 철책에 몸을 고정했는데 아무리 봐도 이런 용도보다는 여행 가방에 채우는 용도로 쓰이게 생긴 자물쇠 같다. 예산이 그것뿐이었거든요.

군복을 입은 남자가 기지에서 나와 경찰관과 이야기를 나눈다.

청소하러 온 팀인 줄 알았죠. 경찰관이 말한다.

첫 번째 여자가 두 남자를 향해 선언문을 낭독한다.

그날 아침 그가 읽은 내용의 일부는 다음과 같다.

우리가 이 행동을 감행한 이유는 핵 군비 경쟁이야말로 인류와 우리의 이 살아 있는 행성이 당면한 최대 위협이라고 믿기 때문이다. 유럽에 사는 우리는 우리의 북대서양 조약 기구 소속 동맹들이 제시한 희생 제물의 역할을 받아들이지 않겠다. 우리는 전 세계에 걸쳐 긴급한 필요를 호소하는 수백만 명의 울부짖음과 그에 응답해야만 하는 필요성이 우리 가슴을 울리는 와중에도 우리의 군사적, 정치적 지도자들이 계속해서 대량 살상 무기에 막대한 돈과 인적 자원을 낭비하는 것을 더 이상 지켜보고만 있을 수 없다. 우리는 이 나라에 크루즈 미사일 기지를 건설하려는 계획에 완강한 반대 의사를 표한다.

이곳에 도착해 솔직히 부실하다고밖에 할 수 없는 철물로 철책에 몸을 맨 네 여자는 차후 이런 행동의 결과 저희한테 벌어질 일을 따지며 그 전날 밤을 지새웠노라고 역사가들에게 진술할 것이다.

경비대와 경비견, 개 짖는 소리와 고함 소리를 상상하느라고, 그리고 치안 방해부터 심지어는 반역까지 저희에게 붙을 수 있는 혐의 죄목을 헤아리느라고 좀처럼 잠을 이루지 못했다. 아무리 못해도 구금되거나 법정에 서야 하리라 예상하고 있다. 범죄 경력은 직장을 잃을 가능성을 뜻한다.

지난 열두 시간 동안 이들은 아무것도 먹지 않았고 수분만 약간 섭취했을 뿐이다. 조금이라도 눈에 덜 띄는 방식으로 배뇨가 가능한 옷차림을 하고 왔다. 공군 기지

측에서도 저희가 그리 눈에 띄는 장소에 오래 매달려 있
는 걸 바라지 않으리라는 게 이들의 생각이다.

첫 번째 여자가 선언서를 낭독할 동안 네 여자는 바
닥에 자리를 잡고 앉아 철책에 등을 기댄다. 경찰관 남자
와 군인 남자가 다소 어리벙벙해하며 옆에 서 있다.

얼마 후 오전부터 평화 행진에 나섰던 나머지 사람
들이 도착하고, 가장 가까운 마을에서 행진에 새로이 가
세한 몇몇이 그들 틈에 함께 나타난다. 그 마을 주민들
중 다수는 오래전부터 공유지의 민간 반환을 원해 왔다.
공중 시찰 중에 그곳을 발견하고 활주로로 삼기에 이상
적이라며 민간 소유였던 녹지를 군 소유로 돌린 게 벌써
수십 년도 더 된 일이었다.

기자들도 두어 명 나타났다. 조직책들은 기자들에
게 이번 평화 행진에 언론의 이목을 집중시키고 조만간
이곳에서 이루어질 미사일 배치 계획에 대한 사회적 논
의를 촉구하고자 시위를 조직하게 됐다고 이야기한다.
여성 참정권자들이 절로 간파했던 방식을 따르고 있다
고 말한다.

기자 하나가 국방부에 전화를 걸어 이곳에 모인 여

자들과 시위에 관해 질문한다. 국방부 관계자는 글쎄 몇몇 사람들이 철책에 몸을 묶은 게 사실이라 한들, 그래서요? 하고 기자에게 되묻는다. 철책이 세워진 곳은 공유지로 국방부 소유의 땅도 아니다. 그러니 이건 국방부 소관이 아니다.

이 관계자는 국방부로서는 여자들의 해산을 요구할 계획이 없다고 확인 선언한다.

문제가 되지 않습니다. 관계자는 말한다.

예상 못 한 반전에 다소 김이 새는 분위기다.

그래도 날씨 하나는 좋다. 사람들은 오후 나들이라도 나온 양 볕이 내리쬐는 단정한 잔디 위에 자리를 잡고 앉는다. 군인들이 이따금 오가고 개중에는 사진을 찍는 이도 있다. 쩌렁쩌렁한 목소리로 얼굴 사진 운운하는 남자가 나타난다. 기지 사령관이다. 그 자리에 모인 사람들에게 그가 말한다. 나중에 그날 그 자리에 있었던 여자들 중 한 명이 저희에게 말하는 내내 그 남자의 주먹 쥔 손마디가 얼마나 하얬는지 회상한다. 당신들을 모조리 기관총으로 쏘아 버리고 싶다고 사령관이 말한 것으로 후에 여자들은 진술한다. 또 당신들이 거기서 얼마나 오래 죽치고 있건 자기는 상관 않는다고 말했다고도. 그 남자가 그리 경멸적으로 우리를 일축해 버리지 않았더라면 우리도 계속 남을 생각을 못 했을 거예요. 수년이 지나 농성자 중 한 사람이 말한다. 집에서 기다리는 애가 다섯이나 있었으니까요.

오후가 저녁으로 저물어 갈 때쯤 다른 경찰관이 여자들에게 다가와 토요일 밤이니만큼 그만 돌아가는 게 나을지 모른다고 말한다. 미국산 위스키를 언급하면서 그는 토요일 밤에는 위스키가 특히 인기 있기 마련이고, 그러다 보면 기지에 있는 남자들이 밤중에 밖에 나와 여자들을 폭행할지도 모른다고 말한다.

여자들은 이 말을 무시한다. 그들은 자리를 지킨다.

공기가 차고 습해진다. 어쨌거나 9월이니까. 누군가가 콘크리트 바닥에 불을 지펴도 되는지 묻는다. 좋다는 허락이 떨어진다. 심지어 기지에서 나온 남자들 몇몇이 행진하러 온 사람들을 도와 길 건너편 맨홀 속 급수관과 연결된 간이 급수대를 설치한다.

아직까지 서로에게 우호적인 분위기다. 그러나 시간이 지나면서 체포와 검거가 따를 것이다. 법정 출두도 따를 것이다. 홀러웨이 교도소 수감도 따를 것이다. 시위자들에겐 식사와 난방 측면에서 구치소 생활이 캠프 생활에 비해 호사롭게 여겨질 것이다. 언론에서는 이 나라의 타블로이드 매체에서 목격된 바 없는 수준의 지독한 비방 공세가 펼쳐질 것이다. 공포감을 조성할 의도로 군대가 시위대에게 폭언을 자행할 것이다. 정기적인 강제 해산과 집행관에 의한 농성 캠프 파괴, 시위 참가자들 소지품 파손이 뒤따르고 군대와 경찰의 정기적인 충돌이 발생할 것이다. 경찰의 폭력 수위가 나날이 높아질 것이다. 한밤중에 지역 깡패들이 들이닥쳐 폴리에틸렌과 나뭇가지로 이루어진 캠프 천막에 불붙은 막대를 찔러 대고 돼지 피와 구더기뿐 아니라 당연히 인분을 포함한 온갖 배설물을 농성자들에게 퍼부을 것이다.

지방 의회에서는 농성자들이 차를 우려 마시기 위해 가져온 티백을 압수하겠다고 협박할 것이다.

하지만 아직은, 아직까지는, 적어도 시위 초기에는 이런 일들이 일어나지 않았다. 권력 기관과 결정자들이 이 시위로 달라지는 게 있으리라는 상상조차 하지 않던 시점이기에, 이 시위가 핵무기에 대한 정치적 입장 변화에 결정적인 기여를 하는 건 물론이거니와 십 년 내에 국제 정책의 적잖은 변화로까지 이어지리라는 건 꿈도 꾸지 못하던 시점이었으니까.

시위자들은 모닥불 주변에 둘러앉는다.

일요일, 월요일, 화요일에 철책에 몸을 동여맬 순번을 정한다.

이들이 이러고 있는 사이에 결정이 내려진다. 그냥 그렇게 절로 결정이 난다. 시위를 무기한으로 지속하자. 물리적으로 가능한 한 여기서 떠나지 않고 농성을 이어나가자. 크리스마스까지 가는 한이 있대도라고 한 여자가 말한다.(하지만 막상 이곳에서는 그로부터 이십 년에 걸쳐 평화 캠프가 그 형태를 조금씩 달리하며 지속할 것이다.)

애초에 서른여섯 명의 여자와 아이들 몇 명, 그리고 여남을 막론하고 이리저리 모여든 한 줌의 지지자들이 열흘에 걸쳐 190킬로미터를 걸으며 시작한 시위였다.

한번은 행진 도중에 시위대 중 몇 사람이 산울타리를 지나면서 꺾은 꽃으로 화환을 만들어 쓰기도 했다. 이들이 다음 마을에 도착해 지정된 휴게 장소에 다다랐을 때 한 남자가 말했다. 당신들이 도착했을 때 웬 여신들이 걸어 들어오는 줄 알았어요.

　이들에게 신화적인 면모를 부여하려 드는 경향은 그 뒤로도 수없이 반복될 터다.

　시위 첫날이던 그날 밤 이들은 돌아가며 철책에 몸을 묶고, 혹시나 기지에서 그 틈을 타 시위대를 해산하거나 시위를 방해하는 일이 없도록 최대한 눈에 띄지 않게 서로 교대를 한다. 오전부터 종일 자리를 지킨 네 명의 여자는 그제야 몸을 씻고 요기를 한다.

　그러고는 다시 철책에 몸을 매고 그 자리에서 방벽에 기대어 잠을 청한다.

　나머지 사람들은 쌀쌀한 숲속에서 얇은 비닐을 깔고 또 덮고 잠이 든다.

한밤중에 아트는 꿈에서 깬다.

괴수처럼 거대한 꽃들에 쫓기는 꿈이다.

아트는 있는 힘껏 도망치지만 머지않아 따라잡히리라는 걸 안다. 산 채로 잡아먹히지 않으려면 요행을 바라는 수밖에 없다. 가장 가까이 따라붙은 꽃 괴물이 그새 그를 통째로 집어삼킬 준비를 마치고서 머리를 헤벌리고 추격하리란 걸 뒤돌아보지 않고도 안다. 꽃잎은 턱처럼 벌어지고, 촉각만 한 거대한 수술은 꼿꼿이 발기하여 파르르 전율하고 있겠지.

오래된 교회 건물이 보인다. 아트는 잽싸게 안으로 달려 들어가 황급히 문을 닫는다. 습습하고 텅 빈 메아리 가운데에 선다. 잠든 사람의 석상이 하나씩 올라간 무덤이 사방에 많은데 그 와중에 사람의 형상 없이 빈 무덤이 하나 보인다. 옳거니. 아트는 냉큼 그 위에 드러누워 다른 무덤 위 사람들의 기도하는 손 모양을 흉내 내며 두 손을 맞댄다. 살았다. 이로써 돌 갑옷을 두른 석상 기사로 변신한 셈이니. 이제 꽃들도 그를 잡아먹으려 들지 않겠지. 돌을 삼키는 꽃이 어딨다고?

　하지만 거대한 꽃들이 교회 안으로 비집고 들어와 신도석과 판석 아래 사람들이 묻힌 중앙 통로 곳곳에 뿌리의 흙을 흩뜨리기 시작하고(사람들이 잠들어 있는 곳에 흙을 흘리다니 정말이지 무람없다.), 이제야 아트는 자기가 돌 갑옷을 둘렀다는 사실이 득이 아니라 해가 된다는 사실을 깨닫는데, 사실상 그 안에 갇힌 셈이니까 거대한 꽃머리들이 그의 무덤 주위에 빙 둘러서서 잎사귀를 술렁술렁 흔들며 교회스러운 공기 중에 외설스러운 소리 흔적을 남기고 입-꽃잎을 열었다 닫았다 할 동안 아트는 옴짝달싹 못 하고 그저 바라만 볼 뿐이다.

아트는 돌 안에 갇히고 두 손은 일체가 된 듯 바닥과 바닥이 꼭 들러붙어 언젠가 TV에 나온 최면술사가 사람들이 최면에 얼마나 민감한지 보여 주겠다며 사람들한테 취하게 만들었던 자세를 연상시키는 그런 상태로 제 힘으로는 더 이상 열 수조차 없는 입을 통해 꽃 괴물들에게 말을 건넨다.

그래 망할, 나부터가 그리도 민감하다.

그만 닦달해. 나 정치적인 사람 맞다니까. 아, 한심해. 너희 꼴을 봐, 온통 입과 수술이지. 난 또 어떻고, 돌처럼 굳어 갖곤. 프로이트라면 이 꿈을 보고 뭐라 하겠어?

아트는 이 마지막 문장을 문자 그대로 입 밖에 내며 어둠 속에서 눈을 뜬다.

발기했던 성기가 맥없이 오그라든다.

아트는 몸을 일으켜 앉는다.

여기가 어디지?

여긴 체 브레스, 콘월에 있는 어머니 집이다. 무슨 뜻으로 갖다 붙인 이름인지는 몰라도.

눈이 어둠에 적응해 방의 윤곽이 서서히 드러날 즈음에야 아트는 자리에서 일어난다. 문가 벽을 더듬어 스

위치를 찾는다. 방이 환해지며 텅 빈 모습을 휑하니 드러
낸다.

시간을 확인하기 위해 휴대폰 전원을 켜고 싶지는
않다. 누군가 요리를 하는 냄새가 난다. 하지만 밖은 여
전히 어둡다.

그 낯선 사람, 럭스가 여기 없다.

하긴 있을 리가 없잖아?

어디 갔는지 통 모르겠다. 이 집엔 방이 워낙 많아
서 아트는 사실 정확한 개수조차 모른다. 아래층 방들은
일반적이고 예상 가능한 물건들로 여느 정상적인 집처
럼 꾸며 놓았다. 위층 방들은 빈집의 방만큼이나 예사로
운 물건 하나 없이 덩그러니 비었다.

아트는 그중에도 이 방을 골라 어제 둘이 찬장에서
같이 찾아낸 침구로 바닥에 잠자리를 마련했다.

침구를 찾은 건 사실 럭스였다. 아이리스를 위해 방
을 준비한 것도 럭스였다.

하지만 어젯밤 럭스는 아트더러 쪼잔하다고 말했
다.(엄밀히 말해 아트의 고용하에 있으므로 더 예의를 차려야
맞을 텐데.) 게다가 낯선 사람인 주제에 아트의 어머니를

어떻게 다뤄야 할지 아트보다 잘 아는 양 굴었다.

내가 해결할게요. 아트는 말했다.

어머니는 해결할 대상이 아니에요. 럭스가 말했다.

아니, 우리 식구라면 그래요. 아트가 말했다.

하지만 럭스가 어머니를 설득하는 데 성공해(그래, 인정하기 싫지만 지난밤 아트보다 어머니를 잘 다룬 건 사실이다.) 어머니가 겹겹이 두르고 있던 외투와 목도리를 마침내 벗었을 때 아트는 어머니의 야윈 모습을 보고 덜컥 겁을 먹었다. 지난번 봤을 때보다 훨씬 더 마른 듯하다. 어느 정도냐면 향수 광고에 나오는 그 깡마른 영화배우만큼(배우를 생각해서라도 광고 속 모습이 디지털로 조작된 것이기를 바라야 할 만큼) 말랐다.

아트는 빈집 냄새를 풍기는 방바닥 이불 속에서 몸을 뒤척인다.

어쩌겠어. 말랐대도 결국 어머니가 선택한 건데.

선택이라고?(꺼져, 샬럿.)

어머니가 호기심에서 두 사람이 지난밤 어디서 잤는지 묻는다면, 어머니가 그럴 확률이 적진 않은데, 그때 자기와 샬럿은 원래 따로 자는 걸 선호하며 이게 실은 상당히 흔한 일이라고, 요즘 들어 점점 더 많은 커플이 이러한 습관을 들이고 있는 추세라고 대답할 것이다.

아이리스 이모를 다시 봤을 때 가장 신기했던 건 아이리스와 어머니가 서로 닮은 구석이 전혀 없는데도 한편으론 얼마나 놀라울 정도로 닮았는지 새삼 깨닫게 됐다는 것이다. 이제는 그게 눈에 보였다. 그것도 아주 묘한 구석들이 닮아서 예를 들어 콧방귀를 뀌거나 움직이는 모양새에서 이모가 어머니를 본뜬 동시에 어머니의 확대 또는 과장된 모습인 것만 같다, 마치 어머니의 온전한 모습인 듯이. 혹은 온전히 살이 붙은 모습인 듯이.

새벽 2시에 아트가 어머니 집 현관문을 열었을 때 그를 마주한 건 감자, 파스닙, 당근, 새싹, 양파 등 각종 신선 식품을 가득 담고서 홀로 허공에 떠 있는 커다란 상자였다.

아티. 목소리가 말을 건넸다. 이 상자 좀 받아 봐라, 얼굴 한번 제대로 보게.

그러자 그 자리에 나타난 거칠고도 우아한 아이리스.

멀쩡해 보이네. 아이리스가 말했다.

신발 벗으셔야 해요. 아트가 말했다.

녀석, 오랜만에 만나서 반갑단 말은 못할망정. 아이리스가 말했다.

전설의 눈엣가시요 집안의 검은 양이. 이곳에. 농담치곤 더없이 완벽해서 신성 모독에 범접할 정도다. 이게 다 샬럿 앞에서 유난을 부린 대가라고요, 소피아. 고소해라.

물론 진짜 샬럿은 아니지만.

당신 이모는 어떤 분이에요? 럭스가 어젯밤 아트에게 물었다.

아트는 어깨를 으쓱여 보였다.

사실 잘 알지 못해요. 아트가 말했다. 거의 모르는 사이라고 봐야죠. 그래도 이 년 전부터 트위터에서 날 팔로우하고 페이스북 친구로도 추가했어요. 모르는 사람도 여보니 아가니 하고 부르는 그런 스타일이에요, 상류층이나 연극계 사람들 식으로는 아니고 노동자 계층 사람들이 그러듯. 이모가 언제 노동자 계층이었던 적이 있느냐 하면 그렇지도 않지만.

두 분이 왜 서로 연락도 안 하고 지내는 거예요? 럭스가 말했다.

신화쟁이.

오래전에 할아버지 장례식을 치르고 차를 타고 가던 길에 어머니가 그런 말을 한 적이 있다.

정신 이상이야. 정신 이상이 아니고서야 그딴 식으로 살 사람은 없어. 병적이라니까. 그런 사람들은 이 세상을 저희 환상과 망상의 렌즈로 바라보게 마련이야, 아서. 하지만 그런 식으로 세상이 자기 사고 방식과 조건에 맞추어 주리라 기대할 수는 없어. 이 세계가 자기가 지어낸 사사로운 신화인 양 세상을 살아갈 수는 없는 노릇이라고.

의견 차 때문이에요. 아트는 말했다. 세계관이죠. 통 안 맞거든요.

이른 새벽에 그는 신화쟁이 아이리스를 맞기 위해 현관문을 열었고, 그렇다, 실제로도 아이리스는 풍요로운 수확의 세계에서 온 신화인 양 인사만 하곤 차를 세워 둔 곳으로 곧장 돌아가 버터, 포도, 치즈, 와인과 그외 온갖 좋은 것들이 넘쳐 나는 봉지들을 몇 차례에 걸쳐 한 아름씩 안고 돌아왔다. 맨 마지막으로 들여온 건 화분에 심긴 나무였다. 크리스마스트리는 아니고 그냥 어디서나 볼 법한 평범하고 잎도 달리지 않은 작은 나무였다. 내 별목련이다. 아이리스가 말했다. 집에 있는 나무들 중에서 그나마 차에 들어가더라고. 화분 무게를 몸으로 떠받친 채 둥그스름한 가지 끝을 잡아 아이리스는 아트와 럭스에게 보여 줬다. 끄트머리에 봉긋한 꽃망울이 맺히고 개중에는 솜털이나 보풀에 뒤덮인 듯이 보이는 것도 있었다. 내년에 필 꽃들이야. 아이리스가 말했다. 어떻게 지냈니, 아티? 그리고 이쪽이…… 그런데 이분은 샬럿이 아니잖아?

아이리스는 화분을 내려놓았다. 두 손을 옆구리에 닦았다. 그러고는 럭스와 악수를 했다. 페이스북 사진으로 본 모습과 영 다르네요. 아이리스가 말했다. 생김새를 이만큼이나 달리하는 것도 범상찮은 재주인데.

제 경우엔 타고났어요. 럭스가 말했다.

그런 재주를 위해서라면 나도 상당한 대가를 치를 텐데. 그 재주 좀 가르쳐 줘요. 아이리스가 말했다.

아이리스는 화분에 든 나무를 다시 집어 아트의 품에 무겁게 안겼다. 연말 분위기 나는 데다 뒤 봐라. 아이리스가 말했다.(아트는 화분에서 묻어 나올 흙과 어머니의 반응을 염려해 나무를 결국 현관 포치에 내놓았다.) 지금 아트는 바닥에 누워 그토록 작은 행위, 집이라는 공간에서 나무를 품에 보듬고 서 있었을 뿐인 소소한 일에 새삼 경탄한다. 그것도 제대로 된 크리스마스트리가 아닌 다만 살아 있을 따름인 나무와 그 나무가 뿌리 내린 화분 가득 든 토양을 잠시 보듬었던 것만으로 그토록 묘하게 상징적인 느낌이 들었다는 사실에, 그로써 아트 자신마저 풍요로운 세계의 일부가 된 것만 같은 기분이 들었다는 사실에.

풍요함. 이건 럭스의 단어다. 아트는 평생 사용해 본 적이 없으며 사용할 생각조차 해 본 적 없고 필요로 했던 적도 없는, 어제까지만 해도 그의 어휘집에 든 적 없던 단어.

잊지 말고 어원을 찾아보자고 아트 인 네이처 공책에 메모를 해 두어야겠다.

바닥에 임시로 마련한 이부자리에서 아트는 좀이 쑤신 듯 몸을 뒤척인다. 애초에 꿈에서 깬 것도 딱딱한 바닥이 몸에 배긴 탓이었겠지. 지금은 잠이고 뭐고 싹 달아난 채로 여기 누워 있고. 이런 초절정의 시간 낭비가 있나.

평소에는 한밤중에 깨도 SA4A 일을 하기 마련이다.

하지만 컴퓨터가 없다.

아예 일을 할 수가 없다.

전화기를 쓸 수야 있겠지.(그러면 세부적인 요소를 놓치기 쉽지만.)

전원을 켤 엄두가 안 난다. 전화기가 없을 때의 이 박탈감! 하지만 어젯밤 아이리스에게 문자 메시지를 보내려 전원을 다시 켰을 때 그사이 진짜 샬럿이 사람들의 마당과 정원에서 꽃을 피우기 시작한 나무가 가지가 여기저기 꺾인 채로 서 있는 사진을 여러 장 트윗하면서, 그 밑에 난 거짓말은 못 하는 몸이어서요 여러분의 겨울 꽈리나무를 훼손한 건 저랍니다 청구서와 뿔난 댓글은 이리로 보내세요라고 글을 단 걸 어쩔 수 없이 보고야 말았다.

꽃 괴물 꿈도 거기서 왔을 테지.

프로이트라면 뭐라고 했을까.

환장할 일이다. 지난밤 내가 꾼 꿈조차 나보다 자각력이 앞서 있어야 하는 포스트-포스트모던이라니 정말이지 쓰레기 같다.

아트 인 네이처에 올리기 좋은 정치적 소재일지두

모르겠군. 메모를 해 둬야겠다.

헝클어진 이부자리에서 몸을 일으켜 앉으면서 아트는 샬럿이 자기 이름을 사칭하며 오늘은 또 어떤 메시지를 세계에 내보내려나 짐작해 본다. 크리스마스 메시지? 교황이나 여왕의 크리스마스 메시지처럼. 진짜 샬럿. 가짜 아트.

아이리스는 답 문자를 즉시 보내왔고, 그 덕에 아트는 아무리 가짜 샬럿이라도 그 앞에서 체면을 차렸다는 흐뭇함을 느꼈다.

아이리스는 삼십 초 만에 답을 했다. 지금 간다 x 아이어.

오시는 길에 가게가 보이면 식량도 좀 사다 주세요. 그는 럭스의 분부대로 다시 문자를 보냈다.

고맙단 말도 해야죠. 럭스가 말했다.

거참 성가시네. 아트는 속으로 중얼거렸지만 좋은 아이디어다 싶어 그 말대로 했다. 고마워요 아이어.

쪼잔해.

뭐, 굳이 나쁜 뜻에서 한 말이 아닌 건 아트도 아니까.

눈에 잘 띄지 않는 럭스의 몸 다른 부위에도, 그러

니까 옷에 가려진 곳에도 피어싱이 있을지 문득 궁금해진다.

그 회사에서 당신이 실제로 하는 일은 어떤 일이에요? 어제 기차에서 럭스는 그렇게 물었다. 평소 일과가 어떻게 돼요?

책상에 앉아 화면을 보면서 보내요. 아트는 말했다.

그는 하루 중 일정 시간 이상을 인터넷 서핑을 하며 보내야 하는 것에 대해 설명했다. 그리고 이건 그리하는 대가로 돈을 주겠다는 제안을 받기 이전에도 어차피 늘 하던 일이었다고 덧붙이면서, 어느 날인가 포르투갈에 사는 예술가가 길에 깔린 조약돌 틈새를 클로즈업하여 찍은 영상을 우연히 보던 중에 이 영상에 사운드트랙으로 사용된 음악의 저작권이 SA4A에 있음을 깨닫게 되었다고 부연했다.

노트북 앞에 앉아 이런저런 영상을 보던 중에 아무 이유 없이 갑자기 이 음악의 저작권자가 누군지 궁금해졌다고요? 럭스가 말했다.

그래요. 아트가 말했다. 찾아봤더니 SA4A 소유 저작물이었고, 그래서 그 사실을 알리는 메일을 보냈다가 일자리를 제안받게 된 거예요. 그렇게 간단했어요.

왜 그런 건데요? 럭스가 말했다.

뭘요? 아트가 말했다.

저작권자가 누군지 왜 찾아봤어요? 럭스가 말했다.

그냥요. 아트가 말했다. 그냥 감이 와서.

그는 그 시각 예술가가 이용 허락을 받았는지 여부를 영상 크레디트 어디에도 밝히지 않았다고 말했다. 그래서 직접 확인해 SA4A에 이메일을 보냈다.

왜요? 럭스는 다시 물었다.

아트는 어깨를 들썩였다. 내가 할 수 있는 일이었으니까. 그가 말했다.

할 수 있는 일이어서. 럭스가 말했다.

그리고 영상 자체도 말예요. 아트가 말했다. 왠지 모르게 날 짜증 나게 하는 구석이 있었어요.

뭐가 짜증 났는데요? 럭스가 물었다.

글쎄요. 아트가 말했다. 영상 자체가 그랬다기보다 뭐랄까, 그 영상들이 거기 있다는 사실 자체가 그랬달까. 인터넷에 버젓이. 장황하게 얘기를 늘어놓으며. 그만큼 중요하다는 듯이.

작가의 창의력에 시기심이 든 거군요. 럭스가 말했다.

아니, 아니요. 아트가 말했다. 그야 당연히 아니죠.

아트는 다소 거만하게 말을 이었다.

시기심과는 아무 관계 없어요. 어쨌거나 그 영상들을 본 사람도 거의 없었고. 조회 수가 49인가 뭐 그랬어요. 그보다, 어, 그러니까 법이, 지적권법이라든가 그런 법이 존재하는 데는 마땅한 이유가 있다는 사실 때문에 그랬어요.

알겠다. 럭스가 말했다. 당신은 런던 곳곳에 있는 언뜻 보면 공유지 같은데 실은 사유지고 공공을 위한 게 전혀 아닌 그런 장소들을 돌아다니는 경비원 같은 사람이군요.

게다가 어쨌거나. 아트가 말했다. 자연이 아녔으니까, 그 영상은. 작가는 자연 영상이라고 불렀지만 자연이라곤 눈 씻고도 찾아볼 수 없었어요.

아하. 럭스가 말했다.

기껏해야 모래와 돌멩이와 쓰레기를 찍은 영화였을 뿐이지. 아트가 말했다.

알겠어요. 럭스가 말했다. 그 작가가 하는 작업이 딩

신이 생각하는 자연에 어긋났던 거구나.

아트는 이 이야기라면 더 이상 하고 싶지 않았다. 피곤했다. 그는 최대한 간단명료하게 SA4A가 그 포르투갈 남자의 소위 자연 영상들이 인터넷에서 삭제되도록 조치하고 소송을 걸어 작가로부터 상당한 액수를 받아냈고, 그런 뒤에 정말이지 뜻밖에도 SA4A 봇이 SA4A 팀의 지시하에 아트에게 개인적으로 이메일을 보내 놀랍게도 일자리를 제안했으며, 그것도 알고 보니 꽤 수지가 맞는 조건이 딸린 일자리였다고 요약해 말했다.

쓸모 있다 싶은 걸 찾아낼 때마다 보너스를 받아요. 아트는 말했다. 매번 의뢰를 받아 하는 일이 아니라요. 의뢰받아 했다면 당연히 입에 풀칠도 못 했죠.

당연히요. 럭스가 말했다.

이 일은 천생 건초 더미에서 바늘 찾기 식이거든요. 그가 말했다. 물론 웹상의 넓디넓은 와이드 월드에는 저작권 침해가 비일비재하게 일어나죠. 하지만 그 와중에도 추적해 내야만 해요. 누군가 떠먹여 주는 게 아니라고요. 계속 찾아보고 두 눈 크게 뜨고 끊임없이 살펴야 하죠. 어찌 됐든 그게 내 주된 직업인 건 아니지만요, 읍자

갚으려고 하는 일일 뿐이지. 내 진짜 직업, 그러니까 나한테 가장 의미 있고 중요한 일은 천생 자연에 대해 쓰는 건데…….

천생이요? 럭스가 말했다.

……그러니까 있는 그대로의 자연이요. 천연 그 자체. 야생과 날씨, 그리고 환경과 관계된 것들, 이 지구상에서 일어나고 있는 일까지도, 이 방면으로 글을 쓸 때면 나도 꽤나 정치적이 되는 편이어서요, 적어도 점점 정치적이 되어 가고 있어요, 최소한 이번 연휴가 끝나고 다시 복귀하거든 그럴 거예요. 당장은 사실 마땅한 휴식을 취하는 중이라서.

럭스는 고개를 끄덕이더니 어떤 형태로건 지구가, 혹은 날씨나 환경이 그가 쓴 글을 온라인에서 찾아 읽고 자기를 소재 삼아 글을 썼다거나 자기가 지어낸 걸 도용했다는 이유로 소송을 걸겠다고 협박한 적은 없는지 물었다.

아트는 웃음으로 답했다. 그러고야 여자가 이 어처구니없는 질문에 그가 대답하길 기다리고 있음을 깨달았다.

아니, 내가 다른 누군가 또는 무언가의 저작권을 위반하는 경우는 절대 없잖아요. 아트가 말했다. 어떻게 그러겠어요? 지구엔 저작권이 없는데. 날씨에도 저작권이 없고. 산울타리에 핀 꽃도, 떨어진 낙엽도, 새도, 영국 토종 나비도, 물웅덩이도, 각다귀도. 이게 다 내가 최근에 쓴 글에서 다룬 소재들 중 일부예요. 그중에 저작권을 가진 건 아무것도 없죠.

물웅덩이라. 럭스가 말했다.

눈도요. 아트가 말했다. 눈에 대해서도 글을 쓸 생각이에요. 언제건 다음 눈이 내리는 날에. 눈에는 저작권이 없죠. 이 말에는 의심의 여지가 없을 듯한데. 적어도 아직은.

당신이 쓴 글을 읽어 볼 수 있을까요? 럭스가 말했다.

인터넷에서 다 볼 수 있어요. 아트가 말했다. 마음껏 읽을 수 있어요, 아무 때고요. 누구에게나 공개돼 있죠.

그러자 럭스는 바깥 날씨에 인간 몸을 부패하도록 뒀을 때 과연 어떤 일들이 일어나는지 보겠다고 죽은 사람의 시신을 일부러 들판에 놔둔 연구자들에 대해 들어 봤느냐고 물었다.

아니요. 아트가 말했다. 금시초문이었다. 분명히 아주 흥미로운 소재였다.

그는 공책을 꺼내 아트 인 네이처 블로그에 활용할 아이디어로 럭스가 말한 내용을 메모했다.

상상해 봐요. 아트가 메모할 동안 럭스가 말했다. 그런 들판이 시신이 아닌 오래된 기계로 가득 차 있는 장면을.

기계라니 무슨 기계요? 공책을 배낭 앞주머니에 다시 넣으며 아트가 말했다.

낡은 기계들이요. 럭스가 말했다. 사람들이 더는 사용하지 않는 것들. 십 년 전에 쓰던 덩치 큰 컴퓨터, 아니 십 년이 뭐예요, 오 년 전에 출시되거나 심지어 작년에 출시된 컴퓨터까지 온갖 쓸모없어진 것들 말이에요. 이제는 연결하려야 할 방도가 없는 프린터며, 화면이 아예 부착돼 있는 박스형 컴퓨터, 그런 온갖 구닥다리 기계들이죠.

아트는 다시 공책을 꺼내 메모를 했다. 그리고 럭스가 언제 또 흥미롭거나 유용할 수 있는 이야기를 할지 몰라 공책을 가방에 넣지 않고 가까이 두었다.

그런 걸 그려 보면 재밌어요. 럭스가 말하고 있었다. 기계들이 들판 여기저기 흩어져 있고 과학자들이 그 사이를 돌아다니며 기계들을 연구하는 걸 상상하면요.

절대 안 죽어요, 그런 것들은. 아트가 말했다. 차세대 모델을 구매하는 방식으로 우리가 최신형으로 업데이트하는 물건들은 죄다 외국에 보내지거든요. 그러니무엇 하나 낭비가 안 되죠. 구식이 돼 버렸다 싶으면 일단 다 수리해 그 왜 제3세계 국가니, 여기보다 가난한 사람들이 사는 지역에 보내니까요, 기술 발달 속도가 우리와 달라서 첨단 기술을 접할 기회가 우리보다 떨어지는 그런 곳에요. 어쨌거나 난 그렇게 처리되는 거라 믿어요.

럭스는 고개를 가로저었다.

세계란. 그렇게 말하더니 미소 지었다. 참 풍요로와요. 하기야 결국 핵심은 그걸 테죠?

뭐요? 아서가 말했다. 세계의 풍요로움요?

아니요. 럭스가 말했다. 우리가 일어나고 있다고 믿는 것들요.

2003년 4월 어느 비 오는 수요일에 아트와 아트 어머니가 할아버지의 장례식이 치러지는 교회의 신도석 앞줄에 앉아 있다. 어머니의 표현대로라면 체면은 설 만큼 조문객이 모였다. 그들 뒤로 교회가 절반 가까이 비긴 했어도 말이다.

장의사 한 명이 아트와 아트 어머니가 앉아 있는 신도석으로 누군가를 안내해 온다. 혼자 온 여자가 그들 옆 자리에 앉는다.

아티. 그가 아트에게 말을 건넨다.

안녕하세요. 아트가 말한다.

소프. 그가 이번에는 아트 어머니에게 말을 건넨다.

어머니는 돌아보지도 않고 고개만 한 번 끄덕인다.

어머니가 여기 살던 시절 알았던 친구인가 보다. 아트가 아직 아기일 때 아트를 만났던 사람.

어머니가 성찬 의례를 하러 앞으로 나가자 옆 사람이 좌석에 등을 기대며 아트에게 슬픈 미소를 지어 보인다. 어른치고 꽤 멋있다. 심지어 파카를 입었다. 어두운 색깔 파카라 아주 결례가 될 정도는 아니지만 그 밑으로 새하얀 바지 정장을 입었다. 장례식이 끝나고 이 사람은 어머니 옆에 나란히 서서 교회 문을 나서는 사람들과 악수를 나눈다. 아는 사이인 듯 그와 악수하는 사람들이 제법 된다. 줄을 선 조문객들 중에서 간혹 그를 보고 반갑게 인사를 건네거나 심지어 포옹하는 사람들도 있다. 아트 어머니나 아트와는 그런 살가운 포옹을 나누는 사람이 없는데. 아무래도 아트 모자보다 이 근방에 더 오래 살고 아트 할아버지와도 아는 사이였던 모양이다. 아트는 여기 사는 사람들 중에 아는 사람이 한 명도 없다. 할아버지하고도 조금 알까 말까 한 사이였다. 방학 기간이라고 아트가 집에 와 있을 동안 할아버지가 이따금 런던에 오면 같이 시내 호텔에 식사를 하러 다녀오곤 하는 정도였다. 아트가 아직 학교에 다니기 전에는 엄마가 일하러 간 동안 가끔 여기 와 할아버지와 지내곤 해서 그때 찍은 사진이 그나마 몇 장 남아 있다.

젖은 옷을 벽난로 앞에서 말렸던 거요. 장례식을 치르러 가는 길에 어머니가 그 시절에 대해 기억나는 게 있는지 물었을 때 아트는 대답한다. 그러면 옷에서 김이 올라 창문에 수증기가 서리고 할아버지가 거기 그림을 그려 줬어요. 길과 집과 공원, 자동차, 길에 나온 사람들, 그리고 개도 있었어요, 개를 아주 잘 그렸어요.

어머니는 서글픈데 웃음소리 같기도 한 소리를 낸다.

비싼 중앙난방을 설치해 드리면 뭐 해? 한 번 틀지도 않았지. 난방비까지 다 내 드린대도. 어머니가 말했다. 거실엔 전기 히터. 주방엔 부탄가스 난로.

할아버지는 내가 양쪽 할머니 할아버지 중에 유일하게 만나 본 사람이었으니까 이제는 그중에서 유일하게 만나볼 수 있었던 사람이 됐네요. 아트가 말한다.

그래, 그게 인생이고 시간 아니겠니. 어머니가 말한다.

할아버지 얘기 좀 해 주세요. 엄마가 어렸을 때 얘기요. 아트가 말한다.

됐다. 어머니가 말한다.

아트는 얼굴을 찌푸리며 좌석 깊숙이 몸을 기댄다.

어머니가 큰 소리로 한숨을 내쉰다. 그러고는 이야기를 해 준다.

어느 날인가 할아버지랑 같이 마을을 산책한 적이 있어. 그걸로도 벌써 흔치 않은 일이었지, 할아버지는 늘 사무실에 나가 있어서 7월 초반의 방학 기간을 제외하곤 주중에 할아버지와 시간을 보낼 일이 거의 없었으니까. 암튼 그날만은 둘이서 옷을 빼입곤 무슨 이유에선지 마을까지 나가 산책을 하고 있었는데, 마침 마을 펍에 배달 온 트럭에서 술 궤짝 두어 개가 인도 위로 떨어진 거야. 그 소리에 아버지는 폭탄이라도 터진 것처럼 팔로 머리를 감싸 안고 바닥에 몸을 던졌지.

어머니는 왼쪽 지시등을 켠다. 표지판이 목적지까지 16킬로미터 남았다고 알린다. 거의 다 왔다.

전쟁에서 겪은 경험 때문이었다지. 어머니가 말한다.

이삼 킬로미터 더 가서는 이렇게 말한다.

그 일로 굉장히 민망해하셨어. 몇 사람이 가던 길을 멈추고 아버지를 부축해 일으켜 세우고 누군가는 옷까지 털어 줬어.

다시 이삼 킬로미터를 가서는 덧붙인다.

공개적인 망신을 당했다고 여기셨지. 그날만큼 아버지가 힘들어하는 모습을 본 적도 없는 것 같고.

그러더니 어머니는 이야기 대신 노래를 흥얼거리기 시작하고 아트는 이로써 회상이 끝났음을, 회상이 무슨 영화관이나 극장의 상호명이라도 되듯 공연이 끝나고 관객이 모두 떠나 객석만 덩그러니 남은 공간의 문이 굳게 닫히고 말았음을 깨닫는다.

교회 예식을 마치고 비가 추적추적 내리는 가운데 눈가림한답시고 초록색 천과 인조 잔디로 덮고 추레한 꽃다발을 얼기설기 늘어놓은 흙더미 옆에 서서 관이 땅속에 묻히는 것을 지켜본 뒤, 아트와 아트 어머니는 나이 지긋한 조문객 한 분을 집까지 모셔 드리고 다른 조문객들을 뒤따라 다과가 준비된 할아버지 집으로 향한다. 아트 어머니가 일주일 내내 준비해 둔 다과다. 오늘까지도 어머니는 준비를 하느라고 아침 일찍부터 호텔을 나와 할아버지 집에 들렀고, 집에서부터 챙겨 온 티 타월로 식탁 가득 차려진 샌드위치와 케이크를 덮어 두고서야 교회로 향했다.

집 앞에 도착해 차를 세우는데 구름 틈으로 내리쬐는 햇살이 비에 젖은 거리에 반사돼 반짝이는 통에 두 눈을 가려야 한다. 다시 앞을 볼 엄두를 낸 후에야 두 사람은 집 앞 현관문이 이미 열려 있음을 알아차린다. 떠들썩한 목소리와 웃음소리가 거리로 울려 퍼진다.

젠장할. 어머니가 말한다.

왜요? 아트가 말한다.

어딜 가나 주목을 받아야 성에 차지. 어머니가 말한

다. 욕해서 미안하다, 아서. 들어가자. 후딱 해치우고 어서 집에 가자.

안으로 들어가 보니 교회에서 아트의 옆자리에 앉았던 여자가 앞방에 모인 검은 옷 입은 인파 한가운데서 흰빛을 발하며 서 있다.

이제야 아트는 저 사람이 어머니와 자매일지도 모른다고 생각한다. 어머니한테 형제가 있다는 사실조차 몰랐던 아트지만, 장례 예식 중에 신부님이 할아버지의 전쟁 시절과 전쟁에서 돌아와 생명 보험업에 종사했던 이력과 먼저 세상을 떠난 부인과 손수 재배한 달리아 꽃으로 여러 번 대회에서 수상한 경력을 언급한 뒤에 유가족으로 사랑하는 두 딸 아이리스와 소피아를 남기셨습니다 하고 말했다. 흰옷을 입은 여자가 우리 아버지가 제일 좋아하던 노래 중 하나였어요라면서 부연 설명을 하더니 할머니가 이런저런 살아 있는 생명체를 잔뜩 집어삼키는 내용의 익숙한 노래를 부르기 시작한다. 여자는 할머니가 집어삼킨 파리를, 그러다 죽겠다, 거미를, 그러다 죽겠다, 새를, 고양이를, 개를, 그러고는 원곡에 포함되지도 않은 온갖 동물을 나열하며 노래를 불러 사람들을 한 바탕 웃긴다. 야마, 뱀, 코알라, 이구아나, 여우원숭이. 방에 모인 사람들은 슬픔도(또는 슬픈 시늉도) 다 잊은 채 노랫말의 운을 소리쳐 맞추고, 여자가 노래 소절을 지나치게 늘이거나 줄여 부를 때마다 떠들썩하게 웃고, 다음에 오면 좋겠다 싶은 단어를 저마다 외치고, 여자가 적절한 압운을 찾을 때마다 환호하다가, 급기야 노래 속 할머니가 말을 삼키는 지점에 이르자 신부님은 물론 방에 모인 모두가 희열에 찬 음성으로 이번에는 할머니가 확실히 죽었겠거니 하며 반색을 표한다. 이어 모든 조문객이 자리에서 일어나 아트 할아버지에게 잔을 들어 건배하고, 개중 몇 사람은 방을 가로질러 아트 어머니에게 다가와 아버지께서 아주 흐뭇해하셨을 마지막 송별이라고 인사를 건넨다.

어머니는 미소 띤 얼굴로 정중히 답한다.

이어서 어머니와 자매지간인 여자가 사람들을 부추겨 모든 일에는 그에 알맞은 계절이 있다는 노랫말의 옛날 시위곡을 다 같이 부르기 시작하는데, 태어날 때가 있고 죽을 때가 있으며 수확할 때와 돌을 버릴 때가 있다 하는 식으로 계속 이어지는 노랫말을 다 아는 사람은 여자 말고 없지만 세상은 돌고 돌고 도네 하고 반복하는 후렴구에 이르러서는 모두가 떼창을 한다.

아트는 어머니를 바라본다. 어머니는 노래를 하고 있지 않다.

너 날 기억 못 하는구나, 그렇지? 어머니의 자매, 그러니까 아트의 이모인 셈인 아이리스가 나중에 부엌에서 마주친 아트에게 말한다.

네. 아트가 말한다. 하지만 아까 다 같이 부른 노래는 기억해요, 파리를 삼키는 여자 노래요. TV에서 봤나 봐요.

아이리스가 미소를 짓는다.

아마도 내가 불러 줬을 거야. 아이리스가 말한다. 네가 아직 어릴 때.

그런 건 전혀 기억에 없는데요. 아트가 말한다. 아주 오래전 일인가 봐요.

네 인생 기준으론 오래전 일이래도 내 인생으로 치자면 얼마 안 된 일이지. 아이리스가 말한다. 그게 인생이고 시간 아니겠니. 그래, 지금의 넌 네 인생과 시간을 어떻게 보내고 있니?

시험 준비 중이에요. 아트가 말한다.

그래. 하지만 그보다도 네 인생과 시간을 어떻게 보내고 있는데?

그게, 우선은 시험공부 중이에요. 아트가 말한다. 대학에 들어가려면 성적이 좋아야 하니까요.

얘, 아티. 아이리스가 말한다. 내가 무슨 따분하기 짝 없는 먼 친척인 것처럼 굴지 말아 줄래? 우린 네 인생의 4분의 1을 함께 보낸 사이라고.

4분의 1을요? 아트가 말한다.

네가 기억할 확률이 가장 낮은 시절에 해당하는 4분의 1이기는 하다만 말야. 아이리스가 말한다. 어서 말해 보렴. 그 대신 이번엔 사실대로 대답해야 해. 다시 물어볼 테니까. 준비됐어?

준비됐어요. 아트가 말한다.

그래, 아서. 아이리스가 따분한 친척 어른의 목소리를 흉내 내며 말한다. 요즘 학교생활은 어떠니, 기숙 학교에 다녔던가 그랬지, 그래 학교생활은 순조롭고? 대학에선 뭘 공부할 예정이니, 대학 어디어디에 지원할 생각이고, 아니면 이미 입학 제안을 받은 데라도 있니, 졸업

하면, 졸업 후 계획은 뭔데, 그 업계는 평균 연봉이 얼마나 된다니, 이상적인 와이프와 결혼해 낳게 될 세 자녀의 이름은 뭘로 지을지 생각은 해 뒀고, 우리가 다시 만나게 된다면 아마도 네 결혼식 자리에서나 만날 테니까?

아트는 웃는다.

아이리스가 어서 대답해 보란 듯이 한쪽 눈썹을 치켜올린다.

당장은 하루하루의 상당한 시간을 이걸 들으며 보내고 있어요.

아트가 주머니에서 아이팟을 꺼낸다.

그게 뭐니? 아이리스가 말한다. 트랜지스터라디오?

그게 뭐예요? 아트가 말한다.

아트는 이어폰을 풀어 아이팟에 꽂는다. 전원을 켠다. 데이비드 보위의 앨범 「헝키 도리」 중 두 번째 수록곡이 나올 때까지 스크롤한다. 그러고는 이어폰을 아이리스에게 건넨다.

두어 시간 후 아트는 검정색 정장 차림 그대로 아우디 뒷좌석에 드러누워 있다. 어머니가 아트를 학교에 다시 데려다주러 남쪽으로 차를 몬다. 그새 주변은 어둑해졌다. 고속 도로 가로등 밑을 지날 때마다 검은 차창 위에 맺힌 빗방울이 밝게 빛나는 모습을 보고 있자니 유아기로 회귀한 것만 같다.

멋진 표현인데. 유아기로 회귀하다. 아트는 그런 표현을 떠올린 데 자부심을 느낀다.

아트는 이제 자기도 죽은 사람을 보았다는 점을 상기한다. 관 속에 든 할아버지의 모습은 밀랍 같았고 영 비현실적이었다. 아무리 봐도 아트가 알던 사람 같지도, 기억하는 사람 같지도 않았다. 할아버지를 죽은 사람으로서 보고 접한 경험보다 레몬 방향제 냄새가 훨씬 강한 인상으로 남았다. 교회 곳곳에 놓인 꽃보다도 강렬한 향을 내뿜는 방향제였다.

초현실이란 말이 절로 떠올랐다. 현실을 뛰어넘는.

아트는 단어를 좋아한다. 언젠가 단어들을 줄줄이 이어 적을 계획인데 그러면 다른 사람들이 그 단어들을 읽게 될 테지.

소피아. 아트가 말한다.

응? 어머니가 말한다.

아트는 어머니에게 괜찮은지 묻고 싶다. 어쨌거나 어

머니의 아버지가 돌아가신 거니까. 하지만 기분상 그런 건 왠지, 적당한 단어가 뭐지? 허락되지 않은 느낌이다.

그 대신 아트는 말한다.

정말 그게 하느님이라고 믿어요? 그러니까 아까처럼 그렇게 교회 앞에 나가 신부가 주는 걸 먹을 때 말예요.

어머니는 길게 숨을 내쉰다.

오늘 굳이 성찬을 한 건 네 할아버지와 내가 받은 가정 교육에 대한 예우 차원에서였어.

그건 알겠는데 정말로 믿냐고요? 아트가 말한다. 그리고 하느님이 아니라 할아버지를 생각해서 했다면 그건 하느님에 대한 예의가 아니지 않아요?

그런 질문들은 네가 신학자가 되기 위한 사전 공부를 마치고 신학자 자격까지 모두 갖추고 돌아오거든 그때 다시 물어보게 해 주마. 어머니가 말한다.

그리고 또 묻고 싶었던 게 있는데요. 아트가 말한다.

신학에 관련된 질문이니? 어머니가 말한다.

아니요. 아트가 말한다. 근데 엄마는 왜 고드프리랑 결혼한 뒤에도 고드프리 성을 안 쓰고 클리브스란 성을 계속 썼어요?

너한테 물려주고 싶어서 네 할아버지 성을 계속 쓰기로 정했던 거야. 어머니가 말한다.

그리고 정말 마지막으로 묻고 싶은 건. 아트가 말한다. 어릴 때 내가 엄마 언니인 아이리스랑 같이 지냈다는 게 정말이에요?

어머니가 콧방귀를 뀐다.

아니. 그가 말한다.

사실이 아니에요? 아트가 말한다.

어머니는 푸푸 소리를 낸다.

네 이모도 참. 아버지가 제일 좋아하는 노래였다고 말하질 않나. 네 이모와 내 아버진. 네 이모가 어쨌는지 내가 말해 줄까? 몇 년간 집에 오지도 않았어. 환영받지도 않았고. 아버지가 그 정도로 화가 나 있었거든. 네 할머니, 내 어머니 장례식 때도 안 나타났다. 네 이모, 그러니까 내 언니는 말이다, 아서, 가망 없는 신화쟁이야.

어머니는 아트의 이모에 대해 몇 마디 더 덧붙인다. 그러더니 한동안 아무 말도 하지 않는다.

그 대신 라디오를 튼다. BBC 라디오 4. 정확히 일 년 전 오늘 베들레헴의 어느 교회에서 벌어졌던 포위 공격에 대해 몇 사람이 지루하게 얘기를 늘어놓고 있다.

총구를 들이대며 사람들을 인질로 잡아 뒀다고 한 쪽에서 말한다.

다른 쪽에서는 인질은 없었다고, 아무도 그 사람들을 인질로 잡아 두지 않았다고, 교회로 피신한 사람이 마침 몇 명 있었는데 다들 그 사람들 곁에 있겠다고 자진해서, 그러니까 저희 의사로 남은 사람들이었다고 말한다.

할머니가 야마를 삼켰을 땐 드라마가 좀 커졌지요.

야마를 삼킨 건 뱀을 잡기 위해서였어요. 뱀은 스르륵 넘어갔죠, 햄처럼 잼처럼.

이구아나를 삼키자 바나나가 다 시샘을 했대요.

여우원숭이를 삼킨 건 내숭이었을까요.

땅돼지를 삼킬 땐 땀을 비지처럼 흘렸대요.

오카피는 씁쓸하기가 커피 못지않았고.

코알라를 삼켰다간 토할까 알라 몰라.

아이리스는 이어폰을 받아 귀에 꽂았다.

「오 유 프리티 싱즈」.

아트는 재생 버튼을 눌렀다.

아이리스의 얼굴이 순식간에 환해지며 나이 들어

보이는 동시에 어린아이처럼 천진한 표정을 띠었다.

유아기로 회귀하다.

이거 내가 너 어릴 적에 들려주던 노래야. 아이리스가 큰 소리로 외치는 바람에 복도에 있던 사람들이 무슨 일인가 싶어 고개를 돌렸다.

아이리스는 밀려오는 악몽과 쪼개진 하늘을 노래하는 가사를 따라 부르기 시작했다. 아트는 집게손가락을 입술에 갖다 댔다. 아이리스가 노래를 멈췄다. 음악을 여전히 귀에 담은 채 몸을 기울여 아트의 어깨를 잡았다.

내가 원래 조용히 있지를 못해. 아이리스가 속삭였다.

다른 해의 크리스마스 날 장면을 보자.

이번은 1991년 크리스마스다.

아트는 이날을 기억하지 못한다.

이때 아트는 다섯 살이고, 뉴리나의 아버지라는 사람이 자기가 시키는 대로 하지 않는다는 이유로 딸의 목을 베어 버린 곳 근처에 살고 있다. 아버지가 목을 벤 후 뉴리나는 땅으로 떨어진 머리를 주워 팔 밑에 끼워 넣고는 아버지 집을 떠났다. 크리스마스를 맞아 며칠 다니러

온 아트 할아버지가 이 이야기를 듣더니 껄껄대며 한참을 웃는다. 웃다 못해 기어이 눈물까지 글썽이면서 할아버지는 아이어를 꼭 안는다. 할아버지는 지금은 여기 없지만 평소에 종종 들른다. 그때마다 꼭 꽃향기가 나는 젤리를 가져오는데 이건 꽃과 똑같은 맛이 나는 사탕이지만 아이어에 의하면 꽃 맛 이외에는 죄다 화학 물질 맛이라고 한다.

목을 베여 머리를 잃어버린 여자는 부러진 나뭇가지를 땅에 스윽 꽂아 과일이 주렁주렁 달린 나무로 변하게 만들 줄도 알았다.

아트는 할아버지네서 지낼 때를 빼고는 여기 산다.

이 집에는 아트보다 키가 큰 크리스마스트리가 있다. 크리스마스가 지난 뒤에 다시 땅에 돌려줄 수 있도록 화분째 두고 사용하는 크리스마스트리다.

아트는 아이어에게 크리스마스 선물로 게임보이를 갖고 싶다고 말한다. 아이어는 내가 돈벼락을 맞거든 그때 다시 얘기해 보자고 하는데 이건 안 된다는 말이다.

하지만 결국 아이어는 아트의 바람대로 게임보이를 사서 내가 언제 규칙 따르는 사람이었냐며 크리스마스 날이 되기도 전에 아트에게 미리 선물을 주고, 아트는 아이어의 무릎에 앉아 게임보이를 조금 더 오래 갖고 놀기 위해 아이어와 씨름하며 웃고 아이어가 간지럼을 태워 또 웃고 있는데 그때 아트의 어머니인 사람이 지프처럼 커다란 자동차를 주차하고 집으로 걸어 들어오더니 아트를 안고는 데리고 나가 자동차 뒷좌석에 앉히고 벨트를 채운다. 좌석에서 깨끗한 냄새가 난다. 차 전체에서 깨끗한 냄새가 난다. 실제로 깨끗하다. 발을 놓는 바닥에 종잇조각, 담요, 책 같은 게 널브러져 있지도 않다. 이 자동차에는 아트와 앞쪽 운전석에 앉은 아트의 어머니인 사람 외에는 아무도, 아무것도 없다.

아트는 어머니인 사람에게 옷과 게임보이를 두고 왔다고 말한다. 어머니인 사람은 이제 학교에 들어갈 나이가 됐으니 그런 건 앞으로 살게 될 새로운 곳에서 새로 장만하면 된다고 말한다.

아트는 학교라면 이미 다니는 데가 있고 학교에 친구도 많다고 얘기한다.

어머니인 사람이 아 하지만 학교라면 내가 더 좋은 학교를 찾았다고, 아예 거기 살면서 친구들이랑 노상 붙어 지낼 수 있고 중간에 밤을 보내러 또는 낮을 보내러 집에 돌아올 필요가 없는 학교라서 매일매일 모험하는 기분일 거라고 말한다.

새 옷과 새 게임보이가 생긴 건 사실이다. 새집은 굉장히 크고 넓어서 침실에서 주방으로 주방에서 욕실로 건너가고도 여전히 갈 곳이 한참 남아 있을 정도다.

어머니인 사람 집에는 아트가 그때껏 본 어느 텔레비전보다 커다란 텔레비전이 있다. 어머니 집에서는 크리스마스가 일주일 내내 이어지고, 그러다가 텔레비전 화면 속에서 새해가 밝는다.

크리스마스 당일 정오 무렵. 아트는 빈방이 넘쳐 나는 어머니 집에서 어머니를 찾아 나선다. 닫힌 방문을 두드리며 이리저리 돌아다닌 끝에 드디어 문 너머로 어머니가 대답하는 소리를 듣는다.

아직 나갈 준비가 안 됐어. 어머니가 닫힌 문 너머로 외친다. 준비가 되거든 나갈 거야, 내가 준비됐다 싶으면. 그 전에는 꿈쩍도 안 할 생각이니 가만 내버려 둬, 아서.

아트는 부엌으로 내려간다.

아이리스가 크리스마스 점심을 만들고 있다. 아트를 보더니 손을 휘이휘이 젓는다.

가서 블로그 글이나 쓰든가 해. 아이리스가 말한다.

아트는 문을 나가 헛간으로 향한다. 헛간에서 럭스를 찾는다. 럭스는 간밤에 정말로 헛간에서 잠을 잔 모양이다. 상자 더미 옆에 자리를 깔고 누워 있다. 럭스가 손끝으로 제 맨발을 가리킨다.

여긴 바닥에 난방이 다 들어오는 거 있죠.

열린 재고 상자며 궤짝들을 한쪽으로 밀어 잠자리 주변에 작은 담을 만들었다. 상자 하나를 들여다보니 각종 조명 제품들이 가득하다.

이봐요. 럭스가 두 손으로 스탠드를 하나씩 들어 보인다. 옛날 앵글포이즈 램프처럼 보이도록 제작한 등이다.

아, 잘됐네요. 아트가 말한다. 안 그래도 등이 하나 필요했는데. 침대도요. 혹시 여기서 침대 비스무레한 걸 발견하거든 알려 줘요.

이게 대체 다 뭐예요? 럭스가 말한다.

재고 상품일 테죠. 아트가 말한다.

재고라니 무슨 재고요? 럭스가 말한다. 왜 마저 파시지 않는 거죠? 다 팔면 돈깨나 될 텐데. 보아하니 다 새 제품 같은데 왜 이렇게 낡아 보이도록 만들었을까요?

요즘은 그런 게 잘 팔리니까요. 아트가 말한다. 역사가 깃들어 보이는 물건, 헌 물건을 가져다 재생한 것처럼 보이는 물건이요. 하기야 요즘이라기엔 이제 다들 돈이 없어서 사는 사람도 없지만, 여튼 전에는 잘나갔어요.

여기 든 게 다 등이라고요? 럭스가 말한다. 이 궤짝에 든 것도요?

그건 아닐 거예요. 아트가 말한다. 뭐가 들었을지 누가 알아요. 1960년대에 프랑스 카페에서 쓰던 스타일의 물잔, 나무 손잡이가 달린 손톱 솔과 설거지 솔. 전쟁 중에 과자나 밀가루 같은 걸 저장해 두던 보관함 같은 것들. 역사가 있어 보이는 가재도구들요. 역사가 돈 주고 살 수 있는 물건인 양 사이비 역사를 빌려 제 집을, 스스로를 치장하겠다고. 우체국에서 파는 거랑 똑같은 끈 뭉치. 물론 '메이크 두' 매장에서는 뭉치 하나에 1.50파운드가 아니라 7파운드에 팔지만요. 퀼트 조각보. 초콜릿 제조사 이름을 새겨 빅토리아풍 양철판을 흉내 낸 모조품. 그런 것들. 알잖아요.

럭스는 모르겠다는 표정이다.

그 많은 돈과 물건과 세월. 아트가 말한다. 물론 분화 혁명 이전까지만이었고 그 뒤로 공급선이 끊기면서 어머니 사업엔 엄청난 지각 변동이 일어났지만 내가 태어나기도 전에 들여오기 시작한 킬림 양탄자부터 1990년대에 한동안 유행했던 드림캐처까지. '미네르바스 아울' 매장에서 뭐든 사 본 적 있을 거 아녜요.

럭스는 여전히 모르겠다는 표정이다.

1990년대에요? 아트가 말한다.

1990년대에 난 여기 없었어요. 럭스가 말한다.

동석 동물상, 물에 떠내려온 나무를 깎아 만든 불상, 막대형 향, 원뿔형 향, 라피아야자. 명상용 물건. 급기야는 미네르바스 아울 매장이 런던 시내에 있던 우리 집을 통째로 집어삼켰죠. 내가 학교에 다닐 때만 해도 우린 템스강 근처에 살았거든요. 어머니가 당시 살던 아파트까지 전부 처분해 메이크 두 체인점을 차린 거예요. 메이크 두도 한동안 제법 잘된다 싶었지만 결국은?

아트는 폭발음을 낸다.

그래도 이 집이 남았으니까. 아트가 말한다. 어머니 야 건재하죠. 이 집이 있으니까요. 회사 장부에서 빠졌으 니. 그것도 상당 부분 저 사람 덕에요.

아트는 고드프리의 등신대를 향해 고개를 까딱인 다. 어머! 그러지 마세요! 스카버러 퓨처리스트 극장 매일 밤 2회 공연 전화 60644 첫 공연 6월 19일 토요일 무대 앞 1등석 75펜스(15실링) 65펜스(13실링) 55펜스(11실링) 45펜스(9실링).

당신 아버지요. 럭스가 말한다.

그래요. 아트가 말한다.

2차원과 3차원의 만남으로 생겨난 사람이군요 당신 은. 럭스가 말한다.

하. 아트가 말한다. 그래서 내가 이 모양일 테죠.

현대의 기적인 셈이네요. 럭스가 말했다.

그러고는 전원을 꽂지 않은 등을 헛간 바닥에 놓인 이부자리 양옆에 하나씩 내려놓는다.

자. 럭스가 말한다. 이제 집 같네요.

럭스는 이부자리 위에 앉는다. 아트도 그 옆에 앉 는다.

좋은 분이었어요? 럭스가 묻는다. 당신 아버지요.

실은 나도 잘 몰라요. 아트가 말한다. 내 인생엔 구멍 같은 게 있어요, 아버지라는 단어 주변으로요. TV와 무언극에서 동성애자를 연기하셨죠. 노트북이 있다면 유튜브 영상을 보여 줄 텐데. 거기 옛날 영상이 올라와 있거든요.

어머니 컴퓨터로 보면 되잖아요. 럭스가 말한다.

절대 허락할 리 없어요. 아트가 말한다. 내가 어머니 컴퓨터를 쓰는 걸 절대 허락할 리 없다고요.

괜찮다고 하실 것 같은데요. 럭스가 말한다. 그냥 가서 써도 될 테고요.

어쨌거나. 아트가 말한다. 비밀번호도 모르는걸요.

비밀번호는 내가 알아요. 럭스가 말한다.

알긴 뭘 알아요. 아트가 말한다.

정말이에요. 럭스가 말한다. 나한테 써도 된다고 하셨어요.

내 어머니가? 아트가 말한다. 허락했다고요? 작업용 컴퓨터를 당신이 써도 된다고?

네. 럭스가 말한다.

무슨 용도로요? 아트가 말한다.

엄마한테 메일을 보내고 싶었거든요. 럭스가 말한다. 그래서 물어봤죠. 그랬더니 써도 된다고 하셨어요.

난 어머니 컴퓨터에 손도 못 대게 하셨는데. 한 번도 써 본 적이 없어요. 내 평생. 아트가 말한다.

물어본 적이 없는 건 아니고요? 럭스가 말했다.

어처구니없는 말이라고 조소하려는 참이다. 그러다 다시 생각해 본다. 사실일지도 모른다. 써도 되는지 한 번도 물어본 적이 없는지도 모르겠다.

거절당할 게 뻔했으니까요. 아트가 말한다.

럭스는 어깨를 으쓱인다.

그러더니 파열음과 파찰음이 섞인 언어로 뭐라뭐라고 한다.

승부를 걸어 보기 전에는 이길 수도 없다는 뜻이에요. 럭스가 말한다.

두 사람은 어머니의 서재로 건너간다. 럭스가 종이에 적힌 비밀번호를 아트에게 보여 준다. 아트는 비밀번호를 입력해 유튜브를 열고 고드프리가 삼 분간 출연한 장면이 나오는, 과거 극장계의 버팀목들을 다룬 다큐멘터리 영화를 검색한다. 색이 바래고 화질 거친 필름에 찍힌 고드프리가 어딘지 모를 무대 위에서 경직된 자세를 취하고 있다. 두 팔을 머리 위로 높이 교차해 들고 발레 무용수처럼 두 다리도 엇갈린 모습이다. 이어 팔로 허공을 휘저으며 무대를 빠르게 가로지른다. 그러지 마세요! 하고 외치면서. 카메라 너머로, 마이크 장치 너머로, 음향 장치 너머로 눈에 보이지 않는 관객의 멀찍한 웃음소리가 희미하게 들려온다. 1970년대 초 방영된 BBC 시트콤의 한 장면에서는 목에 크라바트 타이를 한 고드프리가 얼굴을 찡그리고 멸시에 찬 눈빛으로 카메라를 바라보면서 두 눈을 빠르게 깜빡인다. 스튜디오 방청객이 폭소하는 소리. 고드프리가 결혼 상담사 역을 맡았다는 게 농담의 핵심이다. 수백만 년이 지나도 영영 못 벗어날 소극(笑劇)에 갇힌 기분, 여러분은 아시려나요? 젊고 훤칠한 금발의 여자 배우와 그보다 키가 훨씬 작아 훤한 대머리가 여자의 넉넉한 가슴 높이쯤 올락 말락 한 남자가 팔짱을 끼고 방에 들어오자 고드프리가 무료함에 찬 목소리로 카메라를 향해 말한다. 세쌍둥이를 두셨군요. 고드프리가 여자의 가슴과 대머리 남자를 바라보며 말한다. 아트로선 벌써 수차례 반복해 본 영상이다. 그런데도 방청객의 웃음소리를 들을 때마다 매번 둔기에 얻어맞은 듯 얼떨떨해진다. 고드프리가 말처럼 길쭉한 얼굴을 길게 늘여 보이고 카메라가 이를 클로즈업할 때마다, 또는 그의 유행어가 돼 버린 말을 반복할 기미라도 보인다 싶을 때마다 — 오! 그러지 마세요! — 웃음소리가 나무망치만큼이나 둔탁하게 터져 나온다.

럭스의 미간에 주름이 잡힌다. 방청석은 다시 웃음 바다가 된다.

뭐에 저리들 웃는 거죠? 럭스가 말한다.

희생 제물에요. 아이리스가 말한다.

어느새 방에 들어온 아이리스가 두 사람 어깨 너머로 화면 속 고드프리를 바라보고 있다.

참 괜찮은 남자였어, 고드프리 게이블. 아이리스가 말한다. 딱 한 번 만났지만 한 번만 봐도 파악되는 사람들이 있거든. 이제 와 생각해 보면 굉장히 현명한 사람이었어. 다 통찰하고 계산해 한 일이었어. 창피를 주고 당하는 게 돈벌이에 좋거든. 이거야 아티 너도 다 아는 얘기겠지만 고드프리의 진짜 이름은 레이였어, 레이먼드

폰즈. 네 엄마와 결혼한 뒤론 언론도 고드프리를 더 성가시게 안 했어. 기사 한번 안 났지. 너를 낳은 뒤론 더더욱 그랬고.

아트는 다 아는 얘기인 양 고개를 주억거린다.(고드프리에 대해 아는 몇 안 되는 사실도 정작 샬럿이 학위 논문을 쓸 때 참고했던 책들을 보고 알게 된 게 전부지만 말이다.)

요즘은 누군가 창피당하는 걸 오락 삼아 보고 싶을 때 리얼리티 TV를 보면 되지. 아이리스가 말한다. 머지 않아 리얼리티 TV 대신 미합중국의 대통령이란 인물만 보면 될 테고.

아이리스가 아트에게 아이패드를 건넨다.

네 이름으로 올라온 트윗 좀 확인해 봐. 아이리스가 말한다. 캐나다에만 주로 서식하는 걸로 알려진 새를 네가 오늘 콘월 해안가에서 목격했다고 1만 6000명쯤 되는 사람들한테 공개 선언한 모양이던데.

1만 6000명이라니 이게 무슨 소리람? 아트의 팔로어 수는 기껏해야 3451명밖에 안 된다. 아트는 아이패드를 확인한다. 팔로어 수 1만 6590명.

화면을 바라보는 동안 팔로어 수가 1만 6597명으로

늘어난다.

아트는 마지막 트윗을 확인한다. 영국 내 캐나다산 솔
새 최초 목격. 바람에 경로 이탈 좌표는 다음 트윗에 모두모두
메리한 X마스 보내세요 조류 애호가 트잉여 여러분.

캐나다산 솔새가 아니라 캐나다 솔새가 공식 명칭
이라는 건 알 만한 사람은 다 아는 사실.

샬럿. 아트가 말한다. 죽여 버릴 거야.

폭력을 동원할 필요까지야. 아이리스가 말한다. 말
로 설득하면 될걸. 그것도 옆에 있는 사람한테, 바로 여
기 있잖니.

아트는 숨을 들이쉬다 말고 헛기침을 해 버린다.

전 그 샬럿이 아니에요. 럭스가 말한다. 아트의 다른
샬럿이죠.

럭스가 아이리스를 보며 한 눈을 찡긋해 보인다.

아아, 아트의 다른 샬럿. 아이리스가 말한다. 그래요
뭐, 내가 이래라저래라 할 입장은 아니죠. 그래도 나라면
말이다, 아티, 트위터에 사실대로 얘기하겠어. 그러니까
트위터 측에 신고를 하란 말이야. 너 아닌 누군가가 너를
사칭하고 있다고.

네. 아트가 말한다. 그럴 생각이에요.

네가 진짜 네가 아니라면 경우가 다르지만. 아이리스가 말한다. 진짜 아서가 다른 데서 트윗을 하는 거라면. 그런 거니? 네가 진짜 너 맞니?

당연히 내가 나죠. 아트가 말한다. 인정하고 싶지 않을 정도로요.

나, 나, 나. 아이리스가 말한다. 하여간 너희 세대는 자나 깨나 나 타령이지, 이기적이어선. 나야말로 장문의 트윗을 해야겠구나. 18세기 풍자 작가의 삽화에서처럼 입에서 두루마리를 하염없이 쏟아 내는 댄디들같이 말이야. 아니지, 대통령처럼. 대통령다운 트윗을 하도록 하마. 허위 뉴스나 퍼뜨리는 가짜 대통령의 가짜 대통령다운 트윗.

아트의 가슴이 순식간에 오그라든다.

아이리스가 아는구나.

심장이 덜컹 내려앉는다.

내가 가짜라는 걸 다들 눈치챈 거야.

삼 년 전 따사로운 10월의 어느 느지막한 오후였습니다.

제 블로그를 팔로 하는 분들이라면 잘 아실 텐데 저는 꽤 오래 전부터 물웅덩이를 소재로 글을 계획해 왔고 드디어 오늘, 정확히는 제가 지금부터 쓸 이야기의 배경이 되는 바로 이날을 시작으로 물웅덩이에 대한 실질적인 연구를 해야겠다고 드디어 마음먹었습니다.

이날 전 자연의 웅덩이를 보러 도심을 떠나 서쪽으로 차를 몰았습니다. 도시에서 맞닥뜨리는 웅덩이에 아주 진저리가 났거든요. 소년 시절의 추억은커녕 그와 관련된 어떤 기억도 떠오르지 않는 것만 봐도 도시에서 물웅덩이를 마주쳤을 때 저는 그 안을 들여다보기보단 그 앞에 모습을 비추기만 할 뿐이었다고 말하면 무슨 뜻인지 이해하시려나 모르겠는데 물론 솔직히 말하자면 이것도 실은 키보드를 치다 낸 오타 때문에 생긴 결과지만(안 대신 앞) 어쨌거나 웅덩이처럼 이것저것 어수선히 뒤섞이기 마련인 삶의 진리를 비추어 준다는 점에선 이조차 나름 유의미하다고 봐야 하지 않을지요.(뒤섞이다, 이 단어를 기억해 주세요. 곧 중요해집니다.)

어쨌거나 우연과 운과 운명에 따라 저는 그날 오후 마침 혼자였습니다. 그간 사귀던 E라는 여자와 꽤 슬프고 뼈아픈 이별을 겪은 뒤였고, 그래서 비애보다 한 차원 더 심오한 감정에 젖어 있던 차였죠, 낡은 계선줄에서 풀려나 안개 자욱하고 악취가 풍기는 못 위를 표류하는 나룻배가 된 기분이었달까요, 그리고 덥기까지 하던 이날 오후 사람 손에 길들여지지 않은 야생의 웅덩이를 보러 가고 싶다는 생각을 했던 겁니다. 야생의 웅덩이라 함은 그러니까 도시적인 환경에서 무슨 매장 앞 인도를 지나다가 보는 여느 물웅덩이가 아니라 새들이 목을 축이거나 화려한 날개를 담그러 오는 자연 속의 물웅덩이, 시골에 살던 사람들이 쓴 옛날 시에서 종종 찾아볼 수 있는 웅덩이를 뜻합니다, 도시화된 시에 나오는 도시화된 새들이 물을 마시고 목욕을 하러 찾는 웅덩이가 아니라요.

이제 웅덩이 곧 퍼들(puddle)의 어원의 역사─시 혹은 시-역사라고 제가 부르기 좋아하는 것에 대해 설명할 차례입니다. 단어의 역사에 관심이 없으신 분은 다음 문단으로 바로 넘어가시기 바랍니다. 사전 경고 드렸습니다(!).

puddle이란 단어는 고랑이나 도랑을 뜻하는 고대 영어 pudd에서 파생된 것으로, puddle은 중세 영어식 지소사 le가 붙어 그보다 작은 의미를 띠게 된 형태입니다. 고대 독일어에 Pfudel이란 단어가 있는데 이는 고대 독일어로 물이 고인 자리, 곧 웅덩이를 뜻합니다. puddle은 뒤섞다, 곧 muddle

을 의미하기도 하며, 온라인에는 없는 제가 가진 한 사전에 따르면 젓개(muddler)를 뜻하기도 한다는데, 이 점으로 미루어 우리가 물웅덩이와 진흙이나 진창을 연결 지어 생각하는 이유도 여기서 비롯하지 않나 싶습니다, 흙과 물이 질펀하게 뒤섞였다는 점에서요!

전 빠르게 도심을 벗어나 M25 고속 도로를 타고 빠르게, 그렇지만 법을 어길 정도는 아닌 속도로 차를 몰다가 15번 나들목에서 빠져나와 중앙 분리대가 있는 차도 옆 작은 마을에서 잠시 멈췄습니다만 그 마을 이름은 영 생각나질 않습니다. 그럴 만도 한 게 세부적인 요소라면 까맣게 잊고도 남을 만큼 인상적인 순간과 곧 맞닥뜨리게 되거든요. 아주 인심 좋다 싶게 널찍이 펼쳐지는 녹지로 향하다가 돌길 한가운데에 파인 웅덩이를 발견하고 그 안을 들여다보다가요. 가을이 성큼 다가온 시점이라는 걸 태양과 지구의 각도가 반영된 그늘의 모습을 통해 명백히 확인할 수 있었는데도 거기엔 온갖 곤충이 앵앵거리는 소리가 여전히 들리고 사방에서 생물이 자라고 증식하고 있었습니다.

빗물이 돌길 표면에 남긴 흑갈색 물을 들여다보면서 전 그제야 제 어린 시절이 조금 전까지에 비해, 그리고 다른 어느 날에 비해 더 큰 의미를 띠게 되었다고 느꼈습니다.

소년일 적에는 커다란 웅덩이로 찾아가 잔가지를 띄우며 곧잘 놀곤 했습니다. 집 근처의 차들이 많이 주차돼 있던 곳에서요. 그땐 그 웅덩이가 저한테 여름 휴가철의 바다와도 같았습니다. 그 돌길 위에서, 한 해가 저물고 제 인생의 여러 해가 저물어 가는 와중에─소년이던 때에 비하면 저도 이제 어지간히 나이가 들었으니까요─전 웅덩이 가장자리에 서서 이럴 목적으로 산울타리를 지나며 미리 꺾어 두었던 잔가지를 수면에 띄웠답니다. 그러고는 가지들이 웅덩이 저편으로 항해해 나아가는 모습을 지켜봤습니다.

그리하여 속도에 대한 제 애정과 삶에 대한 애정, 인생 그 자체를 향한 애정이 10월의 그날 오후 저에게 새삼 되돌아온 겁니다. 어린 소년이었던 때만큼이나 강력하게, 하나도 빛바래지 않은 강렬함 그대로 그날 그 늠름한 남자에게로요.

아트 인 네이처.

럭스가 헛기침을 한다.

딱히 당신다운 글은 아니네요. 럭스가 말한다. 물론 내가 당신을 잘 아는 건 아니지만요. 그래도 지금껏 알고 지내면서 느낀 것에 비추어 보면요.

그래요? 아트가 말한다.

두 사람은 아트 어머니의 서재에서 컴퓨터 앞에 나란히 앉아 있다.

실제로는 이렇게까지 무거운 인상을 주지 않거든요. 럭스가 말한다.

무거운 글로 보여요? 아트가 말한다.

실제로는 거리감이 좀 느껴져도 가망이 없어 보이지는 않거든요. 럭스가 말한다.

아니, 무슨 말이 그래요? 아트가 말한다.

글쎄. 이 글만큼 그래 보이지는 않는다고요. 럭스가 말한다.

고맙다고 해야 하나. 아트가 말한다. 칭찬인지 뭔지 모르겠네.

그러니까 진짜 당신 모습과 거리가 있는 글 같다는 뜻이에요. 럭스가 말한다.

아니, 이게 진짜 나예요. 아트가 말한다. 피하려야 피할 수 없는 사실이에요, 무섭게도.

왜 무서워요? 럭스가 말한다.

아니, 아니, 그건 그냥 관용적으로 쓰는 표현이에요.

불행히도란 뜻이죠. 아트가 말한다.

어떤 종류의 차였어요? 럭스가 말한다.

차라니요? 아트가 말한다.

차요. 럭스가 말한다. 말 그대로. 웅덩이를 보러 갈 때 차를 타고 갔잖아요.

난 차가 없는데요. 아트가 말하다

그럼 빌렸어요? 럭스가 말한다. 렌트한 거예요?

난 운전도 못 해요. 아트가 말한다.

그럼 블로그에 쓴 그 마을까진 어떻게 간 거예요? 럭스가 말한다. 다른 사람 차라도 얻어 탔어요?

진짜로 간 건 아니에요. 구글 지도랑 RAC 루트 플래너에서 찾아봤을 뿐이지. 아트가 말한다.

아. 럭스가 말한다. 하지만 수면에 나뭇가지를 띄우면서 놀기 좋았다는 얘기는. 그건 사실일 테죠. 그죠?

내 개인적인 경험과 기억에서 나온 구체적인 얘기냐고 묻는 거라면 아니에요. 아트가 말한다. 다만 일반적인 기억이랄까, 보편적으로 통할 법해서 블로그 독자들이 서로 공유하기에도 적당하다 싶은 기억으로 구성한 거죠.

따사로운 10월의 어느 날이긴 했어요? 럭스가 말한다. 아님 그것도 꾸며 냈어요?

그야 사람들이 글에 쉽게 동화될 수 있게끔 하기 위한 장치죠. 아트가 말한다. 때와 장소에 대한 세부 정보를 조금만 더해 줘도 독자한테 큰 도움이 되거든요.

그럼 사실인 게 전혀 없다는 말이에요? 럭스가 말한다. 내가 읽은 내용 가운데 사실이 하나도 없다고요?

샬럿이랑 똑같은 말을 하네요. 아트가 말한다.

그러라고 날 고용한 거잖아요. 럭스가 말한다.

샬럿도 나보고 진짜가 아니라고 해요. 아트가 말한다.

난 당신이 진짜가 아니라고 한 적 없어요. 이 글이 진짜가 아니라는 거죠. 럭스가 말한다.

그 글을 쓰는 건 그래도 나한테 진짜에 속해요. 아트가 말한다. 그 덕에 이성을 유지할 수 있다고요.

럭스가 고개를 끄덕인다. 그러고는 아트가 나중에 이 대화를 돌이켜 생각하며 온유한 눈빛이었던 것으로 기억하게 될 눈빛으로 그를 바라본다.

럭스는 다시 화면을 본다. 잠시 아무 말도 하지 않는다. 그러더니 말한다.

알겠어요. 이해가 돼요. 보인다고요. 음. 자 그럼, 진짜 일어났던 일 하나만 얘기해 봐요. 블로그와 관련된 것 말고 진짜로, 실제로 있었던 일요. 아주 작은 일도 좋은데 그 대신 당신이 실제로 기억하는 일이어야 해요. 나뭇가지니 물웅덩이에 대해 마음대로 꾸며 낸 그 기억에 등장하는 상상 속 소년처럼 당신이 진짜 소년이었을 때 겪은 일을 하나만 말해 봐요.

진짜 있었던 일이요? 아트가 말한다.

뭐든 진짜이기만 하면 돼요. 럭스가 말한다.

알았어요. 아트가 말한다. 음, 누군가의 무릎에 앉아 있던 기억이 나요, 누구 무릎인지는 기억나지 않지만. 여자예요. 그 사람 옷소매를 내가 붙잡고 있는데 레이스 느낌이 나는 울 소재예요, 구멍이 반복되는 패턴이 있거든요. 손으로 구멍을 붙잡고 앉아 그 사람이 해 주는 이야기를 듣고 있어요. 절벽같이 아주 높다란 얼음덩어리가 하늘로 치솟은 걸 올려다보다가 문을 두드리듯 작은 손으로 얼음을 두드리는 어린 남자애 얘기예요.

럭스가 어깨를 으쓱인다.

거봐요. 그거예요. 그걸 그대로 적지 그래요?

에이, 이런 얘기로 어떻게 글을 써서 인터넷에 올려요, 그건 절대 안 돼요. 아트가 말한다.

왜 안 돼요? 럭스가 말한다.

너무 사실에 가까우니까요. 아트가 말한다.

크리스마스 날 점심시간. 어머니는 아트의 간청에도 방에서 나오지 않았다. 럭스('샬럿')의 간청에도 나오지 않았다. 그러던 사람이 아이리스가 오전 내내 준비한 요리를 식당으로 하나씩 가져가 식탁에 내려놓기 시작하자마자 기다렸다는 듯이 문간에 나타나 한물간 할리우드 스타라도 되는 양 문설주에 기대어 선다.

소프. 아이리스가 말한다.

아이리스. 어머니가 말한다.

오랜만이네. 아이리스가 말한다. 잘 지냈어?

어머니는 두 눈썹을 치켜올린다. 한쪽 손을 들어 얼굴 옆에 댄다. 그러고는 차려진 식탁에 말없이 앉는다.

난 많이는 안 먹을게. 어머니가 말한다.

그야 네 행색만으로도 충분히 짐작했던 바고. 아이리스가 말한다.

음식을 안 좋아하세요, 클리브스 부인? 럭스가 말한다.

난 말예요, 샬럿, 입에 들이는 게 내 몸에 유독한 영향을 줄 수 있다는 사실을 똑똑히 인지하고 사는 사람이에요. 인지가 아니라 염려라고 하는 사람들도 있다만. 어머니가 말한다.

아, 정말 끔찍하고 불행한 노릇이네요. 럭스가 말한다. 인지건 염려건 둘 다건 간에요.

날 완벽히 이해하는군요. 어머니가 말한다.

질투심과 짜증이 아트의 몸을 훑고 지난다. 그는 아무 말도 하지 않는다. 아이리스가 감자구이를 오븐 팬째 들고 와 식탁에 앉는다. 와인을 거절한 어머니를 제외한 모두가 크리스마스를 축하하며 잔을 부딪친다.

예전에 새들이 둥지를 틀던 방에 짐을 풀었어. 아이리스가 말한다.

다 조금씩은 달라졌지. 어머니가 특정 상대에게라기보다는 방에 모인 모두에게 선언하듯이 말한다.

좋은 기억이 많은 집이야. 아이리스가 말한다. 그사이 리모델링을 한 거야, 소프?

아이리스가 여기 살았던 적이 있다고? 정말? 하지만 그새 어머니는 낯선 사람들로 붐비는 방에서 유리 벽을 사이에 두고 설명하는 여행 가이드인 양 일방적으로 이야기를 늘어놓고 있다.

집도 집 주변의 땅도 이 상태대로 구매했어, 망가져 허물어지기 직전까지 간 걸 다른 사람들이 이리 근사하게 되살리고 난 뒤에. 리모델링을 한 사람들의 감식안에 감탄했지. 나도 한때 생활했던 집이다 보니까, 물론 다 옛날 일이지만. 집을 다시 보러 왔다가 이렇게 훨씬 나아진 상태로 발견하게 됐지.

아이리스가 식당을 둘러본다.

여기가 온실이었지. 아이리스가 말한다. 저쪽 벽이 전부 창이어서 정남향으로 정원을 내다보는 꿈만 같은 곳이었는데. 누가 채광을 굳이 다 빼 버린 건지 궁금했어.

아이리스는 아트에게 고개를 돌린다.

그렇다고 우리가 이 집에 살았던 건 아니야. 네가 태어나기 전의 일이니까. 너랑 나는 늘린에 살았지. 죽은 광부들을 기리려 구덩이를 파 둔 곳에 종종 가곤 했잖니, 풀로 뒤덮인 관람석이 있던 데 말이야. 기억나니?

아니요. 아트가 말한다.

괜찮아. 내가 기억하니까. 아이리스가 말한다.

아이리스가 부엌으로 건너간 사이 어머니가 아트를 향해 몸을 숙인다.

아서, 넌 아이리스와 살았던 적 없어. 아서는 아이리스와 살았던 적이 없어요, 샬럿. 네가 학교에 다니기 선이고 내가 정기적으로 해외 출장을 다닐 때 내 아버지와 얼마간 지낸 적은 있지. 하지만 아이리스하고는 절대 산적 없어.

어머니는 미니 양배추 한 개와 감자 반쪽을 앞 접시에 담는다. 그 옆으로 그레이비소스를 조금 붓는다. 다른 사람들은 모두 먹기 시작한다. 어머니는 감자에도 양배추에도 손을 대지 않는다. 그레이비소스에 포크 끝을 살짝 담갔다가 혀에 갖다 댈 뿐이다.

다들 말없이 식사 중인데 혼자만 식사를 않는 어머니를 럭스/샬럿이 바라보다가 말한다.

크리스마스에 대해 궁금한 게 있어요.

뭔데요? 아트가 말한다.

말구유에 대한 건데요. 럭스가 말한다. 왜 아기를 구

유에 넣은 거예요? 크리스마스 노래랑 그 이야기에 나오는 아기 말예요.

그건 단순히 노래와 이야기가 아니에요. 어머니가 말한다. 기독교의 시초지.

음, 전 기독교인이 아니고 그런 관련 의미를 다 파악하고 있지도 못해요. 럭스가 말한다. 하지만 제가 묻고 싶은 건. 왜 구유냐는 거죠.

가난하니까. 아이리스가 말한다.

누울 자리 없어. 어머니가 말한다. 잠을 청할 방도 침대도 못 찾았거든요.

네, 그건 알겠는데 그런데 왜 굳이 구유를 강조한 걸까요? 그리고 그 어린 주 예수는, 적어도 노래에서는요, 왜 구유에 가는 거죠? 어웨이 인 어 메인저(away in a manger), 구유에 가네라고 하잖아요, 구유에 눕네도 아니고. 럭스가 말한다.

그야 캐럴이 쓰인 당시의 관용어일 뿐이죠. 아트가 말한다. 잠깐만요. 구글에 검색해 볼게요.

아트는 전화기를 꺼낸다. 애초에 전원을 꺼 두었던 이유를 떠올린다.

아트는 화면이 안 보이게 전화기를 접시 옆에 엎어 놓고 주름이 잡힐 정도로 미간을 찡그린다.

구글. 어머니가 말한다. 그 신(新) 신대륙. 그리 오래 거슬러 올라가지 않아도 백과사전을 통해 실제 세계에 필적하는 내용을 알 수 있다든가 세계에 대한 실질적인 이해에 이를 수 있다고 믿는 사람들이라곤 정신 착란자니 책상물림이니 제국주의자니 가장 어수룩한 어린 학생들밖에 없던 때가 있었건만. 게다가 그땐 죄 방문 판매였는데 외판원은 절대 믿지 못할 부류였으니까. 제아무리 공인된 백과사전이래도 우린 거기서 읽은 내용을 세계에 대한 실질적인 지식으로 착각하거나 받아들이지 않았어. 그런데 요즘은 세상 모두가 아무 생각도 반성도 없이 검색 엔진을 신뢰하지. 약삭빠르기도 하지, 방문 판매원을 재발명해 낸 셈이잖아. 이제 문틈을 비집고 들어오는 정도가 아니라 집집마다 파고들어 아예 심장부에 떡하니 자리 잡았으니.

그래, 하지만 다른 한편으론 내가 지난주에 인터넷에서 우연히 발견한 이런 것도 있어. 아이리스가 말한다.

아이리스는 전화기를 꺼내 화면을 누르고 쓸어 넘

긴다.

목이 메고 묵은 건초 냄새가 난다면 포스젠, 표백분 냄새가 나는 건 염소 가스래요. 눈이 떨리고 눈물이 앞을 가린다면 엄마가 양파를 까고 있어서가 아니라 칼슘 인화물 때문이고, 달달한 배 냄새가 나면 아빠가 사탕을 가져온 게 아니라 울긋불긋한 최루 가스가 터진 거죠. 학교 끝나고 집에 가는데 코를 찌르는 냄새가 나면 최루제 시안화 브로모벤질. 구토제 애덤자이트와 질식제인 D. C., D. A.는 장미처럼 향기가 좋아도 우리 코에 해롭죠. 알고 보면 겨자 가스라 뒤집어쓴 즉시 병원에 실려 가 간호사 선생님을 찾아야 하죠. 마지막으로 화단에 핀 제라늄은 예쁘지만 전쟁 통에 풍기는 제라늄 냄새는 독가스 루이사이트니 나 살려라 도망가요.

아이리스가 이 글을 반쯤 낭송했을 때 어머니가 치켜들고 있던 포크를 식탁에 요란스레 내려놓는다.

1940년대엔 학교에서 이 글을 배웠어. 아이리스가 말했다. 옛날 백과사전을 백날 뒤져 봐도 못 찾을 글이지. 가스 공격이 일어났을 때 학생들이 상황 파악을 할 수 있게 한다고 이 글을 외우게 했지. 웨일스에 사는 학생들은 웨일스어로 외워야 했고.

인터넷 힙스터 나셨네. 어머니가 말한다. 흥, 인터넷. 치기와 독설과 무지몽매의 소굴.

글쎄, 치기와 독설과 무지몽매는 어디에나 늘 존재했는걸. 아이리스가 말한다. 인터넷을 통해 그 존재가 더 가시적으로 드러났다 뿐이지. 그건 어찌 보면 좋은 현상일 수 있고. 그보다도 독설로 치자면. 세상에. 네가 지난 몇십 년간 받아 온 편지들부터 보여 줘야겠는데.

어머니가 요란하게 하품을 한다.

아트는 검색도 하고 대화 주제도 바꿀 겸 아이리스의 전화기를 빌린다. 먼저 검색창에 어웨이 인 어 메인저를 입력한다. 위키피디아에 적힌 내용 중 일부를 소리 내어 읽는다. 이어 의미, 예수, 구유 세 단어를 검색한다. 검색 결과 중에 compellingtruth.com이라는 웹사이트가 보인다. 웹사이트가 로딩이 안 된다.

왜냐면요 하고 럭스가 말하는 중이다. 소비주의와 크리스마스 식탁이 서로 연관이 있다 치면 마을 어디에도 방이 없는 것처럼 보여 결국 구유에서 자야 하는 그 어린 아기도 소비주의와 크리스마스 식탁과 직접적으로 연관돼 있지 않을까 싶어서요.

밥 주기 전엔 안 가, 방 주기 전엔 못 가. 어머니가 「위 위시 유 어 메리 크리스마스」 곡조에 맞춰 노래를 부르듯 말한다.

캐럴이라면 뭐니 뭐니 해도 「그 맑고 환한 밤중에」가 최고지. 아이리스가 말한다. 2000년간 이어진 불화와 부정. 인간과 전쟁 중인 인간은 듣지 못하네. 세계를 굽어보며 천사들 노래하네. 기왕이면 유연한 천사가 좋지.

크리스마스 캐럴 중에서 진실만을 담은 진정한 캐럴로 꼽을 건 「더 홀리 앤드 더 아이비」뿐이야. 어머니가 말한다.

암, 크리스마스 캐럴이 중요한 건 무엇보다 진실된 내용을 담고 있어서일 테니까. 아이리스가 말한다.

아트는 어머니의 얼굴이 움찔하는 것을 목격한다.

그리고 또 궁금했던 건 말예요. 럭스가 말한다. 어떻게 세상 모두에게 평화가 깃들기를 기원하면서 말이죠, 네, 땅 위에는 평화, 사람 가운데는 호의, 기쁨, 즐거움, 그런 것들을 기원하면서 어떻게 오늘 하루에 한해, 혹은 일 년 중 요 며칠에 한해 기원할 수 있는 거죠? 그래도 되는 거예요? 그리고 그렇게 며칠 지내는 게 가능하다면 왜 일 년 내내 그리 지내지 못하는, 또는 않는 걸까요? 예를 들어 말이죠. 1차 세계 대전 때 참호에서 적군끼리 축구 시합을 했다는 얘기만 봐도. 멍징하잖아요. 얼마나 어리석은지.

제스처로서 이해해야죠. 아트가 말한다. 희망을 향한 일종의 제스처라고요.

그래 봤자 허울뿐인 제스처잖아요. 럭스가 말한다. 왜 다른 때에도 늘 평화와 호의가 깃들도록 노력하지 않아요? 그러지 않는 이상 크리스마스가 다 무슨 의미죠?

크리스마스의 의미는 7월부터 시작되는 크리스마스 쇼핑 주간에 있으니까요. 아트가 말한다.

럭스가 기막히다는 듯이 천장을 본다. 아이리스가 그런 럭스를 향해 씩 웃어 보이더니 아트를 보고 웃는다.

그러니까 제 말은요, 그러니까 구유 말인데요. 럭스가 말한다. 결국 잡아먹히고 말 걸 알아서 구유에 넣은 걸까요? 그 아기는 처음부터 잡아먹힐 운명인 걸까요?

어이쿠, 똑똑하기도 하지. 아이리스가 말한다. 아주 똑똑한 친구구나, 아티. 겨울 눈 속에서 어린 양이 나타나니. 영원토록 약속돼 오던 징표라.

오늘 점심 식탁에선 고기라곤 눈 씻고 보려야 볼 수도 없지만. 어머니가 말한다.

그야 내 집에서 그러모아 온 재료로만 점심을 차렸으니까. 아이리스가 말한다. 넌 아들이 여자 친구까지 데리고 찾아온다는데 호두알 한 봉지, 절인 체리 반병 말곤 먹을 것도 하나 안 챙겨 놓은 인색한 깍쟁이잖아. 아이리스가 나긋나긋한 목소리로 농담하듯 말한다. 그런데도 아이리스가 말을 끝내는 즉시 방 안의 공기가 식어 가는 그레이비소스처럼 싸늘히 엉겨 붙는다.

뭐 식탁에 놓인 음식엔 손도 안 대는 걸 보니 넌 체리와 호두가 입에 더 맞나 싶기도 하네. 아이리스가 말한다. 주방에서 그거라도 덜어다 줄까?

럭스가 식탁 위로 몸을 숙이며 어머니에게 말을 건넨다.

공교롭게도 전 채식주의자인데요, 오늘 점심도 정말이지 훌륭했고, 또 제가 크리스마스 휴가철에 이렇게 가족 모임에 껴서 함께 식사할 수 있게 허락하시고 세세한 부분까지 신경 쓰며 환대해 주셔서 저로선 얼마나 마음이 놓이는지 몰라요, 클리브스 부인. 여기 작은 접시에 담긴 파스닙 좀 드셔 보세요.

버터를 쓴 걸로 보이는데요. 어머니가 말한다.

네, 그것도 듬뿍이요. 럭스가 말한다. 천국 같다고들 하는 바로 그런 맛이에요.

그렇다면 고맙지만 사양하죠, 샬럿. 어머니가 말한다.

소프는 지옥을 선호해서요. 아이리스가 말한다.

하지만 빵은 한 조각 먹을게요. 어머니가 말한다. 고마워요, 샬럿.

아이리스가 빵 바구니를 내민다. 어머니가 빵을 집어 들 기미를 안 보이자 아이리스는 소리 내어 웃으며 바구니를 아트에게 건네고, 아트가 다시 바구니를 어머니에게 내밀지만 어머니는 잠자코 앉아만 있다. 아트는 럭스에게 바구니를 넘기고 럭스가 바구니를 어머니에게 내민다. 그제야 어머니는 냉큼 빵을 집는다.

그리고 문득 든 생각인데요, 실례가 된다면 죄송하지만. 아트는 럭스가 이렇게 말하며 빵 바구니를 어머니 가까이 놓으려 배려하는 것과, 그러자 어머니가 은밀한 동작으로 빵 한 조각을 집어 다람쥐처럼 허겁지겁 집어

삼키는 걸 목격한다. 지금 이 방의 분위기가 왠지 셰익스피어 희곡 중에서 극 내내 누군가가 무대 앞으로 한 발 나와 대사를 외고, 그걸 독자는, 아니, 극장에 모인 관객은 듣는 반면에 무대에 모인 다른 사람들은 전혀 못 듣는 것처럼 되어 있는, 또는 듣지 못하는 시늉을 하게 되어 있는 연극을 떠올리게 하는 거 있죠, 그 사람이 말을 어렵게 하는 것도 아니고 아주 알아듣기 쉽게 말하고 극장 안에 있는 사람들 모두 그 말을 듣고 있는데도요.

아무래도 팬터마임이나 무언극 얘기 같은데요, 셰익스피어 희곡이 아니라. 아트가 말한다. 객석에 앉은 사람들이 맞장구쳐 가며 악당이 무대에 나올 때마다 야유하는.

아니요. 럭스가 말한다. 셰익스피어 희곡 중에 왕이랑 거짓말쟁이 새 왕비랑 왕의 딸이 나오는 희곡 있죠, 맨몸으로 잠든 딸을 훔쳐보려고 방에 숨어 있던 남자가 한밤중에 상자 밖으로 몰래 나오잖아요. 그러고는 자기가 왔다 갔다는 걸 알리기 위해 물건을 훔쳐 가고, 나중에 딸이 외국으로 추방됐을 땐 딸과 잤다고 그 남편한테 거짓말까지 하죠. 근데 그게 다 돈내기에서 이겨 보겠다고 벌인 일이었고, 그 와중에 의붓어머니인 여왕은 딸이 싫어서 아예 죽이려 들고, 급기야 추방당한 남편마저 분개해서 죽이러 드는 통에 딸은 소년처럼 분장하고 숲속으로 도망을 치는데 하필 그 숲에 딸이 다른 사람과 잤다는 거짓말을 곧이곧대로 믿은 남편이 딸을 찾아 죽이라고 보낸 나무꾼이 기다리고 있었던 거예요.

맙소사. 아무래도 럭스는 자기 상상 속의 샬럿과 조금 더 닮아 보일 속셈으로 셰익스피어와 아무 연관도 없는 밋밋한 줄거리의 엉터리 동화를 꾸며 내기 시작한 모양인데.

그런데 나무꾼은 선량한 사람이어서 딸을 죽이지 못해요. 럭스가 계속 말을 잇는다. 그 대신 숲속에서 혼자 안전하게 지낼 수 있도록 약을 주는데 사실 이 약은 나무꾼이 생각하는 그런 약이 아니라 여왕이 아주 강력한 약이라면서 나무꾼에게 준 독약이었어요. 나무꾼이 독약을 독약인지 모르고 의붓딸한테 건네주길 여왕은 처음부터 바랐던 거죠. 나무꾼은 딸을 숲에 혼자 남겨 두고 떠나고 딸은 숲에서 야생에 사는 소년들을 만나요. 그 소년들도 실은 다 왕자인데 딸은 희곡이 끝나기 직전에야 그걸 알게 돼요, 소년들이 왕자였다는 사실뿐 아니라 자기와 어린 나이에 헤어져야 했던 친형제들이라는 사실을요. 아무튼 그렇게 숲속에서 오손도손 함께 살던 어느 날인가 딸이 병에 걸려 나무꾼이 준 약을 먹곤 아주 깊은 잠에 빠져 버려요. 죽음과도 같이 깊은 잠인데 그렇다고 죽은 건 아니에요. 왜냐면 알고 보니 그 약은 독약이 아니었거든요. 여왕이 독약을 만들라고 시켰지만 의사가 여왕의 명령을 따르지 않기로 선택했던 거예요, 의사는 사람을 해치는 일은 절대 하지 않고자 하는 사람이었고 평소에도 여왕을 신뢰하지 못할 사람으로 여겼거든요. 여왕은 누구든 다 독살하려 드는 사람이었으니까요. 아무튼 그래서 죽었으리라 생각하던 딸이 어느 날인가 결국 잠에서 깨어나게 되죠.

휴! 아이리스가 말한다.

이건 이야기의 절반에 불과해요. 럭스가 말한다. 그 외에 사람들이 환영을 보기도 하고, 죽은 가족이 산 사람을 방문하러 오기도 하고, 독수리를 타고 나타난 신이 감옥에 있는 죄수한테 책을 던져 주기도 하는데 이 책에는 미래에 일어날 일들이 기록돼 있지만 전부 수수께끼 형

태로 기록돼 그 내용을 알기 전에 먼저 수수께끼를 풀어
야 해요.

흠, 아무래도 셰익스피어 희곡 중에서도 거의 상연
되는 일이 없는 작품인가 본데요. 아트가 말한다. 아니면
아직 셰익스피어 작품으로 판정이 나지 않은 작품이거
나요.

한여름의 열기도 더는 두려워 말라. 어머니가 말한
다. 청춘으로 빛나는 소녀 소년도 끝내는 굴뚝 청소부와
다름없이 먼지로 돌아가리라. 굴뚝 청소부. 민들레 머리
를 일컫던 옛 이름이죠. 결실기에 들어서 하얗게 갓털이
돋은 민들레 머리. 정말 아름답지요. 『심벨린』.

『심벨린』. 럭스가 말했다.

혼돈과 거짓과 권력 싸움과 분열과 독살과 자기 독
살에 사로잡힌 왕국 얘기죠. 어머니가 말한다.

나오는 인물마다 실제와 다른 사람이나 역할로 행
세하려 들고요. 럭스가 말한다. 게다가 과연 결말을 지을
수나 있을까 싶을 만큼 줄거리가 복잡하게 얽히고설켜
서 어수선한 소극으로 착각할 정도죠. 셰익스피어 희곡
중에서 제가 가장 먼저 읽은 작품이에요. 이 나라에 와서

공부를 해야겠다고 마음먹게 만든 이유이기도 하고요. 처음 읽고 나서 그런 생각을 했어요. 이 나라에서 왔다는 이 작가가 이렇게 광적이고 씁쓸한 혼란과 난투를 작품 말미에 이르러 이리 우아한 것으로 바꿔 놓을 수 있다면, 균형이 바로잡히고 거짓이 모두 폭로되고 그간의 손실이 모두 보상되는 결말을 지어낼 수 있다면, 이 작가가 온 곳이 지구상 저곳이라면, 이런 작가를 낳은 곳이 저곳이라면 그럼 내가 갈 곳도 저기다, 저기 가서 살아야겠다.

아. 아트가 말한다. 맞아요. 『시멜린』.

그리고 제가 이 얘길 꺼낸 건 희곡에 등장하는 사람들이 살기는 같은 세계에 사는데 다들 뿔뿔이 흩어진 듯이, 저희가 사는 세계가 어떻게든 분산됐거나 개별 세계들로 분리된 듯이 저마다 동떨어져 사는 것처럼 보여서예요. 그래도 자기 자리에서 한 발짝씩만 물러나 본다든가 그저 자기 귀와 눈 바로 옆에서 벌어지는 일을 듣고 보려고만 한다면 사실 저희 모두가 한 편의 동일한 연극 가운데에, 같은 세계의 와중에 있고 결국 한 이야기를 이루고 있다는 걸 볼 텐데요. 그래서요.

그래서요. 아트가 말한다. 이제 무슨 얘기를 해 볼까

요? 아, 어젯밤에 엄청나게 생생한 꿈을 꿨어요.

아이리스가 큰 소리로 웃는다.

내 조카랑 같이 살아 보니 어때요, 살 만해요? 럭스에게 묻는다.

저야 모르죠. 럭스가 말한다.

하하하! 아트가 말한다.

전 제가 일하는 창고에서 주로 지내요. 럭스가 말한다.

농담이에요. 아트가 말한다.

회사에선 몰라요, 제가 밤에 거기서 자는 걸요. 럭스가 말한다. 사무실 공간 위층에 있는 빈방에서 자죠.

워낙에 이야기를 지어내기 좋아해요. 아트가 말한다. 그것도 아주 신빙성 있게요.

이번 직장이 클린그린에서 일하던 때에 비하면 훨씬 나아요. 럭스가 말한다. 그땐 매일같이 지낼 데를 찾아다녀야 했거든요. 클린그린은 사무실이나 건물이 따로 없어서 대개 알바라는 친구 집 소파에서 지냈는데 그 친구가 더 좋은 일자리를 찾아 버밍엄으로 이사 가는 바람에, 게다가 클린그린도 그즈음 사장이 아프리카에서 데려온 사람들을 고용하기 시작했거든요, 그 사람들에겐 돈을 안 줘도 된다고요. 포장 배송업이 비누 파는 일보다 훨씬 낫기도 하죠, 쇼핑센터에선 경비 직원들하고 자 주지 않곤 잘 데를 확보할 수가 없어서요. 섹스를 하지 않는 이상은요. 그런데 전 그럴 생각은 없어서요. 그래서 좋아요, 창고가. 하지만 쉬는 날은 창고에서 못 지내요, 야간조한테 띄지 않고 몰래 들어가지 않는 이상은 밤에 잠을 잘 수도 없고요.

아트는 입이 헤벌어진 것을 알아차리고서 얼른 입을 다문다.

왜 아트네서 자지 않고요? 아이리스가 묻는다.

물론 그러죠. 아트가 말한다. 당연히요. 그지, 샬럿?

사실대로 말하자면요? 럭스가 말한다. 아니요.

둘이 같이 산다면서요. 어머니가 말한다. 어쨌거나 아트에겐 그렇게 들었는데. 하긴 내가 아들에 대해 뭘 알겠어요? 고작해야 엄마밖에 더 되나. 내가 누구라고 아들 인생에 대해 알겠어요? 내가 누구라고 사실을 알겠어요?

사실은 아직 그렇게까지 진전된 사이가 아니에요, 저희. 럭스가 말한다.

사귄 지 삼 년 된 걸로 알았는데. 어머니가 말한다.

아, 아니요, 전 그 샬럿이 아니에요. 럭스가 말한다.

아, 그래 맞다. 아가씨는 다른 샬럿이랬죠. 아이리스가 말한다.

다른 샬럿이라니 어느 다른 샬럿? 어머니가 말한다.

아트는 헛기침을 한다. 어머니가 아트를 본다.

어째서 이 방에 모인 사람들 중 나만 다른 샬럿의 존재를 모르지? 어머니가 말한다.

제 탓이에요. 럭스가 말한다. 제가 아드님에게 말하지 말아 달라고 굳이 부탁했거든요, 클리브스 부인. 왜냐면, 음, 그게, 서로 안 지도 얼마 안 됐는데 이렇게 가족 모임에 손님으로 초대받아 크리스마스까지 같이 지내러 온 게 쑥스러웠거든요. 게다가 엄밀히 말해 저 스스로를 샬럿이라고 생각하지도 않아요. 실은 여기 계신 모두가 제 가족이 부르는 이름으로 저를 불러 주면 좋겠어요.

샬럿이 아니라요? 아이리스가 말한다.

럭스라고요. 럭스가 말한다.

아트는 손바닥으로 두 눈을 비빈다. 눈에서 손을 떼 보니 어머니의 얼굴이 의외롭게도 부드러운 표정을 띠며 풀어지고 있다.

가루비누 상표처럼요? 어머니가 말한다. 아아. 그 비누 참 좋았는데. 사르륵 녹아들어 물을 보드랍고 매끈매끈하게 만들었잖아, 기억나?

TV 광고에선 눈처럼 하얗게 휘날렸고. 아이리스가 말한다. 소프가 한번은 학교 숙제로 미래의 집을 그려 가야 했는데, 그지, 미래의 방을 디자인해 가야 했잖아, 글쎄 소프가 그린 미래의 집이 지역 의회에서 주는 상을 탔어요. 겨울 방과 여름 방을 디자인했지, 나도 거들었고.

아이리스가 접착테이프에 럭스 가루를 붙여서 겨울 방에 쓸 양피 러그를 만들었어요. 어머니가 말한다. 얼마나 기발했는지 몰라요. 여름 방은 어떻게 꾸몄는지 기억이 안 나네.

난 기억해. 아이리스가 말한다. 내가 이탈리아어 학습용 링구아폰 음반 재킷에서 그림을 오려 벽에 붙이고 검은 펜으로 액자를 그려 넣었잖아…….

맞다. 어머니가 말한다. 와인 병과 잔을 든 웨이터, 프랑스인 경찰, 그리고 맥주를 마시며 알프스를 등반하는 남자랑 어딘가의 전통 의상을 입은 여자도 있었지, 네

덜란드였나……

……그걸 미래의 여름 방에 일일이 붙였어. 아이리
스가 말한다. 음반 재킷에 있던 그림을 전부 오려서. 그
러고는 집에서 최대한 멀리 떨어진 쓰레기통에 갖다 버
린다고 마을까지 재킷을 들고 갔지, 아버지한테 들킬까
뵈 너무 무서웠거든. 남은 45회전반은 다른 레슨 음반이
랑 겹쳐 끼워 넣었고…….

레치오네. 어머니가 말한다. 이 수오니 이탈리아니,
프로페소레 파니니…….

프로페서 파가니니. 아이리스가 노래한다.

두 사람이 함께 노래한다.

프로페서 파가니니, 깍쟁이처럼 굴지 말고 소매에
뭘 숨겼나 어디 한번 보여 줘요…….*

둘은 동시에 웃음을 터뜨린다.

여름 방 창문에 내가 해도 그려 넣었잖아. 아이리스
가 말한다.

우린 미래가 이탈리아만큼이나 햇빛으로 가득하고

---

* 엘라 피츠제럴드가 부른 「미스터 파가니니(You'll Have to Swing It,
Mr. Paganini)」의 가사.

코즈모폴리턴하고 컨티넨털할 거라고 생각했어요. 어머니가 말한다.

재 이름을 이탈리아에서 따왔어요. 아이리스가 말한다.

아이리스는 그리스에서 따온 이름이고요. 아트 어머니가 말한다.

우리 아버지가 전쟁 때 싸웠던 나라들에서 따온 이름이지. 아이리스가 말한다. 유럽을 위해 싸우면서.

또 시작이네. 어머니가 말한다. 또 시작이에요. 이번엔 뭘 구실로 삼으려나 두고 보고 있던 참이었는데. 잘 봐요, 살럿, 이제 무슨 얘기가 나올지 뻔하니까. 우리가 어릴 때 살던 거리 이름도 파시즘을 무찌르기 위해 벌인 전투에서 따왔다는 둥, 온통 이런 얘기가 이어질 테니.

그러셔? 아이리스가 말한다. 하, 잘됐네. 아주 흥미진진하겠는데. 그다음엔? 맞혀 봐, 소프, 그다음엔 내가 무슨 말을 할지. 그렇지만 사실은 사실이잖아. 우리가 자란 거리 이름이 파시즘에 맞서 싸운 전투에서 따온 거긴 하잖아.

이상하네요. 럭스가 말한다. 이 나라에 사는 사람들

이 미래의 방을 상상하던 때가 있었다니요. 헌 물건처럼 보이는 새 제품 사길 좋아하는 사람들이 이리 많은 나라에서 말예요. 게다가 제 경험상 방이니 공간에 대한 얘기가 나오는 경우라곤 방이 없다느니 공간이 더는 없다는 뭐 그런 맥락에서밖에 들은 적이 없는 것 같아서요.

슬프지만 그게 사실이니까요, 샬릿. 어머니가 말한다. 더는 남은 공간이 없어요.

방 열다섯 개짜리 집에 혼자 사는 사업가가 할 말이다 참. 아이리스가 말한다.

어머니의 얼굴이 시뻘게진다.

그러더니 아이리스가 방에 아예 없는 듯 럭스를 향해 말한다.

그 사람들은 경제적 이민자들이죠. 어머니가 말한다. 더 나은 삶을 살겠다고 오는.

나는 이노크 파월의 유령이다. 아이리스가 유령 목소리를 흉내 내며 말한다. 피의 강물 우우우우우우우.*

* 영국의 대표적인 국수주의 정치인 이노크 파월은 1968년 유색 인종 이민 규제를 촉구하면서 "로마의 피가 테베레강에 넘쳐흘렀듯이 (인종 갈등에 따른) 피의 강물이 영국을 뒤덮을 것"이리고 말한 비 있다.

사람들이 더 나은 삶을 살고자 하는 게 왜 잘못인가요, 클리브스 부인? 럭스가 말한다.

그렇게 순진해선 못써요, 샬럿. 그 사람들이 여기 오는 건 우리 삶을 탐내서라고요. 어머니가 말한다.

어디에 투표했을지 빤히 보이네. 아이리스가 말한다. 이번에 명색이 투표에서 말이야. 내 동생. 우리 둘 가운데서 명색이 더 지적이라던. 난 왈가닥이었고. 명색이.

그렇지만요, 클리브스 부인, 갈 곳 없고 집 없는 사람들이나 고향이 있어도 환경이 열악한 수백만에 달하는 사람들의 거처 문제를 해결하지 못하면 세계는 어떡해야 좋죠? 해결은커녕 그런 사람들에게 여기서 나가라며 울타리를 쌓고 벽을 쌓아 올리기만 하면요? 그런 건 대책이 못 되죠. 한 무리의 사람들이 다른 무리들의 운명을 놓고 이래라저래라 결정 내리고 그 사람들을 배제할지 포용할지 선택하는 건요. 인간이라면 그보단 독창적이고 또 관대해야죠. 그보다는 나은 답을, 대책을 고안해내야만 해요.

하지만 어머니는 의자 팔걸이를 그러쥐고서 치를 떨고 있다.

명색이 그 투표는 우리나라가 다른 나라들의 문제를 고스란히 덤터기 쓰지 않기 위해 진행한 투표였거든. 어머니가 말한다. 우리 같은 사람들이 우리 스스로를 위해 만든 법이 아닌 이상은 다른 데서 다른 이들이 결정한 법을 따르지 않을 자유를 되찾기 위한 투표이기도 했고.

그야 우리와 구분되는 지이들이 별도로 존재한다고 생각하느냐 아니면 우리란 범주 안에 다 묶어 보느냐에 따라 달라질 문제지. 아이리스가 말한다. DNA만 봐도 우리 모두 한 가족이나 다름없다는 걸 알 수 있잖아.

당연히 우리와 저네들을 구분해야지. 어머니가 말한다. 저네들은 어디에나 있어. 한 가족이라도 마찬가지야.

필로, 필로, 소프, 소프, 소프, 너도 참 말 잘 듣는 범생이구나. 아이리스가 말한다. 정부와 타블로이드 언론이 떠먹여 주는 대로만 생각하고 말이야.

애 취급하지 마. 어머니가 말한다.

애 취급하는 건 내가 아니야. 아이리스가 말한다. 그 사람들은 그저 할 일 없고 심심해서 집에서 도망치는 거라고? 가출하는 게 그래선 줄 알지? 심심해서.

아이리스가 이 말을 하고 나서 얼마간 침묵이 흐른다.

이어 어머니가 입을 연다.

내가 경고했죠, 샬럿.

럭스라고 불러 주세요. 럭스가 말한다.

내 언니는 말예요. 어머니가 말한다. 권력에 맞서 싸워 온 베테랑 시위자기도 하거든요. 좀 있으면 다 같이 노래하자고 할지도 몰라요. 만델라나 니카라과에 대한 노래나 케리 그린햄 홈* 노래를.

케리 그린햄 홈이 누구예요? 아트가 묻는다.

아이리스가 큰 소리로 웃는다.

이 근방에 사는 사람이에요? 아트가 묻는다.

아이리스가 폭소를 하다 못해 의자에서 떨어질 뻔한다.

그 진흙탕에서 레즈비언들이랑 노닥거리며 보낸 게

---

* 「Carry Greenham Home」. 그린햄 커먼 여성 평화 캠프에서 불리던 시위 노래로 미국 포크 가수 페기 시거가 작사, 작곡했다. 1983년 동명의 다큐멘터리 영화가 제작되기도 했다. 그린햄 커먼 시위는 1981년 9월 미군의 크루즈 미사일 반입을 반대하는 한 웨일스 여성·반핵·환경 단체와 버크셔 주민들이 영국 공군의 그린햄 커먼 기지에 모여들며 시작됐고, 그로부터 1년 뒤 그린햄 커먼에 농성 캠프가 자리 잡게 되었다. 그린햄 커먼 여성 평화 캠프는 2000년에야 해산했으며, 2002년 캠프가 있던 자리가 기념 유적지로 지정되었다.

몇 년이야. 아트 어머니가 말한다.

응, 내 인생에서 가장 좋고 지저분했던 시절이지. 아이리스가 말한다.

저도 레즈비언인데요. 럭스가 말한다.

내심 그렇다는 말로 이해하세요. 아트가 말한다.

네, 내심까지 레즈비언이죠. 럭스가 말한다.

샬럿이 워낙에 공감력이 풍부한 사람이어서요. 아트가 말한다.

이 근방에 사는 사람이냐니. 아이리스가 말한다. 그래, 멀리보단 가까이 있는 곳이지. 그리고 이 근방 얘기가 나와 말인데 오늘 아침에 마을로 산책을 했거든. 그러면서 정말 많은 사람을 지나쳤는데 하나같이 얼굴이 꽁하니 닫혀 있더라. 개중에 메리 크리스마스라고 인사를 건넨 사람이 한 사람이라도 있었을 것 같니?

1970년대에 봤던 얼굴인 걸 기억하곤 맙소사 쟤가 또 나타났잖아 하고 속으로들 기겁했겠지. 어머니가 말한다.

아이리스가 다시 유쾌하게 웃는다.

어쨌건 이놈의 잉글랜드가 걱정되는 건 사실이야.

아이리스가 말한다. 다들 꽁하고 불만에 찬 얼굴들을 하고 있잖아, 형편없는 TV 시트콤에 등장하는 캐리커처처럼. 조국 잉글랜드의 푸르르고 쾌적하지 못한 땅에 사는 사람들처럼.

그때도 나라 걱정을 하셨지. 어머니가 말한다. 핵전쟁 어쩌고 하며. 그래서 결국 일어나기라도 했어? 아니지.

그야 그린햄 덕에 세계가 바뀌었으니까. 아이리스가 말한다.

내 언니는 항상 자기를 추켜세우고 우리나라는 헐뜯었어요. 어머니가 말한다. 자기 인생의 모자란 부분들을 다른 탓으로 돌리려 드는 저 버릇도 하루 이틀 된 버릇이 아니죠. 하지만 그린햄이라니. 그린햄이 세계를 바꿨다니. 교만도 정도가 있지. 글라스노스트라면 또 몰라. 체르노빌이나. 하지만 그린햄이? 어처구니없어서. 난 두 손 들래요.

두 손 든 건 우리였지, 모든 걸 포기해야 했다고. 아이리스가 말한다. 가정. 연인. 식구. 자식. 일자리. 더 이상 잃을 게 없었어. 그러니 결국은 우리가 이길 수밖에.

당시 내 언니는 핵무기에 반대한답시고 아주 광분

해 지냈거든요, 샬럿. 어머니가 말한다.

우리 모두 뭔가에는 광분하게 마련이야. 아이리스가 말한다. 누구든 자기 비전이 있게 마련이니까.

각자 디비전도 있고요. 럭스가 말한다.

세상이 전멸할 거랬죠. 어머니가 말한다. 그런데 결국 어때요? 보다시피 다들 잘 살아 있잖아요? 핵 재앙 좋아하시네.

어머니가 콧방귀를 뀐다.

위험에서 벗어났다기엔 아직 일러. 아이리스가 말한다. 소위 자유세계를 이끈다는 저 새 지도자가 이번엔 얼마나 깊은 수렁에 우리를 빠뜨릴지 두고 보자고.

어머니가 자리에서 일어난다. 앉아 있던 의자를 힘겹게 들어 반대로 돌린다. 이어 식탁에 둘러앉은 사람들에게 등을 돌리더니 벽을 마주하고 다시 앉는다.

그렇게라도 주도권을 되찾으려고, 소프?* 아이리스가 말한다.

---

* 2016년도 영국의 '브렉시트 국민 투표'를 앞두고 유럽 연합 탈퇴 파에서 내건 선거 슬로건 "탈퇴 표로 주도권을 되찾자.(Vote Leave, take back control.)"를 빗댄 말이다.

정말이지, 엄, 어, 엄청난 꿈이었어요. 아트가 말한다. 얘기해 봤자 안 믿겠지만 내가 글쎄……

치아 건강, 이제 주도권을 되찾으세요. 럭스가 말한다. TV에서 봤어요, 광고에서. 이런 문구도 있었어요. 난방비, 이제 주도권을 되찾으세요. 그리고 철도 운임에 대한 주도권을 되찾을 때입니다라는 문구도 있었고. 버스 노선도 있었네요. 여러분의 버스 노선에 대한 주도권을 되찾으세요. 버스 뒤에 그렇게 휘갈겨져 있었어요.

재밌는 건 말이지. 아이리스가 어머니의 등에 대고 말한다. 내가 그때 네 숙제를 돕는다고 음반 재킷에서 그림을 오려 낸 얘기를 했을 때 우리 아버지가 전혀 화를 내지 않았다는 거야. 화는커녕 배꼽 잡고 웃으시던데.

어머니의 뒷모습에서 온 집안을 채우고도 남을 강력한 분노가 뿜어져 나오는 듯하다.

이 선거를 질색하셨을 거야, 아버지는. 아이리스가 말한다. 그래, 간혹 생각 틀린 꼰대 인종 차별자였던 건 사실이지만 헛발질을 못 알아볼 분은 또 아니었으니까. 지금 이걸 봤다면 유례없게 옹졸하고 치사한 수작이라고 생각하셨겠지.

언니가 아버지에 대해 뭘 알아. 어머니가 말한다. 언니는 두 분에 대해 언급할 자격 없어.

여기서도 프로이트 얘기가 나올 줄은 몰랐네요. 아트가 말한다.(프로이트를 언급한 사람은 아무도 없다.) 내가 어제, 아니 오늘 아침에 그 꿈을 꾸고 나서 실제로 프로이트란 말을 소리 내어 말하며 잠에서 깼거든요.

아트는 대뜸 꿈 이야기를 늘어놓는다. 누구의 방해도 용납하지 않겠다는 단호한 자세로. 그렇게 꿈에서 벌어진 일을 처음부터 끝까지 모두 설명한다.

아트가 이야기를 마치자 침묵이 흐른다. 누군가에게 꿈 얘기를 장황하게 털어놓다가 상대가 어느 순간부터 내 이야기는 귓전으로도 듣지 않고 딴생각에 빠져 있는 통에 맞닥뜨리게 되는 그런 침묵이다. 아트의 이모는 한때 창이 나 있었다던 벽을 바라보고 있다. 어머니는 등을 보이고 앉아 있다. 빵 조각을 뜯어 손끝으로 둥글게 굴려 접시 둘레에 (성벽 밖에 널린 포탄처럼) 주르륵 늘어놓고 있던 럭스가 대신해 입을 연다.

그럼 당신 꿈에선 힘싸움이 꽃싸움으로 바뀐 거네요.

하! 아트가 말한다.

그는 럭스를 바라본다.

그거 정말 아름다운 표현이네요. 아트가 말한다.

아름다움. 어머니가 벽을 보며 말한다. 암. 말 잘했어요, 샬럿. 아름다움이야말로 좋은 변화를 가능케 하는 진정한 길이죠. 더 나은 쪽으로 변화하게 해 주는. 우리 인생엔 아름다움이 더욱더 깃들어야 해요. 아름다움은 곧 진리, 진리는 곧 아름다움이죠. 가짜 아름다움이란 존재하지 않잖아요. 그래서 아름다움이 그리도 강력한 거예요. 아름다움은 완화제예요.

아이리스가 다시 더 크게 웃음을 터뜨린다.

그래, 정답이네. 아이리스가 말한다. 불황이니 내핍이 대수야. 아름다움이 다 완화해 줄 텐데. 역시 우리 필로. 내가 네 엄마한테 붙여 준 별명이야, 아티, 우리가 어릴 때 난 네 엄마를 필로라고 불렀어.

우리 여기서 당장 아름다운 걸 하나씩 말해 볼까요. 어머니가 말한다. 식탁을 돌아가며 한 사람씩 자기가 본 가장 아름다운 것 한 가지를 얘기하는 거예요.

필로 소피아. 아이리스가 말한다. 그런데 네 엄마는 지금껏 내가 철학자 같다는 뜻으로 자길 그리 불렀던 걸로 짐작한 모양이다. 그게 아닌데. 난 필로소피의 필로를 말한 게 아니었거든.

아이리스가 어깨에 주름이 잡히게 웃는다.

철학이 아니라 제과 제빵의 필로, 제빵용 생지를 말한 거였거든. 아이리스가 말한다. 얇디얇은 필로 페이스트리 말이야. 어찌나 얇은지 투명 용지처럼 반대편이 훤히 내다보이는, 있어도 없는 것만 같은 그 필로.

내 언니는 예로부터 사람들의 환상을 깨기 좋아했지요. 어머니가 말한다.

여전히 뒷모습만 보이는 사람치고 꽤나 기품 있는 목소리다.

좋아요, 저부터 얘기할게요. 럭스가 말한다. 제가 본 가장 아름다운 것. 이번에도 셰익스피어와 관련된 얘기예요. 셰익스피어에서 찾은 아름다움요. 단 셰익스피어의 글 속에서 본 건 아니고, 글 위에 놓여 있던 실제 사물이었어요. 진짜 세계에서 온 사물요, 누군가가 언제일지 모를 어느 시점에 셰익스피어의 작품에 끼워 둔 물건이요.

그때 전 캐나다에 있었고, 도서관을 방문 중이었어요, 당시 다니던 학교에서 데려갔는데 그 도서관에 아주 아주 오래된 셰익스피어 고서가 있었고, 그 안에, 그러 니까 고서의 페이지와 페이지 사이에 한때 꽃이었던 게, 누군가가 책장 사이에 고이 꽂아 둔 꽃이던 것의 자국이 남아 있었어요.

장미 봉오리가요.

음, 엄밀히 말하자면 어느 한때 장미 봉오리로 존재 했던 것이 종이와 종이 사이에 남긴 흔적이었어요. 긴 목 위에 맺힌 장미 봉오리의 윤곽이요.

그러니 실은 자국에 불과해요, 꽃봉오리가 단어 위 에 남긴 자국이요. 누가 남겼는지도 알 수 없죠. 언제 남 겼는지도 알 수 없고요. 보잘것없어 보여요. 아무것도 아 닌 것처럼 보여요. 물을 흘리거나 기름을 묻힌 자국밖에 안 되는 것 같죠. 제대로 보기 전까지는요. 제대로 들여 다보면 거기 긴 목선과 그 끝에 달린 장미 봉오리 모양 의 윤곽이 있어요.

제가 본 가장 아름다운 한 가지는 그거예요. 그럼 이제. 당신.

럭스가 아트를 툭 친다.

당신이 본 가장 아름다운 걸 말해 봐요. 럭스가 말

한다.

아, 네네, 가장 아름다운 거. 아트가 말한다.

그런데 정작 떠오르는 건 하나도 없고 어머니와 이모가 만들어 내는 끊이지 않는 잡음 탓에 집중하려야 도저히 집중이 안 된다.

정말이지 네 이모란 사람의 지 지랄 같은 혼란스러움을 일 분도 더는 못 견디겠다.(벽을 보고 말하는 그의 어머니.)

다행히 난 그럼에도 낙관주의자지.(천장을 향해 말하는 그의 이모.)

내 아버지가 괜히 네 이모를 미워한 게 아니야.(어머니.)

우리 아버진 내가 미운 게 아니라 당신한테 일어난 일이 미웠던 거지.(이모.)

그리고 어머니도 미워했어, 두 분 다 그랬지, 네 이모가 식구들한테 저지른 일 때문에.(어머니.)

우리 어머니가 미워한 건 무기에 돈을 쏟아붓는 정권이었어, 직접 전쟁을 겪어 본 세대답게도. 정권을 미워하다 못해 무기 제조에 쓰일 비율만큼의 세액은 아예 닙

부하지도 않았던 사람이 우리 어머니라고.(이모.)

어머니가 그랬을 리 없어.(어머니.)

사실이야. 그 비율이 얼마쯤 되는지 매년 함께 계산한 사람이 나거든.(이모.)

거짓말이야.(어머니.)

자기기만이야.(이모.)

자기 인생만 의미 있고 중요하지, 세상을 바꾸는 데일조하는 것도 자기 인생뿐이고.(어머니.)

자기 인식의 바깥에 전혀 다른 세계가 존재할 수 있다는 생각일랑 해 본 적도 없지.(이모.)

망상.(어머니.)

망상이 맞아.(이모.)

미쳤어.(어머니.)

누가 할 소리.(이모.)

신화쟁이.(어머니.)

세상에 관한 온갖 허언을 지어내는 게 누군데.(이모.)

이기주의자.(어머니.)

궤변가.(이모.)

유아론자. (어머니.)

잘난 척쟁이.(이모.)

언니가 언니 인생을 어쨌는지 내가 다 알거든.(어머니.)

네가 내 인생을 어쨌는지야 나도 알지.(이모.)

느닷없는 침묵이 흐른다. 지나치게 진실에 근접한 말이 입 밖으로 튀어나왔을 때 찾아들기 마련인 침묵이.

아트는 그 진실의 정체를 짐작해 보려 하지만 좀처럼 파악이 안 된다. 어차피 파악하고 싶지도 않다. 관두자. 노친네 둘이 싸워 대는 이유가 무슨 대수라고, 그까짓 것 알아서 뭐 해?

지금 이 순간부터 아트는 크리스마스라면 학을 뗀다. 크리스마스 날이 밝는 꼴을 다시는 보고 싶지 않다는 걸 이제야 알겠다.

그 대신 푸짐한 상차림 앞에 앉은 그에게 지금 무엇보다 간절한 건 겨울이다. 겨울, 겨울 그 자체, 겨울의 본질. 계절이라 부르기도 애매한 이런 회색 일색의 슴슴함 말고. 진짜 겨울. 새하얗게 눈 뒤덮인 숲과 눈꽃 입고 흰빛 반짝이며 더욱더 두드러지는 헐벗은 나무들, 꽁꽁 언 새털 이불과 갈기갈기 찢긴 구름 이불 덮은 눈밭으로 변한 발밑, 황금빛 줄무늬 그으며 드리우는 겨울 햇살, 나무 사이로 가물가물 보이는 우묵하게 팬 모양으로 (제) 존재를 알리는 눈이불과 그 아래 숨죽인 오솔길, 그 숫눈길 끄트머리에서 역시 발길 닿지 않고 때 묻지 않은 환한 빛 받으며 너른 눈 바다처럼 하염없이 펼쳐지는 설경과 숲, 그 위로 더 많은 눈을 기약하며 눈송이가 흩날리기만을 이제나저제나 기다리는 텅 빈 하늘.

눈이 이 방을 가득 메우고 방 안의 모든 사물과 모든 사람을 덮어 버리기를.

휘는 풀잎이 아니라 얼어붙어 깨지는 풀잎이 되기를.

스스로 얼어붙기를, 산산이 깨지기를, 녹지 않기를.

이게 그가 원하는 바다.

그런데 녹지 않기라는 말을 아트 인 네이처 블로그에 쓰면 좋겠다는 생각이 드는 찰나에 이런 일이 일어난다.

방이 어둠에 잠긴다. 방 안이, 또는 아트의 콧속이 싱싱한 식물의 냄새로 가득 찬다. 살아 있는 무언가의 줄기를 툭 꺾을 때면 나는 초록의 창창한 냄새가.

아트는 코를 킁킁댄다. 숨을 길게 내쉰다. 다시 한번 숨을 들이쉰다.

이번에는 초록의 냄새가 한층 더 강하게 풍기고, 그 향이 차츰 더 짙어진다.

식탁 위로 뭔가가 후두두 떨어져 내린다. 흙가루와 아주 작은 돌 부스러기다.

천장이 주저앉고 있나?

아트는 천장을 바라본다.

방에 앉아 있는 네 사람의 머리에서 기껏해야 두 뼘 밖에 안 될 높이에, 얼핏 소형 자동차나 그랜드피아노 한 대 정도 되는 크기의 덩어리가, 그러니까 자연 풍경에서 그대로 도려낸 듯한 바위 혹은 땅덩이가 다른 무언가에 매이지도 묶이지도 연결되지도 않은 채로 두둥실 위태로이 허공에 떠 있다.

아트는 몸을 납작 숙인다.

하느님 맙소사.

다른 세 사람을 바라본다.

아무도 눈치채지 못한 낌새다.

아트는 용기를 내어 다시 천장을 바라본다.

바위인지 땅덩이인지의 아랫부분은 검정과 초록이 만났을 때 생기는 색깔을 띠고 있다. 크기가 식탁에 앉은 네 사람 위로 그늘을 드리울 정도고, 아트도 물론 예외는 아니어서 고개를 숙여 두 손을 내려다보니 손등과 손목이 다 검초록빛을 띠었다.

아트의 어머니와 이모 위로도 그늘이 졌다. 아트 옆에 앉은 여자애도 검초록 그늘에 잠기기는 마찬가지인데 본인은 아무렇지 않게 빵을 뜯어 엄지와 검지로 돌돌 말아 가며 장난이나 치고 앉아 있다.

우리 다 너무…… 우리 죄다 초록빛이 돼 버렸네요. 아트가 말한다. 방울새만큼이나 푸릇푸릇해요.

땅덩이는 여전히 그들 머리 위에 덩그러니 떠 있다. 가장자리에서 돌가루가 부스러져 식탁 위로 투두둑 떨어지며 촤르륵 흩어진다. 누군가 거대한 소금 통을 흔들어 방 안의 모든 것에 간을 하는 듯이. 아트는 머리를 긁적인다. 손을 확인해 보니 손톱 밑에서 돌가루가 묻어 나온다. 모근 주변으로도 거친 가루가 느껴진다.

가운뎃손가락을 와인 잔에 살짝 담갔다가 젖은 손가락 끝으로 식탁을 꾹꾹 눌러 모래를 모아 본다. 손끝을 눈높이로 올리고 자세히 들여다본다. 진짜 모래가 맞다. 모래가 정확하다. 자갈. 땅덩이가 얼마나 낮게 걸렸는지

팔 뻗으면 닿을 거리다. 돌비늘마저 눈에 보인다. 차돌
표면이 거칠게 드러난 부분에서 비늘처럼 반짝이는 모
습. 아트의 머리 바로 위에 갈라진 틈이 있고, 그 사이로
풀 무더기 비스무레한 것이 뿌리를 내리고 있다.

떨어지면 네 사람은 일제히 짓눌리는 거다.

하지만 땅덩이는 떠 있을 뿐이다. 떨어질 기미는 보
이지 않는다. 허공에서 아주 살짝 좌우로 흔들리는 게 다
다. 중량이 나가는 건 분명하다. 그 밑으로 짙푸른 적막
이 솟아오른다.

진짜일까 이 바위?

말해야 할까?

그런데 어떻게 저렇게 그냥 떠 있기만 할 수 있지,
어디에도, 무엇에도 매달려 있지 않은데?

봐요. 아트가 말한다. 저기요. 다들 좀. 보라고요.

4월.

수요일 점심시간이고, 겨울치고는 포근하고 봄치고
는 쌀쌀하다.

런던 킹스크로스역 중앙 홀에 열차 출발 정보를 알
리는 안내판 좌우로 두 대의 큼직한 스카이 뉴스 제이시
드코 트랜스비전 화면이 달렸는데, 지금 이 두 화면은 잠
시 후 광고에 이어 오늘의 주요 뉴스 헤드라인을 전해
주겠다고 약속하고 있다.

이십 초 광고에 이어 이십 초간 주요 수식만을 정리

해 전하는 오늘의 뉴스 헤드라인 첫 번째는 전 세계 해양과 해변에 널린 플라스틱 예상량을 80퍼센트 웃돌아로 이는 기존 추정치보다 세 배 높은 수량이라고 한다.

이어지는 헤드라인은 의원들 공격당해로 이들은 이견을 지닌 같은 정당 소속 의원들에게 공격 받았다고 한다.

다음 헤드라인은 시민들을 대상으로 한 여론 조사 결과 애초에 다른 나라에서 건너와 이곳에 사는 이들이 특정 일자부터 거주권자로서 권리를 모두 누리며 살게 해 주는 편무적 보장에 시민들(이) 반대한다는 내용이다.

패닉. 공격. 배제.

이로써 뉴스 분량은 끝이 난다.

그다음은 탄산음료 광고가 화면을 화사히 밝히고, 음료를 마시며 행복해하는 사람들의 모습을 담은 이미지와 물방울이 송골송골 맺힌 음료수 병이 햇살을 받고 있는 모습을 담은 이미지가 이어진다.

역사 발코니에 남자가 서 있다. 남자의 팔에는 매 한 마리가 앉아 있다. 일하도록 훈련받은 사역 새다. 매는 남자의 지시에 따라 먹이를 찾거나 둥지를 틀러 역사 내부까지 비집고 든 비둘기들을 쫓기 위해 틈틈이 역을 한 바퀴 순회한다.

그런데 낡은 승강장 위에 역사 지붕 근처의 벽 틈새를 비집고 든 부들레아나무 한 그루가 보인다. 검붉은 벽돌을 배경으로 환한 연보랏빛 꽃을 피우고 있다.

부들레야는 끈질기다.

2차 세계 대전 직후 수많은 도시가 초토화했을 때 그 폐허 속에서도 가장 흔히 볼 수 있었던 식물 중 하나가 부들레야다. 이 나라는 물론 유럽 전역에 걸쳐 잔해 위로 부들레야 꽃이 피어났다.

아트 인 네이처.

3

오-늘이 뭐야?

이 장면은 가까운 미래에 펼쳐진다. 아트가 어린아이를 보듬고 소파에 앉아 있다. 이제 막 글을 읽기 시작한 아이가 아트의 무릎에 앉아 옆에 놓인 책장에서 아무렇게나 골라잡은 책을 넘기고 있다. 오래되어 보이는 찰스 디킨스의 『크리스마스 캐롤』이다.

오-늘이 뭐야? 아이가 다시 말한다.

오늘은 목요일이야. 아트가 말한다.

아니. 아이가 말한다. 오-늘이 뭐야?

오늘이 뭐냐니, 무슨 말이니? 아트가 말한다.

이 말.

아이가 지면에 적힌 단어들을 가리킨다.

그러네. 아트가 말한다. 거기 그렇게 적혀 있네. 오-늘이 뭐냐.

그건 나도 알아. 아이가 말한다. 내가. 알고. 싶은. 건. 오-늘이 무슨 뜻이냐고.

오늘은 오늘이지. 아트가 말한다. 이게, 지금 이날이 오늘이야.

아니. 아이가 말한다. 여기 적힌 오-늘이랑 오늘이랑 같은 거야?

흐음, 이건 옛날이야기니까 이 책에 나오는 오늘은 이미 지나갔지. 아트가 말한다. 게다가 보다시피 크리스마스 이야기, 크리스마스를 배경으로 한 이야기인데 지금은 6월이잖니, 그러니까 그렇게 따져도 오늘이랑은 다르지. 이런 게 이야기이고 책이어서 가능한 일 중 하나야, 이야기랑 책에서는 여러 시간이 동시에 존재하는 게 가능하지.

내 말을 하나도 못 알아듣고 있어. 아이가 말한다.

그래? 아트가 말한다.

내가 알고 싶은 건 왜 중간에 이렇게 줄이 그어져 있냐고. 아이가 말한다.

무슨 줄 말이니?

아트는 아이가 가리키는 단어를 다시 살펴본다.

투-데이, 오-늘.

아.

이건 예전에 쓰인 책이라 그래. 옛날에는 투데이(today)를 투-데이(to-day)라고 썼거든. 아트가 말한다. 그렇다고 말뜻이 달라지지는 않아. 오늘날, 그러니까 요즘 들어 이 단어를 다르게 쓰게 된 것뿐이지. 이 책이 처음 나왔을 때만 해도 투데이를 이렇게 썼어. 가운데 보이는 이 줄을 부르는 말도 따로 있어. 하이픈이라고 하지.

근데 나는 뜻이 알고 싶다고. 투데이가 뭐 하는 건지. 아이가 말한다.

그게 무슨 말이지, 투데이가 뭐 하는 거냐니. 아트가 말한다.

그러니까 투데이가 무슨 뜻이냐고. 아이가 말한다.

무슨 뜻인지 알잖아. 아트가 말한다. 투데이, 오늘.

오늘은 오늘을 뜻하지. 오늘의 뜻은, 글쎄 오늘을 뜻하고. 더 이상 어제가 아니란 말이지. 아직 내일이 되지는 않았고. 그러니까 오늘이지.

근데 그럼 왜 소리는 같으면서 달리다나 하다나 먹다랑은 달라? 투 런, 투 두, 투 이트랑 투 데이랑 뭐가 다른데? 아이가 말한다.

아아, 이제 무슨 말이지 알겠다. 아트가 말한다.

다른 게 아니라 그런 말들이랑 같은 거면 투 데이는 어떻게 해? 나도 데이하고 싶어. 데이하는 방법을 알고 싶어.

무슨 말인지 알겠어. 아트가 말한다.

이어 그는 투데이 같은 단어가 동사와 어떻게 다른지 설명할 것이다. 우리 모두는 나라와 종교 등에 따라 제각기 다른 번호가 매겨지기도 하는 연 단위를 동시에 살고 있으며, 그럼에도 상당수의 사람들이 그레고리오력에 따라 시간을 헤아리는 데 합의해 살아간다는 사실을 아이가 과연 모두 이해할 나이인지 속으로 신중히 헤아려 볼 것이다. 그레고리오력에 대해 그런대로 설명해 줄 만큼 기억이 나면 좋겠다고 생각할 것이다. 시간의 흐름이라는 것이 워낙에 임의적으로 느껴지기 마련이라 그에 맞서 인류가 하루하루에 이름을 붙이는 습관을 고안했다고도 설명할 것이다. 이런 얘기는 아이의 이해도가 더 성숙했을 때 하는 편이 나을지 모르지만.

그런데 어린아이의 이해력을 굳이 과소평가할 이유가 있나?

아이가 자기 몸을 정글짐 삼아 기어오를 동안 아트는 아무리 술에 취했거나 아프거나 이성을 잃었거나 약에 취했거나 기억이 영 나지 않거나 무슨 날인지 모르게 정신없이 바쁘거나 상실감이나 행복감에 잔뜩 고취돼 있을 때조차 오늘이 뭔지 알고 싶거든 언제고 쉽게 확인할 수 있다는 점, 컴퓨터 화면 상단이나 핸드폰 화면만 있으면, 또는 요일과 날짜 모두를 알려 주는 시계만 있으면 대번에 알아낼 수 있다는 점에 대해 생각할 것이다. 그도 아니면 신문 가판대나 구멍가게나 슈퍼에 들러 신문지 상단을 확인하면 되고 말 일이고.

이어 아트는 스스로에게 물을 것이다.

그나저나 날하기, 오늘하기는 어떻게 하는 걸까?

아트가 생각에 잠겨 있건 말건 그새 밤을 가로질러

뒷마당으로 달려 나간 아이는 나뭇가지 틈새를 들고나는 다람쥐나 새들을 구경하느라 정신없을 것이다.

그것도 날하기에 썩 괜찮은 방식이 아닐까.

아트는 앉아서 아이를 바라본다.

그리고 생각한다. 산다는 게 뭐건, 살아 있음에 제아무리 많은 과거, 현재, 미래가 얽혀 있다 한들 어찌 보면 살아 있음의 본연에 가장 충실한 순간은 깊은 마비 또는 망각으로부터 재부상하는 찰나, 워낙 깊어 자각하지 못했던 그러한 상태로부터 수면 위로 다시 떠오르는 그 찰나의 순간이 아닐지, 그런 순간은 이를 테면…… 글쎄, 뭐에 비유해야 좋을까?

어딜 향해 그리들 열심히 거슬러 가는지 신이 아니고서야 알 길이 없는 연어 떼? 고향에 대한 개념도 없으면서 고향을 향해, 그래야만 한다는 것 말고 아무것도 모른 채 강물을 거스르는 연어라든가, 아니면 대어 한 마리를 부리나 입에 물고 웬 횡재인가 싶어 기쁘게 겨울 수면을 깨고 올라오는 새라든가 곰 한 마리에 비유할 수 있을지도, 단 어렵사리 낚은 물고기가 입이나 부리에서 기어이 도망쳐 나와 허공을 가르며 수면으로 도로 떨어져 수심 깊숙이 모습을 감추기 전에 한해서 말이다.

아트는 턱을 가슴 깊이 파묻으며 속으로 껄껄 웃는 다. 보이고 들린다. 뒷마당에서 아이가 별것도 아닌 것에, 기껏해야 나뭇가지에 앉은 새 한 마리를 봤다고 희열에 차 고함을 내지르는 것이.

오늘하다가 뭐야.

자정이 한참 지나 크리스마스 다음 날 새벽 소피아의 집 맨 위층이었다.

아이리스가 문을 열었다.

왜? 아이리스가 말했다.

제발 부탁인데 소란 좀 그만 피울 수 없어? 소피아가 말했다. 잠 좀 자자.

나도 자고 있었거든. 아이리스가 말했다. 소란은 방문 두드린 네가 피웠지.

아이리스는 그대로 문을 닫으려 들었다.

그럼 누가 이 소란을 피우는데 대체? 소피아가 말했다.

무슨 소란? 아이리스가 말했다. 아무 소리 안 나는데.

누가 망치로 돌이라도 두드려 대는 것 같잖아. 가구를 이리저리 끌거나. 소피아가 말했다. 호텔에 왔는데 호텔 꼭대기 층 사람들이 콘크리트 벽에 못을 박아 대거나 의자랑 테이블을 방 이쪽저쪽으로 끌어 대는 것처럼.

너 하나 잠 못 들게 하려고 성층권의 행성들이 죄다 엎치락뒤치락하고 있나 보지. 아이리스가 말했다. 아티는 좀 어때?

(저녁 식탁에서 아서가 난데없이 기절을 해 버린 터였다. 갑자기 풍경을 운운하며 소리를 지르더니 앉은 자세 그대로 식탁에 고개를 박았다. 세 사람은 아서가 정신을 차리고 술에서 깰 때까지 챙겨야 했다.)

아서랑 샬럿은 잠들었어. 소피아가 말했다.

적당히 마실 줄 알 만한 나이건만. 아이리스가 말했다.

아서가 워낙 과민하잖아. 소피아가 말했다. 늦게 가져서 그래. 늦게 낳은 아기들이 알코올이니 그런 것들에 원래 더 예민하게 반응하기 마련이래.

그런 헛소리는 《데일리 메일》에서 주워들었니? 아이리스가 말했다.

소피아는 얼굴을 붉혔다.(《데일리 메일》에서 읽은 내용이 맞았다.) 화제를 바꿨다.

여기가 예전에 새들이 둥지를 틀었던 그 빙이라고? 소피아가 물었다.

아이리스가 문을 활짝 열었다.

들어와 봐. 아이리스가 말했다. 내가 얼마 만에 바닥에서 자는지 네 눈으로 직접 확인해 보라고. 바닥 생활만 수십 년 했지. 그래도 이제 노인 축에 낀다고 같이 일하는 사람들이, 심지어 내가 도우러 간 사람들까지 내 침대를 마련해 주겠다고 늘 성화야. 아무도 침대에서 안 자는데. 이런저런 재료를 모아 아예 침대를 만들려 들어. 침대도 없고 달리 가진 것도 없는 사람들이 내 침대만은 간이로라도 챙겨야 한다고. 그러니. 나도 이제 노인은 노인인가 봐.

지금 내가 침대 안 내췄다고 비아냥대는 거지. 소피아가 말했다.

하, 그래, 내가 굳이 왜 여기까지 찾아왔겠니. 아이리스가 말했다. 다른 이유일 리 있어. 비아냥대러 왔다그래. 그러려고 바쁜 일도, 크리스마스 연휴나마 잠깐 쉴기회도 마다하고 여기까지 달려와 하루 종일 부산을 떨었지, 크리스마스 점심 준비를 한답시고. 너 하나 골탕먹이려고.

요즘은 무슨 일을 하는데? 소피아가 말했다.

그걸 말해 줄 것 같니? 아이리스가 말했다.

아이리스는 이부자리에 앉더니 옆 담요를 가볍게두드려 보였다. 소피아가 앉았다.

방 어디에도 아까 들린 소음의 원인이라고 할 만한건 보이지 않았다. 뭐가 아예 없었다. 덩그러니 빈 큼직한 손가방, 한편에 접어 둔 옷가지, 앵글포이즈 등, 벽에기대어 포개 놓은 침구 말고는. 소피아는 등을 가리켰다.아이리스가 각도를 적당히 조절한 덕에 방에 차분한 불빛이 감돌았다. 아이리스는 분위기를 살리는 데 늘 일가견이 있었다.

저 등은 언니가 가져온 거야? 소피아가 말했다.

아티 여자 친구가 헛간에서 하나 갖다줬어. 아이리

스가 말했다. 네 등이야. 너한테는 체인 매장이 다였나 봐. 그런데 이제 그마저 잃었지. 드디어 자유의 몸이 됐구나.

저 등, 거저가 아니거든. 소피아가 말했다. 한창 잘 나갈 때는 255파운드도 받던 물건이야. 개당 25파운드에 산 걸.

햐, 성공하셨네. 아이리스가 말했다.

근데 요즘 진짜 뭐 하고 지내는데? 소피아가 말했다. 아님 이제 이상주의자 생활도 청산하고 은퇴하셨으려나?

그리스에 있었어. 아이리스가 말했다. 삼 주 전에 돌아왔어. 1월에 다시 갈 거고.

휴가? 소피아가 말했다. 아님 별장이라도 산 거야?

하, 그래. 아이리스가 말했다. 네 친구들한테 그렇게 전해. 아예 놀러들 오라고 해. 우리 아주 끝내주는 시간을 보내고 있으니까. 매일같이 시리아에서, 아프가니스탄에서, 이라크에서 휴가를 보내러 수천 명씩 몰려와. 터키랑 그리스 도심에서 휴양하겠다고. 예멘에서 끼니도 못 때우던 사람들은 아프리카로 휴가를 가고 말이야, 아프리카엔 먹을 게 남아도니까, 아프리카 가운데서도 안 그래도 심각한 기아를 겪고 있는 나라들엔 말야. 사하라 남쪽에서 온 관광객들이야 이탈리아나 스페인으로 몰리는 편이지만 리비아를 도망쳐 나온 사람들이 워낙 선호하는 휴양지라서. 그리스엔 내 오랜 친구들도 여럿 있어. 네 친구들이라면 그 얘기에 귀가 솔깃할 테지. 원하면 명단이라도 만들어 줄 수 있어. 없는 자재로 사람들이 먹고 잘 만한 공간을 만들어 본 경험이 조금이라도 있으면 좋다고 친구들한테 알려. 그리고 젊은 사람들, 네 친구들이 소비자 삼기에 좋을 에너지 넘치는 새로운 젊은 층이 널렸다고도 전하고.

내 친구들 중에 그런 데 관심 가질 사람 없거든. 소피아가 말했다.

거기 상황이 어떤지 내가 설명하는 대로 고스란히 전해 줘. 아이리스가 말했다. 상황이 정말 안 좋다고, 다들 너무 힘들어한다고 알려 줘. 가진 게 아무것도 없는 사람들에 대해서 알려 줘. 목숨을 건 사람들, 걸 게 목숨밖에 남지 않은 사람들에 대해 알려 줘. 고문이 한 사람의 삶을 어떻게 바꿔 놓는지, 언어에 어떤 영향을 미치는

지, 어떻게 자기가 겪은 일을 다른 사람한테는 물론이고 자기 자신한테 설명할 엄두도 내지 못하게 만드는지 알려 줘. 상실이 뭔지 알려 줘. 그리고 특히 그리스에 도착하는 어린아이들에 대해 알려 줘. 정말로 어린 애들이야. 그것도 수백 명 단위로. 다섯 살, 여섯 살, 일곱 살 된 아이들이.

아이리스는 평소대로 차분한 음성이었다.

그 이야기를 다 전하거든 여기 돌아왔을 때 어떤 기분이 드는지도 알려 줘. 아이리스가 말했다. 세계 시민이자 다른 세계 시민들과 함께 일하는 사람으로서 나 같은 사람은 사실 어디에도 속하지 못하는 사람일 뿐이란 이야기를 들을 때 어떤 기분이 드는지, 영국 총리라는 사람이 전 세계를 아무것도 아닌 것으로 치부해 버리는 말을 듣는 심정이 어떤지 알려 줘. 그리고 친구들에게 물어봐. 도대체 어느 성직자가, 어느 교회가 이 세계에 실제로 사는 실제 사람들에게 실제로 벌어지는 일을 보곤 그에 대한 적절한 반응이랍시고 적대적이니, 환경이니, 난민이니 그런 말을, 그런 단어를 아이들에게 가르칠 수 있는지 물어봐. 높은 자리에 있는 네 친구들에게 꼭 물어봐. 내가 그에 대한 대답을 꼭 좀 듣고 싶어 하더라고 전해.

난 누구한테도 이야기를 옮기는 사람이 아니거든.
소피아가 말했다.

하, 하지만 그러고 싶어 하잖아. 아이리스가 말했다.
하기야 네 친구들도 이제 딱히 힘이 없겠구나. 그렇지만
새로 사귄 친구 중에 금융 로비스트 한둘은 있을 거 아
냐. 없대도 상관없으니 옛날 친구들한테라도 이 얘기를
꼭 전해, 그 친구들하고는 나도 알고 지낸 세월이 있어서
나름 정들었으니까. 악의도 적의도 없이 말하고 행동하
는 개들의 그 고리타분함마저 정이 들었으니까.

그러더니 아이리스는 창가 근처의 천장을 가리켰다.

저기로 새들이 들어왔어, 서까래 틈으로. 아이리스
는 말했다. 지붕 슬레이트가 여기저기 빠지고 다락 바닥
은 우리가 이사 들어오기도 전에 이미 주저앉아 있었잖
아. 그 틈으로 새들이 드나든 거지. 비둘기가, 아니 염주
비둘기들이 여기 둥지를 틀고 살았어, 수년에 걸쳐 대를
이어 가족을 꾸렸는지 한때 새들로 아주 붐볐잖아. 새들
이 내던 소리가 어찌나 곱고 예뻤던지. 둥지 삼아 지푸라
기를 한 상자 가득 놔 주면 저희가 물어 온 잔가지에 지

푸라기를 조금씩 섞어 둘을 배배 꼬아 갖곤 둥지를 틀었지, 서까래 사이사이에. 방에 들어와 지내는 건 비가 오거나 날이 추울 때뿐이었어. 알지, 염주비둘기들은 평생 한 마리하고만 짝을 짓는 거.

그거 신화거든, 사실이 아니라. 소피아가 말했다.

집 저쪽 처마 밑에 칼새들도 살았는데. 매년 같은 새들이 돌아왔어.

그것도 영 신화 같은데. 소피아가 말했다.

요즘도 칼새들이 와? 아이리스가 말했다. 올여름에도 찾아왔든?

난들 아나. 소피아가 말했다.

칼새가 찾아오면 모르고 지나치려야 지나칠 수가 없거든. 아이리스가 말했다. 울음소리가 워낙 높고 독특해서. 영영 떠난 게 아니면 좋겠다. 옛날엔 뒤쪽 풀밭에 누워 칼새들이 새끼들에게 나는 법을 가르치는 걸 구경하고 그랬는데.

아이리스가 팔을 높이 치켜들었다. 몸을 기대라는 신호였다. 소피아는 못 이기는 척 아이리스의 팔 아래로 파고들어 가슴에 머리를 기댔다.

언니가 너무 미워. 소피아가 아이리스에게 말했다.

아이리스가 소피아의 정수리에 대고 뜨거운 입김을 후 불었다.

나도 네가 미워. 아이리스가 말했다.

소피아는 눈을 감았다.

나 정말 아무한테도 이야기 옮긴 적 없어. 소피아가 말했다. 언니가 잘못 짚었어.

그래, 나는 너 믿어. 아이리스가 말했다.

아무튼 정말 중요하거나 사실인 얘기는 옮긴 적 없어. 소피아가 말했다.

아이리스가 소리 내어 웃었다.

아이리스의 가슴에 머리를 기댄 터라 그 웃음이 소피아의 몸을 그대로 관통했다.

아이리스가 말했다.

너도 여기서 잘래? 공간 넉넉한데.

소피아는 아이리스의 몸에 기댄 채 고개를 끄덕였다.

바닥이 딱딱해. 아이리스가 말했다. 바닥에서 자기엔 너무 말랐어, 너. 요즘 또 식사를 거르나 보네. 그래도 이불이 두 채니까 밑에 하나를 깔면 될 거야.

아이리스는 이부자리를 펼쳤다. 소피아는 언니 옆에 누웠다. 언니가 팔을 뻗어 등을 껐다.

좋은 꿈 꿔. 아이리스가 말했다.

좋은 꿈 꿔. 소피아가 말했다.

자이스 프로젝터는 놀라운 수준으로 시가을 압축합니다. 자이스 프로젝터야말로 진정한 타임머신 아닐까요. 소피아네 반 학생들이 역사 유적지 방문차 런던에 수학여행을 다녀온 지 이틀 정도 지난 한밤중이다. 런던에서 학생들은 왕족들이 참수를 당한 일에 대해 배우고, 그해 개장한 영연방 내 최초의 플라네타륨을 방문했다. 런던 대공습 때 폭격 피해를 입은 옛 마담 투소 밀랍 인형 박물관 자리에 지어진 플라네타륨의 반짝반짝한 로비에서 한 남자가 우리가 지금 서 있는 이곳은 450킬로그램 나가는 폭탄이 런던에 최초로 떨어지며 구덩이를 남긴 곳이라고 학생들에게 설명했다.

천상의 화려한 쇼가 마술처럼 빠른 속도로 눈앞을 스쳐 지나갑니다. 불과 몇 분 사이에 하루가, 한 달이, 한 해가 깜빡이며 지나칩니다라고 소피아가 가져온 프로그램 책자에 쓰여 있다. 몇 세기를 거슬러 올라가 예수 탄생 시기에 팔레스타인을 비추었던 '베들레헴의 별'을 목격하고, 갈릴레오 갈릴레이가 1610년 인류 최초로 망원경을 통해 천상을 바라보며 느꼈을 흥분과 감격을 함께 느낄 수 있습니다. 핼리 혜성이 태양에 다시금 인접하게 될 이번 세기 말미에는 밤하늘이 과연 어떤 모습을 띨지 미리 예측해 보는 것도 가능합니다.

소피아는 열세 살이다. 오늘 밤은 잠을 이룰 수가 없다. 플라네타륨의 돔 천장 아래 앉은 내내 머릿속을 떠나지 않던 생각, 거대한 곤충을 닮은 프로젝터가 쏘아 내는 가짜 밤하늘 아래 앉아 있는 동안도, 그리고 방 침대에 누워 있는 지금 이 순간도 도무지 떨칠 수 없는 생각, 침대 시트가 매트리스 밖으로 다 비집고 나오도록 소피아를 뒤척이게 만드는 생각은 이 년 전쯤 러시아에서 천상이라고도 불리는 저 머나먼 곳으로 개 한 마리를 쏘아 올렸을 때 그 개를 가두었던 캡슐의 크기가 얼마나 작고 비좁았던지이다.

개는 일주일간 지구 궤도를 돌다가 우주에서 죽었다. 고통 없는 죽음이었다. 신문에선 그렇게 말했다. 신문에 실린 사진으로 봐선 캡슐 안에 개가 똑바로 서 있는 건 둘째 치고 몸을 움직일 만한 공간조차 없었을 듯했다. 그러니 자리에 눕기 전에 먼저 그 주위를 빙빙 도는 개들 특유의 행동을 할 공간도 당연히 없었을 것이다. 엄마가 말하길 개들이 그런 식으로 저희 잘 곳을 먼저 마련하고 눕는 건 원래 풀이 무성한 초원에 살아서라고, 그래서 잠들기 전에 풀을 밟아 잠자리를 준비하던 버릇이 생겼고 그 버릇이 지금까지 남아 있기 때문이라고 했다.

어떤 느낌이었을까. 눈앞의 유리문이 닫혔을 때 영문을 모르던 개가 느꼈을 혼란은, 캡슐이 하늘로 치솟으며 중력에서 차츰 벗어나고, 계속 앞으로 나아가는 내내 무슨 상황이 벌어지는지 전혀 몰랐을 개가 느꼈을 감정은?

우리가 지표면으로부터 날아가지 않도록 해 주는 걸 중력이라 부른다.

중력, 그래비티. 그래비티는 중대성을 뜻하기도 한다.

지금 소피아의 머리와 뇌와 의식 위로 돔 천장이 텐트처럼 쳐지고, 그렇게 해서 생긴 소위 우주 안에서 생명이 영문을 모른 채 이리저리 휘둘리고만 있는 기분이다.

밥은 왜 안 먹니? 엄마가 저녁 시간에 말했다.

그 개의 생명이 얼마나 중대했는지 생각하느라 밥

을 먹을 수가 없어. 소피아가 말했다.

개라니, 무슨 개? 엄마가 말했다.

그 러시아 개. 소피아가 말했다. 우주로 쏘아 올려져 죽은 개.

언제 적 얘기를 하는 거야. 아빠가 말했다.

그러고는 일 분 뒤에 말했다.

뭐야, 그랬다고 울어? 그만 뚝. 기껏해야 개잖니.

하여간 예민하다니까. 엄마가 예민한 건 좋은 게 아니라는 뜻으로 고개를 가로저으며 말했다.

예민하다고 나무라지 마요. 아이리스가 말했다. 소프만큼 예민하려면 얼마나 많은 재능과 소질이 필요한데요.

지금 아이리스는 소피아 옆 침대에 잠들어 있다.

아이리스는 비서 양성 학교에 다니고 있다. 적당한 배우자를 만나 결혼에 이르기 전까지는 유용한 직업이 있어야 하기 때문이다. 그런데 최근 들어 학교에서 아이리스가 정기적으로 결석하며 수업에 출석하지 않고 있다는 편지를 몇 차례 보내왔다. 그 표현을 보고 아이리스는 동의어 반복이라고 지적했다. 오늘도 편지가 왔다. 아버지

가 저녁때 식탁 너머로 편지를 흔들어 보이자 아이리스
는 편지를 받아 내용을 읽더니 맞춤법 오류와 고르지 않
은 자간을 집어내고는 이것만 봐도 비서 학교보다 자기
가 더 아는 게 많다는 점이 입증된 셈이니 앞으로는 학
교에 갈 필요가 없겠다고 말했다.

우주로 쏘아 올려진 작은 러시아 개는 아주 똑똑해
보였다. 살았을 때 찍은 사진만 봐도 똘똘해 보였다. 라
이카. 이름이 라이카였다. 그렇지만 소피아는 덜 예민하
게 굴어야 한다. 감정을 추슬러야 한다. 소피아는 이불
을 머리 위로 뒤집어쓰고 눈을 가린다. 하지만 소피아
가 눈을 아무리 가리려 들어 봐야 수천 킬로미터 떨어진
저 머나먼 우주의 행성들이 사라지는 건 아니고, 행성들
과 지구 사이 어딘가에 떠 있는 통조림 깡통만큼이나 얄
팍한 캡슐도 사라지지 않으며, 그 안에는 여전히 한 목숨
이, 생명 그 자체가 들었고, 그 생명체의 얼굴은 한결같
이 완벽하고 맹목적인 신뢰를 내비치고 있다.

소피아는 몸을 뒤척인다.

반대 방향으로 다시 돌아눕는다.

커튼 밑으로 새어 들어온 가로등 불빛에 알람 시계

가 새벽 4시를 가리키는 걸 볼 수 있다.

아이리스는 겨우 두 걸음 떨어진 침대에 누워 수천 킬로미터쯤 떨어진 먼 수면의 나라를 헤매고 있다.

소피아는 흐트러진 침대 밖으로 기어 나온다. 아이리스의 침대 머리맡에 무릎을 꿇고 앉는다.

뭐? 아이리스가 말한다.

몽롱한 목소리다.

뭐라고? 응, 그래.

아이리스가 이불을 들쳐 올린다. 소피아는 따뜻한 이불 안으로 기어들어 간다. 아이리스의 어깨에 기대자 아이리스와 머리가 닿는다. 소피아는 아이리스에게서 나는 과자와 향수 냄새 속에 몸을 누인다.

이제 안전해. 아이리스가 말한다.

그리고 이제 수년 후, 그로부터 삼십 년도 더 지났다. 세계는 돌고 돌고 돌았다. 사람들이 달에 올라가 걷기도 했다. 지구는 이제 부유하는 우주 파편과 우주 쓰레기와 위성으로 에워싸여 있고, 깊은 한밤중에 뭔가가 소피아를 잠에서 깨웠다.

소피아는 불을 켠다. 아서다. 아서는 일곱 살이다.

크리스마스 방학을 맞아 집에 왔다. 아서가 울고 있다.

어른스러우려고 노력했어요. 아서가 말한다. 하지만 안 무서워지려 해도 할 수가 없고 정말 무서운 게 확실해요. 그래서 왔어요.

뭐가 그리 무섭다고 그래? 소피아가 말한다. 그 정도로 무서울 게 이 세상에 어디 있다고. 이리 와 보렴.

아서는 악몽을 꾸었다면서 소피아의 침대에 걸터앉는다. 옥수수밭을 뛰어가고 있었다. 해가 밝게 빛나는 날이었다. 그런데 밭을 절반쯤 뛰어가다 말고 밭에 있는 자기와 다른 아이들 모두 숨을 들이쉬고 내쉬고 접촉하는 것만으로 농부가 옥수수에 뿌린 화학 물질을 그대로 다 흡수했다는 사실을 깨달았고, 그럼에도 해는 여전히 밝게 빛나고 옥수수도 여전히 선명한 노란색이었지만 우리만은 모두 병들어 죽어 가리라는 걸 알았다.

깼는데 숨을 쉴 수가 없었어요. 아서가 말한다.

아, 맙소사. 아이리스 악몽이다.

소피아는 침대에서 일어난다. 아서를 안아 든다. 침대에 아이를 눕히고 이불을 덮어 준다. 그러고는 옆에 앉는다.

내가 하는 말을 잘 들어. 소피아가 말한다. 이 세계가 독으로 가득하다는 거짓말은 이제 믿으면 안 돼. 폭탄도 마찬가지고. 화학 약품도 마찬가지야. 하나같이 사실이 아니니까.

정말요? 아서가 말한다.

그래. 소피아가 말한다. 왠지 알아? 이 세상에 살며 일하는 사람들이 이 세상에 해가 되는 일을 할 리 없으니까. 오히려 세상에 좋고 최선인 것만 하지 않겠어? 그렇겠지?

하지만 밭에 뭘 뿌리긴 하잖아요. 아서가 말했다. 뿌리던데. 내가 봤어요.

그래, 그렇긴 하지만. 소피아가 말한다. 그렇지만 그건 말이야 밭에 자라는 것들을 지키기 위해, 우리가 먹기 위해 뿌리는 거야. 옥수수를 해칠 곤충이나 벌레나 박테리아를 없애고 옥수수가 자라는 걸 방해하는 잡초를 죽여서 농부들이 낭비 없이 옥수수를 수확할 수 있게 하려고.

곤충이 죽어요? 아서가 말한다.

응. 하지만 그건 좋은 일이지. 소피아가 말한다.

그냥 손으로 집어 다른 밭이나 들판에 데려다주면

안 돼요? 뭘 먹어도 문제가 되지 않을 밭에다가요? 아서가 말한다.

기껏해야 곤충이잖니. 소피아가 말한다.

곤충 중에도 예쁜 곤충이 얼마나 많은데요. 아서가 말한다. 중요한 곤충도 있고요.

그래, 그래도 네가 먹는 시리얼에 곤충이 들어가는 건 싫잖아? 소피아가 말한다.

네, 그렇더라도 죽어야 해요? 아서가 말한다.

빵에 곤충이 들어가면 싫잖아. 소피아가 말한다. 좀 먹은 밀가루는 먹기 싫잖아. 네가 먹을 빵인데 좀이 먼저 먹으면 안 되지.

아서가 웃는다.

좀이 먹나 내가 먹나. 아서가 말한다.

그 대신 뭘 먹으면 기분이 좋아질지 말해 줄까? 소피아가 말한다.

뭐요? 아서가 말한다.

핫초콜릿. 한잔 마시고 싶지?

네. 아서가 말한다. 네, 마시고 싶어요. 네, 고맙습니다.

핫초콜릿 마실 동안 재밌는 이야기도 하나 들려줄
게. 소피아가 말한다. 어때?

무슨 이야기요? 아서가 말한다.

실제로 일어난 이야기지. 소피아가 말한다. 크리스
마스 이야기.

아서가 얼굴을 찡그린다.

그럼 알아맞히기 게임 하자. 소피아가 말한다. 이번
크리스마스 선물로 뭘 받을지 알아맞히는 게임.

아서는 고개를 끄덕인다.

좋아. 소피아가 말한다. 그럼 일 분만 기다려. 일 분
만 혼자 있어도 괜찮겠어?

괜찮을 것 같아요. 아서가 말한다. 정확히 일 분 동
안이고 그 이상만 아니면요.

그 이상이라도 괜찮아야지. 소피아가 말한다. 부엌
까지 내려가야 핫초콜릿을 만드는데, 그럼 내려가고 만
들고 다시 올라오는 시간 정도는 기다려야 핫초콜릿을
마실 수 있지 않겠니?

네. 아서가 말한다. 그런 것 같아요.

그러니 일 분보다는 좀 더 걸릴 수도 있겠지만 여하

튼 핫초콜릿이 완성되는 대로 돌아올게. 소피아가 말한다. 알았지?

아서는 고개를 끄덕인다.

소피아는 계단을 내려간다.

맙소사. 새벽 4시 10분이잖아.

소피아는 부엌에 서서 고개를 젓는다.

쟤도 참. 어찌나 예민한지 예민함을 몸소 발산하는 건가 싶을 정도다. 아이와 가까이 있을 때면, 아이의 예민함 가까이 있을 때면 소피아는 물리적으로 너무나 힘이 든다. 전이된 통증이 온몸을 폭격하는 기분이다. 게다가 하필. 아이리스 악몽이라니. 멀리 구름이 자욱하게 피어오르고 섬광이 번뜩일 동안 특징 없는 건물에 앉아 재앙이 닥치기만을 심장 졸이며 기다리는, 어느 순간 눈앞이 캄캄해지면 폭격에 내 두 눈이 멀었구나, 아예 녹아내리고 말았구나 깨닫게 될 순간만을 기다리는 아이리스 악몽을 마지막으로 꾼 지도 제법 됐다. 몇 년은 됐을 거다.

소피아는 숨을 길게 들이쉰다.

탄식하듯 길게 내뱉는다.

어릴 때처럼 핫초코 페이스트와 우유를 섞고 거기

에 뜨거운 물을 붓는다. 핫초코를 만든다고 자매가 우유를 다 쓰면 안 되던 시절의 버릇대로.

다음은?

그로부터 거의 십 년 후다.

소피아의 아버지가 돌아가시기 얼마 전이다.

소피아는 아버지와 통화 중이다. 아버지가 사무실로 전화를 걸었다. 그조차 드문 일이라서 중요한 용건일 거라 생각했는데 알고 보니 정말 사소한 얘기로 몇 주째 준비해 온 국제 화상 전략 회의 도중에 소피아를 끌어낸 셈이었다.

그 개 말이다. 아버지가 말한다. 그 러시아 개.

네, 그런 개가 있었죠. 소피아가 말한다. 근데 지금은 통화하기 어려워요. 나중에 얘기해도 돼요?

아버지는 이제야 진실이 밝혀졌다는데 소피아 너도 그 내막을 알고 싶을 것 같아서 전화를 걸었다고 말한다. 사십 년도 더 된 일이다만 우주에서 죽은 그 불쌍한 개가 깡통에 갇힌 채로 일주일간 지구를 돌아야 했던 건 아니란다. 아니래. 다행히 그 녀석, 우주로 쏘아 올려진 지 불과 몇 시간 만에 죽었다는구나. 그러니 길어 봤자 일곱 시간, 그 이상은 고통받지 않았을 거래.

알았어요. 소피아가 말한다. 다른 용건이 있으셨던 건 아니고요? 있으면 재닛한테 말씀하세요, 지금 다시 연결해 드릴 테니까 뭐든 생각나는 게 있음 얘기하세요.

아버지는 소피아가 그 일로 오랫동안 얼마나 마음을 졸였는지 한 번도 잊은 적이 없다면서 오늘 전화한 것도 그래서라고, 오늘 자 신문에서 그 기사를 보고는 당장 알려 줘야겠다는 생각이 들어 전화했다고, 그 기사에서 말하길……

수화기 너머로 신문을 넘기는 소리가 들린다……

러시아 과학자들이 길에서 찾은 주인 없는 개였는데 보아하니 예쁘장하고 사람도 잘 따르고 똘똘했대, 사진만 봐도 똘똘해 보이더구나. 이 녀석을 실험 캡슐에 넣게 됐는데 당시 벌써 늙은 대머리였던 흐루쇼프가 하도 난리를 피우는 바람에 서둘러 실험을 진행해야 했대, 흐루쇼프가 원하는 날짜에 개를 우주로 쏘아 올려야 했다지, 무슨 기념일이었는지 몰라도 그날을 축하하는 의미에서 홍보 삼아 말이야, 과학자들이 보기에는 아직 일렀지만, 아직 준비가 안 끝났는데도 말이야. 아무튼 결국 그 과학자들이 폭로하고 나선 거다, 그때 실험을 진행했던 그 사람들이 이제 와 드디어 당시의 거짓말을 폭로하고 진실을 말하러 나온 거야. 불과 몇 시간 만에 극심한 고온으로 곧 죽었다고, 개가 실험에서 살아 돌아오리라 예상한 사람은 저희 중 아무도 없었다고, 오히려 개가 죽을 걸 처음부터 알고 있었고, 그 결정을 내린 것도 자기들이었다고, 개를 우주에 보내기도 전에 개가 죽을 걸 알고 그렇게 하기로 정했던 거라고, 그리고 이제 와서야 처음으로 공개적으로 그에 대해 사과하는 거라고 말이야.

너한테 말해 줘야 할 것 같았다. 알고 싶어 할 거 같아서, 다른 것도 아니고 이 얘기라면. 후회한다더라, 애초에 그런 실험을 한 걸, 애초에 그런 결정을 내린 걸 말이야, 그 녀석한테. 소피아 아버지가 말한다. 그래, 뭐, 그런 게 네 엄마 말마따나 인생이고……

좋은 얘기네요. 소피아가 말한다. 근데 이만 끊어야 해서요. 저녁에 다시 전화드릴게요.

……시간 아니겠니,

수화기 너머로 점점 작아지고 멀어지는 아버지의 목소리를 들으며 소피아는 팔을 뻗어 비서를 호출하는 버튼을 누르고 수화기를 내려놓는다.

버터 태운 냄새가 집 전체에 진동하는 한밤중.

소피아의 언니는 깊이 잠들면 코를 고는 잠버릇이 여전했고, 그 소리에 잠에서 깨어 소피아는 조용히 아래층으로 향했다.

안녕하세요. 샬럿이 말했다.

소피아는 주방 식탁으로 다가가 앉았다.

자꾸 이렇게 만나면 곤란한데. 소피아가 말했다.

전 좋은데요. 안 될 이유가 있나요? 샬럿이 말했다.

아니, 정말 곤란하단 건 아니에요. 농담이지. 상투어일 뿐이에요. 소피아가 말했다. 그런데 셰익스피어도 아는 샬럿이 이런 전형적인 영어 표현을 생소해하다니 참 의아하네요.

어느 전형적인 영어 표현 말씀이세요? 샬럿이 말했다.

내가 방금 한 말요. 자꾸 이렇게 만나면 곤란한데. 소피아가 말했다.

전 이렇게 만나는 게 좋은데요. 샬럿이 말했다.

하, 웃기기는. 소피아가 말했다.

그리고 저 샬럿 말고 럭스라고 불러 주세요. 샬럿이
말했다.

이제야 내 머릿속에서 성과 이름을 결합하지 않고
샬럿이라고만 생각하게 됐는데 다른 사람 이름으로 부
르라니, 그럴 순 없죠. 소피아가 말했다.

처음 만났을 때부터 제 이름이 아닌 다른 이름으로
부르신 거예요. 샬럿이 말했다. 계속 이렇게 만나면 제가
곤란해요.

어째서요? 소피아가 말했다. 당신이 스스로를 누구
라 여기건 나한테는 샬럿이에요. 그게 내 입장이에요.

전 샬럿이 아니라 럭스니까요. 샬럿이 말했다. 제가
스스로를 누구로 여기는지 상투적인 영어 표현으로 말
하자면 똘똘이, 책벌레, 약빠른 고양이, 책상물림, 인텔
리 샌님에 가까워요. 삼 년 전에 이곳 대학에 진학했지만
돈이 떨어져서 학위를 못 마쳤어요. 전 크로아티아에서
왔어요. 태어나길 거기서 태어났다는 말이에요. 그 뒤로
가족이 캐나다로 이사했는데 아직 제가 어릴 때였죠. 캐
나다는 멀지만 충분히 멀지는 못해요. 문제가 있거든요.

우리 가족은 아무리 멀리 옮겨 간들 전쟁의 상처에서 헤어나지 못해요. 가까운 친척 중에 전쟁에서 죽은 사람이 있는 것도 아니고, 물리적으로 부상을 당한 사람도 없고, 게다가 전 아예 전쟁이 끝난 다음에 태어났어요. 그런데도 그와 무관하게 우리 가족에게는 상처가 있고 저도 상처가 있죠. 전 가족을 사랑해요. 정말 사랑하지만 그래도 가족과 함께 지내다 보면 상처가 자꾸 다시 벌어져요. 그래서 가족과는 살 수가 없어요. 같이 지낼 수가 없어요. 그래서 여기 온 거예요. 하지만 우리 집은 돈이 별로 없고 결국 제 수중의 돈도 다 떨어졌죠. 요즘은 괜찮은 일자리를 구하질 못하잖아요. 내년 이맘때쯤 제가 여전히 여기에 남을 수 있을지 아니면 우리를 죄다 내보내기로 정할지 아직 아무도 예측을 못 하는 상황이고요. 그래서 눈에 띄지 않게 조신히 지내는 중인데, 그러다가 우연히 아주머니 아들을 만나게 됐고, 솔직히 밝히자면 아주머니 아들이 제게 적잖은 돈을, 그것도 현금을 주기로 했거든요. 여자 친구인 샬럿과 다투는 바람에 계획대로 여기 같이 못 오게 되어 신경이 쓰였던 모양인지, 그래서 샬럿 대신으로 제가 여기 오는 대신으로요. 샬럿 대신 제가 오는 것에 대한 대가로요. 좀 더 딱딱하긴 해도 문법적으로는 그게 맞는 표현일 테죠. 왜냐면 보시다시피 제 영어 실력은 아주 훌륭하거든요. 물론 상투어라든가 관용 표현을 낱낱이 알지는 못하지만요. 그리고 오늘 밤 이 부엌에 모인 사람들 사이에선 각자 입장을 고수하고 그 입장대로 사는 게 허용된 모양인 듯하니 그런 맥락에서 제 입장을 말씀드리자면 저는 우리가, 그러니까 아주머니와 제가 이렇게 저 혼자만 뭔가 먹고 있을 때 만나는 게 싫어요. 그래서 이걸 좀 시정하고 싶어요. 제가 지금 뭘 만들어 드리면 좀 드시겠어요? 드시고 싶은 게 있으세요?

그래요, 사실 뭘 좀 먹고 싶긴 해요. 소피아가 말했다.

그거 아주 기쁜 사실이네요. 뭐가 드시고 싶으세요? 크로아티아 여자가(아니, 여자보다는 여자애에 가깝다고 소피아는 결정한다.) 말했다.

구체적으로 뭘 먹고 싶은지는 모르겠어요. 소피아가 말했다.

여자애는 냉장고로 걸어갔다. 그러고는 머스크멜론을 하나 꺼내 반으로 잘라 숟가락으로 씨를 파냈다.

조각조각 잘라 드릴까요, 아니면 이대로 그냥 드시 겠어요? 여자애가 반 가른 멜론을 들어 보이며 말했다. 제가 이런 멜론을 좋아하는 것도 그래서거든요. 따로 그 릇에 담지 않아도 자기 그릇에 담겨 와서요.

당신을 보면 생각나는 사람이 있어요. 소피아가 말 했다.

그 사람 이름이 혹시 샬럿이에요? 여자애가 말했다.

웃기기는. 소피아가 말했다.

소피아는 숟가락을 집어 들었다.

자그마한 멜론 반 통을 다 긁어 먹은 뒤에야 숟가락 을 내려놓으며 소피아가 말했다.

내 아들의 아버지에 대해 당신에게 얘기하고 싶어요.

네, 저도 듣고 싶어요. 여자애가 말했다.

여자애는 식탁에 앉아 두 손으로 턱을 괴고 귀를 기 울였다.

내 평생의 사랑이죠. 소피아가 말했다. 평생의 사랑 이란 게 진짜로 존재해요. 같이 보낸 시간은 정작 얼마 되지도 않아서 한겨울의 단 하룻밤과 그로부터 몇 년 뒤 에 함께 보낸 한여름의 사나흘이 전부지만요.

왜 그렇게 짧게 만나셨어요? 여자애가 말했다.

그냥 그렇게 됐어요. 소피아가 말했다.

아. 여자애가 말했다. 그냥 그렇게 됐다. 그런 거라면 저도 잘 알아요.

크리스마스 날 밤이었어요. 소피아가 말했다. 그날도 난 이 집에 있었어요. 언니랑 언니 동료들이 당시 여기서 지내고 있었거든요, 아주 북적거리면서. 난 삼십 대 초반이었고, 어머니가 돌아가신 지 얼마 안 됐을 때였어요. 혼자 산책을 나갔어요, 저 아래로. 지금이야 저 길을 그대로 쭉 내려가면 대문이 나오지만 그땐 대문 없이 큰길로 곧장 통하는 길목이었어요. 집 이름이 적힌 팻말뿐이었죠. 한밤중이라 컴컴했지만 굳이 큰길 쪽으로 혼자 산책을 갔어요. 언니와 같이 살고 있던 사람들이 영 마음에 안 들어서 나 혼자 한밤중에 걸으러 나갔다가 무슨 일을 당하거나 길이라도 잃으면 언니도 그 사람들도 두고두고 후회하겠지, 그럼 얼마나 고소할까, 뭐 이런 생각을 하면서.

그런 어처구니없는 생각에 잠겨 고개를 푹 숙이고 걷다가 깜깜한 와중에 모르는 남자랑 딱 부딪힌 거예요.

근처 사는 친구들 집에 지내러 온 사람이었어요. 슬픈 일이 있어서 잠깐 산책할 겸 나온 거라고 했어요.

안 그래도 그날 덴마크 선박 하나가 폭풍을 만나 침몰했다고 들었던 터라 난 남자가 그 근방 주민이라 사고 소식을 듣고 상심했거나 구조 보트를 타고 나간 이웃 사람들을 걱정하는 거려니 생각했어요. 그런데 바다에 빠진 사람이니 구조 보트 얘기는 처음 듣는다더라고요. 그보다 채플린이 죽었다는 소식을 조금 전에 뉴스에서 들었고, 그것 때문에 슬퍼하던 거라고 했어요.

누가 죽어요? 여자애가 말했다.

찰리 채플린이요. 무성 영화 시대에 아주 유명했던 영화배우예요. 소피아가 말했다.

아, 알아요. 발이 아주 크죠. 여자애가 말했다. 늘 커다란 신발을 신고 다니는 웃긴 사람. 제가 태어난 도시에 그 사람 동상이 있어요.

그 사람도 나도 슬픈 이유가 있었던 거예요. 소피아가 말했다. 우린 같이 걸었어요, 마을까지 같이 걸어갔죠. 어느 집 앞을 지나는데 그 사람이 계단을 올라 현관문에 달린 둥근 크리스마스 화환 장식을 떼어 들었어요.

오늘 밤엔 이걸 내 그림 액자 삼아야겠군요라면서 화환 가운데로 날 바라보더니 아하 했죠. 네, 그랬어요. 그러고는 나한테 내밀기에 받아 보니 홀리 가지로 만든 화환이었어요. 나도 그 사이로 그 사람을 바라봤는데, 그랬더니 그 사람이 보이더라고요. 그제야 보였어요. 그이가.

화환을 들고 좀 더 걷다가 나무 밑에 앉았어요. 그러고는 밤새 화환 액자를 이리저리 돌려 가며 그 사이로 주변을 바라봤죠.

그러다 헤어질 때가 돼서 잘 자요, 좋은 아침이에요, 인사하고 주소를 주고받았어요. 그때는 이메일도 없을 때였으니까요, 샬럿, 구글 검색으로 사람을 찾기도 전이었고 서로 연락이 끊기는 일이 더 빈번하게 일어나던 때였죠. 그게 사실 그리 나쁘기만 한 일은 아녔어요. 그 사람과 연락이 끊기길 바랐다는 건 아니지만. 그 사람이 마음에 들었고 호기심을 느꼈거든요. 그런데 며칠 안 지나서 가방을 택시에 두고 내리는 바람에 그 사람이 적어준 주소를 잃어버리고 말았어요. 그 사람이 먼저 연락을 해 오지도 않았고요. 그래서 서로 볼 일이 없었어요, 몇 년이 지나도록. 자그마치 팔 년을.

그러다 어느 날인가 런던의 어느 거리를 지나는데, 그때 나는 벌써 팔 년 전과 전혀 다른 사람이 돼 있었는데 길 한복판에서 갑자기 그 사람을 봤어요. 편지 한 통도 안 보낸 그 사람을. 길에서 서로 지나치다 눈이 딱 마주쳤고, 서로 알아봤죠. 그렇게 만난 게 어찌나 반가웠던지 우린 당장 계획을 세웠어요. 파리에 일주일간 같이 가는 계획을요. 그리고 실제로 파리에 갔어요.

하지만 아무래도 아니다 싶더군요, 나한테는 그랬어요. 파리에서 확실히 깨달았죠. 그때 난 실수를 무릅쓰고 뭘 할 겨를도 없었고 즉흥적으로 살기엔 너무 분주한 삶을 살았거든요.

우리가 같이 파리에 갔던 건 그 사람이 파리의 유명한 박물관과 미술관에 그림 구경을 가고 싶다고 해서였어요. 실은 이 지역에 살던 예술가에게, 조각가에게 관심이 있어서 그 사람이 팔 년 전 크리스마스 때 이곳을 찾은 거였죠. 죽은 지 제법 된 사람이지만 그 조각가의 작품들을 워낙 좋아해서 그이가 생전에 살던 곳을 찾아가 보고 싶었다고 했어요. 그 사람 집에도 그 조각가의 작품이 하나 있었어요. 내가 직접 봤어요. 둥근 바위 두 개에 불과하지만. 그래도 인상에 남을 만큼 아름다운 바위였어요. 조각이 두 부분으로 나뉘어 있었죠. 바위 두 개가 서로 끼워 맞춰져 한 쌍을 이루도록 돼 있었거든요.

하지만 그 사람과 나는 맞지 않았어요.

그 사람은 그게 자기 나이 때문인 줄 알았어요. 나이가 너무 많은 게 문제라고요. 물론 나이가 많았고, 더욱이 당시 내 나이와 비교하면 한참 차이가 나기는 했죠. 그때 그 사람은 육십 대였으니까. 예순이 넘었다고 사람이 달라지지 않고 그건 일흔이 되도 마찬가지란 걸 이젠 나도 겪어 봐 알아요. 몇 살 먹었건 내면의 내가 달라지는 건 아니니까, 다른 사람들이 겉모습만 보고 몇 살로 여기건 간에요.

그리고 사실 상대적으로 나이가 너무 많았던 건 그 사람이 아니라 나였어요. 나로선 그 사람과 함께하는 인생을 상상할 수가 없었어요. 공통점이 너무 없다 생각했고 전혀 가능하지 않으리라 생각했죠. 금방 알았어요, 아주 현실적인 이유들로 인해 우리 사이가 불가능하다는 걸요. 물론 그 짧은 시간 동안에도 그 사람은 내게 많은 걸 가르쳐 줬지만. 워낙 아는 게 많은 사람이었거든요, 아트에 대해서도 그렇고…….

아주머니 아들 아트요? 여자애가 말했다.

그림, 회화, 예술 말이에요. 소피아가 말했다. 뭐, 나도 모네니 르누아르니 정도는 알았죠, 그 정도야 웬만큼 상식 있는 사람은 다 알잖아요. 하지만 이 근방에 살았다는 조각가에 대해서는 아는 게 별로 없었는데 이제 좀 더 알게 됐죠. 실은 그 조각가에 대해 최근에, 작년에 신문에서 읽은 아주 예쁜 얘기가 있고, 그 얘기를 그이한테 해 주고 싶다는 생각을 종종 해요. 그 사람이 들으면 참 좋아했을 얘기라서.

그분은 이제 돌아가셨나요? 여자애가 말했다.

아마 그렇겠죠. 소피아가 말했다. 내가 이만큼 나이 들었고 그 사람은 그때 이미 나이 들어 있었으니까.

그리고 그분이 고드프리 게이블이고요. 여자애가 말했다. 헛간에 있는 등신대의 그 사람요. 근데 그럼 이미 죽었다는 사실도 아시잖아요.

오 이런 맙소사, 아니에요. 소피아가 말했다. 고드프리 얘기가 아니에요.

소피아는 웃었다.

레이와 자다니! 우린 한 번도 같이 잔 적이 없어요. 레이가 이 얘길 들으면 하늘에서 아주 배꼽을 잡겠네요. 저런저런. 우린, 우리는 그런 사이가 아녔어요.

그럼. 여자애가 말했다. 그럼 저한테 이 이야기를 하시는 이유가 뭐죠?

내가 레이를 만났을 즈음 아, 고드프리 게이블은 레이의 예명이에요. 소피아가 말했다. 그때 난 막 싱글 맘이 되려던 차였거든요. 하지만 일은 계속하고 싶었죠. 레이는 가족을 꾸리고 싶어 하는 남자였고. 레이가 보조해 준 덕에 우리 둘 다 보호를 받고 또 자유로울 수 있었죠. 아주 이상적인 합의 관계였어요. 평생 레이에게 고마워할 거예요. 고드프리에게도요.

그런데. 여자애가 말했다. 아무래도 저한테 비밀을 털어놓고 계신 것 같은데요.

모르는 사람일수록 진솔한 얘기를 털어놓기 더 쉽기 마련이잖아요. 소피아가 말했다.

그거야말로 전형적인 상투어죠. 여자애가 말했다.

게다가 사람이 살다 보면 혼자만 알고 간직해야 할

것들도 생기기 마련이고요. 소피아가 말했다. 게다가 아서는 내 비즈니스죠. 다른 사람이 관여할 일이 아니라.

사고파는 그런 비즈니스요? 여자애가 말했다.

그런 비즈니스 말고요. 소피아가 말했다.

그래서 이제 제가 아주머니 아들과 그 아버지에 대한 내밀한 사실을 알게 되었네요. 여자애가 말했다. 아주머니 아들은 정작 모르는 것으로 보이는 사실을요.

그래요. 소피아가 말했다.

그래서 제가 이 새로 알게 된 사실로 무얼 어떻게 하길 바라세요? 여자애가 물었다. 제가 아주머니 아들에게 이야기하길 원하시나요?

당신한테 왜 말했는지 나도 이유를 모르겠네요. 소피아가 말했다. 당신이 상처랑 가족 얘기를 먼저 꺼내서 그런 건지. 하지만 아니에요. 당신이 다른 사람한테 이 얘길 하는 건 원하지 않아요.

그럼 얘기하지 않을게요. 여자애가 말했다.

내가 사랑한 사람의 개인사가 내 가족이 용납할 법한 개인사가 아니었다는 이유도 있었고, 또 그 사람의 역사를 내 아들이 물려받는 걸 바라지 않았기 때문이기도 해요. 소피아는 말했다.

하지만 아주머니가 바라건 바라지 않건 아들의 역사가 맞잖아요. 여자애가 말했다.

내 아들은 그이에 대해 전혀 몰라요. 소피아가 말했다. 그러니 그 역사를 물려받았다고 볼 수는 없죠.

여자애가 고개를 저었다.

틀렸어요.

틀린 건 당신이에요. 소피아가 말했다. 아직 어려서 그래요.

그럼 사랑은요? 여자애가 말했다. 포기하신 거잖아요. 평생의 사랑을.

그야 어려울 거 없었어요. 소피아가 말했다. 그 평생의 사랑이 내 삶을 마치, 무슨, 뭐랄까, 핸들이 고장 난 이층 버스처럼 만들어 버렸으니까요.

통제할 수 없게 되었다고요. 여자애가 말했다.

핸들을 이리로 돌리는데 차가 저리로 나가는 식이었죠. 소피아가 말했다.

여자애가 웃었다.

버스 노선을 통제할 주도권을 되찾으신 거군요. 여

자애가 말했다.

그러고는 소피아 앞에 치즈 조각과 빵을 담은 접시를 내려놓았다.

그럼 대신에 그 이야기를 해 주세요. 여자애가 말했다.

무슨 이야기요? 소피아가 말했다. 할 이야기두 이제 없어요. 그게 다예요. 그걸로 끝이었어요.

아니요, 아트의 진짜 아버지에게 해 주고 싶었는데 하지 못한 이야기 말이에요. 여자애가 말했다.

아. 소피아가 말했다. 그 이야기. 그래요. 그이가 정말 좋아했을 텐데. 우연도 그런 우연이 없다고. 하지만 아니요. 괜찮다면 사양할게요. 그 이야기는 내 개인적인 이야기라서.

소피아는 빵을 집어 그 위에 치즈를 얹었다.

빵을 한 입 베어 먹었다.

다시 빵 한 조각을 집었다.

(소피아가 지금쯤 죽었으리라 생각한 남자, 아들의 아버지이자 한평생의 사랑이었던 남자에게 소피아가 해 주고 싶어 했으나 못 한 이야기를 여기 남긴다.

20세기의 예술가이자 조각가 바버라 헵워스가 아직 어린 소녀였을 때 잉글랜드 북부의 공업 도시에 살던 헵워스네 가족은 여름마다 요크셔의 해안가 마을로 휴가를 갔다고 해요. 헵워스가 거길 그렇게 좋아했대요. 헵워스의 전기를 쓴 사람들은 헵워스가 말년 들어 콘월을 고향처럼 여겼던 이유 중 하나로 유년기의 이 경험을 꼽기도 해요. 그만큼 헵워스가 이 근방의 해안을 사랑했다고 말하죠.

　　헵워스는 뭍과 바다의 중간 지점에 있기를 좋아했어요. 경계에 있길 좋아했죠. 자연과 그리 밀접히 지낼 수 있다는 점과 자연의 예측 불가능하고 길들여지지 않은 측면에 애착을 가졌고요. 헵워스도 어린 시절부터 천방지축에다가 자기 의지가 강했다고 해요. 1차 세계 대전 종전이 선언됐을 때 축하하러 길로 쏟아져 나온 사람들 틈에서조차 사람들이 기뻐하며 모자를 흔들어도 자신은 이런 축하의 토대를 이루는 땅 밑에 잠들어 있을 전사자들을 생각해 모자를 흔들지 않겠다고 주장하는 그런 소녀였다고 해요.

　　헵워스는 이 무렵에 이미 예술가가 되기로 결심하고 부모님에게도 자기 의사를 분명히 밝혔어요. 그리고 열여섯 살이 되자마자 리즈의 예술 대학에 진학했다가 머지않아 런던으로 향했어요. 그러니 여름마다 수많은 예술가들이 찾던, 강렬한 빛으로 이름난 이 지역을 늘 마음의 고향처럼 여겼을 수밖에요.

여름 시즌에 찾아오는 예술가들 중에 여름마다 이곳에 별장을 구해 그림을 그리러 오는 중년의 회화 작가가 하나 있었는데, 이 예술가는 여자이기도 한 예술가치고는 상당히 이례적으로 명망이 있고 널리 인정받는 중견 작가였을뿐더러 사실상 풍경과 초상 화가로서 워낙 이름이 나 영국 전역의 시립 미술관 중에 이 화가의 작품을 하나 정도 소장하지 않은(혹은 않았던 ─ 시립 미술관 소장품마저 팔아 버린 경우가 요즘은 워낙 많으니까요.) 곳이 거의 없을 정도였어요.

이 화가의 이름은 에설 워커였어요.

이제 와서 에설 워커가 누구였는지 기억하는 사람은 전문 예술사가를 제외하고는 거의 없고, 예술사가들 중에서도 그에 대해 잘 아는 사람은 소수에 불과하죠.

어쨌든 그로부터 100년쯤 지나서 미국의 어느 아트 컬렉터가 이베이를 서핑하다가 상당히 좋은 그림이다 싶은, 어린 숙녀의 초상인가 뭐 그러한 제목이 달린 회화 작품을 하나 발견하게 되죠. 가격도 그리 안 비싸다 싶어 그 자리에서 바로 그림을 샀어요.

그림이 배달돼 포장을 열어 보니 파란색 드레스를 입은 여자아이를 그린 아주 예쁜 초상화가 나왔어요. 굉장히 총명해 보이는 여자아이였죠. 심지어 두 손에서마저 총기를 엿볼 수 있었어요.

그림 뒤쪽에는 이런 문구가 있었어요. 바버라 헵워스 양의 초상.

이 아트 컬렉터는 초상화의 주인공이 혹시 조각가 헵워스와 연관이 있는 건 아닐까, 아니면 잉글랜드 북부에 있는 헵워스 웨이크필드라는 갤러리와 연관된 게 아닐까 싶었죠.

그래서 갤러리에 연락해 혹시 이 초상화에 대해 아느냐고, 직접 그림을 보고 싶으냐고 물었어요.

그러고는 갤러리에 그림을 넘기기로 결정하죠.

이제 그 그림은 헵워스 웨이크필드에 소장돼 있어요.

그런 게 인생이고 시간 아니겠어요.)

여기 사는 사람들하고 크리스마스를 같이 지내러 내려왔어요. 소피아가 말한다.

나도 그래요. 남자가 말한다. 저쪽 농가에 지내러 왔어요. 잠깐 바람 쐬러 나온 거예요.

이 길 위에 있는 집이에요. 소피아가 말한다.

남자가 손전등으로 도로변의 팻말을 비춘다.

체 브레스. 남자가 말한다.

저도 바람 쐬러 나왔어요. 소피아가 말한다.

무슨 뜻이죠? 남자가 말한다.

저도 몰라요. 소피아가 말한다.

내가 있는 집에 애가 둘이죠, 콘월과 데번*이라고요. 남자가 말한다. 그런데 내가 콘월과 데번한테 아주 질렸거든요. 물론 콘월과 데번이 싫다는 말이 아니라 사실 내가 굉장히 아끼는 아이들이고 그 부모도 마찬가지로 아끼지만 크리스마스라고 아주 온종일 축하하며 보냈더니 갑갑해서 안 되겠더라고요. 크리스마스란 명절이 오죽, 글쎄 좋게 말하자면 호화로움이 넘치는 명절이잖아요. 그리고 그게 아니더라도 기분이 영 울적해서요. 채플린이 죽었다던데 혹시 들었어요? 같이 지내러 온 사람들은 채플린의 가치를 알아주는 사람들이 아니어서요.

옛날 그 무성 영화 배우요? 소피아가 말한다.

채플린 영화를 좀 아세요? 남자가 말한다.

아뇨, 딱히 그런 건 아니에요. 소피아가 말한다. 어릴 때 재밌는 사람이라고 생각했던 정도예요.

영화배우죠. 남자가 말한다. 떠돌이고. 방랑자. 최초의 현대 영웅. 세계 각지의 사람들이 공통된 것을 보고 공통되게 웃음을 터뜨리게 만들던 사회적 아웃사이더.

---

* 콘월과 인접한 잉글랜드 남서부의 주 이름이기도 하다.

난 마을까지 걸어갔다 오려던 참이에요. 마이크로넛 완구니 신형 야마하 일렉톤 E-70에서 최대한 멀어지고 싶어서요. 오해는 마세요. 음악이라면 아주 좋아하니까요. 노래가 곧 내 인생일 정도로. 그렇대도 여덟 살배기가 「섬웨어 마이 러브」를 쉰한 번째 반복해 부르는 걸 듣고 있다 보니 역시 산책을 가야겠구나 싶어서요.

올해 TV 특집으론 엘비스 영화를 보여 주던데요, 얼마 전에 죽었다고. 소피아가 말한다. 내년 크리스마스 특집 땐 찰리 채플린을 보여 줄지도 모르겠네요.

가죽 상하의를 입은 스위트 엘비스. 남자가 말한다.

남자가 일반적으로 할 법한 말은 아니다.

엘비스 없는 크리스마스도 블루 블루 하네요. 남자가 말한다. 근사한 곡을 제법 남겼죠. 그런데 죽다니. 서커스 퍼레이드만큼이나 젊었는데.

그래도 사십 대였는데요 뭐. 소피아가 말한다.

남자가 가볍게 웃는다.

엘비스가 부른 노래 가사예요. 남자가 말한다. 서커스 퍼레이드만큼 젊어요. 카니발 일꾼에 대한 영화 「카니발」에 나오는 노래죠. 이 세상은 코끝을 붉게 칠한 광대와 같아요. 「원더풀 월드」. 그게 노래 제목이에요.

저는 세계를 구하겠다고 혈안이 된 사람들과 지내고 있어요. 소피아가 말한다. 그런데 우리 엄마가, 아니 제 엄마가 올해 돌아가셨거든요, 죽었어요. 그래서 원더풀 월드에는 도무지 관심도 마음도 가질 않네요.

아. 남자가 말한다. 저런. 삼가 조의를 표합니다.

고맙습니다. 소피아가 말한다.

이 말을 이 남자 입으로 듣자 눈물이 터져 나온다. 우는 걸 남자는 눈치채지 못했을 것이다. 주위가 캄캄하니까. 소피아는 목소리를 가다듬는다.

그리고 우리 아버지는 해외에 나갔어요, 친척들과 크리스마스를 지낸다고 뉴질랜드로요. 소피아가 말한다. 전 일을 하느라 못 갔어요. 애초에 여기 와 지내게 된 것도 그래서죠. 하지만 내년 크리스마스에는 미리 알고 피할 거예요. 차라리 혼자 보내고 말죠.

저도 내년엔 그래야겠네요, 제가 잊지 않게 그때 꼭 말해 줘요. 남자가 말한다. 그때까진. 우선 이번 크리스마스부터 넘기자고요. 같이 마을까지 걸어가 보겠어요? 그다지 안 멀어요.

어둠 속에서 들려오는 남자의 목소리가 살갑다. 소
피아는 그러마고 한다.

가로등이 시작되는 곳까지 걸어가 얼굴을 보니 인
상도 살갑다.

소피아가 보통 자기 취향으로 꼽을 사람은 아니다.
그보다는 나이가 많고, 어쩌면 소피아의 아버지 연배인
지도 모르겠다. 옷차림은 말쑥하고 재단이 좋다. 셔츠는
비싸 보인다. 돈이 있는 사람인가 보다.

주위에 아무도 없다. 바람이 제법 불지만 춥지 않다.
두 사람은 낮은 울타리를 넘어 마을 중앙의 녹지를 가로
지른다. 나무 벤치가 둥글게 원을 그리고 그 가운데에 나
무 한 그루가 서 있는데, 몸통이 어찌나 굵은지 아무래도
엘리자베스 왕조 때부터 자리를 지켰을 법한 오래된 나
무 같다고 남자가 말한다.

남자가 손수건을 꺼내 소피아가 앉을 수 있도록 벤
치의 물기를 닦아 준다. 둘은 나무에 몸을 기대고 앉는
다. 나무가 워낙 커서 바람이 완벽히 차단된다.

외투 너머로 나무껍질의 굴곡이 느껴진다.

춥지는 않아요? 남자가 묻는다.

여긴 겨울치고 너무 따뜻하죠. 남자가 말한다. 자꾸 하늘의 빙하가 작은 얼음 조각으로 부서져 어서 눈이 내리면 좋겠다고 바라게 돼요.

요즘 들어 내가 가장 자주 생각하게 되는 주제는 어떻게 하면 남자와 여자들이 창의적인 삶을 살까예요. 남자가 말한다.

그는 소피아에게 예쁜 아가씨들에 대한 노래를 부르며 뮤직홀을 전전하는 술꾼으로 살다 짧은 생애를 마감한 찰리 채플린의 아버지 얘기와 역시나 뮤직홀에서 노래를 부르며 살다 차츰 이성의 끈을 놓기 시작했고 급기야 상태가 악화되어 더 이상 일을 계속하지 못할 지경에 이르렀던 채플린의 어머니 얘기, 그리고 아직 어린애에 불과하던 채플린이 어느 날 밤 그런 어머니를 대신해 무대에 섰던 일에 대해 얘기하는데 이조차 채플린이 어머니가 평소에 부르던 곡의 노랫말을 다 외우고 있어 가능한 일이었으나 함께 무대에 오른 어머니가 가사를 잊었는지 자기가 누구며 어디에 있는지를 까먹었는지 허공만 멍하니 바라보고 선 걸 어린 채플린이 보곤 어머니 대신 노래를 부르고 춤을 췄고, 그러자 어머니에게 야유를 보내던 관중이 채플린에게는 페니 동전을 던지며 박수갈채를 퍼부었다고 한다.

채플린은 크리스마스라면 질색했어요. 남자가 말한다. 크리스마스 날 죽은 게 신기할 것도 없어요. 어린 시절 어머니가 정신 병원에 들어가고 채플린은 고아원에서 지낼 때 원장이 크리스마스라고 남자아이들에게 사과를 나눠 준 적이 있는데 채플린만 쏙 빼놓고 안 줬대요. 찰리 너는 밤마다 다른 애들 잠을 방해해 가며 이야기를 해 댔으니까 사과를 줄 수 없다면서요. 그날 이후로 채플린은 평생 사과를 찾아다녔어요, 번번이 퇴짜 맞을 줄 알면서도. 행복의 빨간 사과라고 부르면서요.

슬프네요. 소피아가 말한다. 그런 걸 알아야 했다니요.

남자는 슬픈 이야기를 옮겨 미안하다고 사과한다.

자기가 슬픔이 많은 탓이라고 말한다.

그는 런던의 히포드롬 극장에서 상연된 팬터마임에서 어린 채플린이 고양이 역할을 맡았던 이야기와 당시 히포드롬은 신생 극장으로 무대 앞쪽에 물로 채울 수 있는 공간이 있어 여자 무용수들이 옛날 기사들처럼 갑옷을 차려입고는 수심이 깊어져 수면 아래로 잠길 때까지 그곳에서 춤을 췄던 이야기, 무용수들이 사라진 자리에 어릿광대가 낚싯대를 들고 나타나서는 물가에 앉아 다이아몬드 목걸이를 미끼로 코러스 걸을 낚는 흉내를 내곤 했다는 이야기를 소피아에게 해 준다.

또 시인 윌리엄 블레이크가 그린 그림을 언급하며 그 그림이 단테의 글에 나오는 두 연인이 천국에서 만나는 장면을 담고 있다고 말하자 소피아는 단테의 글은 아직 읽어 본 적이 없지만 이제 읽어 봐야겠다고 생각한다. 이 장면에는 가랑머리를 한 여자도 하나 등장하는데 마치 행복에 겨운 유아들의 영혼으로 머리를 땋아 늘인 듯이 보이고, 천사들의 날개는 커다란 눈 모양으로 온통 뒤덮여 있으며, 그림 한구석에는 희망의 화신으로 표현된 여자가 초록빛 드레스를 입은 채 미소를 머금고서 두 손을 하늘 높이 쳐들고 있다고 남자는 말한다.

그러더니 두 팔을 활짝 뻗어 소피아에게 희망을 보여 준다.

소피아는 큰 소리로 웃는다.

아름답고 행복한 희망이에요. 남자가 말한다.

두 사람은 나무 오두막처럼 생긴 마을버스 정류장으로 대피한다. 남자가 남의 집 현관문에서 훔쳐 온 홀리 화환을 다시 들어 보인다. 그 사이로 소피아를 바라본다. 이 남자는 소피아가 만나고 함께 시간을 보내 본 여느 남자들과 다르다. 소피아에게 말을 걸어오는 연상의 남자들이 대개 화제로 삼고 싶어 하는 것들에는 눈곱만큼도 관심이 없어 보인다.

하지만 나는 이제 늙었죠. 남자가 말한다. 당신은 젊고요. 당신 눈엔 내가 노인으로 보일 테죠. 실제로 그렇고요. 난 아리따운 것들도 문간의 개울물 보듯 무심하게 흘려보내죠.

뭘 보듯 흘려보내요? 소피아가 말한다.

남자가 웃는다. 그 말은 자신이 아니라 키츠가 한 말이라고 한다.

그럼 키츠에게 멍청한 소리일랑 그만두라고 말하세요. 소피아가 말한다.

행인 몇 사람이 녹지를 지나친다. 메리 크리스마스! 그들이 외친다. 메리 크리스마스! 두 사람도 외친다. 교회 시계가 2시 30분을 가리키고 있다. 이제 슬슬 내 지방

친구들한테 돌아가 봐야겠는데요. 남자가 말한다. 그새
문을 걸어 잠갔겠어요.

돌아가는 길에 두 사람은 홀리 화환을 원래 있던 문
에 돌려 놓는다. 이 남자는 그런 남자다. 바람이 부는 와
중에 그가 체 브레스로 진입하는 골목과 도로가 만나는
지점까지 소피아를 바래다준다. 그러고는 좀 더 바래 주
겠다고 고집한다. 어둠과 나무뿌리로 덮인 길을 따라 집
앞까지 소피아와 걷는다.

집이 아주 크네요. 집에 다다랐을 때 남자가 말한다.
세상에나.

아직 불이 환하게 켜져 있다, 다들 깨어 있는지. 그
래, 어련하겠어. 이 집 사람들은 흡혈귀처럼 대낮에만 잠
을 자니까.

문은 안 잠겼을 거예요. 소피아가 말한다. 이 사람들
은 현관문도 안 잠그는 그런 부류여서요.

누구나 환영하는 사람들이군요. 남자가 말한다.

언젠간 말예요. 소피아가 말한다. 이 집을 내가 살
거예요. 언젠가는 내 소유가 될 거예요.

그렇고말고요. 남자가 말한다. 그러리라 믿어요.

그는 소피아의 입에 키스를 한다.

갔다가 문이 잠겼거든 돌아와요. 소피아가 말한다. 여기서 자도 되니까요.

고마워요. 남자가 말한다. 친절하기도 해라.

행복한 크리스마스를 보내라고 남자가 말한다.

그가 멀어지는 소리가 더 이상 들리지 않게 된 뒤에야 소피아는 문을 열고 집에 들어간다. 계단 발치에 서서 곧장 방으로 올라가 잠자리에 들어야겠다고 생각한다. 그러다가 마음을 바꾼다. 저 사람이 돌아올지도 모른다. 잠들지 말고 삼십 분쯤 기다려 봐야지. 소피아는 주방으로 향한다. 대마초 연기와 대마초에 취한 사람들이 빽빽하게 들어찬 주방에서 누군가가 기타를 치고 여자 하나가 설거지를 하고 있다, 새벽 3시 15분에.

아무도 어디 갔었냐고 묻지 않는다.

나간 것도 몰랐을 테지.

소피아는 탕파에 채울 물을 끓이려고 주전자를 불에 올린다.

남자를 만났어. 소피아가 아이리스에게 말한다.

할렐루야 만세. 아이리스가 말한다.

구멍 뚫린 바위처럼 생긴 작품 있지, 그걸 만든 조각가를 좋아해서 굳이 이 구석까지 찾아왔대, 세인트아이브스에 살았다는 조각가 있잖아, 세인트아이브스가 이 근방인 거 맞지? 소피아가 말한다. 슬프다고도 했어. 찰리 채플린이 오늘 죽었다고. 아니 어제. 크리스마스에.

채플린이 죽었다고?

식탁 주위로 뉴스가 퍼진다.

저런.

미국에 욕보였지.

좋은 동지였는데.

「위대한 독재자」. 아이리스가 말한다. 좋은 영화지.

아이리스는 매스 미디어라는 신독재 정권과 독자들을 저희 선전의 노예로 삼아 신봉건 제도를 등쳐 먹는 타블로이드 신문에 대한 장황한 이야기를 늘어놓기 시작한다.

소피아는 하품을 한다.

셔츠 깃이 꼬질꼬질하고 둥글게 벗어진 정수리 주위로 실 같은 머리카락이 힘없이 늘어져 흡사 중세 시대에서 걸어 나온 수사 같기도 한 남자가 이 근방에 살던 그 조각가 이름은 헵워스이고 그 사람도 핵무기 확산을 반대했다고 소피아에게 일러 준다. 소피아는 속으로 한숨을 내쉰다. 상대가 누구건 저리 주장하려 들 테지. 이미 죽은 사람인 경우에는 아주 대놓고 그럴 테고. 선하고 위대한 사람일수록 그 사람이 자기 신념을 직접 표명하지 못하는 순간만을 기다렸다가 그 즉시 저희 편으로 포섭하려고 안달이지.

솔직히 그 말은 믿기 어려운데요, 논리적 사고력과 이해력을 지닌 사람치고 핵무기의 필요성을 모르는 사람은 없으니까. 소피아가 말한다.

방에 모인 모두가 일제히, 몸은 가만히 둔 채 머리만 빙그르 돌리는 부엉이만큼이나 부자연스러운 동작으로 소피아를 향해 고개를 돌린다.

명백하죠. 소피아가 말한다. 핵무기를 가진 다른 나라들이 우리를 공격하는 걸 막으려면 우리도 핵무기가 필요할밖에요. 산수만큼이나 단순한 이치예요, 동지들.

몇 달 만에 용기와 재치가 샘솟는 기분이다. 저들 면전에 대고 동지들이라 부르다니.

그리고 어쨌든 그 예술가는 이미 죽었고, 그런 만큼

자기 입장을 밝힐 방도가 없는데 그런 사람이 살아생전에 핵무기에 반대했는지 찬성했는지 증명할 길이 있는 것도 아니잖아요.

아무도 소피아의 주장에 이의를 제기하지 못한다. 고작, 아니 그건 네가 잘못 짚은 거거든이라고 말할 뿐이다. 진짜로 반대했다니까, 딱 보면 알아. 또는 작품만 봐도 알 수 있어라고 말한다.

그러더니 다른 유명하거나 중요한 인사들을 하나씩 언급하기 시작한다. 심지어 마운트배튼 경마저 들먹인다. 군인 출신이었던 마운드배튼 경이 핵무기에 반대했을 리가 어디 있다고. 군대와 왕실의 성원이었던 사람이 그리 멍청하고 근시안적이고 맹목적일 리 만무한데도.

쟤도 차차 깨달을 거야. 아이리스가 말한다. 시간을 줘.

소피아는 방금 전에 키스받은 입술을 굳게 다문다.

탕파에 뜨거운 물을 붓는다. 주전자를 레인지 위에 돌려 놓는다. 뜨거운 음료를 만들려고 줄 서서 기다리던 사람들 중 하나가 주전자에 물이 얼마나 적게 남았는지 들어 보라는 듯이 다른 사람들을 향해 주전자를 흔들어 보인다.

소피아는 개의치 않는다.

예상치 못하게 최고의 크리스마스로 손꼽을 만한 특별한 날을 보냈으니까.

단테와 블레이크와 키츠를 알고 단어 하나하나에 마법이 깃든 것처럼 말할 줄 아는 남자, 소피아에게 사과를 하고 또한 소피아에게 감정이란 게 있음을 감지하고 그를 존중한 남자, 홀리 가지 사이로 소피아를 바라보고 온갖 것들에 대해 이야기하며 소피아에게 예술과 시와 연극과 희망의 초록빛 드레스를 묘사한 남자를 만났다.

엘리자베스 시대의 고목에 기대어 앉기도 했지. 소피아의 머릿속은 갑옷을 입고 머리 위까지 물에 잠겨 춤을 추는 여자들, 낚싯바늘 끝에서 반짝일 빛을 기다리며 수면 아래에 잠겨 있는 여자들의 모습으로 가득 찬다.

밖이 여전히 어슬어슬할 만큼 이른 시간이었다. 외국 애는 잠을 자러 헛간으로 나가고 없었다. 아서도 헛간에서 자고 있었다. 언니는 집 꼭대기 층에서 자고 있었다. 소피아는 자기 방으로 갔다. 문을 닫았다. 옷장 문을 열었다. 옷장 바닥에 놓인 신발을 한 켤레 한 켤레 꺼냈다. 시간이 제법 걸리는 일이었다. 소피아는 신발을 좋아했다. 소장한 신발이 많았다. 소피아는 신발 애호가였다.

옷장 바닥 부분을 들어 올렸다.

두 손으로 돌을 꺼냈다. 무게감이 느껴졌다. 어둠이 아침 날빛으로 열어지는 가운데 바라보니 돌 위에 유려한 잎맥이 뻗어 있는 것 같았다. 희미한 적색/갈색으로, 로마 판테온 위쪽 벽에 쓰인 재료와 매우 유사했다. 소피아는 실제로 보았다. 르네상스 시대 예술가였던 라파엘로의 시신이 돌함에 보관돼 있는 그 유서 깊은 교회에서, 문이 열리는 순간부터 돌함을 향해 전화기와 카메라 플래시를 터뜨리는 수백 명의 사람들 중 한 명이 되어 직접 보았다. 그 문은 높기도 높고 워낙에 무거워서 사람들은 억지 평온을 가장한 듯한 표정으로 문을 열었는데, 하기야 어떻게 안 그래, 그리 분주하고 인파로 붐비는 건물인걸, 쉴 틈이 있을까 싶게 밤낮 없이 사람들이 들락거리고 더욱이 아래쪽 벽 장식은 또 오죽 산만해야지.

하지만 눈이 위로 향할수록, 건물이 위로 올라갈수록 점차 모든 것이 단순해지기 시작해 마침내는 네모

안의 네모 모양으로 돋을새김한 민무늬에 가까운 정갈한 돌만 남는다. 그리고 꼭대기로 궁륭 천장이 솟아오르고, 그 심장부에 둥글게 뚫린 구멍이 비전처럼 열리면서 천장은 간데없이 바깥의 빛과 공기만이, 하늘만이 남는다.

판테온.

모든 신들이 모인 곳.

옛날 예쁜 시에 5월의 눈처럼 녹아 사라졌다는 묘사가 있었는데 그게 뭐였더라, 그런 차가운 것은 존재하지도 않는 듯이?* 바위도 온기를 입히기 전까지는 차갑지. 이 돌멩이도 원래는 기후가 온화한 나라에서 왔겠지? 전에 라디오에 어떤 여자가 나와 잉글랜드 북부에서 나는 대리석 비슷한 돌에 대해 얘기하는 걸 들은 적이 있는데 돌도 향기가 있어 북부의 그 돌에선 가끔 부패의 냄새가 나곤 한다고, 그건 그 돌의 일부분이 한때 살아

---

* 영국 시인 조지 허버트(1593~1633)의 시 「꽃(The Flower)」의 한 구절이다. "비탄이 녹아 없어지네/ 5월의 눈처럼/ 그런 차가운 것은 존재하지도 않는 듯이.(Grief melts away/ Like snow in May,/ As if there were no such cold thing.)"

있던 숨탄것들의 오래된 껍질로 구성돼 있고, 그렇기 때문에 돌이 깨지거나 부서지며 쪼개진 면이 공기와 다시 접촉하는 과정에서 부식이 일어나기 때문이라고 했다.

소피아는 돌을 코에 갖다 댔다. 이 돌에서는 소피아의 옷장 냄새와 소피아가 쓰는 향수 냄새가 났다.

소피아는 돌을 얼굴에 대 보았다.

나무랄 데 없이 매끈한 표면.

이른 아침이 펼쳐진 창밖은 점차 환해지고 있었지만 차 소리는 들리지 않았다, 아직은. 그러기엔 너무 일렀다. 그 대신 창밖으로 겨울 소리인 까마귀의 울음과 그 위로 지저귀는 다른 새들의 노랫소리가 두 개의 기상 전선이 만나듯, 혹은 한 계절이 채 지나기도 전에 다가오는 계절이 벌써부터 제 음악을 낼 채비를 하듯 한데 어우러졌다.

소피아는 돌멩이를 얇은 박엽지 위에 되돌려 놓았다. 깐 지 얼마 안 된 박엽지였다. 먼젓번에 도톰히 깔아 두었던 박엽지는 황금 나방의 먹잇감이 되고 말았다. 그 생각을 할 때마다 웃음이 났다. 옷장 종이가 나방에 좀먹힌 걸 깨달은 날 소피아는 고개를 들어 옷장에 걸린 옷

가지와 방 안을 한번 죽 훑어봤다. 나방들이 죄다 먹어 치운대도 좋았다. 온 집 안이 가루로 바스라진들 개의치 않았다. 그럼 가루로 바스라진 잔해 한가운데엔?

이 돌만이 변함없이 아름다운 모습으로 남겠지.

소피아는 바닥 널을 제자리에 돌려 놓은 다음 구두를 놓았다. 한 켤레, 두 켤레, 세 켤레……

1985년 7월 어느 무더운 화요일 늦은 아침, 런던의 그레이트 포틀랜드 스트리트.

당신 맞아요? 남자가 말한다. 당신이 맞네요!

그러는 당신도요. 소피아가 말한다. 대니.

소피. 남자가 말한다. 당신한테 받은 주소요. 잃어버렸어요.

나도 당신 주소를 잃어버렸어요. 소피아가 말한다.

호주머니에 넣었는데 나중에 찾아보니 없었어요, 어디로 사라졌는지. 남자가 말한다. 정말 괴로웠어요.

콘월이 가져갔다에 한 표요. 소피아가 말한다.

뭐에 한 표요? 남자가 말한다.

또는 데번이 가져갔거나요. 소피아가 말한다.

아아. 하하! 남자가 말한다. 기억하는군요. 맙소사. 당신 정말이지 그대로네요. 내가 기억하는 것보다 더 당신 모습 그대로예요. 아름다워요.

아니에요. 소피아가 말한다. 그러는 당신은 어떻고요.

나이 들었죠. 남자가 말한다.

그대로예요.

글쎄 그새 데번은 대학생이 되고 콘월은 A 레벨 과정을 거쳐 시험까지 본 것치고는 그대로인가요. 남자가 말한다.

소피아는 웃는다.

하나도 안 달라졌어요. 소피아가 말한다.

그리고 나 체 브레스가 무슨 뜻인지 알아냈어요. 남자가 말한다.

뭘 알아냈다고요? 소피아가 말한다.

그 집 이름이요. 남자가 말한다. 콘월어더라고요. 당연히도.

이제 콘월어도 할 줄 알아요? 소피아가 말한다.

아, 아니요. 남자가 말한다. 할 줄 아는 말이라곤 예전과 마찬가지로 독일어와 프랑스어, 이탈리아어 정도고

굳이 시킨다면 히브리어를 조금 읽을 수 있지만 콘월어
는 못해요. 하지만 찾아봤죠, 무슨 뜻인가 싶어서. 마음
의 집, 그러니까 지성, 머리, 정신의 집이란 뜻이더군요.
프시케의 집. 당시에 찾아봤어요, 1978년에요. 다시 만나
면 말해 주려고 내내 기다렸어요.

그랬군요. 소피아가 말한다.

그래요. 남자가 말한다.

이제 말하게 됐네요. 소피아가 말한다.

네. 남자가 말한다.

고마워요. 소피아가 말한다. 여태껏 기억했다니 대
단해요.

어떻게 잊겠어요? 남자가 말한다. 지금 어디 가는
길이에요? 우리 같이 음, 커피라도 한잔하러 갈까요?

미팅이 있어요. 소피아가 말한다. 하지만, 음…….

아, 네. 남자가 말한다. 그럼 뭐, 다음 기회에…….

아니요. 아니, 그래요. 그러니까 미팅에 안 가도 된
다고요. 소피아가 말한다.

두 사람은 택시를 잡아탄다. 남자는 크롬웰 로드에
산다. 1960년대에 싼값에 장만한 집이라고 말한다. 지금

쯤 집값이 엄청 올랐겠다고 소피아는 생각한다. 큼직큼직한 창문에 벽을 허문 개방형 공간으로 거실 위에 침실이 있고 부엌은 거실 아래층에 있다. 선반마다 책과 미술품과 아름다운 것들이 즐비하다. 섹스는(두 사람은 집에 들어서자마자, 그가 현관문을 닫자마자 섹스를 한다.) 소피아가 해 본 중에 최고다. 섹스 같지 않다. 제대로 귀틀 기울이고, 제대로 바라보고, 제대로 주의를 기울일 줄 아는 상대와 함께인 기분이지 단순히 한데 뒹굴고 물고 빨고 하는 그저 섹스일 뿐인 섹스와는 다르다. 한 번도 겪어 보지 않은, 뭐라 이름 붙일 수조차 없는 경험이다. 말로 설명할 길이 없는 일이 벌어진다.

꽤 적나라하네. 말을 동원했다 하면 이렇다. 그런 뜻이 아닌데. 하여간 말로 표현하면 진의에 못 미치거나 아예 실제와 다른 게 돼 버리고 만다.

나중에 집에 돌아가면서야 소피아는 증발했던 말들을 되찾고, 아니 걸음걸음 옮길 때마다 기습하듯 밀어닥치는 단어들에 정신이 혼미해지며 마치 강풍에 지붕을 잃고 만 집처럼, 지붕이 뭐야, 아예 사벽까지 다 헐려 바람에 훤히 드러난 집이 되어 버린 기분이 들 터다. 시방에서 몰려드는 낱말에 평범하기 짝이 없는 낡고 닳은 거리마저 생기를 띠기 시작해 특별할 것 없는 거리의 특별할 것 없는 인도지만 그 인도가 얼마나 아름다운지, 에이, 무슨 소리, 인도가 어딜 봐서 아름답다고, 그리고 버스 정류장은 또 얼마나 아름답게 빛나고 주위의 모든 오래되고 너저분한 건물들까지도 아름답기만 해서 패스트푸드 매장도 아름답고 유난히 붐비는 동전 빨래방도 아름답고 숨을 앗아 갈 만큼 아름다운 늦은 저녁의 기우는 햇살과 그 햇살이 비추는 빨래방에 모인 사람들의 윤곽마저도, 물론 이 중 어떤 건물도 어떤 사람도 실제로는 전혀 아름답지 않다는 걸 소피아도 알지만 그럼에도 그 순간만은 모든 게, 모두가, 더없이, 믿을 수 없이 아름답게 다가올 것이다.

당장은 그러나 기다란 소파 위에 옷을 벗고 누워 있다. 벽에 걸린 여러 미술 작품들을 둘러보며 먹을 걸 준비하러 주방에 내려간 남자가 돌아오기를 기다린다. 아주 현대적으로 보이는 작품도 제법 있다. 몇몇은 원시적으로 보인다, 예컨대 자그마한 선돌 같은 저 구멍 뚫린 돌처럼 말이다.

『부엉이 식기 세트』*가 생각난다고 소피아는 남자가 돌아왔을 때 말한다. 그로누의 돌이.

맞아요. 남자가 말한다. 내 생각에 헵워스가 저렇게 작품에 구멍을 뚫은 건 말이죠, 사람들이 작품을 보고 방금 당신이 말했듯이 시간에 대해, 오래된 것들에 대해 생각해 보길 원해서였던 것 같아요. 히지만 그것 말고도 사람들이 자기가 빚어낸 것들을 직접 만져 봤으면 하고 바랐던 거라고도 생각해요. 그렇게 물리적이고 감각적인, 촉각적이고 즉각적인 것들에 대해 생각하길 바랐다고요.

작품에 손대는 걸 허용할 갤러리는 없죠. 소피아가 말한다.

유감스럽게도요. 남자가 말한다.

저 돌, 많이 비싼가요? 소피아가 말한다. 아니, 돌들, 저 돌들요?

글쎄요. 작가 사후에는 뭐든 가치가 더 오르기 마련

---

* 웨일스 신화에 등장하는 블로데이웨드(Blodeuwedd, 꽃의 얼굴을 의미한다.)라는 여성의 이야기를 다시 상상한 앨런 가너의 판타지 소설 『The Owl Service』(1967). 웨일스 전설 속 용사인 그로누(Gronw)의 돌이라 불리는 구멍 뚫린 돌이 등장한다. 1969년 드라마로도 제작됐나.

인데 이 작가가 세상을 떠난 지도 이제 십여 년 됐으니
까요. 난 저 작품을 사랑할 뿐이에요. 그 이유 하나만으
로도 나한테는 세상과 맞바꿀 만한 가치를 지닌 작품이
되었죠.

남자는 소피아에게 이 작품이 어머니와 아이를 함
께 표현한 작품들 중 하나이며 작은 돌은 아이 돌, 큰 돌
은 어머니 돌을 나타낸다고 말한다. 구멍이 뚫린 쪽이 큰
돌이고, 큰 돌의 한 부분을 평평하게 다듬어 작은 돌을
그 위에 올린 형상이다.

작가가 사람의 얼굴과 인간사를 표현하는 데 지쳤
으며 자기가 추구하는 건 보편적인 언어라고 말했다고
남자는 말한다.

세계가 직접 말하는 그런 언어 말예요. 남자가 말한
다. 그 표면에 살면서 우리가 소모적인 말다툼이나 하느
라고 쓰는 산지사방 퍼진 온갖 언어들뿐 아니라요.

소피아는 돌들에게로 손을 뻗는다.

만져도 돼요?

그럼요. 남자가 말한다. 꼭 만져 봐야 할 작품이에요.

소피아는 둘 중 좀 더 작은 쪽 돌을 집어 든다. 유방

처럼 둥그스름하고 손에 쥐어 보니 묵직하다. 손바닥을 오므려 돌멩이를 보듬었다가 다시 제자리에 놓는다. 큰 돌에 뚫린 구멍 사이로 손가락을 집어넣어 본다. 돌을 원 모양으로 깎아 만든 구멍일 뿐이다. 그럼에도 감탄이 나온다. 손으로 만져 보자니 의외로 만족스럽다.

몸에도 여기저기 구멍이 뚫려 있으면 좋을 것 같아요. 소피아가 말한다. 그럼 쉽사리 표현 못 하던 것들이 구멍 사이로 흘러나올 수 있을 테니까요.

그렇게 생각 깊은 감상도 가능하군요. 남자가 말한다.

소피아는 자신이 생각이 깊다는 그 생각에 얼굴이 붉어진다.

소피아는 조각 주위를 한 바퀴 빙 돌아본다. 한 바퀴 돌아보게 만드는 작품이다. 여러 각도에서 바라보며 다른 위치에서 다른 측면을 찾아보게끔 만드는 작품. 사물의 안팎을 동시에 바라보는 것과 비슷한 느낌을 준다.

하지만 잘난 체하는 것으로 보일까 봐 남자에게 이 말은 하지 않는다.

돌일 뿐이다. 돌 두 개. 그리고 하나에 구멍이 뚫려 있을 뿐.

소피아는 다시 앉는다. 안락의자에 앉듯이 남자의 두 팔과 품에 몸을 기댄다.

그 이야기 알아요? 소피아가 말한다. 왕과 어느 훌륭한 예술가에 대한 얘기요. 왕이 완벽한 작품을 원한다며 신하들을 보내 부탁했더니 예술가가 동그라미를 그린 거예요. 동그라미 하나를요. 물론 완벽한 동그라미이긴 했지만 그것만 달랑, 그러고는 왕에게 전해 달라고 했대요.

그거 아주 오래된 얘기예요. 작가 이름이 조토였죠. 남자가 소피아의 귓가에 대고 말한다.

오, 세상에. 소피아가 말한다.

오해 말아요. 남자가 말한다. 조토는 작가 이름이에요.

알아요. 소피아가 말한다. 오해하지 않았어요. 난 다만 뭐랄까, 감사한 마음이 들었던 것뿐예요.

뭐에 감사해요? 남자가 말한다.

내 얘기를 당신이 알아들은 사실에요. 그게 첫째 이유고, 또 다른 이유는 당신이 그 이야기를 신화가 아니라 실재했던 사람에 대한 실화로 만들어 줘서예요. 어릴 때부터 알던 얘기거든요. 실화인 줄은 몰랐어요.

실화인지 아닌지는 나도 몰라요. 사실 여부를 증명할 길 없는 그런 종류의 얘기에 더 가까울 테죠. 하지만 결국 우리 모두 그렇지 않나요? 사실 여부를 알 길 없는, 작가 미상의 이야기들이죠.

소피아는 과학자들이 최근에 조토리고 이름 붙인 기계를 우주로 보냈다고 남자에게 말한다. 별들과 곧 지구를 지나간다는 혜성을 촬영하기 위한 기계다.

잠깐만요. 남자가 말한다.

그는 갖가지 언어로 쓰인 책들이 꽂힌 창문 옆 책장으로 건너간다. 햇살이 어깨의 맨살을 비춘다.

조토. 남자가 말한다.

그러고는 미소를 짓는다.

오, 세상에. 남자가 말한다.

따분하단 생각이 들어야 마땅하지 않나? 방금 막 내밀한 관계를 가진 사람이 자리를 털고 일어나 한다는 게 책장에서 책을 집어 와 같이 보자고 내미는 경우라면? 한데 그 정반대다. 남자가 소파 옆에 무릎을 꿇고 앉더니 책을 펼친다.

7월의 크리스마스. 남자가 말한다.

와, 파란색 좀 봐요. 소피아가 말한다.

파란색을 배경으로 한 빨간색과 금색은 어떻고요. 남자가 말한다. 저 별은요. 이글거리는 얼음덩이. 얼음과 먼지와 핵 덩어리죠. 성모의 겉옷도 하늘 같은 파란색이었을 거예요. 파란색이 거의 벗겨졌지만요. 조토의 파란색에 비할 파란색은 어디에도 없어요. 저 별도 원래는 지금보다 훨씬 밝게 표현했을 거예요. 지금도 충분히 눈에 띄니 원래는 과연 어땠을지 여간해선 상상이 안 되죠. 저별이야말로 이 무대의 주인공이고 주역이에요. 스타, 아니 혜성이라고 해야죠. 이게 핼리 혜성을 담은 최초의 그림 중 하나라는 견해도 있거든요.

곧 돌아온대요. 소피아가 말한다. 내년에요. 내가 열세 살 때부터 기다려온 혜성이.

소피아는 완벽한 동그라미를 그렸다는 화가가 그린 그림을 바라본다. 이 그림에는 낙타들도 나오는데 두 마리 모두 기꺼운 듯이 활짝 웃고 있다. 그에 비해 인간들과 천사들은 하나같이 진지한 얼굴이고 선물을 든 왕들도 엄숙하기 그지없으며 그중 한 왕은 아기의 발에 입을 맞추고 있다.

자세히 보니 모두 좁은 낭떠러지 끄트머리에 용케 자리를 지키고 서 있는 모습이다. 소피아는 벼랑처럼 솟은 바위의 가장자리를 손끝으로 어루만진다.

이것 봐요. 소피아가 말한다. 아무래도 콘월이 배경인 것 같죠.

남자가 웃는다.

실제로는 파두아에 가면 볼 수 있어요. 남자가 말한다. 이 그림들을 실제로 보고 싶다면요. 가 볼까요? 조토의 뒤를 이을 새로운 조토가 혜성을 목격하기 전에 최초의 조토 혜성부터 보러 가면 어때요? 그래요. 보러 갑시다. 이탈리아로 갑시다.

이탈리아요? 소피아가 말한다.

내일 어때요. 남자가 말한다. 아니, 당장 오늘 밤.

난 무턱대고 이탈리아에 갈 형편이 아니거든요. 소피아가 말한다.

흠, 그런가요. 남자가 말한다. 그럼 프랑스요. 파리로 갑시다. 하루 이틀 정도만요. 진심이에요. 가서 보고 싶은 게 몇 가지 있어요.

파리. 소피아가 말한다.

어때요? 남자가 말한다. 그리 멀지 않잖아요. 이탈리아만큼 멀지는 않죠. 갈래요? 같이 갈까요?

일해야 해요. 소피아가 말한다.

나도 일은 해야 해요. 남자가 말한다.

그는 소피아를 보며 싱긋 웃는다.

당신은 현재에 충실한 사람이군요. 소피아가 말한다.

맞아요. 남자가 말한다. 그거 좋은 건가요?

좋기도 하고 아니기도 하죠. 소피아가 말한다.

두 사람은 책을 펼쳐진 채로 내려놓는다.

그리고 형언할 수 없는 그것을 다시 한다.

형언할 수 없는 그것이 소피아의 온몸을 관통한다.

너무 좋아서 덜컥 겁이 난다.

아무래도 조심해야겠다, 이 사람. 머리를 잃지 않으려거든 정신 똑바로 차려야 해.

1981년 들어 해가 가장 짧은 날이자 1878년 이래로 가장 눈이 많이 내린 12월의 어느 안개 끼어 습하고 싸늘한 월요일 아침, 공군 기지 정문 밖에 진을 친 사람들은 불도저 소리에 눈을 떴다.

캠프 주변 땅은 이미 고르게 다져졌다. 농성자들이 차지하고 있는 자리에 하수 처리 시설을 새로 설치하기로 결정했다고 공군은 통보한다.

해볼 테면 해보시지.

시위 캠프 내 몇몇 사람이 채굴기 앞뒤에 앉아 여좌

농성을 시작한다.

그 자리에서 움직이기를 거부한다.

공사는 중단된다.

시위자들은 기지 지휘관에게 하수관을 묻는 일은 없을 거라고 말한다.

그리고 이제부터 불시에 기습당하는 일이 없도록 기상 시간을 좀 더 앞당기자고 저희들끼리 합의한다.

현재 캠프에서 생활하는 농성자 수는 성별과 상관 없이 여섯 명에서 열두 명을 오가는 정도인데 머지않아 여성만 참여하는 농성장으로 바뀐다. 이 결정을 두고 그 뒤로 수개월, 수년에 걸쳐 적잖은 논쟁이 이어질 것이다.

캠프에는 긴급 대피소 삼아 설치한 파란색 간이 건 축물이 있다. 이 또한 오래가지 못하고 조만간 해체되어 철거될 것이다.

플라스틱과 방수 시트, 나뭇가지를 모아 만든 공동 구역도 마련돼 있다. 한데 모여 회의와 강연을 하고 대화 를 나누는 공간이자 캠프 사람들이 그나마 비바람을 피 할 수 있는 공간이다. 이 또한 오래가지 못할 것이다.

지역 주민들 중에 마음씨 좋게도 농성 시위자들한

테 욕실을 개방한 이들이 있다. 기지에서 도로 건너편 급수관을 폐쇄했을 때 주민들의 이런 마음 씀씀이는 시위자들에게 결정적인 요인으로 작용했다. 시위자들은 수도국에 편지를 썼다. 수도국은 이제 시위자들에게 매달 수도 요금을 부과한다.

머지않아 농성자 수는 어느 누구도 상상하지 못했던 수준으로 늘어날 것이다. 여성 농성자들은 철조망과 출입구 전면에 걸쳐 알록달록한 털실과 리본을 촘촘하게 엮고 매고 두르고 매일같이 철사 절단기로 외곽 방벽에 구멍을 내고 밤을 틈타 기지에 무단 침입을 하다가 치안 방해죄로 기소돼 법정에 서고 벌금을 물거나 수감되었다가 캠프로 돌아와서는 다시 철망에 구멍을 내기를 반복할 것이다.

급기야 철망에 구멍이 뚫리지 않은 때가 없고, 구멍 수가 농성자들이 새로이 지어 부르는 노래의 수와 맞먹게 될 것이다. 심지어 농성 캠프에서 불리는 노래가 눈같이 불어나 그 노래를 모아 정리한 책의 페이지 수가 100페이지를 웃돌기에 이를 것이다. 소령님 소령님 철망에 개구멍이 뚫렸습니다. 그럼 땜질을 하게 일등병, 땜질을. 하지만 소령님 소령님 여자들이 계속 철망을 끊습니다. 그럼 여자들을 체포하게 일등병, 체포해. 하지만 소령님 소령님 그래도 여자들을 막을 수가 없습니다. 그럼 총으로 죄다 쏴 버리게 일등병, 쏴 버려. 하지만 소령님 소령님 여자들이 노래를 부르고 있습니다. 군대와 경찰은 머지않아 저희 손발이 묶였음을 깨달을 것이다. 저희의 대응이 얼마나 떳떳하지 못하고 근본적으로 잔악한지를 드러내지 않으면서 여성들로 이루어진 노래하는 시위대를 막을 방법이란 사실상 극히 제한적임을 깨달을 것이다.

지금으로부터 이 년이 채 안 지나 첫 순항 미사일들이 기지에 도착할 것이다.

지금으로부터 일 년이 채 안 지나 12월의 진눈깨비 흩뿌리는 어느 일요일에는 영국 전역과 세계 각지에서 모인 3만 명이 넘는 여성들이 기지의 경계에 둘린 철조망을 에워싸 14킬로미터에 달하는 철조망을 14킬로미터에 달하는 인간 사슬이 빙 두를 것이다. 손에 손을 잡고 인간 울타리를 이룰 것이다.

이 행동은 연쇄 편지를 통해 조직됐을 것이다. 기지

를 얼싸안아요. 이 편지를 친구 열 명에게 보내 다시 열
명의 친구들에게 전달하라고 하세요.

시위자들은 스스로를 잠든 이를 깨우는 사람이라고
여긴다.

시위자들은 당면한 위기를 보지 못하는 수백만 명
에 달하는 전 세계 사람들에 대해 그들 모두가 실생에
걸린 셈이라고, 극지방을 탐험하다가 눈 위에 그대로 누
워 잠드는 실수를 범하고 있는 격이라고 간주한다. 나중
에 쓰일 여러 저서에서 이 비유는 시위자들이 저희가 이
루고자 하는 바와 그것이 왜 절박하게 요구되는 상황인
지를 세상에 설명하는 과정에서 가장 흔히 언급하거나
가장 즐겨 사용하는 비유로 꼽힐 것이다.

눈을 감았다간 죽습니다.

그러나 당장 이 순간은 시위대가 맞는 첫 번째 크리
스마스 주간일 따름이다.(이들이 농성을 이어 가며 맞이하게
될 크리스마스 주간은 해를 거듭해 급기야는 새로운 세기로까
지 이어질 것이다.) 우체부가 우편물을 전달하러 온다. 시
위자들은 우체부에게 차 한잔 마시고 가라며 물을 끓인
다. 우체부는 얼마 안 가 집행 업체가 파쇄하고 말 의지

에 앉아 차를 마신다. 지금 이 순간 의자는 아직 의자다.

의자가 없어진 뒤에는?

땅바닥에 앉는다.

머지않아 공군이 농성 캠프를 전부 밀어 버리고 다시는 이 자리에 어떤 것도 지어지지 못하도록 기지 정문으로 이어지는 도로를 군용 차량 증가에 따른 접근성 개선이라는 명목하에 전면 확장하는 때가 올 것이다.

시위자들은 첫 캠프가 있던 자리에서 조금 떨어진 곳으로 이동해 그곳에서 계속 농성을 이어 갈 것이다.

새해에 접어든 지 며칠 되지 않아 런던으로 돌아온 아트는 휑하니 빈 집의 침대에 누워 샬럿이 닭 잡는 가위로 흉부를 자르는 꿈을 반복해 꾼다는 얘기를 했을 때 자기가 얼마나 쓸모없이 반응했는지를 떠올리며 양심의 가책을 느끼고 있을 것이다.

이 쓸모없음은 아트의 수많은 혹은 다방면에 걸친 쓸모없음 중에도 유달리 그리고 두고두고 그를 괴롭힐 것이다. 그를, 그래, 안에서부터 가위질하다시피 할 것이다.

샬럿이 꿈 얘기를 하면 아트는 가까운 화면으로 눈을 돌리곤 했는데 그때마다 화면을 찾을 게 아니라 샬럿에게 다가가 그냥 안아 줄 걸 하고 바라게 될 것이다. 그 얘기를 들은 즉시 다가가 안아 주기만 했대도 무반응보다는 나았을 거다. 샬럿이 뭔가에 감정을 느끼고 그 감정을 형언하려 들고 그에 걸맞은 이미지를 찾고자 했대서 샬럿을 경멸했던, 무반응보다도 못했던 그의 실제 반응에 비해서는 그편이 월등히 나았을 것이다.

반려자가 그런 꿈을 꾸었다고 털어놓을 때 걱정 마, 내가 낫게 해 줄게, 잠깐만 있어 봐라고 말할 줄 아는 남자였더라면, 그러고는 외과의인 척 상상 속에만 존재하는 형이상적인 실과 바늘을 손에 쥐고 갈지자로 절개된 흉터를 꿰매는 시늉을 할 줄 아는 그런 남자였더라면 오죽좋았겠냐고 바랄 것이다. 봉합하는 손짓이나마 해 보일 줄 알았더라면.

그럼 적어도 상대에게 주의를 기울인 것이었을 텐데.

결국 그는 1월이 절반쯤 지난 시점에 샬럿에게 편지를 써 당신이 원한다면 아트 인 네이처 블로그의 도메인 주소, 블로그의 운영과 관리를 모두 넘기겠다고 밝힐 것이다. 자신은 블로그에 적합한 사람이 못 된다는 사실을 알고 있으며 그와 달리 샬럿은 적임자가 맞고 앞으로도 그럴 것이라는 것 또한 안다고 쓸 것이다. 샬럿이라면 훌륭한 블로그 지기가 될 걸 안다고 쓸 것이다. 그러고는 사랑을 담아라는 말과 함께 편지를 마칠 것이다.

그는 또한 SA4Λ의 엔디데인민드 부서에 이메일을 보내 회사 구성원과 만나 실제로 얼굴을 맞대고 회사에 대해, 회사 내 자기 역할에 대해 포괄적인 대화를 나눌 기회가 있겠느냐고 물어볼 것이다.

샬럿은 아주 호의적인 답장을 보내올 것이고 아트의 노트북 건에 대해 미안하다면서 새 노트북을 사 주겠다고 말할 것이다. 아트는 답장을 보내 고마움을 표시하고 새 노트북을 기꺼이 받겠다고 쓸 것이다.(노트북 브랜드며 모델, 운영 체제에 대한 의견을 덧붙이고 싶은 마음을 꾹 참으며 정중한 말투로 말이다.)

그로부터 며칠 안 되어 샬럿은 TV와 영화 드라마에서 신적인 존재의 시선을 맡아 오던 크레인 샷이 이제 드론의 카메라 눈으로 교체되었다는 내용의 블로그 글을 게시할 것이다. 아주 잘 쓴 글일 것이다. 아트 인 네이처 방문자 수가 급격히 늘기 시작할 것이다. 이어 샬럿은 의류부터 우리 입에 고인 침까지 우리 주변 어디에나 존재하는 미세 플라스틱에 대한 글을 쓸 것이다. 그다음에는 의회 내 성차별을 소재로 한 글을 올릴 것이다.

SA4A에 이메일을 보낸 지 삼십 분 내로 아트는 언제나 친절한 말씨를 구사하는 SA4A 봇으로부터 SA4A 엔터테인먼트 부서에 연락을 취하려거든 SA4A 홈페이지의 정보를 참고해 달라는 언제나처럼 친절하고 한결같은 답변과 더불어 관련 홈페이지 링크를 담은 회신을 받을 것이다.

아트는 메일에 회신하며 자신을 고용한 사 측의 누군가와 만나 인사라도 나누었으면 해서 미팅을 잡고 싶으니 실제 직원과 연결해 줄 수 있는지 봇에게 물을 것이다.

그로부터 삼십 분 내로 아트는 언제나 친절한 말씨를 구사하는 SA4A 봇으로부터 SA4A 엔터테인먼트 부서에 연락을 취하려거든 SA4A 홈페이지의 정보를 참고해 달라는 언제나처럼 친절하고 한결같은 답변과 더불어 관련 홈페이지 링크를 담은 회신을 받을 것이다.

아트는 웹사이트로 갈 것이다. '문의하기'를 클릭할
것이다.

웹사이트는 아트가 지금껏 이메일을 주고받아 온
상대이자 언제나 친절한 말씨를 구사하는 SA4A 봇의 전
자 주소를 알려 줄 것이다.

이제 불가능한 일을 해 보자. 겨울철 결로 현상 탓
에 창 안쪽을 들여다보는 게 물리적으로 불가능해진 헛
간 벽면 너머 임시로 꾸린 이부자리에서 뒹굴고 있는 아
트와 그 옆에 쌓인 재고 상자 위에 가부좌를 틀고 앉은
럭스를 들여다보자.

크리스마스 다음 날 아침 10시 무렵이다. 아트는 이
제 막 일어났다. 럭스가 커피를 가져다준 참이다. 이모가
아침 식사를 준비하고 있다고 럭스가 알려 준다. 아트의
어머니와 이모가 지금 부엌에 같이 있는데 아니, 싸우고
있지는 않다고, 아니, 해안선이 식당까지 침투해 들지도
않았다고, 식당은 물론이고 주방을 포함해 자신이 오늘
아침에 들어가 본 다른 어느 방에도 해안선 일부가 집
안으로 침투해 든 흔적은 전혀 없었다고 럭스는 말한다.

내가 봤다니까요. 아트가 말한다. 방 안에 있었어요. 거기 바로. 우리 머리 위에. 누가 해안의 일부를 뚝 뚝 잘라서 방에 쓱 밀어 넣은 것처럼, 우리가 커피고 해안이 커피에 찍어 먹는 비스코티인 것처럼요. 그런데도 이모와 엄마는 계속 싸우고 당신은 아무렇지도 않은 듯이 앉아 있고 다들 영문을 모르고 그러고들 있었죠.

해안선도 저녁을 먹으러 나왔나 보네요. 럭스가 말한다.

아트는 머리를 긁적인다. 손가락을 비벼 본다. 그리고 럭스에게 손가락을 내민다.

봐요, 아직도 머리에 흙가루가 남았잖아요. 아트가 말한다. 보이죠? 취했던 게 아니에요. 진짜 봤다니까요. 정말이지 거기 실제로 있었다니까요.

그럼 당신, 세계 한 귀퉁이에 머리를 찧은 셈이네요. 럭스가 말한다. 그 사전 박사처럼요.

누구요? 아트가 말한다.

있잖아요, 바위를 발로 걷어찬 사람. 럭스가 말한다. 현실이 현실이 맞고 현실이 물리적으로 존재한다는 걸 증명해 보이겠다고 바위를 걷어찼잖아요. 이로써 반박한다. 바위가 실재한다는 걸 증명한다고요.

누구 말이에요? 아트가 말한다.

문학 박사요. 럭스가 말한다. 사전을 쓴 사람. 존슨. 보리스 말고요. 보리스의 정반대 격이죠. 단어의 의미에 관심을 가진 사람이었으니까, 자기 관심사에만 골몰해 단어를 무의미하게 만들어 버리는 사람이 아니라고요.

아니, 그런 건 대체 다 어떻게 아는 거예요? 아트가 말한다. 책이니 사전이니. 셰익스피어도 그렇고. 나보다도 셰익스피어에 대해 잘 아는 것 같아요.

학이 있거든요. 럭스가 말한다.

뭐가 있어요? 아트가 말한다.

학위의 앞부분 절반이요. 럭스가 말한다. 휴일마다 도서관에 가기도 하고요. 음. 가곤 했죠. 예전에.

근데 당신은 진짜 못 봤다는 거죠? 아트가 말한다. 정말 아무것도 못 봤어요?

지구가 날 위해 움직이지는 않던데요. 럭스가 말한다. 내가 본 건 우리가 있던 방이랑 그 방에 모인 우리 네 사람이에요. 나도 방에 있었으니까요. 하지만 해안이 니 땅덩어리니 지표면이니 뭐 그런, 당신이 말하는 그런 건 못 봤어요. 전혀요.

의사를 봐야지. 아트가 말한다.

의사가 보여요? 럭스가 말한다.

그러고는 상자 위로 올라가 헛간을 이리저리 둘러본다.

아니, 내가 의사를 보러 가야겠다는 소리예요. 병원이 다시 여는 대로 전화해서 약속을 잡아야겠다고요. 아트가 말했다.

그럼 한참 기다릴 각오를 해야겠는데요. 럭스가 다시 앉으며 말한다. 요즘 당신 나라에선 심각한 정신 질환 문제로 도움을 받고자 하는 사람도 여섯 달은 기다려야 의사를 볼 수 있으니까요.

하지만 난 지금 당장 미쳐 가고 있는데. 아트가 말한다.

아트는 다시 이불 속으로 파고든다. 이불을 머리 위로 뒤집어쓴다. 럭스가 상자에서 내려와 발치에 앉는다. 옆에 와 앉는 게 느껴진다. 그러더니 이불 밑으로 손을 집어넣어 아트의 한쪽 발을 꼭 붙든다. 아트는 위안을 느낀다.

어젯밤 당신 이모에게 내가 그랬거든요. 럭스가 말한다. 당신이 이리로 나와 잠든 뒤였는데 내가 아트가 자꾸 환영을 보나 봐요라고 말했어요. 그랬더니 당신 이모가 환영을 보는 아트라니 그거 예술에 대한 탁월한 정의라고 말한 거 있죠.

곧바로 아트 당신이 환영을 보는 게 이상할 것도 없다고, 요즘 우리 모두 이상한 시절을 살지 않느냐고 덧붙였지만요. 그리고 지난주에 기차역을 지나다가 경찰을 본 얘기를 해 줬어요. 검은 옷을 입고 기관총까지 든 경찰 네 명이 중앙 홀에서 약도를 보고 있던 나이가 지긋해 보이는 사람들에게 다가가 길 안내가 필요하냐고 묻는 걸 봤대요. 그 순간에 그 사람들이 아주 작고 쇠약해 보였대요. 그 옆에 선 경찰은 거인처럼 다들 거구다 싶었고요. 그걸 보면서 지금 내가 환영을 보거나 세계가 미쳤거나 둘 중 하나일 거라고 생각했대요.

근데 막상 다시 생각해 보니 뭐 새삼스럽나 싶었대요. 내 평생 이 미친 세상에서 온갖 환영을 다 봐 왔는데 그게 뭐 대수라고.

내가 말했죠, 아니라고, 아트 당신이 본 건 환영이지

실제로 일어난 일이 아니었다고. 그랬더니 당신 이모가 그랬어요.

소위 우리 눈에 보인다는 것들 너머까지 볼 수 있는 능력이 아니었으면 우리 모두 어떻게 됐겠느냐고요.

당신은요? 아트가 이불 밑에서 말한다. 당신도 그런 적 있어요?

해안선을 본 적이요? 럭스가 말한다. 흐음. 내가 경험한 나 나름의 해안선에 대해 이야기해 줄게요.

열 살쯤 됐을 때 엄마의 삼촌이 가계도를 그리는 걸 구경한 적이 있어요. 삼촌이 사람들로 이루어진 그 지도에서 내 위치가 어디쯤 되는지 보여 줬는데 난 맨 아래쪽에 있었죠. 내 이름 위로 적힌 수많은 이름들이 시간을 한참 거슬러 올라가는 걸 보면서 그 이름들이 나타내는 수 세기에 대해 생각했고, 그러다 어느 순간인가 내 머리 위에 있는 많은 사람들이 다 실재하거나 했던 사람들이자 나와 연관되고 내 일부를 이루는 사람들인데, 그런데 나는 이 지도상에 있는 사람들 중에서 아는 사람이 거의 없고, 그중 일부분에 대해서라도 아는 게 정말이지 티끌만큼도 없구나 하는 생각을 했어요.

그러고서 몇 년이 지나 이런 일이 있었어요. 열일곱 살 때였는데 토론토에서 길을 걷다가 나도 모르게 퀸 스트리트 한복판에서 그냥 멈춰 서 버렸어요. 분명히 환한 대낮이었는데 어느 순간 내 주위로 모든 게 갑자기 어두워졌거든요. 그리고 내가 머리에 짐을 이고 있다는 사실을 처음으로 깨달았어요. 개울가에서 빨래하는 여자라든가 머리에 물동이를 인 여자처럼요. 그것도 자루나 바구니 하나를 인 게 아니라 수백 개에 달하는 바구니가 마천루를 이루듯 머리 위에 켜켜이 쌓이고 바구니마다 뼈가 수북하게 들어서 머리와 어깨가 짓눌릴 지경이었고, 당장 이 짐을 떨쳐 내지 않으면 이대로 인도 아래로 빠져 들어가 저 흙 속에 파묻히고 말겠구나 싶었어요. 포장도로를 깨부술 때 작업 인부들이 쓰는 그런 기계에 내리눌리다시피요. 그 순간 그나마 든 생각이라곤 너무 어두워서 전등이나 횃불 같은 게 있으면 좋겠고, 하물며 성냥한 갑, 불붙은 성냥 한 개비라도 있으면 이 칠흑 속에서 발 디딜 곳을 찾을 수 있겠다는 생각이었고, 그러면 정신을 차리고 균형을 되찾아 머리에 인 바구니들을 다 내려놓고 하나하나 굽어보며 경의를 표할 수 있을 거라는,

그에 합당한 인정을 낱낱이 표할 수 있을 거라는 생각뿐이었어요. 오해 말아요. 실제가 아니었다는 건 나도 아니까요, 뼈도 바구니도, 머리 위에 아무것도 없었다는 거야 알아요. 그런데 그럼에도. 그럼에도 있었어요. 거기에. 아니, 여기에요.

그래요. 아트가 말한다.

물론 다른 의견도 있지만요. 럭스가 말한다. 당신이 어젯밤 봤다는 환영 얘기를 당신 어머니에게 했더니 어머니가 아주 성가시다는 표정을 지으며 걘 정신을 좀 차릴 필요가 있다고 말했거든요. 내 생각에 당신 어머니는 땅끝에 내몰린 기분으로 세상을 사는 수백만 명 중 한 분 같아요.

하지만 아트는 귓가에서 우르르하는 소리가 들리고 몸 아래로 바닥이 진동하는 게 느껴지기 시작하는 통에 럭스가 자기 어머니에 대해 하는 말을 듣지 못한다.

오 하느님 맙소사.

아트는 머리 위로 뒤집어썼던 이불을 젖힌다.

럭스에게 이야기를 멈추라는 의미로 손을 들어 보인다.

왜 그래요? 럭스가 말한다.

또 시작되려는 것 같아요. 아트가 말한다.

그래요? 럭스가 말한다.

공기가 우르르거려요. 아트가 말한다. 땅이 흔들려요.

그러네요. 럭스가 말한다. 자동차 소리처럼, 아님 비행기 소음이나요.

당신도 들린단 말이에요? 아트가 말한다.

럭스가 고개를 끄덕인다.

아트는 자리에서 일어난다. 문으로 다가가 살짝 열고 밖을 엿본다. 사람을 가득 태운 버스 한 대가 후진을 하더니 덜컹거리며 저택으로 이어지는 헛간 바깥쪽 길을 조심스레 오르기 시작한다.

내 눈엔 버스가 보이는데요. 아트가 말한다.

내 눈에도 버스가 보여요. 럭스가 말한다.

아트는 옷을 챙겨 입는다. 집에 도착해 보니 버스는 그새 집 앞에 주차를 마치고 문을 열어젖힌 모습이다. 럭스가 버스 옆구리를 두드린다.

이로써 반박한다, 버스. 럭스가 말한다. 진짜 버스가 맞아요.

운전석에 앉은 남자가 불붙은 담배를 쥔 손을 창밖으로 최대한 뻗고 있다.

금연 버스여서요. 남자가 말한다.

집 안이 사람들로 붐빈다. 포치 한쪽에 외투와 장화가 잔뜩 쌓였다. 홀에 있는 화장실 바깥으로는 사람들이 줄을 서서 기다리고 있다.

모르는 사람이 어머니의 서재에 앉아 어머니의 컴퓨터를 사용하고 있다.

말 걸지 마세요. 남자가 말한다. 페이스타임 중이니까.

남자 뒤에는 지루해 죽겠다는 표정을 한 여자가 서 있다. 남자가 화면상의 누군가에게 지도 위 좌표에 대해 얘기하기 시작한다.

이이는 내 남편이에요. 여자가 말한다. 그리고 안 그래도 물어볼 참이셨으려나 모르겠지만 아무래도 이번 크리스마스가 내가 보내 본 최악의 크리스마스가 아닐까 싶어요, 밤새 버스에서 잠을 설치며 보냈거든요, 희귀조라면 난 아무 관심도 없는데.

여자는 시나 매캘럼이라고 자신을 소개하고 저희

부부와 성인이 다 된 세 자녀와 그 세 자녀의 생활 동반자들까지 어젯밤 에든버러를 출발한 뒤로 내내 버스에서만 지냈다고 말한다. 내려오는 길에는 열성적인 탐조객들을 태우느라 여러 번 정차했다. 버스를 대절한 건 남편이었다. 자기야 평생 캐나다 솔새를 보고 죽든 못 보고 죽든 아무래두 좋다. 하지만 남편이 새도 보고 돈도 별 기회라면서 이런 기회가 있다는 걸 알면 크리스마스를 길에서 허비한대도 좋다고 나설 사람이 상당수 될뿐더러 그런 이상 버스 대절과 제반 일정 등등을 나서서 맡는 사람에게 후한 금액을 지불할 준비도 돼 있으리라고 마음먹어 버리는 바람에 여기까지 오게 됐다.

결국 제 남편 말이 맞았고요. 여자가 말한다. 그러니 무슨 말을 더 해요? 이 나라 토종도 아닌 새의 모양새에 온갖 의미 부여를 하려는 사람들로 세상이 차고 넘친다는 말밖에는요.

여자의 남편이 페이스타임 화면 너머에서 아트에게 눈을 찡긋하고 벌이가 짭짤하다는 손짓을 해 보인다.

복 많이 받은 크리스마스예요. 매캘럼 씨가 말한다.

시나라는 여자가 럭스에게 자녀들을 소개한다. 아

트는 부엌으로 향한다. 생판 모르는 사람들이 양말만 신고 주방을 오가거나 식탁에 둘러앉아 뜨거운 음료를 마시고 있다. 아이리스가 아가 오븐 앞에 서서 팬과 냄비에 달걀을 요리하고, 그 옆에선 다른 여자 하나가 토스트 여러 장에 버터를 바르고 있다.

아트는 위험을 감수하고 식당으로 들어선다.

방 어디에서도 해안선의 흔적은 보이지 않는다.

오케이.

좋아.

어제저녁에 먹고 남은 음식으로 차려진 식탁에서 사람들이 자유로이 음식을 덜어 먹는다. 식탁에 모여 앉은 사람들이 아트가 누구인지 알아차리고 난리 법석을 떤다. 다들 손 내밀며 악수를 청하지 않나, 고맙다고 인사를 건넨다. 그를 만났다는 사실에 잔뜩 흥분한 기색이다. 아트가 유명인이라도 된다고 생각하는 모양이다.

어떻게 생겼던가요? 한 남자가 말한다. 사진도 찍으셨어요?

아니요. 아트가 말한다.

그래도 직접 봤다면서요. 남자가 말한다.

아트는 얼굴을 붉힌다.

그게…….

아트는 진실을 토로할 참이다. 그런데 그 남자가 여기저기 십자 표시가 잔뜩 그어진 콘월 지도를 들어 보이며 말한다.

알아요, 알아요. 당신 새는 놓쳤죠. 아무리 뛰어난 탐조가라고 그런 경험이 없을까요. 하지만 당신은 어찌됐거나 새를 봤잖아요. 우리도 당신이 목격한 그 자리부터 찾아가 볼 계획이니 정확히 어디였는지 좀 짚어 봐주시죠. 혹시 모르잖아요. 운이란 게 워낙 예측 불허니까요. 그 뒤에는 다른 관찰지를 돌러 런던에서 마우즐로 내려온 그룹과 합류할 계획이에요.

다른 관찰지라니요? 아트가 말한다.

관찰지로 알려진 곳은 전부 돌아보기로 했거든요, 추정이건 확정이건 간에요. 남자가 말한다.

확정 관찰이 있었다는 말이에요? 아트가 말한다. 진짜 캐나다 솔새가 확실하다고요?

아니 여태 어디 계셨어요? 남자가 말한다. 인터넷에 쫙 깔렸는데!

신호가 안 잡혀서요. 아트가 말한다.

남자는 네 차례에 걸쳐 솔새가 관찰되었다고 추정되는 구간과 세 차례의 관찰이 확인된 구간을 지도에서 짚어 준다.

그가 전화기에 저장된 사진을 한 장, 또 한 장, 또 한 장 보여 준다.

아무리 봐도 캐나다 솔새가 맞다. 뒤에 보이는 풍경 역시 아무래도 이 지역 풍광이 맞다.

정말이네요. 아트가 말한다. 맙소사.

그리고 당신은 새를 직접 목격했잖아요. 남자가 말한다. 운도 좋으시지. 신화나 다름없는 캐나다 솔새를 바다 이쪽서 목격한 사람이 얼마나 드문데, 전 세계에 몇 되지 않는 사람 중 하나에 드신 거예요.

그리고 어찌 되었든 말입니다. 매캘럼 씨라는 남자가 방에 들어와 아트의 어깨에 팔을 두르며 말한다. 저희에게 선생만큼 운이 따라 주지 않는대도 이 부근에는 새가 널렸잖습니까, 바다에 새가 한가득이죠. 그러니 마우즐에 갈 생각만으로도 전 솔직히 마음이 들썩거리는걸요.

시나라는 여자가 한심하다는 듯이 눈을 굴린다.

제가 살려 드리죠. 아이리스가 그걸 보고 여자에게 말한다. 크리스마스 독주가 좀 남았거든요. 절 따라오세요.

옳지, 일어났구나, 아서. 아트 어머니가 말한다. 방문객 중 몇 분이 해안에 가기 전에 헛간에 있는 재고를 보러 갔으면 하셔서.

제법 많은 사람들이 어머니를 뒤따라 헛간으로 향한다.

아트는 수심에 잠긴다. 자신이 그리 대단한 자연 애호가요 자연을 사유하는 사람이라면 캐나다 솔새를 보러 저이들과 함께 버스에 올라타야 맞지 않나? 어째서 일생에 한 번 볼까 말까 한 새를, 그것도 바다와 풍파를 이겨 내고 여기까지 겨우겨우 당도한 새를 실제로 볼 수도 있다는 생각에 마음이 더 들뜨지 않지?

그러나 버스와 탐조가들을 떠올리며 아트가 수심에 빠진 진짜 이유는 따로 있다.

아트가 걱정하는 진짜 이유는 북쪽에서 버스를 타고 내려온 이 사람들이 런던에서 버스를 타고 내려온 사람들과 합류할 거라는 말 때문이다. 혹시라도 럭스가 이 이야기를 듣고 그 차편으로 런던에 돌아가고 싶다고 생각하면, 그쪽 버스에 합승해도 되는지 묻기라도 하면 어쩐다?

보나 마나 그편에 묻어가려 할 테지.

그러면 내일까지 기다릴 필요 없이 오늘 안에 여길 뜰 수 있을 테니까.

있지도 않은 해안을 봤다고 생각하는 나사 빠진 사람과는, 그리고 당신은 여기서 환영받지 못한다고 말한 나사 빠진 그의 어머니와도 더 이상 마주하고 싶지 않을 테니까.

심지어 제대로 된 침대 하나 아무도 마련해 주지 않았잖아.

아트가 럭스였대도 떠난다.

럭스가 지금 어디 있는지 그는 모른다. 집에 건너온 뒤로는 보지 못했다. 설마 벌써 버스를 잡아탄 걸까?

지나치게 실제적인 진짜 버스에?

아트는 버스가 있는 곳으로 나가 본다.

아니, 버스엔 없다. 버스에는 손을 내밀어 담배를 권

하는 운전사밖에는 아무도 타고 있지 않다. 고맙지만 사양하죠. 아트가 말한다. 그 대신 성냥 두어 개쯤 혹시 빌릴 수 있을까요?

아트는 다락에도 올라가 보고 빈방을 차례로 들여다본다. 식당에도 다시 가고 서재에도 가 본다. 뒷마당도 내다보고 아예 밖으로 나가 정원과 들판이 만나는 경계에 세워진 울타리까지 걸어가 본다. 시끌벅적한 집에 돌아와 현관 공간을 살피고 마지막으로 주방을 들여다본다. 개수대 앞에 선 아이리스가 시나라는 여자가 내민 휴대용 술병에 달달한 냄새가 나는 술을 따라 주고 있다.

버스에서 내린 다른 사람들이 아이리스가 술을 따르는 걸 보더니 저희끼리 두런두런 상의한 끝에 휴대용 술병과 플라스틱 물병을 하나씩 들고 아이리스 앞에 일렬로 공손하게 줄을 선다.

탐조객들은 삼십 분가량을 더 뭉그적거린 끝에 길을 나선다. 카메라를 챙기고 외투를 걸치고 장화를 집어 신고는 고맙다 외치며 버스에 올라탄다. 버스는 집을 딱 두 번만 들이받으며 진입로에서 용케 3점짜리 턴을 해내더니 뒤쪽 창 너머로 손을 흔들어 보이는 사람들을 싣고 나무들 사이로 난 길을 따라 기우뚱거리며 서서히 멀어진다.

시나라는 여자가 헛간 재고 상자에 있던 앵글포이즈 등을 번쩍 들어 보이며 팔을 흔든다.

아트와 같이 현관에 나와 있던 어머니가 버스가 떠나는 걸 보고 양쪽 손바닥을 펼친다. 아트에게 둘둘 말린 지폐 뭉치를 보여 준다.

복싱 데이 세일. 어머니가 말한다. 창고 대방출. 네 여자 친구가 바이올린의 대가이자 세일즈에도 천부적인 재능을 가졌다는 거 알고 있었니?

크리스마스 다음 날 늦은 오후. 바깥 빛이 사그라들었으니 이미 저녁이라고 봐야 할 테고, 집 안은 겨울 꿈결만큼이나 온기로 가득하다. 아트는 의자에 앉아 졸고 있다. 럭스는 거실 벽난로 앞 바닥에 앉아 진짜 애인이나 반려자처럼 아트의 다리에 몸을 기대고 있다. 모두 상상 속에서나 그려 봤을 법한 크리스마스의 한 장면 같다.

어머니가 어릴 적 크리스마스 아침이면 채널 불문하고 TV에서 방영하던 프로그램에 대해 이모에게 (제법 논리적으로) 이야기하는 중이다. 병원의 소아 병동에서 생방송으로 진행하던 그 프로그램들은 크리스마스 시즌에 병원에 입원해 있어야 하는 신세거나 병원에 입원한 아이를 걱정해야 하는 처지가 아닌 게 얼마나 큰 행운인지 시청자들에게 새삼 상기시키려는 의도에서 기획된 게 아닐까 싶을 정도였다고.

우리가 그런 방송을 찾아 본 건 아니지만. 어머니가 말한다. 하지만 방송이 나오는 걸 확인하고 바로 화면을 꺼 버려도 머리 한구석에 그 내용이 남아 종일 마음이 쓰였어. 병원 근처라면 얼씬할 일도 없는 크리스마스를 보내면서도 자꾸만 병원에 있을 사람들 생각이 밟혔지. 그런 생각에는 어딘지 모르게 선한 구석이 있기도 했어.

누가 구닥다리 가톨릭 신자 아니랄까 봐. 아이리스가 말한다.

흠, 그렇기도 하고 아니기도 해. 어머니가 말한다. 그런 방송을 본 사람은 누구나 얻어 가는 게 있기 마련이잖아. 원하든 원치 않든 다른 사람들을 생각하게 만드니까. 마음먹고 시청한 적이야 없다만 솔직히 말해 재밌는 방송이었을 리도 없잖아, 크리스마스 기간에 병원에 입원해 있다가 카메라랑 스태프들을 대동한 마이클 애스펠이니 뭐 그런 진행자에게 병문안을 받은 사람의 친지뻘이라도 되면 몰라도. 그렇다면야 흥미진진했겠지. 아주 혹해서 방송을 봤을 테지.

아버지가 우리 아주 어릴 적에 이런 얘기를 했어. 아이리스가 말한다. 넌 너무 어릴 때라 기억 못 할지 몰라. 1차 세계 대전 직후 언젠가 할아버지가 크리스마스 날에 아버지를 데리고 참전 군인들 병문안을 간 적이 있댔어. 어쩌면 그런 방송들의 기조도 전후에 일상이 되었던 병문안이랄까 그런 분위기에서 맨 처음 비롯됐는지도 모르지.

요컨대 그 무렵 전쟁에 참여했던 사람들치고 미치기 일보 직전까지 가지 않은 사람일랑 극소수였다 이 말일 테지, 지금 와서야 아무도 차마 그런 말을 못 꺼내지만. 반쯤 졸던 아트는 생각한다. 두 다리를 절단당하고도 비행모를 쓰고 스핏파이어 전투기 조종석에 용맹히 몸을 던져 넣던 케네스 모어보다는 영화 「캔터베리 이야기」에서 군대에 있는 여자만 봤다 하면 머리에 접착제를 뿌리고 달아나는 정신 나간 남자 식으로 말이야.

아버지가 그런 얘기도 했어. 아이리스가 말한다. 이제 와서는 아무도 언급하지 않는 얘긴데, 1차 대전 이후에 정부가 겨자 가스 공격을 받은 엄청난 숫자의 피해자와 그 가족에게 당신들이 아픈 건 독가스 때문이 아니라 결핵에 걸린 탓이라고 대놓고 거짓말을 했는데, 그게 다 정부 차원에서 부상자들과 그 가족들에게 전상자 연금을 지급하지 않으려고 둘러댄 소리였다고 말이야.

어머니가 콧방귀를 뀐다.

전형적인 아이리스표 반체제 동화네. 어머니가 말한다.

아이리스는 가볍게 웃는다.

아무리 너래도 말이지, 소프, 네 그 혜안과 사업적 통찰력과 타고난 지성으로도 사실이 아닙니다 단언해 버리는 것만으로 사실인 걸 사실이 아니게 만들 수는 없거든.

대체 언제 관둘래? 어머니가 말한다.(그래도 정감 있는 목소리다.) 무너뜨리려야 무너뜨릴 수 없는 체제를 어떻게든 이겨 보겠다고 평생 헐뜯고 깎아내릴 작정이겠지. 그만 진실을 받아들여. 질리지도 않아? 가망 없는 일

이란 거 알잖아. 언니가 살아온 인생도. 헛된 쳇바퀴질이
라고.

아, 그게 요즘은 나도 예전만큼 야심에 불타질 않아
서 말이야. 아이리스가 말한다. 이제 나이도 들 만큼 들
었겠다, 한결 지혜로워지고 사지가 뻣뻣해져 그런지. 요
즘 난 말이지, 네가 진실 운운했으니 털어놓자면, 진입
금지니 출입 불가 같은 말이 적힌 팻말을 보거나 작동
중인 CCTV를 볼 때마다 아, 실은 내가 햇살과 빗발과
시간의 흐름 가운데에 가만히 제자리를 지키는 한 줌 이
끼여도 흡족하겠구나, 그런 팻말 위에 조용히 피어올라
단어들 위로 스스로를 푸르게 물들이는 이끼래도 부족
함을 모르겠구나 그런 사실을 자꾸 깨닫고 있어.

진실 얘기가 나와 말인데요. 아트가 여전히 두 눈을
감은 채 말한다. 두 분에게 묻고 싶은 게 있어요.

세상에나, 묻고 싶은 게 있대. 어머니가 말한다.

그것도 우리 둘에게. 아이리스가 말한다. 물어봐,
아들.

무슨 소리. 어머니가 말한다. 언니 아들 아니거든.

아트는 아주 어릴 때 들은 이야기가 있다고, 크리스

마스 때 눈보라 속에서 길을 잃고 헤매다가 지하 세계에서 자기 자신을 되찾는 남자애 이야기를 누군가 해 주었던 기억이 난다고 말한다.

아. 아이리스가 말한다. 맞아. 내가 해 준 이야기야.

그렇지 않아. 어머니가 말한다.

그렇대도. 아이리스가 말한다

네 이모에게 들은 얘기일 리 없다. 어머니가 말한다. 내가 해 준 얘기니까. 나한테 들었어.

뉴린 코티지에서 널 무릎에 앉히고 들려준 이야기야. 아이리스가 말한다. 배 구경을 가자며 같이 물가에 산책을 다녀온 뒤였지. 넌 아직 한 번도 눈을 본 적이 없다고 슬퍼했어. 그래서 내가 아니라고, 눈을 본 적이 있는데 워낙 어릴 때 일이라 기억이 안 나는 것뿐이라고 설명해 줬어. 그러고 나서 그 얘길 해 줬던 거고.

귀담아듣지 마라. 어머니가 말한다. 네가 악몽을 꿨다고 내 방으로 건너왔어. 내가 핫초콜릿을 만들어 줬고. 네가 눈은 눈이되 눈이 아닌 게 뭐냐고, TV에서 누가 그렇게 말하는 걸 들었다면서 물어봤지. 그래서 내가 그 얘길 해 줬던 거야.

내 무릎에 앉아 들은 얘기라니까. 아이리스가 말한
다. 이야기에 나오는 아이가 남자애인지 여자애인지 드
러나지 않게 한다고 애썼던 것까지 구체적으로 기억하
는걸.

남자애가 나오는 얘기였다잖아. 어머니가 말한다.
그러니 내 얘기를 기억하는 게 확실하지. 나라면 분명히
주인공이 남자애였다고 했을 테니까. 그래 맞아, 그랬어,
그리고 구체적으로 기억하기는 나도 마찬가지야, 이야기
를 하면서도 아서 네가 좋아할 만한 사실을 일부러 집어
넣었거든. 철학자 얘기니 카메라 속임수니 그런 것들, 그
즈음 안 그래도 영상 박물관에 막 다녀온 참이었는데 네
가 거길 그렇게 좋아했으니까, 우주인이니 눈송이 모양
을 연구하는 사람들 얘기까지 버무렸어. 기억나지?

아니요. 아트가 말한다. 영상 박물관에 갔던 건 기억
나요. 누군가가 별이랑 눈에 대해 얘기해 줬던 것도요.

케플러. 어머니가 말한다. 케플러 얘기를 해 준 건
나다. 케플러랑 혜성이랑 눈송이에 대해서 얘기해 줬지.
네 이모는 케플러가 누군지도 모른다고.

내가 너한테 그 얘기를 들려주면서 굳이 주인공을

'아이'라고 부른 이유가 있어, 아티. 아이리스가 말한다. 남자애일 가능성도 여자애일 가능성도 모두 열어 뒀던 이유가 말이야. 우리가 어릴 때 그 얘기를 처음 해 준 우리 어머니는 주인공을 여자아이로 만들었거든. 얼었던 땅이 녹아 갈로시를 신고 지하 세계까지 내려간 여자아이 얘기를 들으면서 내가 그랬던 것처럼 너두 내 이야기를 들으면서 그 아이에게 너 자신을 반영할 수 있었으면 했거든.

갈로…… 뭐요? 럭스가 말한다.

갈로시. 고무장화의 일종이에요. 아트가 말한다.

근사한 단어네요. 럭스가 말한다.

전혀 이국적이지 않은 물건이니 흥분할 거 없어요, 샬럿. 어머니가 말한다. 그리고 기왕 진실을 말할 거라면 말이지. 아서, 네가 자기랑 살았다고 이모가 자꾸 거짓 주장을 하는데 그 말엔 일말의 진실도 없다는 걸 알아라. 다시 한번 분명히 말하는데 넌 네 이모랑 산 적이 없어. 어릴 때 얼마간 내 아버지랑 살았지.

네가 아버지한테 아트를 맡길 때마다 아버지는 아트를 나한테 맡겼거든. 아이리스가 말한다. 아버지는 어린아이를 돌볼 줄을 전혀 몰랐으니까.

우리 둘은 잘만 키우신 것 같은데. 어머니가 말한다.

우리를 키운 건 어머니였지. 아이리스가 말한다. 아버지는 5시 45분에 집에 와 저녁 식사를 했을 뿐이고.

저녁거리 살 돈은 아버지가 버셨어. 어머니가 말한다.

그랬을지도 모르지. 그렇다고 어린아이를 돌볼 줄 알았던 건 아니야. 아이리스가 말한다. 그리고 네가 아무리 기를 써도 네 아들의 역사에서 날 지우려는 시도는 실패할 수밖에 없어. 아트가 기억을 하건 못 하건 난 아트의 기억 은행에 저장돼 있으니까. 그런데 기억 은행이란 요즘의 금융 기관이니 혜지 펀드니에 비해 훨씬 덜 취약하고 물질적인 성격은 훨씬 강하잖아. 아티, 나랑 같이 시위하러 갔다가 대문자 알파벳을 들고 춤췄던 거 기억나니?

아트가 눈을 번쩍 뜬다.

맞아요! 비슷한 기억이 나요. 난 A 자였던 것 같고.

CASH NOT CUTS(삭감 말고 현금을)의 A 자였지. 아이리스가 말한다.

그래요? 아트가 말한다.

거기서 율동에 맞춰 발을 몇 번 더 놀리면 NO POLL TAX(인두세를 폐지하라)의 A 자가 되었고. 아이리스가 말한다.

언니랑 산 적 없어. 넌 이모랑 같이 산 적이 없어. 어머니가 말한다.

아, 우리도 참 운 좋은 세대였지, 필로, 그렇게 열분에 차 보낸 여름도 있었고, 감정과 열정으로 강인할 수 있었던 사랑의 여름을 몸소, 몇 차례나 살았으니까. 아이리스가 말한다.

그건 그래. 어머니가 말한다.

그런데 쟤네 세대는. 아이리스가 말한다. 스크루지 영감과 함께한 여름. 여름뿐인가? 겨울도 스크루지와 함께고, 봄도 가을도.

그것도 슬프지만 사실이지. 어머니가 말한다.

우리야 전쟁이란 게 존재하는 세상을 원하지 않는다는 자각이라도 있었는데. 아이리스가 말한다.

우린 다른 세계를 일구려 했지. 어머니가 말한다.

우린 우리 스스로가 선봉에 섰어. 아이리스가 말한다. 기계에 우리 몸을 맞부딪치며 싸웠지.

우리의 심장이 기계와는 다르다는 확신을 갖고. 어
머니가 말한다.

그때 신기한 일이 벌어진다. 어머니와 이모가 노래
를 부르기 시작한다. 너무나 자연스럽게도 다른 나라 말
로 된 노래를 부르기 시작한다. 처음에는 다정한 목소리
로 두 소절 정도를 같이 부르다가 이윽고 화음을 이룬다.
어머니가 저음부를, 이모가 고음부를 맡는데 두 사람 다
사전에 입을 맞춰 본 사람들처럼 음의 굽이굽이를 완벽
히 파악하고 있다. 독일어처럼 들리는 말로 노래를 하다
가 잠시 영어로 바꾸더니, 다시 처음의 외국어로 돌아가
노래를 계속한다.

처음부터 내겐 그대뿐이었어요. 두 사람이 노래한다.

화음을 맞추어 노래하고는 다시 말을 바꿔 부르다
가 끝에 가서는 영어로 노래를 마친다.

누가 봐도 혈연관계네요. 럭스가 말한다.

네, 그것도 나와 혈연관계죠. 아트가 말한다. 아이고
내 신세야.

어머니와 어머니의 언니는 어느새 다시 서로를 외
면하고 있다.

둘 다 얼굴이 상기됐다. 둘 다 의기양양한 표정이다.

아트에게 그 얘기를 해 준 건 나야, 언니가 아니라. 어머니가 말한다.

나도 해 줬던 거야. 아이리스가 말한다.

거울 생각을 예컨대 4월 들이시도 여진히 하고 있다면 그건 조금은 괴이한 상황이라 봐야 할 것이다. 따사롭고 새와 꽃이 만발하고 이파리가 푸릇푸릇 돋아나는 4월의 이토록 햇살 밝고 그해 들어 가장 더운 날이자 4월치고 역대 최고 기온에 근접한 날에 말이다.

그러나 아트는 이리도 이례적인 더위의 와중에 기차에 앉아 머릿속으로 눈밭에 내버려진 구형 컴퓨터 키보드를 그리고 있을 테고, 눈송이가 키보드의 낱자와 숫자와 특수 문자 위로 에어 포켓을 형성하며 사뿐히 내려앉아 켜켜이 쌓이며 우연의 설계에 따라 무턱대고 빚어내는 자연 건조물을 상상하다가, 더불어 이런 생각을 하게 될 터다.

어떻게 이로써 반박한다, 버스 같은 세련된 농담을 할 줄 알지?

어떻게 아트의 문화에 대해 아트보다 더 많이 알고, 그것도 하나같이 흥미진진하기만 한 사실들을, 그리고 어떻게 그런 사실들을 언급하는 데서 그치는 게 아니라 그걸 바탕으로 농담까지 할 수 있지? 자기 문화가 아닌 문화에 대해, 모국어도 아닌 언어를 써 가면서?

그사이 그는 새뮤얼 존슨 박사에 대해, 박사가 정신과 물질, 현실의 구조를 두고 어느 주교인가와 벌인 논쟁에 대해 온라인 검색을 통해 읽어 봤을 것이다.

그사이 치킨 코티지라 불리는 패스트푸드 매장들 앞을 수차례 오가고 빗물에 젖은 치킨 코티지 광고 전단지가 인도에 붙어 있는 광경을 수차례 목격했을 것이며, 그때마다 정신과 물질이란 불가사의하기 그지없고 그 둘이 만날 때 얼마나 풍요로워지는지 수차례 깨달았을 것이다.

그만둬. 아트는 스스로에게 말할 것이다. 그만 정신 차려. 새 한 마리가 둥지를 폈다고 지천에 깔린 새들이 일제히 노래를 그치는 건 아니잖아. 새 한 마리가 떠났을 뿐이라고.

그러고는 여자애를, 아니 여자를 조류에 비교해 생

각하고 있는 자신이 성차별적이지는 않은지 궁금해할 것이다.

그렇지만 실제로 새가 얽혀 있기는 하잖아, 그것도 희귀종인 새, 아트는 끝내 제 눈으로 직접 보지 못한 새가.

애초에 이런 생각이 든 것도 다 그 때문이라고 스스로에게 말할 것이다.

바다에 새가 한가득이죠라고 남자가 말했지.

바다에 플라스틱 병이 한가득.

아트는 콘월에서 럭스에게 보수를 지급하던 날 아침을 떠올릴 것이다. 사흘간 샬럿 역할을 해 준 대가로 현금 1000파운드를 줬다.

럭스는 돈을 세어 보곤 세 다발로 나누어 외투와 청바지의 각기 다른 주머니에 접어 넣었다.

고마워요라고 말했다.

아트는 럭스에게 주먹 쥔 두 손을 내밀었다. 한 손에는 5파운드 지폐 한 장과 1파운드 동전 세 개가, 다른 손에는 사용하지 않는 성냥개비 세 개가 들어 있었다.

럭스는 돈이 든 손을 짚었다. 그러고는 미소를 지었다.

역시 멋진 고용주예요. 럭스가 말했다. 언제고 기회
가 되면 또 일할게요.

럭스는 성냥이 든 손을 짚었다. 그러고는 다시 미소
를 지었다.

게다가 세련되기까지. 럭스는 말했다.

럭스는 이부자리에 앉아 스터드 장식을 다시 달고
고리 장식과 작은 사슬, 막대 모양 피어싱을 차례로 꽂았
다. 가느다란 은붙이로 살갗에 뚫린 구멍의 길을 찾아 찔
러 넣으면서(그 한없이 부드러운 손동작을 보다가 아트는 발
기했고 몇 달이 지나 그 장면을 떠올리면서도 역시 그랬다.)
럭스는 메이크 두의 재고 상품이 쌓인 헛간과 탐조가들
이 물건을 사 간 뒤로 개봉된 채 남아 있는 나무 상자들
과 그 위에 널린 자잘한 물품들을 둘러보았다.

물건은 우리 소유가 아니에요. 럭스가 말했다. 봐요,
우리가 쳐다보니까 저 물건들도 우리를 쳐다보잖아요.
우린 물건을 우리 걸로 생각하죠, 마음 내키는 대로 사고
간직하고 더 이상 원치 않게 되면 내버려도 된다고요. 사
물들은 굳이 알 필요도 없이 알아요, 정작 폐기될 것들은
우리란 걸요.

어머니는 당신이 세일즈에도 천부적인 재능을 가졌다던데요. 아트가 말했다.

그래요. 럭스가 말했다. 내 수많은 재주 중 하나죠.

그러고서 럭스는 재킷을 걸치고 아트와 어머니의 볼에 입을 맞추어 작별 인사를 하곤 아이리스의 차에 올라 새벽 기차편으로 출발하기 위해 기차역으로 향했다.

아트는 손을 흔들었다. 어머니도 손을 흔들었다. 두 사람은 현관에 서서 손을 흔들었다.

아트는 가슴이 조여 오는 걸 느끼며 온갖 한심한 물건들이 널브러진 헛간으로 돌아갔다.

이부자리 옆에 럭스가 두고 간 플라스틱 물병이 놓여 있었다. 물이 반이나 남아 있었다. 아트는 이부자리에 앉아 남은 물을 들이켰다. 스코틀랜드 심장부 글로라트 보호 구역의 지속 가능한 수원지에서 끌어 올린 스코틀랜드 산맥의 생수.

오염되지 않은 물.

아트는 빈 물병을 스웨터에 둘둘 말아서 배낭에 집어넣었다.

런던의 집으로 돌아간 뒤 짐을 풀면서 배낭에 넣어

온 물병을 꺼내 아이팟 독과 아트 인 네이처 공책과 휴대폰 충전기가 놓인 침대 머리맡 탁자에 올려 두었다.

곧 다가올 봄의 어느 날 그는 침대에 앉아 예전 공책을 뒤적일 것이다. 그리고 제 손글씨로 적은 노골적인과 적나라한이라는 두 단어를 발견할 터다.

그 단어들을 기록한 이유는 통 생각나지 않을 테지만 아이디어 스토어에서 펜을 빌려 적었다는 사실만은 기억할 것이다.

그로부터 몇 주 뒤에 그는 럭스가 일한다고 했던 곳으로 찾아갈 것이다. 아아, 럭스. 그곳 사람들은 말할 것이다. 그러고는 이 사람 저 사람을 불러 물을 것이다. 여기 이분이 럭스를 찾으시는데. 그들은 럭스가 2월에 해고됐다고, 당시 직원 열 명이 한꺼번에 잘렸는데 그중 하나가 럭스였다고 말할 것이다.

그 이야기를 듣고 다시 밖으로 향하는 길에 아트는 럭스가 언급했던 폴리스티렌 포장재가 공터에 널린 지난해의 묵은 낙엽 사이에서 흩날리는 걸 볼 것이다.

그는 몸을 숙여 포장재를 하나 집어 들 것이다.

!

이리 가볍다니.

다음으로 그는 아이디어 스토어에 들를 것이다. 안내 데스크에는 예전에 봤던 여자가 여전히 앉아 있을 것이다. 아트는 여자에게 럭스에 대해 혹시 어디로 갔을지 아느냐고 물을 것이다.

여자는 럭스라는 이름을 바로 기억하지 못할 것이나.

아트는 피어싱, 마른 편, 아름다운, 재치 있는 같은 말을 늘어놓은 뒤에 내가 만나 본 이들 중 가장 똑똑한 사람이에요, 감성적으로도 지성적으로도요라고 덧붙일 것이다.

아. 도서관 사서가 말할 것이다.

사서는 아트가 말하는 그 여자라면 자기가 도서관에서 내보내야만 했다고, 근데 그게 벌써 작년이었으니까 제법 오래전 일이라고 말할 것이다.

밤에 여기서 자려고 했거든요. 사서는 말할 것이다. 전에도 몇 차례 그런 적이 있어 보였어요. 사람들 몰래요. 저희 몰래요. 그런데 도서관에서 잠을 자는 건 철저히 금지돼 있거든요, 그 일 때문에 안전 보건 문제로 한소리 듣기도 했고, 더군다나 이 건물의 상당 부분이 이젠 공공이 아니라 사유 재산이다 보니 자칫하면 의회를 상대로 소송이 제기될 수도 있어서요. 그 사람이 아예 건물에 얼씬 못 하게 하라는 지시를 받았어요. 저로서도 어떻게 할 수가 없었어요, 제 일자리는 지켜야 하잖아요. 그 사람, 어떻게 지내는지 혹시 아세요? 여긴 잠자러 오는 곳이 아니잖아요, 아니, 낮에야 물론 피로하다든가 뭐 그래서 조는 사람들도 간혹 있기 마련이고 딱히 자리가 부족하지 않으면 그냥 눈감아 주기도 하지만, 그래도 말이죠, 그래도 밤새 여기서 자도록 둘 수는 없잖아요, 화재의 위험도 있고 안전 문제를 생각해서도요. 어쩔 수 없었어요 저로선, 저희로선요.

그러고서 사서는 몸을 수그리며 나지막한 목소리로 덧붙일 것이다.

혹시 어디선가 보게 되거든 안부를 꼭 좀 전해 주시겠어요? 아이디어 스토어의 모린이 사랑을 보낸다고 전해 주세요.

크리스마스 다음 날인 복싱 데이 밤. 아트와 럭스는 헛간의 뜨끈한 바닥에 이불을 두르고 나란히 누워 있다.

럭스는 아트의 어깨에 고개를 기대고 있다.

그런들 아무 일도 없었다, 혹은 아무 일도 일어나지 않고 있다, 섹스니 사랑이니 뭐 그런 건 일절. 아트가 발기한 것조차 이 행복한 순간을 이루는 하나의 요소일 따름이다. 럭스가 그의 팔에 안겨 있고 그가 럭스의 팔에 안겨 있고, 그렇기에 아주 단순하게도 아트는 천국에 있다.

아니, 천국보다 더 좋은 곳에 있다. 이 순간 아드는 결코 죽지 않는다. 럭스의 고개가 어깨에 기대고 있는 한 아트는 영원토록 살 것이다.

아트는 럭스의 얼굴로 시선을 돌린다. 이 각도에서는 럭스의 정수리와 정수리를 구불구불 가로지르는 가르마, 아른대는 속눈썹, 코끝, 노란색 티셔츠에 감싸인 어깨의 일부 정도만 눈에 들어온다.

럭스는 여기가 아닌 다른 데서 오고 또 여기도 거기도 아닌 또 다른 곳에서 성장기를 보내고도 어떻게 여기서 자란 사람처럼 그리 유창하게 말할 수 있는지 아트에게 설명하는 중이다.

엄청난 노력이 필요한 일이에요. 럭스가 말한다. 접붙어 사는 수고와 은미함이 모두 요구되죠. 지금 당신 나라에 다른 어딘가에서 온 사람으로 산다는 건 그 자체로 혹독한 인생 수업이거든요.

그리고 또 묻고 싶은 게 있는데요. 아트가 말한다. 기분 나쁘게 할 의도는 아니에요. 다만 이곳저곳 옮겨 다니며 사는 사람치곤, 심지어 그날그날 어디서 자게 될지도 모를 때가 있는 사람치곤 당신. 되게…….

뭐요? 럭스가 말한다.

깨끗해요. 아트가 말한다.

아. 럭스가 말한다. 그것도 접붙는 요령과 은미함이 있어야 가능한 일이에요.

럭스는 아트에게 이 집의 뒷문 앞 복도 공간에 빨래 건조기가 있다고 알려 준다. 매일 밤 자기가 뭘 하고 있는 줄로 알았느냐고 되묻는다.

럭스는 아트에게 말을 걸어야겠다고 애초에 버스 정류장에서 마음을 먹은 이유도 아트의 영혼이 깨끗했기 때문이었다고 말한다.

내 영혼이요? 아트가 말한다. 나한테 영혼이 있다고요? 그것도 깨끗한 영혼이?

모든 살아 있는 것에는 영혼이 있어요. 럭스가 말한다. 영혼이 없다면 우리 모두 고기에 불과하죠.

그렇게 치면 파리니 금파리니 하는 것들은. 그런 것들도 영혼이 있어요? 아트가 말한다. 왜냐면 나한테 만에 하나 영혼이란 게 있다면 장담컨대. 음, 깨끗하긴커녕 작고 썩어 빠지고 기껏해야 금파리 크기밖에 안 될걸요.

금파리의 혼과 맞먹을 크기겠죠. 럭스가 말한다. 금파리는 반들반들 빛이 나는 갑옷을 입었죠. 금파리가 창유리를 통과하려 들 때 얼마나 의연해지는지 본 적 있어요?

당신은 뭐든 못 할 얘기가 없는 사람 같아요. 아트가 말한다. 무슨 얘기든 흥미진진하게 만들 줄 아는 사람이니까. 심지어 나조차요, 당신이 내 얘기를 하면 나조차 흥미로운 사람이 돼 버리잖아요.

럭스는 그날 버스 정류장에서 말을 걸어야겠다고 마음먹은 또 다른 이유는 아트가 아트 자신이 접촉하거나 아트에게 접촉하는 모든 걸 피하려 안간힘을 쓰는 것처럼 보였기 때문이었다고 말한다.

그래서 이런 생각을 했어요. 럭스가 말한다. 저 사람이 나를 피하려고 안간힘을 쓰면 어떻게 될까. 또는 내가 저 사람을 상대로 안간힘을 쓰면, 그러면 어떤 일이 벌어질까.

그대로 넘어가겠죠. 난 줏대라곤 없으니까. 일차원으로만 존재하는 저 사람처럼요. 아트가 문가에 세워진 판자로 오려 낸 고드프리를 가리킨다.

만난 적이 몇 번 안 된다고 했죠. 무대 위 아버지와요. 럭스가 말한다.

딱 두 번 만나 봤어요. 아트가 말한다. 내가 아주 어릴 적에요. 말했잖아요, 두 분이 연락을 거의 안 하고 지냈다고. 친구로 남기는 했지만, 글쎄. 내 인생의 일부이지는 않았죠.

아트는 어깨를 으쓱인다.

한번은 고드프리가 출연하는 연극을 보고서 다 같이 저녁을 먹으러 간 적이 있어요. 아주 생생히 기억나요, 그때 난 여덟 살이었어요. 코러스의 무용수들도 있었고, 공연은 윔블던에 있는 극장에서 열렸어요. 고드프리가 못생긴 자매 역을 맡은 「신데렐라」였죠. 아주 신나는 밤이었어요. 무용수들이 날 무릎에 앉히고 예뻐하던 게 기억나요. 고드프리보다도 그게 더 기억에 남아요. 그리고 한번은 고드프리에 대한 기사를 취재하던 신문사에서 우리 사진을 찍으러 나온 적이 있어요. 크리스마스 트리 옆에서 선물을 하나씩 들고 자세를 취해야 했죠. 그 순간을 내가 기억하는 건 아니에요, 신문 기사가 있다 뿐이지. 어딘가 아직 있을 텐데. 어쩌면 그 일보다도 신문 기사를 더 생생히 기억하는 건지도 몰라요.

그래서 고드프리를 생각하거나 아버지라는 단어를 생각하면 머릿속에 가위로 오린 빈 공간 같은 게 생기는 기분이에요. 그게 썩 괜찮다 싶어요. 어떻게든 채워 넣을 수 있으니까요. 빈 채로 두어도 되고.

그렇지만 간혹가다 자동차 엔진이 툭 끊어지듯이 모든 게 갑자기 중단돼 버리는 느낌일 때도 있어요, 점화 장치에 이상이 생긴 것처럼요.

하지만 고드프리 게이블의 스타일 하나는 마음에 들어요. 내가 그 스타일을 조금은 물려받지 않았나 생각하고 싶어요. 다른 사람이 꼴불견으로 여기든 말든 결코 자기 품위와 존엄을 잃지 않죠. 고드프리가 했던 것들 중에서 제일 좋아하는 건 브랜스턴 광고 캠페인이에요. 고드프리가 남긴 물건들 가운데 그때 찍은 화보 사진도 있어요, 여기 이 상자들 중 어딘가 뒤져 보면 나올지도요.

고드프리가 브랜스턴 병을 들고 익살맞게 카메라를 쳐 다보는 사진 옆에 이런 문구가 있어요.

저는 도전을 렐리시*하기보단 렐리시에 도전하는 남자 랍니다.

무슨 뜻인지 모르겠어요. 럭스가 말한다.

아. 아트가 말한다. 설명하자면 좀 복잡해요.

브랜스턴이 뭐예요? 럭스가 말한다.

피클 브랜드예요. 아트가 말한다. 런던에 돌아가거 든 한 병 사서 찾아갈 테니 그때 토스트에 치즈랑 같이 얹어 함께 먹어 봐요.

알았어요. 럭스가 말한다. 그 대신 맛부터 보고 정할 게요. 그런데 지금은 지금이고 우린 아직 여기 있으니까, 그리고 판지로 오려 낸 당신 아버지도 여기 있으니까 한 마디 덧붙이자면요. 그렇다고 가족 문제로 당신에게 마 음의 짐을 더 지우려는 건 아니고. 더군다나 우리 삶의 여러 진실이 주먹 쥔 손 밖으로 반드시 비집고 나오라는 법도 없지만. 그래도 언젠가는 그랬으면 좋겠어요. 당신

---

* 렐리시(relish)는 다진 피클로 만든 소스인 동시에 '무언가를 즐기다' 라는 뜻도 담고 있다.

아버지에 대해 한 번쯤은 어머니와 얘기를 해 봐요.

무슨 소리예요. 아트가 말한다.

그리고 당신 어머니 얘기가 나와 말인데……. 럭스가 말한다.

그러더니 일어나 앉는다.

지금 몇 시죠? 저 약속이 있어요. 저녁마다 당신 어머니와 함께 식사를 하거든요. 세탁기랑 건조기에 돌릴 옷도 있고요.

럭스는 몸을 굴려 이부자리에서 빠져나온다. 부츠 한 쪽을 잡아당겨 신는다.

내가 당신이라면 어머니 집에서 며칠이라도 더 지내다 가겠어요. 럭스가 말한다. 적어도 연초까지는요, 그리고 내가 여태 해 온 대로 밤중에 일어나 부엌에 가서 뭐든 만들어요. 어머니가 내려와 같이 식사를 하실 거예요.

절대 그럴 리 없어요. 아트가 말한다. 차라리 날 내쫓고 말걸요.

럭스는 반대편 부츠를 발에 끼운다.

그냥 한번 말을 걸어 봐요. 대화를 해 봐요. 럭스가 말한다.

공통점이 있어야죠. 아트가 말한다.

공통점밖에 없는 사이죠. 럭스가 말한다. 어머니는 당신의 역사인걸요. 그게 고기와 인간의 또 다른 차이죠. 동물과 인간의 차이를 말하는 게 아니에요. 동물은 진화할 줄 알죠. 우린 동물보다 많은 재주를 타고났어요, 우리가 어디에서 왔는지 알아낼 기회란 게 우리에겐 주어졌으니까요. 그걸 망각하는 건, 무엇이 우리를 만들었으며 그게 어디로 우리를 이끌지를 망각하는 건 마치, 글쎄요. 자기 머리를 망각하는 거나 같다고요.

럭스는 일어선다.

내 말에 내가 다 설득당하게 생겼네요. 럭스가 말한다.

아트는 고개를 흔든다.

난 어머니한테 해 드릴 수 있는 게 없어요. 아트가 말한다. 어떻게 그래요? 가족인데.

한번 해 봐요. 럭스가 말한다.

아니요. 아트가 말한다.

시도는 해 볼 수 있잖아요. 럭스가 말한다.

아니요. 아트가 말한다.

해 봐요. 럭스가 말한다. 내 말은, 우리 둘 다의 역사를 고려할 때. 당신도 나도 시도는 해 봐야죠.

아드는 성기보다 높은 가슴 부근 어디선가 뭔가 북받치는 걸 느낀다.

호오. 설마 그의 영혼이려나?

시도해 볼까요, 우리? 이트기 말한다.

눈을 감았다가 다시 떠 보라.

이번에는 한여름이다.

아트는 침울이 깃든 런던을 가로지르고 있다. 까맣게 불탄 건물이 도시의 심장부에 솟아 있다. 참혹한 신기루, 환각인 것만 같다.

하지만 실제다.

건물이 그리도 순식간에 화염에 휩싸이고 만 건 애초에 리모델링 공사를 날림으로 진행한 탓이다. 돈 많은 사람들이 사용하거나 거주할 공간이 아니라는 이유로.

수많은 사람이 목숨을 잃었다.

정치 진영과 언론 매체를 막론하고 몇 명이나 되는 사람들이 목숨을 잃었는지를 두고 한참 논쟁을 벌일 텐데, 이는 당국의 레이더에 잡히지 않는 사람들이 상당수 거주했던 만큼 화재가 일어난 날 밤 이 건물 안에 있던 사람의 수를 정확히 파악하기 어려운 까닭이다.

레이더. 아트는 생각한다. 눈에 보이지 않는 적을 적 발하기 위해 2차 세계 대전 때 발명된 기술.

찌는 더위에 지하철에 올라탔다가 옆 사람의 어깨 너머로 신문 기사를 보게 된다. 바다 한가운데서 곤경에 빠진 이주자들을 도우러 이탈리아 본토에서 구조 선박 들을 보냈는데, 그 구조 선박들을 저지하러 나설 배에 자 금을 대겠다는 사람들이 크라우드 펀딩을 통해 수천 파 운드에 달하는 돈을 모금하고 있다는 내용이다.

제대로 본 게 맞나 싶어서 아트는 기사를 다시 읽 는다.

자연?

비자연?

속이 울렁거린다.

다른 사람들의 안전을 해치려고 돈을 모금 중인 이 들에 대한 기사를 세 번째로 반복해 읽고 있는데 불현듯 해안이 지하철 객차 안으로 빙그르르 곡선을 그리며 나타난다, 해안선의 일 초도 안 될 작은 토막이.

객차에 탄 승객들 머리 위를 가로지르듯 붉어진다.

아트는 지하철에서 내린다.

국립 도서관을 지나는 길에 도서관 밖에 셰익스피어의 이미지가 담긴 포스터가 붙은 것을 본다.

저게 럭스가 여기 오기로 마음먹은 이유였지, 지구상의 하고많은 곳 중에서도 하필 여기에 와 살겠다고.

도서관 기념품 매장에서라면 셰익스피어 책을 찾을 수 있을 테지.

아트는 도서관으로 들어가 마당을 가로지른다. 보안 검색을 위해 줄을 선다. 몸수색을 받는다. 도서관 내부가 이리 밝고 정감 있고 개방적이고 우아하다는 사실에 놀란다. 아트 앞에 접수 데스크가 있다. 그 주위로 카페에 앉은 사람들, 펼쳐진 책 모양을 한 조각 작품인지 금속 벤치인지에 앉아 책을 읽는 사람들이 보인다. 책 벤치의 한쪽 끝에는 커다란 금속 구와 쇠사슬이 불가결한 요소처럼 붙어 있다. 기념품 매장도 찾지 않고 접수 데스크로 곧장 향하는 제 발길이 놀랍다. 데스크에 앉은 여자에게 책 모양 벤치에 쇠사슬과 구가 달린 이유가 뭐냐고

묻는다. 사람들이 벤치를 훔쳐 가지 못하게 하기 위해서
인가?

도서관 책을 훔치면 안 된다는 걸 상징한다고 여자
가 말한다. 도서관 책이 서가에 사슬로 묶여 있던 때가
있었다고, 개개인이 책을 가져가는 걸 방지해 도서관을
찾는 모두가 책을 이용하도록 하기 위한 조치였다고 덧
붙인다.

아트는 고맙다고 말한다. 그는 잠깐이라도 좋으니
혹시 도서관의 셰익스피어 전문가와 이야기를 나눌 수
있을지 묻는다.

직원은 신원도 이유도 묻지 않는다. 먼저 시간 약속
을 해야 한다는 말도 없다. 회원임을 증명하는 서류라든
가 하는 것도 일절 요구하지 않는다. 그저 앞에 놓인 전
화기의 수화기를 들어 내선 번호를 누를 따름이다. 어느
분에게서 온 전화라고 할까요? 번호를 누르면서 여자가
묻는다. 얼마 후 아트의 이름을 대며 데스크에 나타난 사
람은 나이 들거나 고루하거나 트위드재킷 차림에 안경
을 끼지도 않았고 남자도 아니다. 아트와 동갑이거나 조
금 더 어려 보이는 밝은 인상의 젊은 여자다.

아, 그건 우리 도서관에는 없습니다. 아트의 설명을 듣고서 여자가 말한다. 우리 도서관 장서의 일부가 아니어서요. 하지만 어느 폴리오판을 말씀하시는지는 압니다. 거의 원본 그대로인 굉장히 아름다운 판본이지요. 아주 근사해요. 말씀하신 그 압화 자국을 『심벨린』 후반부의 두 페이지에 걸쳐 볼 수 있고요.

『심벨린』. 아트가 말한다. 독살, 씁쓸한 난투, 균형의 회복에 관한 그 작품이요. 거짓은 폭로되고. 손실은 보상되는.

여자가 미소 짓는다.

아름답게 표현하셨네요. 여자가 말한다. 선생님께서 말씀하신 장미꽃 자국이 남은 폴리오판은 토론토의 피셔 도서관에 소장돼 있답니다.

아트는 여자의 얼굴에서 자신의 낙담한 표정을 보는 동시에 여자도 그 표정을 목격했음을 본다.

우리 도서관에 소장된 셰익스피어 컬렉션도 제법 볼만합니다, 장미 압화까지는 보여 드릴 수 없지만요. 여자가 말한다.

아트는 고맙다고 말한다. 그는 『심벨린』을 구하러

도서관 기념품 매장으로 향한다. 셰익스피어 선반에서 펭귄 출판사의 『심벨린』을 찾는다. 표지에는 옛날 사람으로 보이는 남자가 짐 트렁크인지 궤짝인지에서 기어 나오고 있다.

아트는 아무 페이지나 펼쳐 본다. 고운 공기 한 자락에 안기듯이. 와, 근사한데.

휴대폰이 진동한다. 그리스에 있는 아이리스가 보낸 문자 메시지다.

조카 안녕 떠나기 전에 말하려 했는데 네 엄마 아예 주방으로 이사 내려왔다 다른 방들은 나방이랑 거미 차지가 됐어 위대한 유산에서처럼 x 아이어.

그 뒤를 이어 콘월에 있는 어머니가 보낸 문자 메시지가 도착한다.

아서에게, 네 이모한테 내가 너에게 받은 메일 좀 읽지 말라고, 그리고 이러쿵저러쿵 토를 달지도 말라고 당부하겠니. 내 사생활은 물론 네 사생활 침해라고 전하렴. 콘월에는 언제 돌아올 예정인지 속히 일정 컨펌 바란다고도 전하고, 그래야 나도 여름 후반부 일정을 정리할 텐데 네 이모가 (또) 세상을 구한답시고 귀국 일정도 안 알리고 해외를 쏘다니는 통에 나도 계획을 세울 수가 있어야지.

아트에게는 그새 개념적이거나 형이상학적인 문제를 생각해 뒀다가 일주일에 한 번씩 두 사람한테 물어보는 습관이 생겼다. 메시지를 보낼 때마다 두 사람을 다 꼭 참조로 넣는다. 이모도 어머니도 이에 아주 분개한다. 좋지 뭐. 분개하긴 즐기는 세대이기도 하거니와 그 분노가 두 사람을 아트와는 물론 서로와 계속 연락하고 지내게끔 만드니까. 그렇기는 해도 이번엔 무슨 질문을 해야 하나 머리를 싸잡아야 할 때가 종종 있다. 그래서 다른 사람이 물어볼 법한 질문을 상상한 다음 그걸 묻곤 한다. 지난주에는 샬럿이 물을 법한, 아주 샬럿스럽고 좋은 질문을 떠올렸다.

안녕 저예요, 두 분의 아들이자 조카요. 묻고 싶은 게 있어요. 정치와 예술의 차이가 뭘까요?

어머니는 아트에게만 답장을 보냈다. 아서에게, 정치와 예술은 극과 극이란다. 어느 위대한 시인이 말했듯이 우린 독자를 주무르려는 속셈이 빤히 보이는 시는 질색하기 마련이지. 존 키츠의 말일 테지. 어머니는 존 키츠가 쓴 글이라면 안 읽은 게 없고 그의 무덤을 보러 굳이 이탈리아에

다녀오기도 했다. 그런 높은 기백을 지닌 영혼을 담기엔 너무도 비좁은 풀밭이었다고 여행에서 돌아와 말했다.

　아트는 어머니가 보낸 메시지를 복사해 아이리스에게 보냈다.

　아이리스는 키츠가 이례적인 경우라고, 이튼도 해로도 옥스브리지도 거치지 않은 문인이니만큼 키츠가 쓴 모든 글과 어렵사리 출판하기에 이른 글이 죄다 정치적으로 이용됐다고 봐야 한다고 & 게다가 말야 사랑하는 조카님 예술/정치보다 예술가/정치인의 차이로 봐야지. 예술은 정치색과 상관없이 **인간**을 반드시 드러내기 마련인 반면, 정치 일반은 그 기예와 상관없이 **인간**을 배제하거나 억제하고 만다는 걸 누구보다 잘 알기에 끝없는 앙숙지간일 수밖에 없는 게 예술가&정치인이니까 x 아이어.

　아트는 이 메시지를 복사해 어머니에게 보냈다. 어머니에게서 답이 왔다. 아서에게, 제발이지 내가 개인적으로 보낸 메시지를 네 이모와 공유하지 말아 주겠니, 그리고 아이리스, 보나마나 아서가 내 말은 무시하고 이 메시지도 복사해 보낼 테니 이 김에 묻자. 돌아오는 일정은 여전히 미정인 거야?

인간은 반드시 드러난다.

오늘 아트는 외출했다 돌아오는 길에 현관문 앞의 비상문 뒤쪽 계단에 쪼그리고 앉아 기회가 될 때 럭스에게 직접 물어보고 싶은 질문을 메시지에 쓴다.

럭스의 대답이라면 틀림없이 그를 일깨우는 계명과 $\flat$ 같은 답이 되리란 걸 확신하면서.

안녕 나예요, 두 분의 아들이자 조카. 우린 왜, 또는 무엇 때문에, 그러니까 우리의 타고난 자연적인 본성 중에 무엇이 다른 사람들이 자기 삶을 살도록 내버려 두지 못하는 건 물론이고 심지어 그 사람들이 죽을 고비에서 구조되는 것마저 가만히 두지 못해서 그걸 막겠다고 실제로 돈까지 지불하게 만드는 걸까요?

지하철에서 옆 사람 어깨 너머로 읽은 기사의 링크를 추가한 후 메시지를 전송한다. 그러고는 집에 들어가 침대에 걸터앉아 혹시나 아트 인 네이처 블로그에 유용할까 싶어 아까 본 고운 공기 한 자락 인용문을 샬럿에게 문자로 보낸다.

아트 인 네이처는 이제 여러 필자들이 공동으로 글을 쓰는 블로그가 되었다.

(아트는 7월호에 참여해 달라는 부탁을 받았다.)

아트는 잠깐 인터넷을 서핑한다.

지중해에 있는 사람들을 해치기 위해 돈을 모금하는 사람들에 대한 기사가 실린 웹사이트에서 아트는 또 다른 기사를 읽는다. 한 백화점 체인에서 곧 판매할 다기 세트에 대한 기사로, 판매 회사는 애플리케이션을 통해 이 다기 세트를 구매했거나 보유한 사람들의 집에서 다기들이 어떻게 이용되는지, 예컨대 어느 제품이 가장 자주 사용되고 어느 제품이 어떤 경우에 손상되는지, 어느 제품이 사용되지 않고 상자나 찬장에 그대로 방치되는지 등등에 대한 데이터를 보고받을 수 있다고 한다.

이 기사를 보니 또 그 사람 생각이 난다.

럭스.

세상 모든 일이 추적되고 트래킹되고 알려지는 시대에 어떻게 그토록 철저히 사라질 수 있지?

그제야 아트는 국립 도서관에서 만난 여자가 알려준, 캐나다에 있다는 도서관을 검색해 본다.

피셔 도서관?

균열을 뜻하는 피셔인가?

아, 낚시꾼을 뜻하는 피셔와 같은 철자구나.

아트는 원하는 사진을 찾아 온라인을 살펴본다. 이렇다 할 만한 게 딱히 없어 만만치 않은 과정이지만 결국 발견한다.

적어도 아트가 보기엔 비슷하다. 아트는 화면에 뜬 오래된 인쇄물의 한 페이지를 담은 이미지를 바라본다.

저건가? 저게 그 꽃 자국일까?

저기 약간 얼룩진 듯이 보이는 게?

꽃보다는 꽃의 유령에 더 가깝다고 해야겠는데.

누가 이 책갈피에 꽃을 눌러 넣었으며 언제 그랬는지 누가 알겠어. 어쨌거나 여기 있다.

꽃봉오리가 남긴 흔적이지만 모양 때문에 불꽃의 유령 같아 보인다. 작지만 흔들림 없이 타오르는 불꽃의 그림자.

아트는 좀 더 확실히 보려고 노트북 화면에 뜬 사진을 확대한다.

가능한 한 자세히 사진을 들여다본다.

줄기 끝에 매달려 아직 피지 않은 꽃의 유령, 그 실물은 오래전에 사라졌지만 봐, 여전히 있잖아, 흡사 불붙은 초의 심지로 이어지는 오솔길처럼 단어들을 가로질러 손 내밀 듯 뻗어 나가는 생명의 흔적이.

7월.

월초의 어느 포근한 날이다. 미국 대통령이 워싱턴에서 참전 용사들을 기리기 위한 집회에 참석해 연설을 하고 있다. 자유 축하 집회라고 이름 붙여진 집회다.

대통령 앞뒤에 몰려든 인파 속에서 사람들이 깃발을 흔들며 자기들이 살고 있는 이 지구상의 나라 이름을 이루는 알파벳 머리글자를 연호한다.

벤저민 프랭클린은 헌법 제정 회의에서 동료 정치인들에게 머리 숙여 기도하는 것으로 회의를 시작해야 함을 상기시

켰죠. 대통령은 말한다. 저는 여러분에게 우리가 메리 크리스마스라는 인사말을 다시 쓰기 시작할 거라는 점을 상기시키겠습니다.

이어 대통령은 미국 화폐에 새겨진 단어들을 언급한다. 화폐가 곧 기도나 다름없다는 듯이.

이제 월말의 어느 포근한 날이다. 앞서와 같은 미국 대통령이 웨스트버지니아주에서 열린 2017년 전국 스카우트 대회에서 전직 대통령을 야유하고 지난해에 치러진 선거에서 상대 후보였던 사람의 이름을 야유하도록 미국 스카우트 연맹을 부추기고 있다.

그리고 트럼프 행정부 아래에서는 말이죠. 대통령은 말한다. 쇼핑 가서도 메리 크리스마스라고 다시 말할 수 있을 거예요, 정말로. 메리 크리스마스. 간결하고 아름다운 그 말을 저들이 축소하고 얕봐 왔는데 이제 다시 여러분 입으로 메리 크리스마스라고 말하게 될 겁니다, 여러분.

여름의 한복판에 겨울이 들이닥쳤다. 백색의 '화이트' 크리스마스가. 하늘이 우리를, 한 사람 한 사람을, 돕기를.

아트 인 네이처.

감사의 말

이 책을 쓰는 과정에서 그린햄 커먼과
20세기 영국 시위에 관한 여러 도서와 자료들을
참고하며 큰 도움을 얻었고,
특히 캐럴라인 블랙우드와 앤 페티트의 글이
많은 도움이 됐습니다.
엘리자베스 시그먼드의
『죽어 감에 분개하라(Rage Against the Dying)』(1980)는
주요한 영감으로 작용했고요.

소피 보니스와 바바라 헵워스 재단,
엘리너 클레이턴에게
깊은 감사를 드립니다.
고마워요, 앤드루와 트레이시,

그리고 와일리 에이전시의 모든 분들.

고마워요, 사이먼.
고마워요, 레슬리.
고마워요, 캐럴라인,
세라, 허마이어니, 엘리,
그리고 해미시 해밀턴 출판사의 모든 분들.

고마워요, 케이트 톰슨.
고마워요, 루시 H.
고마워요, 메리.
고마워요, 샌드라.

고마워요, 세라.

옮긴이 이예원

문학 번역가. 데버라 리비의 『살림 비용』과 『알고 싶지 않은 것들 』,
사뮈엘 베케트의 『머피』, 주나 반스의 『나이트우드』, 조애나 월시의 『호텔』,
앨리 스미스의 『호텔 월드』, 제니 페이건의 『파뇹티콘』 외 다수의 소설과
그래픽 노블, 그림책과 어린이책을 한국어로 옮겼고, 김숨, 이상우, 천희란,
한강의 단편 소설과 황정은의 『계속해보겠습니다(I'll Go On)』와
『디디의 우산(근간)』을 영어로 옮겼다.

겨울

1판 1쇄 펴냄 2021년 8월 23일
1판 2쇄 펴냄 2022년 11월 7일

지은이   앨리 스미스
옮긴이   이예원
발행인   박근섭·박상준
펴낸곳   (주)민음사

출판등록   1966. 5. 19. 제16-490호
서울시 강남구 도산대로 1길 62(신사동)
강남출판문화센터 5층(06027)
대표전화   515-2000 | 팩시밀리   515-2007
홈페이지   www.minumsa.com

ISBN   978-89-374-4445-6   (03840)

*잘못 만들어진 책은 구입처에서 교환해 드립니다.

찰스 디킨스도 인정했을 법한 강인함과 부드러움, 관용을 갖춘 소설.
《옵서버》

우울한 시대에 살아 있다는 것이 무엇을 뜻하는지에 대한
장난스럽고 기묘하고 감동적인 이야기. 《뉴욕 타임스》

성공적인 소설들이 그러하듯 이 작품은 읽은 이의 뱃속에서 멈추지 않고 반향한다.
기지와 멜랑콜리, 슬픔과 기쁨, 지혜, 작은 사랑의 행위들, 그리고, 언제나처럼,
계절에 대한 경이로 반짝이는 작품. 《보스턴 글로브》

영민하게 설계되고 우아하게 쓰인 소설. 봄을 불러온다. 《이브닝 스탠다드》

눈부시다. 상실과 고통이 찬란한 유머와 통찰, 연결됨으로 바뀌어 간다.
혹독한 한겨울에도 앨리 스미스는 늘 푸른 나무 같다. 《데일리 텔레그래프》